Anne Buchberger
Luna

PIPER

Zu diesem Buch

Auf den ersten Blick führt die junge Analina ein beneidenswertes Leben: Als Kronprinzessin lebt sie auf einem Schloss und wird einmal die Regentschaft über ihr Volk übernehmen. Doch Analina hat es alles andere als leicht, da eine große Bürde auf ihr lastet: Bei ihrer Geburt wurde prophezeit, dass sie eines Tages ihr Reich retten wird. Denn in Analina wohnt die Seele des Mondvogels, eines magischen Geschöpfes von angeblich grenzenloser Macht. Unter den strengen Augen ihrer Mutter wird sie von klein auf hart trainiert, aber egal, was sie versucht, ihre magischen Fähigkeiten sind nicht stärker als die eines normalen Mädchens. Wo auch immer der Mondvogel in ihrer Seele steckt, sie findet ihn einfach nicht …

Anne Buchberger wurde 1995 in Heidelberg geboren und lebt und studiert in München. Seit sie einen Stift halten kann, gehört das Schreiben und Geschichtenerzählen zu ihren großen Leidenschaften. Bei Piper und ivi erschienen ihre beiden Romane »Luna – Im Zeichen des Mondes« und »Aqua – Im Zeichen des Meeres«.

Anne Buchberger

LUNA
Im Zeichen des Mondes

Im Zeichen des Mondes

PIPER

Von Anne Buchberger liegen im Piper Verlag und bei ivi vor:
Luna. Im Zeichen des Mondes. Die Mondvogel-Saga 1
Aqua. Im Zeichen des Meeres. Die Mondvogel-Saga 2

FSC
www.fsc.org
MIX
Papier aus verantwortungsvollen Quellen
FSC® C083411

Ungekürzte Taschenbuchausgabe
November 2019
ISBN 978-3-492-28214-7

Umschlaggestaltung: zero-media.net, München
Umschlagabbildung: FinePic®, München
Karte: Timo Kümmel
Satz: psb, Berlin
Gesetzt aus der Dante
Druck und Bindung: CPI books GmbH, Leck
Printed in the EU

Für meinen Bruder

PROLOG

Lynda schritt im Rosenquarzsaal auf Schloss Funkelstein auf und ab. Sie war ratlos, und das war schon lange nicht mehr vorgekommen. Lynda erwartete ein Kind. Sie selbst jedenfalls war überzeugt davon – alle Zeichen sprachen dafür. Doch wenn das stimmte, stand sie vor einem der bisher größten Probleme ihrer Amtslaufbahn. Denn Lynda Céleste war keine gewöhnliche Frau. Sie war die Königin des Ardenreichs, dem größten der drei Reiche Hyiandas. Durch seine zentrale Lage zwischen den beiden anderen Kontinenten Lunadësias – Uyneia und B'ynyay – stand Hyianda immer schon im Mittelpunkt der lunadësischen Politik. Genauso wie das Schloss Funkelstein, Lyndas Schloss, in Hyianda im Mittelpunkt stand. Alle Welt sah zu Lynda auf. Sie konnte nicht einfach ein Kind bekommen! Nicht jetzt, da …

Lynda wurde durch die eifrige Stimme ihres Türstehers Silvo aufgeschreckt: »Euer Majestät, sie sind eingetroffen!«

Sie hob den Kopf. »Danke, Silvo. Sie sollen eintreten.«

Lynda richtete sich auf und strich sich eine blonde Locke, die sich aus der tadellosen Flechtfrisur gelöst hatte, aus dem Gesicht. Um alle Zweifel zu beseitigen, hatte sie gleich drei Schattenspäher anreisen lassen. Schattenspäher besaßen eine sehr seltene Gabe: Sie konnten die Magie, die in jedem Lebewesen Lunadësias und selbst in scheinbar leblosen Gegenständen steckte, als sichtbare Spur wahrnehmen. Jemand, der diese

Gabe nicht besaß, konnte sich nicht vorstellen, wie Schattenspäher ihre Umwelt sahen, aber Lynda hatte gehört, dass die Magie für Schattenspäher aussah wie farbiges Licht – die Magie jeden Geschöpfes hatte einen anderen, einzigartigen Farbton. So konnten Schattenspäher auch das wahrnehmen, was dem normalen Auge verborgen blieb.

Die großen Flügeltüren des Saals schwangen auf und drei mit Kapuzen vermummte Gestalten traten ein. Mit hastigen Schritten stolperte die linke herbei und verbeugte sich tief, während die anderen beiden gemessenen Schrittes folgten, um sich dann ebenfalls stumm zu verneigen.

»Guten Abend. Ich danke Euch für Euer schnelles Erscheinen«, begrüßte Lynda die drei Kapuzenträger, die nun zu ihr aufsahen. Eine unheimliche Stille breitete sich aus. Einige Sekunden lang sprach niemand ein Wort, während Lynda das Gefühl hatte, von drei unsichtbaren Augenpaaren durchbohrt zu werden. Dann zogen die Seher die Kapuzen vom Kopf.

Der Schattenspäher, der vorhin gestolpert war, entpuppte sich als junges Mädchen: Eine Waldelfe, kaum vierzehn Jahre alt, blickte der Königin ehrfurchtsvoll entgegen. Ihre Augen schienen zu ernst für ein Kind ihren Alters. Lynda war sich sicher, sie nie getroffen zu haben, aber irgendetwas an ihr kam ihr bekannt vor ... schmerzlich bekannt.

Die anderen Seher waren älter, viel älter. Ihr Blick ging ins Leere, als hätten sie schon genug von der Welt gesehen. Oder zu viel. Leise tuschelten sie miteinander, und Lynda wusste, dass sie sich absprachen. Dann erhob einer der Alten die Stimme: »Ihr hattet recht, Euer Majestät. Ihr erwartet eine Tochter. Das Ardenreich bekommt eine Prinzessin. Aber ...«

Lyndas Herzschlag beschleunigte sich kaum merklich. Ein Haken. Natürlich musste es wieder einen Haken an der Sache geben, als wäre alles nicht ohnehin schon kompliziert genug.

»Aber?«, wiederholte sie, und obwohl sie innerlich bebte, klang ihre Stimme vollkommen ruhig.

Die junge Waldelfe antwortete ihr: »Eure Tochter wird kein gewöhnliches Kind sein. Sie …« Für einen Moment schien es, als wollten die älteren Schattenspäher ihre Schülerin unterbrechen, und sie hielt inne, doch Lynda machte eine nur mühsam gemäßigte Handbewegung: »Fahr fort.«

Und plötzlich sprudelte es geradezu aus ihr heraus: »Dieses Kind ist ein Geschenk, auf das niemand zu hoffen gewagt hat! Es wird mächtig werden und Kräfte entfalten, die unserem Reich wieder Gleichgewicht und Frieden bringen können. Die ganze Welt wird die Geburt dieses Mädchens erwarten, man wird es Wunder nennen und Lichtbringerin. Euer Majestät – Eure Tochter wird die nächste Mondprinzessin sein!«

Auf diese Ankündigung folgte bleierne Stille. Lynda, die für gewöhnlich nie um die richtigen Worte verlegen war, war sprachlos.

Konnte es möglich sein? Konnte dieses Kind, das so viele Probleme versprach – das sie nicht einmal gewollt hatte –, die nächste Mondprinzessin sein? Es war kaum zu glauben. Natürlich kannte Lynda die Legende von den Mondvögeln, die Licht in ihre Welt gebracht und alle Lebewesen mit Magie beschenkt hatten. Zudem gab es immer wieder Geschichten über besonders begabte Kinder königlicher Herkunft, die die Seele eines Mondvogels in sich trugen und sagenhafte Kräfte entfalteten. Doch die Geburt der letzten Mondprinzessin lag bereits mehrere Jahrhunderte zurück. Und nun sollte ausgerechnet sie die Mutter der nächsten sein?

»Seid ihr sicher?«, fragte sie, leiser, als sie sonst sprach.

»Völlig sicher«, bestätigte der augenscheinlich ältere der Schattenspäher. »Diese Magie ist völlig unverwechselbar, Euer Majestät.«

Lynda nickte langsam. Das änderte natürlich alles. Während es in ihrem Kopf bereits zu arbeiten begann, fiel ihr Blick auf das junge Mädchen, das mit weit aufgerissenen Augen stumm zwischen seinen Lehrern stand und sich sichtlich bemühte, sie nicht allzu sehr anzustarren. Ihr kam ein Gedanke.

»Wie heißt du?«, fragte sie unvermittelt.

Die junge Schattenspäherin blinzelte erschrocken. »Narena«, brachte sie hervor und fügte, nach einem harten Rippenstoß von einem ihrer Lehrer, hastig hinzu: »Euer Majestät.«

Lynda wandte sich an die beiden Alten. »In Anbetracht der Umstände hätte ich gerne einen Schattenspäher in meiner Nähe, falls es zu Komplikationen kommen sollte. Ich möchte Narena mit Eurem Einverständnis eine Stelle bei Hofe anbieten.«

Es war offensichtlich, dass jeder der beiden Männer sich selbst für die geeignetere Wahl hielt, was die Position des königlichen Schattenspähers anging. Der Jüngere der beiden öffnete den Mund, wie um zu widersprechen, doch Lyndas Blick ließ ihn seine Meinung ändern.

»Natürlich, Euer Majestät. Es wäre uns eine große Ehre, Euch unsere Schülerin anzuvertrauen.«

Lynda nickte knapp. »Dann danke ich Euch für Eure Dienste. Silvo wird Euch nach draußen begleiten. Narena, ich sorge dafür, dass man dich in deine neuen Räumlichkeiten bringt. Ich werde im Laufe der nächsten Woche nach dir schicken lassen.«

Ohne auf die gemurmelten Abschiedsworte der Schattenspäher oder die ängstlich geweiteten Augen des Mädchens zu achten, wandte Lynda sich ab. Es gab einige Dinge zu bedenken. Doch wenn sie sich nicht täuschte, bot sich ihr nach all den Jahren endlich eine neue Chance.

EINE GEBURTSTAGSÜBERRASCHUNG

Dreizehn Jahre und sieben Monate später

Die Morgensonne schien auf Schloss Funkelstein hinab und ließ seine cremeweißen Mauern leuchten wie Perlmutt. Obwohl es noch kühl war, versprach es ein schöner Tag zu werden. Der Himmel war klar und blau und die zarte Frühlingsluft kündigte strahlendes Wetter an. Es war einer dieser Tage, an denen alles genau so zu sein schien, wie es sein sollte.

Analina Nelia von Funkelstein war da anderer Meinung.

»Tut mir leid, aber ich kann es einfach nicht!« Resigniert ließ Analina die Hände sinken und ging ein paar Schritte Richtung Fenster. Sehnsüchtig warf sie einen Blick hinaus auf den makellosen Himmel. Das war wieder einmal typisch, dass sich ihre Lehrerin ausgerechnet den bisher schönsten Tag des Jahres aussuchte, um eine Intensiv-Stunde Magieunterricht abzuhalten. Analina hasste solche Stunden. Beluu, ihre Mentorin für Magie, war immer anspruchsvoll, aber manchmal war ihr Unterricht einfach die Hölle. Heute Morgen hatte sie Analina in aller Frühe aus dem Bett geworfen, um mit ihr an ihrer Ausdauer zu arbeiten. Das bedeutete, dass Ana seit sechs Uhr morgens damit beschäftigt war, Magiestrahlen gegen eine stabile Kristallscheibe zu schießen, bis ihr die Energie ausging. Immer und immer wieder.

Beluu räusperte sich und Ana wandte widerwillig den Blick vom Fenster ab und sah sie an. Beluu war eine Wassernymphe und damit schon von Natur aus launisch, aber bei ihr war diese Eigenschaft, davon war Analina überzeugt, selbst für eine Nymphe ungewöhnlich stark ausgeprägt.

»Du gibst dir keine Mühe«, fuhr Beluu sie unwirsch an, wie um Analinas Eindruck zu bestätigen. »Versuch es noch mal.«

Analina stöhnte leise auf. Sie hatte bereits vier Versuche hinter sich, einen weiteren Magiestrahl zu erzeugen, und fühlte sich inzwischen so ausgelaugt wie nach drei schlaflosen Nächten. Am liebsten hätte sie sich auf den Boden fallen lassen und die Augen geschlossen, aber das Wort *Erschöpfung* schien Beluu generell nicht zu kennen, und als Ausrede ging es bei ihr schon gar nicht durch.

Unter Beluus Blick kapitulierte sie und hob erneut die Hände. Inzwischen schmerzten ihre Handflächen, als hätte sie Verbrennungen daran, weil die ständige Beanspruchung ihre Haut reizte. Mit zusammengebissenen Zähnen begann sie, Energie aus ihrem Innern durch ihre Arme bis in die Fingerspitzen wandern zu lassen. Der Magiefluss war viel träger als sonst, weil sie bereits einen Großteil ihrer Energie aufgebraucht hatte, aber nach ein paar Sekunden spürte Analina wieder das vertraute Prickeln in ihren Fingerspitzen. *Endlich.* Angestrengt richtete sie den Blick auf die Kristallscheibe. Himmelblaue Funken begannen um ihre Finger zu tanzen. Analina holte tief Luft, das Prickeln wurde stärker, die Luft um ihre Hände begann zu glühen, und mit einem Ruck, der durch ihre Arme fuhr, brach ein gleißend heller, himmelblauer Magiestrahl aus ihren Handflächen hervor. Mit einem melodischen Klingeln traf er die Kristallscheibe, und Analina konzentrierte sich rasch darauf, ihn aufrechtzuerhalten.

»Siehst du, es funktioniert doch.« Mit einem anerkennenden Nicken drehte Beluu ihre Sanduhr um. »Mal sehen, wie lange …«

Analina spürte, wie die Magie versiegte. Sie runzelte verärgert die Stirn, doch bevor sie ihren Strahl stärken konnte, brach er schlagartig ab.

Beluu seufzte enttäuscht. »Ach, Analina, was ist denn heute los?«

»Ich bin müde, Beluu. Wir stehen hier seit drei Stunden und ich kann mich nicht mehr konzentrieren. Ich weiß, ich habe es schon länger geschafft, aber im Moment kann ich einfach nicht mehr.« Missmutig senkte Analina den Blick auf ihre geröteten Handflächen. Sie wusste, warum Beluu sie im Unterricht immer wieder bis an ihre Grenzen gehen ließ. Die Magie, die Analina bisher benutzte, war die gewöhnliche, die jedes Lebewesen in sich trug. Sie hatte eine charakteristische Farbe, in Anas Fall himmelblau, und eine gewisse Stärke. Normalerweise war sie die einzige Kraftquelle, die ein Magier besaß, aber Analina wusste, dass es bei ihr anders war. Oder anders sein sollte.

»Ich finde sie nicht«, sagte sie leise und sah zu Beluu auf. »Ich finde meine Mondmagie nicht. Ich *spüre* sie nicht.«

Beluu, die bisher die Stirn gerunzelt hatte, schenkte ihr nun ein kurzes Lächeln. »Das macht nichts, Analina. Es wird schon noch kommen. Du bist die Mondprinzessin, du *musst* Mondmagie in dir tragen.«

Analina schwieg. Ja, sie war die Mondprinzessin. Und als solche sollte sie eigentlich neben ihrer gewöhnlichen Magie noch die des Mondvogels in sich tragen, dessen Seele mit der ihren verschmolzen war. Das Problem war nur, dass sie bisher keine Anzeichen dieser Magie in sich entdeckt hatte. Beluu war da zuversichtlich und ließ sie immer wieder üben, in der Hoffnung, ihre Mondmagie würde irgendwann von selbst aus ihr herausbrechen. Aber Analina konnte sich nicht vorstellen, dass es in ihr noch etwas gab außer der himmelblauen Energie, die schon immer wie selbstverständlich zu ihr gehört hatte.

Beluu schien zu merken, was in ihr vorging, denn sie trat auf sie zu und sagte mit einem ungewöhnlichen Anflug von Sanftheit: »Na schön, dann machen wir eben eine Pause. Ich will ja nicht dafür verantwortlich sein, dass die Mondprinzessin tragisch an Erschöpfung zugrunde geht, und das ausgerechnet an ihrem Geburtstag.«

Analina zuckte zusammen und sagte vorwurfsvoll: »Du weißt, dass ich Geburtstag habe?«

Beluu schnaubte. »Natürlich weiß ich, dass du Geburtstag hast. Ob du es glaubst oder nicht, deine Geburt galt damals als ein gewisses Ereignis.«

»Und trotzdem hast du mich zu dieser ... dieser lebensgefährlichen Zeit geweckt und drei Stunden lang gequält?«

»Du wirst es überleben. Wie alt wirst du, zehn?«

»Sehr witzig. Dreizehn. Und tu bloß nicht so, als wüsstest du nicht ...«

Ein Pochen unterbrach sie mitten im Satz. Überrascht wandte sich Analina der Tür zu. »Ja?«

Eine junge Schlossbotin betrat Beluus Turmzimmer. Von dem einfallenden Sonnenlicht geblendet blinzelte sie irritiert und wandte sich dann mit einem Knicks an Analina: »Eure Mutter schickt mich, Euer Hoheit. Ihr sollt in ihr Arbeitszimmer kommen ... unverzüglich.«

Analina hob die Brauen. »Worum geht es?«

»Das weiß ich nicht, Euer Hoheit. Aber es scheint wichtig zu sein.«

»Dann hat es nichts mit meinem Geburtstag zu tun«, sagte Analina trocken.

»Verzeihung?«

»Nichts. Schon gut. Danke, ich komme.«

Sie warf Beluu einen hastigen Blick zu. »Ist es in Ordnung, wenn wir aufhören?«

Keine Antwort. Beluus blassblaue Augen waren auf sie gerichtet, doch Analina wurde das Gefühl nicht los, dass sie sie im Grunde gar nicht sah.

»Beluu?«

Beluu blinzelte. »Bitte? Ähm, ja. Natürlich. Und beeil dich besser, du solltest deine Mutter nicht warten lassen.«

Stirnrunzelnd verließ Analina den Raum und machte sich auf den Weg in den Ostflügel, in dem das königliche Arbeitszimmer lag. Lynda schickte selten nach ihr. Sowieso bekam Analina ihre Mutter nicht sehr häufig zu Gesicht, denn Lynda hatte ständig zu tun. Wenn sie sich nicht hinter ihrem Schreibtisch verbarrikadierte und um Dinge kümmerte, die Analina nicht einmal ansatzweise durchschaute, dann hielt sie Versammlungen ab, reiste durchs Land, besuchte Bälle und Gerichtsverhandlungen, eröffnete wichtige Veranstaltungen oder war Ehrengast bei irgendwelchen Festen. Analina war es gewohnt, ihre Zeit ohne sie zu verbringen, und normalerweise hatte sie auch immer genug zu tun. Sie war von klein auf von verschiedenen Lehrern unterrichtet worden, die für eine gründliche Allgemeinbildung zu sorgen hatten. So sprach sie mehrere Sprachen fließend, bekam seit ihrem fünften Lebensjahr Fechttraining, konnte reiten und den ruhigeren der beiden Hofdrachen fliegen. Eigentlich war der Magieunterricht bei Beluu noch angenehm im Vergleich zu den endlosen Stunden Politik und Geschichte, die sie täglich über sich ergehen lassen musste. Aber am besten waren natürlich die freien Nachmittage – wenn sie denn welche hatte. Bei schönem Wetter durfte Analina dann ihre Freizeit draußen verbringen, zusammen mit ihren besten Freunden, den Kindern des Gärtners. Saphiron und Türkis hatte sie es vermutlich zu verdanken, dass sie bisher nicht an Langeweile gestorben war, denn abgesehen von ihnen hatte Analina nicht viele Freunde in ihrem Alter, um nicht zu sagen, sie hatte gar keine. Die Mondprinzessin zu sein half nicht unbedingt gegen Einsamkeit …

Gedankenversunken hatte Analina die Eingangshalle durchquert, war die breite Haupttreppe hinaufgestiegen und erreichte schließlich den Korridor, auf dem das königliche Arbeitszimmer lag. Die richtige Tür war nicht zu verfehlen. Kunstvoll verschlungene Rosen in Purpur und Gold wanden sich auf dem weißen Holz um das Wappen Funkelsteins, das ebenfalls in den Farben des Ardenreichs gehalten war: ein geschliffener Kristall, über dem eine Krone schwebte. Darunter zog sich wie eine Kette der Leitspruch der Familie. Er war in einer alten Sprache geschrieben, die Analina nicht verstand, aber die Bedeutung war ihr schon von klein auf eingeprägt worden: *Wahrhaft königlich ist, wer durch sein Volk lebt.*

Wie jedes Mal, wenn sie diese Tür sah, fühlte sie sich plötzlich eingeschüchtert. Instinktiv wich sie wieder einen kleinen Schritt zurück, bevor sie sich überwand und zaghaft anklopfte.

»Ja?«

Die Antwort kam beinahe sofort, aber die Stimme war nicht die ihrer Mutter. Leicht irritiert ließ Analina den Arm sinken. »I-ich …« Sie räusperte sich und versuchte es erneut: »Ich bin es. Analina«, fügte sie hinzu, bevor sie der Mut verließ. Prompt ertönten Schritte und im nächsten Moment wurde die Tür nach innen aufgezogen.

»Guten Morgen, Euer Hoheit. Herzlichen Glückwunsch zum Geburtstag.«

Ein großer, schwarzhaariger Mann lächelte sie freundlich an und trat dann einen Schritt zurück, um ihr Platz zu machen.

»Danke.« Zunehmend verunsichert folgte Analina der stummen Aufforderung und trat über die Schwelle.

»Die Königin wurde aufgehalten, aber sie sollte jeden Moment eintreffen. Sie bittet Euch, hier zu warten.«

»Tut sie das«, murmelte Analina und warf dem Mann einen prüfenden Blick zu. Sie konnte sich nicht erinnern, je zuvor mit ihm gesprochen zu haben, aber bei näherer Betrachtung kam er ihr doch irgendwie bekannt vor. Wenn sie sich nicht täuschte, hatte sie Parl Marsiy vor sich, einen der königlichen Berater.

Er nickte, fügte jedoch nichts hinzu. Das machte Analina bewusst, dass sie streng genommen die ranghöchste Person im Raum war und er vermutlich irgendeine Form der Anweisung von ihr erwartete.

»Ähm.« Ihr Blick glitt rasch durch das großzügige Zimmer, blieb kurz an den leuchtenden Sonnenflecken hängen, die auf dem makellosen Parkettboden tanzten, und wanderte dann zu der hohen Lehne des verlassenen Schreibtischstuhls. Natürlich konnte sie sich nicht auf den Platz setzen, der Lynda zustand, aber eine andere Sitzgelegenheit gab es nicht. Das bedeutete dann wohl, dass sie stehen musste. Unwillkürlich sah sie wieder zu Parl Marsiy und stellte fest, dass er sie beobachtete. Vielleicht bildete sie es sich ein, aber sie glaubte, die Spur eines Lächelns in seinen Mundwinkeln erahnen zu können.

Schlagartig erinnerte sie sich daran, dass er ihre Erlaubnis brauchte, um den Raum zu verlassen. »Wollen Sie … gehen?«

Das war definitiv nicht die Formulierung, die ihre Mutter gewählt hätte, doch er zuckte nicht mit der Wimper. »Ich wurde gebeten, Euch beim Warten Gesellschaft zu leisten.«

»Oh.« Analina blinzelte. »Tut mir leid.«

Jetzt war sie sich sicher, dass er ein Lächeln unterdrückte. »Das hoffe ich doch nicht. Es ist mir ein Vergnügen.«

Tatsächlich schien ihm die Situation deutlich weniger unangenehm zu sein als ihr, und das nahm ihr einen kleinen Teil ihrer Verlegenheit. Mutiger geworden wagte sie sich vor: »Sie sind Parl Marsiy, oder?«

Diesmal gelang es ihm nicht ganz, seine Überraschung zu überspielen. »Ja, Euer Hoheit.«

»Wissen Sie, warum meine Mutter mich sprechen will?«

Ein leichtes Flackern glitt über seine dunklen Augen. »Ich ...«

»Sie dürfen es mir nicht sagen«, stellte sie fest.

Er wirkte erleichtert. »Ich fürchte nicht, Euer Hoheit.«

»Hm.« Analina musterte ihn kurz. »Verstehe.«

Für einen Moment herrschte Schweigen.

»Hattet Ihr bisher einen schönen Geburtstag?«, fragte er schließlich.

Analina ließ ihre immer noch geröteten Handflächen unauffällig hinter dem Rücken verschwinden. »Sehr schön, ja.«

Parl war die Bewegung nicht entgangen und kurz begegneten sich ihre Blicke. Er zögerte und räusperte sich dann. »Kann ich ...«

Das Geräusch hoher Absätze hallte durch den Korridor und ließ ihn verstummen. Analina fuhr herum und bemühte sich hastig um eine aufrechte Körperhaltung. Im nächsten Moment schwang die Tür wie von Geisterhand auf und Lynda trat ein. Sie durchquerte den Raum, ohne innezuhalten, erreichte ihren Arbeitsplatz und drehte sich um. Für den Bruchteil einer Sekunde begegnete sie Analinas Blick, bevor sie sich kommentarlos an Parl Marsiy wandte. »Danke.«

Er nickte. »Jederzeit.«

Ohne dass ein weiteres Wort nötig war, schenkte er Analina ein flüchtiges Lächeln und zog sich zurück.

Lynda wartete, bis die Tür hinter ihm zugefallen war, dann richtete sie ihre Aufmerksamkeit wieder auf Analina. Das Sonnenlicht, das schon die ganze Zeit zwischen den dünnen Vorhängen hindurchgeschimmert hatte, brach sich nun in dem filigranen Diadem auf ihrer Stirn und ließ Analina blinzeln. Sie wusste, dass ihre Mutter eine außergewöhnlich schöne Frau war, und das trug nicht unbedingt zur Steigerung ihres eigenen Selbstbewusstseins bei. Wieder einmal wurde ihr klar, dass sie äußerlich das komplette Gegenteil ihrer Mutter war. Lynda war groß und schlank, hatte blonde Locken und bemerkenswert blaue, diamanthelle Augen. Analina dagegen war eher klein für ihr Alter, hatte dunkles Haar und ihre Augen erinnerten weniger an Diamanten als vielmehr an die eines verschreckten Rehs, groß und braun, wie sie waren. Sie hätte gerne gewusst, ob sie ihrem Vater ähnlich sah, aber Lynda hatte niemals ein Wort über diesen Mann verloren, und Analina nahm nicht an, dass sie nach ihm fragen sollte.

»Analina. Schön, dich zu sehen.« Lynda lächelte, doch ihre Augen blieben wachsam. »Alles Gute zum Geburtstag.«

»Danke.« Ana machte einen kleinen Schritt auf den Schreibtisch zu. »Wie war die Ratsversammlung?«

Lynda war vor ein paar Wochen verreist, um der Ratsversammlung der Hochmagier von Hyianda beizuwohnen, und offenbar war sie erst letzte Nacht zurückgekommen.

»Ergebnisreich.«

Unter ihrem prüfenden Blick fühlte Analina sich unwohl. »Du ... wolltest mich sprechen?«

Lynda nickte. »Ja. Es gibt Neuigkeiten, die dich ... nun, vielleicht überraschen werden. Bei der Ratsversammlung ging es diesmal um dich.«

»Um mich?«, wiederholte Analina verdutzt. »Wieso das?«

Ihre Mutter antwortete nicht sofort. Es schien, als suchte sie nach geeigneten Worten, was ungewöhnlich war. Normalerweise wusste Lynda Céleste sehr genau, was sie wollte. Schließlich sagte sie langsam: »Die Akademie des Meeres ist nun bereit, dich aufzunehmen. Du hast einen Platz bekommen.«

Ihre Stimme hallte in Anas Ohren nach. Wortlos starrte sie Lynda an, unfähig, eine Antwort zu formulieren. Sie war starr vor Schreck. Erst als Lynda einen schweren, mit purpurroter Tinte beschriebenen Briefumschlag aus ihrer Tasche zog und Analina entgegenstreckte, sickerte die Botschaft langsam durch. Ihr Magen verkrampfte sich.

»L'Arctes ... hat geantwortet.« Es war keine Frage. Trotzdem hoffte sie verzweifelt auf den Widerspruch ihrer Mutter. Doch Lynda schwieg und ließ ihr keine andere Wahl, als mit zitternden Fingern nach dem Brief zu greifen. Die teure Purpurtinte war typisch für Nachrichten aus Uyneia, dem größten und reichsten Kontinent Lunadësias. Dort stand die ranghöchste der drei Akademien, die die Kinder des Adels ausbildeten und erzogen – vorausgesetzt, die Eltern besaßen das nötige Kleingeld. Lynda hatte Ana schon vor ein paar Jahren eröffnet, dass sie einen Platz an der Akademie in Hyianda beantragt hatte, aber Analina hatte insgeheim immer gehofft, dass sie abgelehnt werden würde. Eine Ausbildung an der Akademie bedeutete auch den Abschied vom Schloss. Abschied von Arden – Abschied von allem, was sie kannte.

Mit steifen Fingern brach Analina das Siegel, entfaltete das dicke Papier und begann zu lesen:

Hiermit erteilen wir, die Höchsten Akademiker der Drei Akademien, Analina Nelia von Funkelstein die Erlaubnis und den Befehl, sich vor Anbruch des neuen Jahres an der Akademie des Meeres zum ersten Schuljahr zu melden. Sie hat selbstständig und ohne weitere Aufforderung zu erscheinen. Ihr Ausbildungsschwerpunkt liegt auf Sprache und Kampf.
L'Arctes, Leiter der Akademie der Sonne

Ana las die Nachricht zweimal, weil sie nicht in ihrer Muttersprache Hyiandanisch geschrieben war, sondern in der uyneianischen Sprache der Sonne.

Sie hatten sie genommen. Sie würde fortgehen. Und lange Zeit nicht wiederkommen. Kurze, bruchstückhafte Sätze jagten durch ihren Kopf, während sie zu begreifen versuchte, dass es jetzt endgültig war. *Ich gehe.*

Schlagartig wurde ihr bewusst, dass Lynda noch im Zimmer war. Langsam hob sie den Kopf. »Ich ... werde gehen?«

Lynda nickte. Sie lächelte nicht. Analina fragte sich, ob sie von dem Kloß wusste, der ihr plötzlich im Hals steckte. Immerhin war auch Lynda in ihrem Alter weggeschickt worden. Aber sie hatte wenigstens Gesellschaft gehabt.

»Ist es wegen Gwenda?«, fragte Analina leise.

Erneut schien Lynda nicht auf Anas Frage vorbereitet zu sein, denn ihre Stimme stockte kurz. »Wie bitte?«

Analina ließ sich nicht beirren. »Muss ich wegen Gwenda weg?«

Wie immer, wenn sie es wagte, diesen Teil ihrer Familie anzusprechen, wurden Lyndas Augen kühl und abweisend wie schimmernde Spiegel. Gwenda Melania war die Herrscherin des Sumpfgebiets, eines der beiden anderen Reiche Hyiandas. Analina hatte nie viele Antworten auf ihre Fragen über Gwenda bekommen, doch natürlich kannte sie wie jeder Bewohner Hyiandas die Geschichte: Seit Lynda im Alter von sechzehn Jahren den Thron bestiegen hatte, kämpfte Gwenda darum, die Herrschaft über das Ardenreich an sich zu reißen. Bisher war es allerdings nie zu einer offenen Schlacht gekommen – Gwenda hatte andere Methoden. Mithilfe von schwarzmagischen Ritualen, die selbst die mächtigsten Magier Hyiandas bislang nicht kannten, hatte sie ihre Magie im Laufe der Zeit um ein Vielfaches vergrößert. Und das noch bevor Lynda überhaupt auf die Bedrohung aufmerksam geworden war. In ganz Arden spann Gwenda ihre Fäden und hielt sich dabei so bedeckt, dass man kaum etwas gegen sie ausrichten konnte. Ihre Späher überflogen immer wieder das Land und hin und wieder wurden Dörfer angegriffen, scheinbar ohne jeden Grund. Analina war sich sicher, dass es nur eine Frage der Zeit war, bis Gwenda versuchen würde, mit einer Armee durch die Schwarzlande bis nach Funkelstein zu ziehen. Die Bedrohung durch die *Andere*, wie sie vom Volk genannt wurde, war allgegenwärtig, und doch hatte Lynda offenbar nicht vor, den Kampf zu eröffnen, solange Gwenda kein Heer aufstellte. Und Analina wusste, warum: Sie durfte nicht diejenige sein, die einen ganzen Kontinent in den Krieg gegen ihre eigene Schwester stürzte. Gegen ihre Zwillingsschwester. Die *Andere*. Bis dieser Krieg ausbrach, schwebte die Bedrohung wie eine dunkle Wolke über Lyndas Reich.

Ein leises Miauen riss Analina aus ihren Gedanken. Ariyala, eine Goldkatze, die Lynda irgendwann aus Uyneia mitgebracht hatte, hatte auf dem Fensterbrett geschlafen und war nun aufgewacht. Sie sprang zu Boden, streckte sich ausgiebig und begann dann, um Lyndas Beine zu streichen. Geistesabwesend bückte Lynda sich und hob Ariyala hoch, die laut zu schnurren begann.

»Du weißt doch, warum du auf die Akademie musst, Analina. Du wirst dort zu der Kämpferin ausgebildet, die du als Mondprinzessin sein solltest. Und außerdem bist du dort in Sicherheit, ja. Und du wirst gut behandelt werden.«

Analina widerstand dem Impuls, trotzig die Arme zu verschränken, und ballte stattdessen ihre immer noch empfindlichen Handflächen zu Fäusten. »Du hast selbst gesagt, dass wir uns nicht im Krieg befinden …«

»Aber ich habe dir auch erklärt, dass es jederzeit dazu kommen kann. Natürlich werden unsere Grenzen geschützt, aber kein Schutz ist vollkommen. Und Konflikte wird es immer geben. Durch deine besonderen Kräfte wirst du früher oder später Aufmerksamkeit auf dich ziehen, und die wird nicht immer angenehm sein. In jedem Fall solltest du lernen, dich zu wehren.«

Analina biss sich auf die Lippe. Etwas in ihr wusste natürlich, dass Lynda recht hatte. Es war nur eine Frage der Zeit, bis Gwenda eine akute Bedrohung in Analina und ihren Kräften sah. Noch war sie kaum ausgebildet und ihre Mondmagie vielleicht weit davon entfernt, sich endlich zu entfalten, aber Gwenda würde sicher nicht warten, bis sie eine ebenbürtige Gegnerin war. Sie würde zuschlagen, sobald sich eine Möglichkeit dazu bot.

»Darum ging es also bei deiner *ergebnisreichen* Ratsversammlung? Ihr habt hinter meinem Rücken über meine Zukunft entschieden?« Analina konnte nicht verhindern, dass ihre Stimme bitter klang. Offensichtlich bemerkte das auch Lynda, denn sie setzte die Katze ab und legte stattdessen Ana eine kühle Hand auf den Arm. Prompt breitete sich Gänsehaut auf der Stelle aus und Lynda zog ihre Fingerspitzen rasch wieder zurück.

»Ich verstehe, dass das alles überraschend für dich kommt«, antwortete sie. »Aber ich hatte keine Wahl. Es musste alles organisiert werden, bevor Gwenda davon erfährt und ihre letzte Gelegenheit nutzt, dir etwas anzutun, solange du unausgebildet bist.«

»Organisiert?«, wiederholte Analina langsam. »Was meinst du mit …«

Es war nicht zu übersehen, dass sie einen wunden Punkt angesprochen hatte.

Lynda seufzte leise. »Aus diesem Grund habe ich dich rufen lassen«, sagte sie ruhig. »Wir können deine Reise nicht länger aufschieben. Das nächste Schuljahr beginnt im Sommer, und wenn du bis dahin nicht angetreten bist, verfällt erstens dein Platz und zweitens die Garantie, dass Gwenda nicht mehr an dich herankommt. Deshalb musst du so schnell wie möglich aufbrechen.«

»Und damit meinst du ...?«

»Morgen. Es ist bereits für dich gepackt worden und um Begleiter habe ich mich auch gekümmert. Die Reise ist gleich am ersten Tag der Versammlung beschlossen worden.«

Analina zuckte zusammen und wich unwillkürlich ein paar Schritte zurück. »Morgen«, wiederholte sie tonlos und räusperte sich, um die schreckliche Enge in ihrem Hals loszuwerden, »ich kann nicht ... nicht so bald aufbrechen. Das ist unmöglich. Absurd. Wie stellst du dir das vor? Ich ... ich habe weder damit gerechnet noch bin ich irgendwie vorbereitet ... ich weiß nicht einmal, wo ich hinmuss! Das ist doch Wahnsinn ...«

Plötzlich kam es ihr in Lyndas Zimmer sehr kalt vor. Ariyala schmiegte sich leise schnurrend an ihre Beine, doch sie nahm es kaum wahr. Alles kam ihr unwirklich vor. Es war doch ihr Geburtstag, verdammt noch mal! Wieso konnte Lynda keinen Kuchen backen und ihr Geschenke überreichen wie alle anderen Mütter? Nein, sie musste Analina auf eine Reise ans andere Ende Hyiandas schicken.

»Lynda, ich *kann* nicht ...«

»Doch, du kannst«, gab ihre Mutter unbeeindruckt zurück. »Und du wirst. Wie gesagt, es ist alles geplant. Die Route ist festgelegt, die Begleiter sind geprüft und die Kontaktpersonen sind auch alle bereit. Du musst nur tun, was dir gesagt wird, dann wird alles gut werden. In spätestens drei Monaten solltest du angekommen sein.«

»Aber ... aber wieso muss ich *morgen* aufbrechen? Wieso nicht in einer Woche oder zwei?«

»Je weniger Zeit wir verlieren, desto weniger Zeit hat Gwenda, von der Reise zu erfahren.«

Analina war wie erstarrt. Alles, was sie herausbekam, war: »Bitte … bitte nicht.«

Lynda erwiderte ihren flehenden Blick mit regloser Miene. Nur für den Bruchteil einer Sekunde glaubte Ana, ein leichtes Schimmern in den eisblauen Augen wahrzunehmen. Dann blinzelte sie und der Eindruck verflog.

»Du solltest deine Begleitung kennenlernen, bevor ihr aufbrecht«, erwiderte Lynda sachlich. »Sie warten schon auf dich. Komm. Ich bringe dich hin.«

Ohne ein weiteres Wort schritt sie an Analina vorbei in Richtung Tür, ihre Absätze machten helle, klackernde Geräusche auf dem Parkett. Erst als sie der graue Seidenrock streifte, löste Ana sich endlich aus ihrer Starre. Wie in Trance setzte sie sich in Bewegung und folgte ihrer Mutter hinaus auf den Gang.

ABSCHIEDSWORTE

Lynda führte sie geradewegs in den Westflügel des Schlosses, in dem die Küchen und die Schlafsäle der niederen Angestellten lagen. Normalerweise durfte Analina sich hier gar nicht aufhalten, was sie allerdings bisher nicht davon abgehalten hatte, es trotzdem zu tun. Ihre Schritte hallten laut von den gekachelten Wänden wider und im selben nervösen Takt spürte Analina ihr Herz hämmern.

Vor einer hohen, schweren Tür machte ihre Mutter Halt. Unsicher trat Analina vor und hob die Hände, doch bevor sie ihr Glück versuchen konnte, bewegte Lynda leicht die Finger, und von einigen eisblauen Magiefunken begleitet schwang die Tür auf.

Sie waren in einer Art Aufenthaltshalle der Diener gelandet, in der Analina nie zuvor gewesen war. Abends wimmelte es hier vermutlich von Leben, aber jetzt, am Vormittag, war die Halle fast leer. Die einzigen drei Anwesenden standen schweigend mitten im Raum und hatten sie ganz offensichtlich erwartet. Naturgemäß war es der Schneeriese, der Analinas Aufmerksamkeit zuerst auf sich zog. Wie alle Angehörigen seiner Art verfügte er über die Eigenschaft, seine Körpergröße an die Umgebungstemperatur anzupassen, und so maß er in unmittelbarer Nähe eines offenen Kamins nur knapp zwei Meter. Unauffällig war seine Erscheinung trotzdem nicht, denn im flackernden Feuerschein funkelte seine reinweiße Haut, als wäre sie mit Raureif überzogen. Es war das erste Mal, dass Analina einem Riesen direkt gegenüberstand, und während seine Gestalt insgesamt etwas Einschüchterndes hatte, war sie vom freundlichen Ausdruck seiner blassroten Augen überrascht.

Unter ihrem Blick neigte er kurz den Kopf und die Bewegung wurde von einem zweiten Mann wiederholt, der keinen größeren Kontrast zu dem Schneeriesen hätte bilden können. Er zeigte die gedrungene Statur, den kräftigen Bartwuchs und die dunkle Haut der Gnomen und inmitten seiner harten Gesichtszüge loderten orangefarbene Augen wie zwei glühende Kohlen. Analina schaffte es, seinen Blick für die Dauer eines Herzschlags zu erwidern. Dann wandte sie sich ab und begegnete prompt einem dritten Augenpaar, bernsteinfarben und katzenartig. Die einzige Frau in der kleinen Gruppe war jünger als ihre Begleiter, schien jedoch die Ranghöchste der drei zu sein. Ihr dunkelgrüner Zopf und die olivfarbene Haut legten nahe, dass es sich bei ihr um eine Waldelfe handelte, die normalerweise in ihren Stämmen im Ardenwald unter sich blieben. Im Gegensatz zu den beiden anderen senkte sie ihren Blick nicht, als Analina ihm begegnete, sondern sah ihr ungehemmt ins Gesicht.

Lynda trat einen Schritt nach vorne und die Waldelfe neigte den Kopf.

»Das sind die Begleiter, die ich für dich ausgewählt habe«, sprach ihre Mutter das Offensichtliche aus und blieb dann neben Analina stehen. Ihre kühle Haut streifte Anas, und unwillkürlich fragte sie sich, wann Lynda sie vor diesem Tag das letzte Mal berührt hatte. Sie kam schnell zu dem Schluss, dass sie sich nicht erinnern konnte.

»Das sind mein Leibwächter Hannibal« – der Schneeriese deutete eine Verbeugung an – »Qalim, unser bester Langstreckenbote« – der Gnom nickte knapp – »und meine Schattenspäherin Narena« – die Waldelfe verzog keine Miene.

Analina zwang sich zu lächeln. »Ich bin sicher, sie sind hervorragend geeignet. Vielen Dank, dass ihr mich begleiten wollt.«

Lynda trat auf die Gruppe der Begleiter zu und wandte sich wieder an Ana. »Ihr werdet morgen bei Sonnenaufgang aufbrechen. Für Kleidung und Proviant ist gesorgt, wenn du noch persönliche Dinge einpacken möchtest, solltest du das heute noch tun. Die vollständige Route kann Qalim dir unterwegs erklären, zunächst verläuft sie auf jeden Fall durch die Ebenen von Arden und durch die Glasberge bis nach Gringol, wo ihr rasten werdet. In ein bis zwei Monaten solltet ihr euch von dort aus melden. Danach geht es dann über Muschelsand, Lartencia und Turmland weiter zur Akademie des Meeres an der Küste von Palestra.«

Ana nickte automatisch. Ein bis zwei Monate. Sie konnte es immer noch nicht wirklich fassen. In ein paar Stunden würde sie unterwegs sein.

»Aber wieso …«

Doch Lynda runzelte plötzlich die Stirn und hob die Hand. Verdutzt beobachtete Analina, wie ihre Mutter einen raschen Blick mit der Schattenspäherin Narena tauschte und sich dann völlig unvermittelt in Bewegung setzte. Sie machte einige gezielte Schritte durch den Raum, richtete ihre Aufmerksamkeit auf einen großen Schrank in der Ecke und in einem Schauer eisblauer Funken sprangen die Schranktüren auf. Zwei Gestalten stolperten heraus, dicht gefolgt von einem kleinen weißen Hund.

Analina keuchte auf. »Saphiron! Türkis! Was bei allen Göttern …«

Die beiden Kinder rappelten sich auf. Man sah auf den ersten

Blick, dass sie Geschwister waren – ein neunjähriges Mädchen und ein fünfzehnjähriger Junge mit der gleichen zartblauen Haut, den gleichen dunkelblauen Locken, den gleichen funkelnden Augen. Selbst die schuldbewussten Blicke, die sie in Lyndas Richtung schickten, waren vollkommen identisch.

»Darf ich fragen, was ihr in diesem Schrank zu suchen hattet?«, fragte Lynda, und bei ihrem kühlen Tonfall rückten die beiden unwillkürlich ein wenig näher zusammen.

»Wir …« Saphiron verstummte unter ihrem durchdringenden Blick.

Türkis erkannte die Lage und nahm die Sache in die Hand: »Es tut uns leid. Wir hatten mitbekommen, dass es um Lia gehen sollte und die Akademie des Meeres und … wir wollten wissen, was das alles zu bedeuten hat. Wir bitten um Verzeihung, Euer Majestät.« Sie knickste ein wenig ungeschickt und sah Analina Hilfe suchend an.

»Sie wollten nur wissen, was los ist«, sprang Ana ein und trat schnell neben Saphiron. »Sie haben es nicht böse gemeint, Lynda.«

Lynda hob die Brauen. »Das ist mir klar. Die Schwäche der meisten Lauscher ist Neugier, nicht Bosheit. Ihr seid Onyx' Kinder, nicht wahr?«

Saphiron zuckte zusammen. »Vater hat nichts damit …«

Die Andeutung eines Lächelns huschte über Lyndas Gesicht. »Ich weiß, ich weiß, keine Sorge. Nun, habt ihr gehört, was ihr hören wolltet?«

»Na ja«, entfuhr es Türkis.

Lynda sah sie abwartend an.

Türkis' Wangen wurden eine Spur dunkler. »Ich meine … muss Lia wirklich ganz allein bis nach Palestra?«

»Lia?«

»Analina, wollte ich sagen.«

»Nun, wie du siehst, wird sie nicht allein sein«, antwortete Lynda ungerührt und deutete auf die drei Begleiter.

Türkis schwieg. Sie wirkte nicht sonderlich zufrieden.

»Wo liegt das Problem?«, fragte Lynda mit der Spur eines weiteren Lächelns.

»Ich … wir möchten mitkommen«, platzte sie heraus. »Bitte. Euer Majestät.«

Analinas Miene hellte sich auf. »*Wirklich*?«

Doch die schmalen Brauen ihrer Mutter neigten sich beunruhigend steil in Richtung ihrer Nasenwurzel. »Das ist unmöglich. Ihr seid Kinder, ich kann euch unmöglich auf so eine Reise schicken.«

»Ich bin auch ein Kind«, wandte Analina rasch ein. »Und damit, *mich* loszuschicken, hast du ja offensichtlich kein Problem.«

»Es ist durchaus ein Unterschied, ob es sich um eine Neun- oder eine Dreizehnjährige handelt«, entgegnete ihre Mutter und die Brauen wanderten nun auf ihren Haaransatz zu.

»Ich bin fünfzehn«, warf Saphiron prompt ein.

»Wenn er darf, will ich auch!«, begehrte Türkis auf. »Ich kann mich genauso gut verteidigen wie er!«

Lynda warf ihnen einen einzigen Blick zu und sie verstummten sofort.

»Analina?«

Ana folgte ihrer Mutter widerstrebend außer Hörweite und spürte Saphirons und Türkis' neugierige Blicke in ihrem Nacken, als sie sich Lynda zuwandte.

»Bitte, Lynda. Die beiden wissen, was sie tun. Sie sind selbstständig genug für so eine Reise und Türkis ist wirklich reif für ihr Alter und … *bitte*.«

Lynda schüttelte verärgert den Kopf. »Wie stellst du dir das vor? Wir sprechen hier von den Kindern des *Gärtners* …«

Ana hob die Augenbrauen. »Wie war das? *Wichtig ist nicht, als was man geboren ist; wichtig ist, als was man sterben möchte?*«

»Ich wünschte, du würdest dir alles so genau merken wie das, was du gegen mich verwenden kannst«, entgegnete Lynda trocken.

Analina sah flehend zu Saphiron und Türkis hinüber, die ängstlich zurückstarrten. »Kannst du es dir nicht wenigstens überlegen? Wenn die beiden dabei wären, dann ... es wäre einfach viel leichter. Verstehst du, sie sind meine besten Freunde ...«

»Das ist mir neu.«

»Bitte.«

Lynda schwieg. Für eine kleine Ewigkeit. Sie musterte ihre Tochter prüfend. Analina starrte zurück, entschlossen, nicht mit der Wimper zu zucken. Sekunden verstrichen.

»Na schön«, räumte Lynda schließlich ein. »Ich werde mit Onyx sprechen und die beiden bis morgen früh prüfen. Und falls ich zu dem Schluss komme, dass sie für die Reise geeignet sind, darfst du sie mitnehmen.«

»Ja!« Saphiron, der offenbar sehr gute Ohren hatte, stieß seine kleine Schwester an, doch das Grinsen verschwand aus seinem Gesicht, als er Lyndas stechenden Augen begegnete.

»Ich sagte, *falls*«, verdeutlichte sie. »Ihr bleibt also noch, wenn wir hier fertig sind.«

Beide nickten eifrig. Der kleine Hund an Türkis' Seite fiepte aufgeregt.

Mit einem kaum wahrnehmbaren Seufzen wandte Lynda sich wieder an Analina: »Du hattest eine Frage, bevor wir unterbrochen wurden?«

Ana brauchte einen Moment, bis sie sich erinnerte. »Ähm, ja. Zwei, eigentlich. Wir reisen zu Fuß, oder?«

Ihre Mutter nickte. »Der Tradition entsprechend, ja. Es wird als die Pflicht der Thronfolgerin angesehen, ihr zukünftiges Reich auf diese Weise kennenzulernen. Abgesehen davon würdet ihr mit Pferden spätestens im Gebirge Probleme bekommen … eine Laststute wird genügen.«

»Was spricht gegen Drachen?«

Lynda runzelte die Stirn. »Zu leichtes Ziel«, gab sie knapp zurück.

»Also denkst du, man wird uns angreifen?« Analina gab sich alle Mühe, genauso sachlich zu klingen wie ihre Mutter. Sie war sich nicht sicher, ob es ihr gelang.

»Ich denke«, antwortete Lynda ruhig, »dass wir besser so wenig Aufmerksamkeit wie möglich auf deine Reise lenken sollten. Damit fallen Drachen weg. War das alles?«

Etwas in Lyndas Tonfall gab Analina das Gefühl, dass sie nicht mehr viele Fragen stellen sollte. Trotzdem konnte sie sich einen Hinweis nicht verkneifen: »Wieso der Umweg über Muschelsand? Palestra liegt an der Ostküste, wir sind im Westen. Wäre der direkte Weg durch den Ardenwald und das Wolkental nicht viel einfacher?«

Lynda hob die Brauen. »Ich darf dich daran erinnern, dass das Wolkental nicht zu Arden gehört. Eine Reise durch Nuben steht nicht zur Debatte.«

»Aber wenn du sowieso denkst, dass es gefährlich wird, sollte ich dann nicht so schnell wie möglich …«

»Muschelsand ist viel zu weit vom Sumpfgebiet entfernt, das macht Angriffe extrem unwahrscheinlich. Außerdem habe ich dir doch gesagt, dass die Route längst geplant ist. Wer sollte im Wolkental für deine Sicherheit sorgen?«

Ana zuckte die Schultern. »Wie wäre es mit dem Regenkönig?«

Ihre Mutter starrte sie an. »Ich bin nicht auf die Hilfe des Regenkönigs angewiesen, um dich zu schützen«, gab sie nach einer kurzen Pause zurück. Ein stählerner Hauch hatte sich in ihre Stimme eingeschlichen, der Analina eindrucksvoll an die berühmte Erbfeindschaft zwischen Arden und Nuben erinnerte.

»Ich dachte, es gibt ein Friedensabkommen mit Nuben«, hakte sie vorsichtig nach. »Wäre es dann so abwegig, den Regenkönig zu bitten …«

»Eine Reise durch Nuben steht nicht zur Debatte«, wiederholte Lynda sehr langsam und sehr deutlich. Ohne auf Analinas irritierte Miene zu achten, wandte sie sich ab und trat ein paar Schritte in Richtung Fenster. Durch das Licht, das auf ihr Gesicht fiel und goldene Flecken auf ihre Haut malte, wirkte sie plötzlich merkwürdig leblos, fast wie eine Statue.

»Aber wieso …«

»Das reicht«, fiel ihre Mutter ihr ins Wort, ohne sich nach ihr umzudrehen, »Wenn du keine weiteren Fragen mehr hast, war das alles.«

Analina konnte ein Schnauben nicht unterdrücken. Das war also alles? Ein Haufen Befehle und ein paar verweigerte Antworten? Andererseits wusste sie nicht, was sie erwartet hatte. Vielleicht, dass Lynda es wenigstens über sich brachte, sie anzusehen.

Als ihre Mutter sich auch nach ein paar stummen Sekunden nicht nach ihr umdrehte, hatte Analina genug.

»Tja, dann war es das wohl.« Die Worte klangen trotziger, als sie beabsichtigt hatte. »Danke für nichts«, fügte sie leise hinzu.

»Bitte?«

Lynda hielt den Blick immer noch aus dem Fenster gerichtet, so offensichtlich unbeteiligt, dass Analinas Blut zu kochen begann. Sie öffnete den Mund, um irgendetwas Unverfängliches zu antworten, doch plötzlich schien alles Unverfängliche aus ihrem Wortschatz verschwunden zu sein.

»Na ja, dir scheint meine Meinung ja sowieso relativ egal zu sein, oder?«

Lynda blinzelte. »Wie darf ich das verstehen?«, fragte sie kühl.

»Was ist daran so schwer zu verstehen? Ich werde hier mal wieder vor vollendete Tatsachen gestellt, aber das bin ich ja gewohnt«, fauchte Ana. Sie wusste nicht, wo die Wut plötzlich herkam, die in ihrem Bauch loderte. All die Verwirrung und Unsicherheit, die sie bisher gespürt hatte, schien sich in nagenden Zorn verwandelt zu haben.

»Ich weiß nicht, was du …«

»Du weißt *genau*, was ich meine. Sieh mich an, wenn ich mit dir rede.«

Etwas in Ana wusste, dass sie gerade unwiderruflich zu weit ging. Aber etwas anderes sagte, dass es ihr egal war. Sie hatte nicht besonders laut gesprochen, doch auf ihre Worte folgte eine Stille, als hätte sie geschrien. Von einer Sekunde auf die andere herrschte eine Spannung im Raum, die beinahe greifbar war. Sehr langsam wandte Lynda ihr Gesicht vom Fenster ab.

»Wie bitte?« Ihre Stimme war nicht mehr als ein eisiger Hauch, der Analina eindeutig davor warnte, die Grenze noch weiter zu übertreten. Aber Ana hatte genug. Einmal, ein einziges Mal, wollte sie nicht einfach den Mund halten und die brave Tochter sein. Dieses eine Mal sollte Lynda zu hören bekommen, was sie dachte.

»Du hast mich schon verstanden! Ich habe es satt, behandelt zu werden wie ein dummes Kind, das nicht selbstständig denken kann. Ich habe es satt, dass jede Entscheidung über meinen Kopf getroffen wird! Du schickst mich einfach los, ohne mich vorher nach meiner Meinung zu fragen, und du hältst es nicht mal für nötig, mir dabei in die Augen zu sehen?«

In ihren Ohren rauschte es, aber ihre Stimme war ruhig.

Lyndas Gesichtsausdruck hatte sich nicht verändert, doch plötzlich strahlte sie eine Härte aus, die Analina nicht kannte. Ihr wurde schlagartig klar, dass sie mehr als zu weit gegangen war, aber sie dachte nicht daran nachzugeben.

»Du wirst nicht in diesem Ton mit mir sprechen«, sagte Lynda überdeutlich.

»Ich spreche mit dir, wie es mir passt«, knurrte Ana.

Lynda schien ihren Ohren nicht zu trauen. »Wie bitte?«, wiederholte sie gefährlich leise. »Ich glaube, dir ist nicht klar, wen du vor dir hast.«

Analina schnaubte. »Oh, natürlich ist mir das klar, Ihre Majestät, die Königin, höchstpersönlich! Dass ich deine Tochter bin, scheint dir herzlich egal zu sein, denn du hast ja offensichtlich kein Problem damit, mich wie irgendeine deiner Untergebenen zu behandeln …«

»Es reicht!«, fuhr Lynda dazwischen. »Kein Wort mehr, Analina, ich warne dich!«

»Warum? Weil ich recht habe?«, schoss Analina zurück. »Ich lasse mir von dir nicht mehr den Mund verbieten, Lynda. Ich werde aufbrechen, wie du es willst, wie es die *Königin* will, aber von einer Mutter bemerke ich hier nichts. Wie oft warst du denn hier in den letzten Wochen? Wann hattest du das letzte Mal wirklich Zeit für mich? Wenn du mir als *Mutter* irgendetwas zu sagen hast, dann sag es jetzt!«

Noch nie hatte Analina eine lautere Stille gehört. Alle um sie herum schienen erstarrt zu sein. Wütend funkelte sie Lynda an, während die Sekunden des Schweigens sich zwischen ihnen ausdehnten wie ein zum Zerreißen gespanntes Band.

Als Lynda schließlich sprach, klirrte jedes Wort vor Kälte: »Wenn du deinen Wutanfall beendet hast, solltest du jetzt gehen. Viel Erfolg auf deiner Reise, Analina.«

Sie wandte sich wieder dem Fenster zu und sah zu den Wolken auf, die sich am Horizont zu sammeln begannen. Analina starrte sie fassungslos an, während die Botschaft zu ihr durchdrang.

»Danke«, sagte sie bitter. »Dann hätten wir das ja geklärt.«

Langsam drehte sie sich um, ohne irgendjemanden anzusehen.

»Bis morgen früh«, brachte sie leise hervor.

Die Tür schlug krachend hinter ihr zu.

In der Aufenthaltshalle breitete sich eine bleierne Stille aus. Doch dann fuhr Lynda mit so ruhiger Stimme fort, dass ihre Zuhörer schauderten: »Das war dann wohl alles. Narena, Qalim, Hannibal, ihr könnt gehen. Saphiron, Türkis, ihr bleibt.«

Sie gehorchten sofort. Eines wusste jeder Einzelne im Raum: Den Zorn dieser Frau wollte man niemals, unter keinen Umständen, auf sich ziehen.

Kaum war Analina auf dem Gang allein, da fiel ihr mühsam aufrechterhaltenes Gerüst aus Ärger und Empörung in sich zusammen. Sie zitterte, aber nicht mehr vor Wut. Nie zuvor hatte sie sich so mit ihrer Mutter gestritten. Obwohl sie oft kurz davor gewesen war, ihre Meinung herauszuschreien, hatte sie sich bisher immer zurückgehalten. Und jetzt? Ausgerechnet jetzt war sie explodiert.

Noch einmal hallte die Abweisung ihrer Mutter in ihren Ohren nach und prompt stieg brennende Übelkeit in ihr auf. Ana schluckte und zwang sich, ihre Aufmerksamkeit auf etwas anderes zu richten. *Saphiron und Türkis.* Sie hatte so sehr gehofft, dass sie die in welcher Form auch immer abzulegende Prüfung durch Lynda bestehen würden, doch natürlich hatte sie diese Chance nun zunichtegemacht. Jetzt konnte sie vermutlich von Glück reden, wenn Lynda vor lauter Ärger nicht auch noch den Vater der beiden entließ.

Mit zusammengebissenen Zähnen beschleunigte sie ihre Schritte.

Als sie ihr Zimmer betrat, empfing sie kühle Luft, die durch die geöffneten Fenster hereinwehte. Analina blieb kurz stehen und atmete tief durch, dann ging sie zu ihrem Bett und setzte sich. Sie brauchte unbedingt eine Minute, um ihre Gedanken zu ordnen. Abwesend ließ sie ihren Blick durch den großen, hellen Raum wandern und stellte zum ersten Mal fest, dass jedes einzelne Möbelstück die Handschrift ihrer Mutter trug. Der hohe Schrank, der polierte Schreibtisch, das akkurat bezogene Himmelbett – alles hier strahlte die schlichte Eleganz aus, mit der sich Lynda stets völlig mühelos umgab. Noch dazu wirkte alles unnatürlich ordentlich, als hätte hier nie jemand gewohnt. Analinas Augen suchten angestrengt nach etwas, das bewies, dass in diesem Zimmer gelebt wurde, irgendein Detail, das darauf hindeutete, wer hier jeden Tag aufwachte. Aber sie fand nichts. Bis auf Ariyala, die schnurrend zu ihren Füßen in einem Weidenkorb lag, gab es kein Leben in diesem Raum.

Als sie schon aufgeben wollte, blieb Anas Blick an den Bücherregalen hängen und ihr Herz machte einen kleinen Hüpfer. Dort, zwischen all den dicken, millimetergenau angeordneten Wälzern, die Rücken an Rücken die Regalfächer füllten, stach ein einziges Buch hervor. Es war klein, alt und abgegriffen. Der Einband, der einmal dunkelgrün gewesen war, hatte seine Farbe verloren und glänzte matt in der Sonne.

Wie von selbst stand Analina auf und ging langsam auf das Regal zu. Ihre Finger tasteten vorsichtig, beinahe ehrfürchtig, über den kleinen Band, bevor sie ihn hervorzog und über den makellos sauberen Rücken strich, vergeblich auf der Suche nach dem kleinsten Staubkorn. Ihre Augen glitten über den Titel des Buches, der in verblichenen Silberlettern in das abgewetzte Leder geprägt war.

Im Nachtwald – Geschichten aus der Welt der Mondvögel.

Ein flüchtiges Lächeln huschte über ihr Gesicht. Sie hatte doch etwas gefunden, das nur ihr gehörte. Etwas, das viel bedeutender war als Unordnung auf dem Schreibtisch oder ein ungemachtes Bett. Man konnte sie nicht sehen, aber sie waren da: Erinnerungen. Erinnerungen an ihre Kindheit, zusammengefasst in diesem unscheinbaren kleinen Gegenstand.

Es war das einzige Kinderbuch, das Ana je besessen hatte.

Analina zögerte kurz, dann steckte sie das Buch in einen Stoffbeutel, den sie mit auf die Reise nehmen wollte. Mit dem Buch verschwand auch der letzte Hinweis auf ihre Persönlichkeit aus dem Raum, aber diesmal machte es ihr nichts aus. Es war nicht wichtig, was sie zurückließ. Wichtig war, was sie mitnahm. Analina richtete sich auf und sah sich ein letztes Mal um. Alles hier war sauber. Ordentlich. Unberührt. So sollte man ein Zimmer zurücklassen. So sollte man Abschied nehmen und so sollte man aufbrechen. Mit einem wehmütigen Lächeln kniete sie sich neben Ariyalas Korb und strich der Katze ein letztes Mal über das glatte Fell und die ledrigen, warmen Pfotenballen. Ariyala gab ein leises Seufzen von sich und rollte sich enger zusammen, ohne aufzuwachen.

»Morgen bin ich weg«, flüsterte Analina und schluckte den Kloß hinunter, der ihren Hals verengte. Sie hatte das unangenehme Gefühl, ein Leben zurückzulassen, das sie nie wieder führen würde.

WIE EINE MASKE AUS DIAMANT

Die Nacht huschte wie ein Schatten vorbei, flüchtig, sekundenschnell. Kaum hatte sich Analina am Abend hingelegt, schon war es wieder Morgen, und sie hatte das Gefühl, keinen Augenblick geschlafen zu haben. Der erste Gedanke, der ihr kam, sobald sie die Augen aufschlug, durchzuckte sie wie körperlicher Schmerz: Es war so weit. Sie musste aufbrechen.

Der nächste Gedanke galt Lynda, und das machte alles nicht gerade besser. Wie in Trance stand Analina auf, wusch sich, flocht sich die langen Haare und zog sich an. Statt der üblichen prunkvollen Seidenkleider hatte sie sich am Abend eine einfache Bluse, Hosen aus weichem, hellem Wildleder und ein leichtes Wams zurechtgelegt. Als sie im Hinausgehen ihrem eigenen Blick im Spiegel begegnete, kam ihr das blasse Mädchen mit dem Zopf wie eine Fremde vor.

Die Korridore waren wie ausgestorben. Obwohl es noch so früh war, fiel bereits etwas fahles Morgenlicht durch die hohen Fenster. Ana sah sich nicht um, trotzdem war die außergewöhnliche Schönheit des Schlosses allgegenwärtig. Cremefarbene, glatt polierte Steinböden schimmerten sanft in der blassen, eben aufgehenden Sonne. Abgewetzte Stellen glänzten wie silbrige Pfützen vor ihren Füßen. Hier und da verfingen sich die Sonnenstrahlen in kostbaren Mosaiken aus schillernden Steinen, die in den Boden eingearbeitet waren. Ana erkannte

Rosenquarz, Achat, Opal und Amethyst, da es im Südflügel Zimmer gab, die ganz in der Farbe eines bestimmten Steines gehalten waren. Die Farben Funkelsteins – purpur, weiß und golden – tauchten am häufigsten auf, in Form von vereinzelten Rubinen, Perlen und Goldornamenten.

Ana beschleunigte ihre Schritte.

Über Jahrhunderte hinweg hatte dieses Schloss zu den schönsten und prachtvollsten Hyiandas gehört. Zu der Zeit, als Lyndas Mutter Merula hier Königin gewesen war, war einiges an Reichtum verloren gegangen, doch Lynda hatte dafür gesorgt, dass ein Großteil der verlorenen Besitztümer nach und nach wiedergewonnen wurde. *Lynda.*

Ana biss sich fest auf die Lippe. Schon kamen ihr Zweifel. Sie war sich nicht sicher, ob sie das Richtige tat, wenn sie jetzt ging, ohne noch einmal mit ihrer Mutter zu sprechen. Lyndas Stimme hallte in ihren Ohren: *Wenn du deinen Wutanfall beendet hast, solltest du jetzt gehen.*

Analina hatte nicht viel erwartet. Sie hatte nur ein einziges Mal hören wollen, dass sie Lynda wichtig war. Dass es ihr schwerfiel, sie gehen zu lassen, vielleicht. Dass sie wenigstens irgendetwas empfand.

Mit zusammengebissenen Zähnen bog sie um die Ecke auf den letzten Korridor – und prallte unsanft gegen eine andere Person.

»Autsch! Was …«

Analina ließ vor Schreck ihre Tasche fallen. Die Frau vor ihr taumelte zurück und stieß gegen die Wand.

Erst jetzt erkannte Ana den dunkelgrünen Zopf.

»Narena!« Hastig dämpfte sie die Stimme. »Alles in Ordnung?«

Die königliche Schattenspäherin richtete sich wieder auf und griff nach ihrer Tasche, die ebenfalls zu Boden gefallen war.

Dann strich sie sich das Haar aus dem Gesicht und musterte Analina aus katzengelben Augen.

»Je nachdem, was Ihr meint. Ich habe mich nicht verletzt.«

»Gut.«

»Aber als ›in Ordnung‹ würde ich das hier trotzdem nicht bezeichnen«, fügte sie mit fester Stimme hinzu, während sie sich gemeinsam auf den Weg in die Eingangshalle machten. »Ich bin sicher, dass Eure Mutter …«

»Meine Mutter hat hiermit nichts mehr zu tun«, unterbrach Ana sie kühl.

»Das sehe ich nicht so«, widersprach Narena ungerührt.

Analina öffnete den Mund, um zu antworten, doch sie wurde von einer dritten Stimme unterbrochen. Qalim war vor ihnen um eine Biegung gekommen und lief eilig auf sie zu.

»Prinzessin Analina …« Der Gnom bedachte sie mit einem knappen Blick, bevor er sich an Narena wandte: »Die Botinnen sagen, sie ist unterwegs.«

Die Schattenspäherin nickte, als hätte sie diese Nachricht erwartet. »Wie lange?«

»In fünf Minuten ist sie am Portal.«

Ana sah von ihr zu Qalim und wieder zurück. »Sie kommt? Meine Mutter kommt?«

»Ja. Wir können auf sie warten, wenn Ihr das wünscht.«

»Was will sie?«

Narena hob die Brauen. »Fragt sie doch.«

Ana presste die Lippen zusammen und ging schneller.

Als sie das Erdgeschoss erreicht hatten, drehte sie sich nicht in Richtung der großen Eingangshalle, sondern ging auf eine schlichte, schmale Tür neben einem Gemälde ihrer Urgroßmutter Violyna zu. Hinter der Tür lag ein alter Botendurchgang, der längst nicht mehr genutzt wurde. Zumindest dachte das Lynda.

»Hier durch«, zischte Analina. Ihre Finger glitten geübt an dem vergoldeten Bilderrahmen entlang, bis sie gefunden hatte, was sie suchte. Als sie die Hand wieder zurückzog, schimmerte ein alter, goldener Schlüssel darin.

Qalim und Narena tauschten einen Blick. Ana beachtete sie nicht, sondern schloss rasch die Tür auf und betrat den kühlen Steinboden, der sich dahinter erstreckte.

Der Gang führte nicht zum Hauptportal. Stattdessen endete er am Fuß des Turmes, in dem sie gestern noch von Beluu gequält worden war, an einer kleinen Tür ins Freie. Davor begann ein Weg zu den von Hügeln verborgenen Drachenkoppeln. Als Analina hinaustrat, stand Hannibal bereits auf dem Stück grüner Wiese und belud eine kräftige Fuchsstute mit ihrem Gepäck. Der Himmel leuchtete jetzt blassblau, nur hier und da durchsetzt von einzelnen Wolkenfetzen. Ana hatte kaum Zeit, befreit aufzuatmen, da stürzte sich schon ein kleines, bellendes Etwas auf sie, dicht gefolgt von Saphiron und Türkis.

»Lia, da bist du ja endlich – du wirst es nicht glauben, wir dürfen mitkommen!« Türkis' Augen glänzten vor Aufregung. Hastig zog sie den quirligen Hundewelpen zurück und strahlte ihre Freundin an.

Analina konnte es kaum fassen. »Was? Aber … Lynda hat euch gehen lassen?«

Saphiron nickte. »Ja, sicher! Gestern Abend hat sie uns geprüft, und als sie fertig war, meinte sie, dass nichts dagegenspricht.« Er grinste breit. »Jetzt hast du uns also am Hals. Und Melin auch«, fügte er hinzu und verdrehte die Augen. »Türkis will sie nicht hierlassen.«

»Melin?«, wiederholte Analina und beugte sich zu der kleinen Hündin hinunter. Ihr weißes Fell war voller Grasflecken und die langen, schwarzen Ohren schlackerten munter vor und zurück.

»Ja. Eigentlich wollte ich sie dir zum Geburtstag schenken«, sagte Türkis und nahm Melin auf den Arm, die ihr vertrauensvoll über die Wange leckte. »Aber ich dachte, vielleicht gehört sie doch lieber uns beiden. Halb dir, halb mir ... einverstanden?«

Analina grinste. »In Ordnung.« Sie sah zu der Gruppe ihrer Reisebegleiter hinüber und ihr Lächeln kam ihr plötzlich selbst sehr gezwungen vor. Umso mehr, als sie Narena entdeckte und feststellen musste, dass die Schattenspäherin sie nach wie vor mit zusammengezogenen Brauen beobachtete. Doch bevor Analina etwas sagen konnte, räusperte sich Qalim und alle wandten sich ihm zu.

»Wir sind jetzt vollzählig«, stellte er fest und sah sich um. »Ich denke, es ist sinnlos, weiter zu warten. Meinetwegen können wir aufbrechen. Es sei denn, Ihr wollt noch etwas erledigen, Prinzessin?« Er sah sie vielsagend an.

Analina schüttelte den Kopf. »Nein«, sagte sie knapp, »will ich nicht.«

Sein Blick glitt zu Narena, und Ana war nicht überrascht, als sich die Schattenspäherin zu Wort meldete: »Seid Ihr ganz sicher? Wir werden lange unterwegs sein. Niemand kann sagen, wann sich die nächste Gelegenheit für ein Gespräch ergeben wird.«

Wenn Analina nicht unter den Eisaugen ihrer Mutter aufgewachsen wäre, hätte sie Narenas eindringlicher Miene vermutlich nachgegeben. Aber sie war Blickduelle gewohnt, und so schaffte sie es, das unangenehm bohrende Gefühl in ihrer Magengegend zu ignorieren.

»Ich bin mir sicher«, betonte sie. »Es rührt mich ja, dass Ihr Euch Sorgen macht, aber meine Beziehung zu meiner Mutter geht nur mich etwas an. Ich habe nicht vor ...«

Narenas Augen wanderten über Anas Schulter zum Portal.

Ana verstummte mitten im Satz. Schon bevor sie sich ganz umgedreht hatte, wusste sie, was ihr Gegenüber abgelenkt hatte.

Lynda stand reglos auf den Marmorstufen und sah sie an. Trotz der frühen Uhrzeit war sie bereits makellos in perlgraue Seide gekleidet und frisiert, als wäre sie schon seit Stunden auf den Beinen. Ihre Miene war gewohnt ausdruckslos, doch als Analina ihrem Blick begegnete, zuckte sie unwillkürlich zurück. In Lyndas Augen standen Dinge, von denen Analina nichts geahnt hatte. Die sie niemals ausgesprochen hatte. Sofort wallte der Impuls in Ana auf, sich zu entschuldigen, den dummen Streit zu vergessen und dafür zu sorgen, dass sie mit gutem Gewissen aufbrechen konnte. Sie versuchte es, aber als sie den Mund öffnete, schien sich Narenas Katzenblick in ihren Nacken zu bohren, und ihre Mutter stand nur da und sagte nichts. Sekunden verstrichen und das Schweigen wurde immer intensiver. Schließlich nickte Lynda kaum merklich und ein merkwürdiger Ausdruck glitt über ihre Züge, bevor sie sich umdrehte und im Schatten des Portals verschwand.

Erst jetzt merkte Ana, dass sie die Luft angehalten hatte. Zitternd atmete sie aus. Dann straffte sie die Schultern und sah entschlossen auf. »So. Lasst uns aufbrechen.«

Diesmal gab es keinen Widerspruch.

Es kam selten vor, dass Analina das Schlossgelände verließ. Die großzügige Anlage mit dem Rosengarten, dem Irrgarten, dem See und den Drachenkoppeln bot ihr mehr als genug und mit Saphiron und Türkis als Gesellschaft hatte sie nicht oft das Bedürfnis verspürt, auch nur einen Abstecher in das nächstgelegene Dorf zu machen. Aus irgendeinem Grund allerdings spürte sie jetzt ihren Herzschlag immer deutlicher, je weiter sie sich vom Hauptgebäude entfernten. Als sie schließlich die Gärten hinter sich gelassen hatten und über den letzten, sanft abfallenden Hügel auf das Südtor zugingen, war Analinas Mund ungewöhnlich trocken.

»Hey.«

Sie wandte den Kopf und stellte fest, dass Saphiron und Türkis zu ihr aufgeschlossen hatten. Rasch bemühte sie sich um einen sorglosen Tonfall.

»Hey, ihr beiden. Alles in Ordnung bei euch?«

Saphiron ignorierte ihren schwächlichen Ablenkungsversuch. »Wie geht's dir?«

»Gut.«

Türkis verdrehte die Augen. »Wie geht's dir *wirklich*, meinte er.«

»Fantastisch.« Diesmal gab sie sich keine Mühe, ihren Ärger zu verbergen.

»Dachten wir uns.« Mit einem leisen Pfiff rief Saphiron Melin zu sich, während Türkis Anas stirnrunzelndem Blick nach vorne folgte. Narena und Qalim führten sie an, offenbar ohne miteinander zu sprechen. Der lange grüne Zopf der Schattenspäherin schwang im Takt ihrer Schritte hin und her.

»Vielleicht hatte sie recht«, wagte sich Saphiron nach einer Sekunde vor. »Narena, meine ich. Vielleicht hättest du …«

»Narena kennt mich nicht«, fiel Analina ihm ins Wort.

»Das nicht.«

Etwas in Saphirons Stimme ließ sie ihren Blick von der hypnotisch wippenden Zopfspitze abwenden, um ihn anzusehen. »Was weißt du über sie?«

Kurz schien er tatsächlich zu zögern. »Na ja … nicht viel. Das, was ich gehört habe. Sie scheint der Königin ziemlich nahezustehen.«

Analina starrte ihn an. »Aha. Wie … schön für sie.«

»Manche sagen, sie liest sogar ihre Gedanken«, fiel Türkis ein.

Das ließ Ana auflachen. »Ich glaube nicht, dass irgendjemand wirklich weiß, was meine Mutter denkt.«

Türkis zuckte nicht mit der Wimper. »Keine Ahnung, vermutlich nicht. Aber jedenfalls scheint sie sie ganz gut zu kennen ...«

»Dann ist sie in dem Bereich vielleicht nicht die schlechteste Ratgeberin«, ergänzte Saphiron mit einem vorsichtigen Blick auf Ana.

Das bohrende Gefühl in ihrem Magen wurde stärker. Sie wollte schlucken, aber ihr Mund fühlte sich an wie mit Kreidestaub gefüllt. »Wenn ich eine brauche, werde ich dran denken.«

Kurz herrschte Stille.

»Parl mag sie«, fügte Türkis dann hinzu, als wäre damit alles geklärt.

Ana blinzelte.

»Parl Marsiy«, sprang Saphiron ein, »der persönliche ...«

»Berater meiner Mutter. Ich weiß, wer das ist«, gab sie rasch zurück. »Aber was hat er damit zu tun?«

Saphiron hob die Schultern. »Er hat gestern mit unserem Vater geredet ... du weißt schon, ob wir mitkommen dürfen und so. Und er meinte, er würde Narena sein Leben anvertrauen.«

»Klar, wenn meine Mutter es befiehlt«, murmelte Analina.

»Jetzt bist du ungerecht. Vater und Parl sind Freunde.«

»Ja, ich weiß.« Analina begegnete seinem Blick und riss sich zusammen. »Tut mir leid. Ich bin nur ...«

»Schon in Ordnung.«

Das stimmte nicht und Ana wusste es, aber sie war zu dankbar, um zu widersprechen. Inzwischen hatten sie das Tor erreicht und ohne es zu wollen wurde sie ein wenig langsamer. Das Geräusch von Hannibals Schritten hinter ihr kam immer näher, bis sie schließlich direkt vor den hohen Mauern innehielt.

»Euer Hoheit?«

Narena und Qalim drehten sich nach ihr um.

»Gibt es ein Problem?«, setzte Qalim in seiner direkten Art nach.

Analina zögerte. In ihrem Nacken kribbelte es, aber sie widerstand dem Impuls, sich noch einmal nach dem Schloss umzusehen. Stattdessen richtete sie ihren Blick auf den geschwungenen Torbogen und nach einer Sekunde fand sie auch ihre Stimme wieder.

»Nein. Kein Problem.«

Narenas Bernsteinaugen glitten kurz über ihr Gesicht, dann zurück zu Qalim. Sie nickte leicht.

»Dann weiter.«

Analina hob den Kopf und setzte den ersten Fuß auf den Boden hinter den Mauern, Saphiron und Türkis an ihren Seiten.

Und dann, einfach so, waren sie unterwegs. Schweigend folgte Analina mit ihren Freunden dem schnell anspruchsvoller werdenden Pfad den Schlossberg hinunter. Narena und Qalim gingen vor ihnen, an der Spitze, und Hannibal und die Stute bildeten den Schluss. Analina blickte nicht zurück, als sie an die Stelle kam, von der sie wusste, dass Funkelstein dort hinter einer Biegung verschwand. Nach einiger Zeit, als die Sonne längst aufgegangen war und sie seit gefühlten Stunden nur in steilen Kurven den Hang hinunterstiegen, fingen Anas Beine schmerzhaft zu ziehen an und der Schweiß lief ihr in die Augen. Hinter dem Westtor wäre es flacher weitergegangen, doch der leichtere Weg bedeutete einen großen Bogen um den Fuß des Hanges. Also kämpften sie sich immer weiter den steinigen Pfad hinunter, während unter ihnen das sattgrüne Tal verlockend in der Vormittagssonne schimmerte.

Jetzt hätte Ana alles darum gegeben, sich einfach in den Mondvogel verwandeln zu können, dessen Seele sich irgendwo in ihr verbarg. Sie hatte gehört, dass mächtige, erfahrene Mondprinzessinnen dazu in der Lage waren. Marielle Aurora, die letzte Mondprinzessin, hatte es gekonnt. Wenn Ana so stark wäre wie Marielle, könnte sie jetzt einfach die Flügel ausbreiten und fliegen, weit, weit weg. In ein anderes Land. Zu einem anderen Kontinent. Oder in eine andere Welt. Aber im Moment kam ihr der Gedanke an Mondmagie so fremd vor, als hätte er nichts mit ihr zu tun.

Analina hatte jedes Zeitgefühl längst verloren, als die Gruppe plötzlich langsamer wurde und stehen blieb.

»Was ist los?«, keuchte sie und pustete sich eine lose Haarsträhne aus dem Gesicht.

Qalim drehte sich um. Sie hatten eine flache Stelle an einem Bach erreicht. Ana hatte nicht bemerkt, dass sich die Umgebung verändert hatte, doch inzwischen wuchsen am Wegrand nicht mehr die robusten Büsche, die sich oben am Hang festgekrallt hatten, sondern üppige Wildblumen und feinblättrige Sträucher.

»Wir rasten«, erklärte Qalim knapp. »Wenn wir weiter so rennen, vergeuden wir zu viel Energie. Es wäre dumm, unsere Kraft gleich am Anfang der Reise zu verschwenden.«

Heftig atmend ließ Ana den Blick über ihre Begleiter wandern. Weder Narena noch Qalim wirkten sonderlich erschöpft. Als Langstreckenbote war der Gnom das Reisen natürlich gewöhnt, aber auch der Schattenspäherin war keine Spur von Anstrengung anzumerken. Gleiches galt für Hannibal, der sich nach wie vor mit der Stute hinter ihnen hielt. Saphiron war nur leicht verschwitzt, doch Türkis stolperte mit tiefblau angelaufenen Wangen hinter ihm her und Analina selbst spürte nur zu deutlich, wie ihre Beine mit jeder Sekunde schwerer wurden.

»In Ordnung«, sagte sie und atmete tief durch. Gemeinsam legten sie die letzten paar Meter zu einem schattigen Grasfleck unter einer alten Eiche zurück.

Mit einem raschen Blick auf den Baum sagte Qalim: »Wir haben schon viel geschafft. Mehr als eine Stunde Weg dürfte das Tal nicht mehr entfernt sein.«

Diese gute Nachricht und einige klebrige Brocken Haselnussbrot munterten sofort alle wieder auf. Sogar Türkis, die mit glühendem Gesicht als Erste ins Gras gesunken war, bekam wieder ihre gesunde, hellblaue Farbe zurück und begann, ihren Welpen hinter Saphirons Rücken mit angetrockneten Brotkrümeln zu füttern. Hannibal führte die Fuchsstute an den Bach, dann kehrte er zu ihnen zurück und wandte sich mit einem leichten Stirnrunzeln an Qalim und Narena: »Wir sind zu schnell, oder?«

»Etwas«, gab Qalim knapp zurück. »Spätestens im Tal sollten wir uns Zeit lassen, sonst können wir das erste Lager vergessen.«

Analina schob sich ihren letzten Bissen in den Mund und hakte nach: »Welches Lager?«

Falls ihre Begleiter von der Frage überrascht waren, überspielten sie es gut. »Unser Platz zum Übernachten«, erklärte Hannibal. »Die Königin will nicht, dass wir in Dörfern einkehren, wenn wir es vermeiden können. Je seltener man uns begegnet, desto besser, versteht Ihr? Also haben wir geschützte Stellen außerhalb von Siedlungen gesucht. Aber wenn wir deutlich zu schnell sind, erreichen wir den geplanten Unterschlupf zu früh und müssen uns etwas anderes suchen.«

»Verstehe. Tja, langsamer sollte kein Problem sein, oder?«, fragte Analina mit einem Lächeln.

»Nein«, stimmte Qalim zu und warf einen Blick in Narenas Richtung, »sollte es nicht.«

Narena runzelte die Stirn. »Was?«

»Nun, ich habe das Tempo nicht bestimmt«, gab der Gnom zurück.

»Ich auch nicht.«

»Nicht bewusst vielleicht.«

Die Schattenspäherin verzog keine Miene. »Die Prinzessin hat deutlich gemacht, wie eilig sie es hat.«

»Vielleicht, aber …«

»Noch haben wir kein Problem«, fiel Narena ihm ins Wort. »Der Weg durch die Ebenen von Arden wird der angenehmste Teil. Nach dem *Drachenspiegel* können wir uns noch genug Gedanken über Energie und Wasser machen.«

Qalim wirkte nicht sonderlich zufrieden mit dieser Feststellung. »Angenehm vielleicht. Ungefährlich nicht.«

Sie hob die Brauen. »Das habe ich auch nicht gesagt.«

Bevor er antworten konnte, war Narena wieder auf den Beinen und sah kurz in die Runde. Für einen Moment blieben ihre Katzenaugen an Analina hängen, dann an Türkis' durchgeschwitzter Bluse.

»Ruft mich, wenn ihr bereit seid«, sagte sie schlicht. Dann wandte sie sich ohne Erklärung ab und zog sich ans Bachufer zu der angebundenen Stute zurück. Analina entging nicht, dass Qalim und Hannibal Blicke tauschten.

»Ist sie …« Sie zögerte.

»Immer so?«, vollendete Qalim ihre Frage. Ana zuckte unwillkürlich zusammen, doch zu ihrer größten Überraschung glaubte sie, etwas wie Belustigung in seiner wettergegerbten Miene aufblitzen zu sehen.

»Na ja …«

»Ja«, sagte der Gnom und blinzelte ihr kurz zu, »ist sie. Aber daran gewöhnt man sich. Früher oder später.«

»Oh.« Sie lächelte ein wenig verlegen. »Gut.«

Aber insgeheim beschloss sie, den Göttern ab sofort jeden Abend für Saphirons und Türkis' Gesellschaft zu danken.

VERSCHWINDEN

Die Sonne schien durch die Fenster und ließ gleißend helle Flecken auf Lyndas Arbeitsplatte tanzen. Sie blinzelte gereizt und hob eine Hand. Ruckartig glitten die Seidenvorhänge zu und wirbelten die zahlreichen Unterlagen auf dem Schreibtisch durcheinander. Leise fluchend fuhr Lynda hoch und knallte die Blätter zurück auf einen Stapel. Ihr Blick schoss durch den Spalt in den Vorhängen nach draußen und blieb an den Gewitterwolken hängen, die sich am Horizont auftürmten. Gewitter. Genau das Richtige für ihre Stimmung.

Lynda schloss die Augen und zwang sich, tief durchzuatmen. Seit Analina aufgebrochen war, hatte sie das Gefühl, als würde ihr alles entgleiten. Die zahllosen Fäden, die sie als Ardens Königin in der Hand hielt und an denen das Bestehen ihres Reiches hing, hatten sich verknotet, waren zu einem unübersichtlichen Haufen unlösbarer Aufgaben geworden. Keine Stunde verging, in der ihre Gedanken nicht zu ihrer Tochter zurückkehrten. Wo war sie. Wie ging es ihr. Was stand ihr noch bevor. Sätze, die nicht zu Fragen werden durften, denn wenn es Fragen waren, die in Lyndas Kopf herumgeisterten, dann brauchte sie Antworten darauf, und die hatte sie nicht. Und unbeantwortete Fragen machten Lynda wahnsinnig.

Sie vergrub das Gesicht in den Händen. Sie hätte Analina niemals auf diese Reise schicken dürfen. Ihre Tochter hatte recht gehabt. Sie hatte nicht darauf geachtet, was Analina wollte, aber nicht, weil sie sich keine Gedanken darüber gemacht hatte. Auch nicht, weil es ihr egal gewesen war. Sondern weil sie geglaubt hatte, das Beste zu tun.

Das Beste. Gab es so etwas überhaupt? Egal, wie sie sich entschied, immer gab es jemanden, für den sich die Lage deshalb verschlimmerte. Wenn sie dem Bauern sein Land zurückgab, konnten die hungrigen Kinder keine Kartoffeln mehr daraus ausgraben. Wenn der Bauer aber seine Felder nie mehr bewirtschaften durfte, dann würden dort irgendwann keine Kartoffeln mehr wachsen, es müssten also alle hungern. Wenn sie dem Grafen zu seinem Recht verhalf, stieß sie damit den Fürsten vor den Kopf.

Wenn sie Analina wegschickte, um sie in Sicherheit zu bringen, verlor sie damit ihr Vertrauen. Und die Kontrolle.

Donner grollte und steigerte sich zu tobendem Lärm. Sekundenlang dröhnte die Luft. Dann ein einzelner Schlag, gefolgt von einem gleißenden Blitz.

Lynda riss die Augen auf. Vor dem Fenster war der Himmel schwarz geworden. Regen ergoss sich wie Flutwellen über Funkelstein, spülte den Staub des Frühlingstages davon und ertränkte alles, was zu blühen begonnen hatte. Wind peitschte durch die knospenden Rosengärten, und erneut knallte es, als würden die Götter persönlich über Lunadësia toben. Lyndas Blick wanderte zum Horizont. Analina war irgendwo dort draußen. *Mögen die Götter dich beschützen*, dachte sie unwillkürlich.

Das Gewitter kam innerhalb von Minuten. Gerade noch hatte die Sonne geschienen, doch schon wenige Augenblicke später hatten schwarze Wolkenberge das Licht verschluckt. Eine dunkle Schattenwand hatte sich vom Horizont her auf sie zugeschoben, und bevor ihnen die Gefahr bewusstwerden konnte, tobte bereits ein Unwetter über ihnen, wie Analina es seit Jahren nicht mehr erlebt hatte. Regen peitschte auf sie herunter, so dicht, als würde sie unter einem Wasserfall stehen. Innerhalb von Sekunden war Ana nass bis auf die Haut. Wasser rann ihr in die Augen und grollender Donner übertönte ihren eigenen hämmernden Herzschlag. Die Stute wieherte schrill und Melin kläffte panisch. Ana taumelte unter den Wassermassen und versuchte verzweifelt, Qalim zu folgen, der gegen den Lärm anbrüllte wie ein Singvogel gegen einen Schwarm wütender Druden. Sie sah undeutlich, wie er Türkis am Arm packte und mit sich zog, dann knallte es so laut, dass Analina aufschrie und sich die Hände auf die Ohren presste. Sie hatte nie Angst vor Gewittern gehabt, wenn sie sicher auf Funkelstein in ihrem Zimmer gesessen hatte, doch hier, mitten in der Ebene Ardens, fühlte sie sich der Natur hilflos ausgeliefert.

Sie blinzelte, und als sie die Augen wieder aufriss, waren die anderen verschwunden. Egal wohin sie sah, überall war nur strömender Regen inmitten unnatürlicher Dunkelheit. Ana schrie nach Saphiron und Türkis, doch sie hörte ihre eigene Stimme nicht mehr. Ein Blitz flammte auf und für einen Moment sah Analina dunkle Schemen inmitten der unwirklich erleuchteten Umgebung, kaum hundert Meter entfernt von ihr auf dem Weg. Ihr Herz gefror zu Eis.

Ein halbes Dutzend Männer war aus dem Nichts aufgetaucht. Ana hatte Gwendas Späher nie zuvor gesehen, doch als ein weiterer Blitz die Dunkelheit durchzuckte, erkannte sie das Wappen auf ihren Schilden: eine schwarze Rose, die von einem Blitz getroffen wurde. Instinktiv stolperte Ana rückwärts, stieß mit den Kniekehlen gegen etwas und fiel zu Boden, der sich in eine einzige schlammige Pfütze verwandelt hatte. Taumelnd und tastend schob sie sich weiter zurück und erkannte, dass sie über die

Wurzeln eines umgefallenen Baumes gestolpert war. Starr vor Angst kauerte sie sich hinter dem Wurzelgeflecht zusammen und spähte in die undurchdringliche Dunkelheit nach vorne.

Wieder ein Blitz. Die Gestalten hatten sich zu bewegen begonnen. Sie hatten sich umgedreht und waren losgerannt, die Schilde über ihren Köpfen. Analina hielt den Atem an und beobachtete, wie sie in die Richtung davonstürmten, in der das nächste Dorf liegen musste. Sicher wollten die Krieger dort Schutz vor dem Unwetter suchen. Ana krallte die Hände in die feuchten Wurzeln und presste die Augen zusammen. *Bitte mach, dass sie nicht zurückkommen*, dachte sie verzweifelt. *Bitte.*

Der Regen verwischte ihre Sicht und Donner übertönte ihre Gebete.

Ana konnte später nicht sagen, wie lange sie hinter dem Baum gekauert hatte. Irgendwann verzog sich das Gewitter genauso schnell, wie es gekommen war. Der Regen hörte auf und ließ sie schmutzig, nass und zitternd zurück. Blasse Sonnenstrahlen erkämpften sich ihren Weg durch die Wolken und Ana erhob sich mit wackligen Knien und sah sich um.

Die grasbewachsene Ebene hatte sich in eine gigantische Pfütze verwandelt. Ana wischte sich das Regenwasser aus den Augen und trat auf den Weg zurück, von dem sie abgekommen war. Tiefe Gruben hatten sich mit Wasser gefüllt, in denen sich der rasch wieder blau werdende Himmel spiegelte.

Von Saphiron, Türkis und den anderen war keine Spur zu sehen.

Panik kroch in Ana hoch, die sie hastig zu verdrängen versuchte. Weit konnten sie nicht sein. Sicher hatte Qalim die Gruppe zu irgendeinem Unterschlupf geführt, in dem sie gewartet hatten. Sie würden niemals ohne sie weiterziehen.

Ana schluckte und zwang sich vorwärts. Langsam watete sie

den Weg entlang, von dem sie wusste, dass er in das nächste Dorf führte. In die Richtung, in die Gwendas Krieger verschwunden waren.

Ana blieb ruckartig stehen. Sie konnte unmöglich in diese Richtung gehen. Man würde sie entdecken. Ein Mädchen, mutterseelenallein und durchnässt, würde sicher Aufmerksamkeit auf sich ziehen. Verzweifelt sah sie sich um. Wieso um alles in der Welt hatte man sie hier allein gelassen? Sie konnte doch nicht einfach …

»Lia!«

Ihr Kopf fuhr herum. Saphiron kam auf sie zugerannt, vollkommen durchnässt wie sie selbst und schlammverschmiert. Seine Augen waren geweitet vor Aufregung.

»Den Göttern sei Dank«, keuchte er und riss sie in eine rippenknacksende Umarmung, ohne auf ihre Proteste zu achten. »Hannibal wollte dir Deckung geben, aber dann ist die Stute durchgegangen und hat mich fast erschlagen und er war abgelenkt, und auf einmal warst du …«

»Späher«, stieß Analina hervor und unterbrach damit seinen atemlosen Monolog. Saphiron stockte, starrte sie an. Immer noch konnte sie die Panik in seinen Augen tanzen sehen, die sich auch bei ihr noch nicht ganz gelegt hatte.

»*Was?*«

»Späher!«, wiederholte sie nachdrücklich und wischte sich eine triefende Haarsträhne aus dem Gesicht. »Sie waren hier. Ich habe sie gesehen, wir müssen …«

Ein Knacken ertönte und im nächsten Moment brach Qalim durch das lichte Gehölz am Wegrand, dicht gefolgt von Narena, Hannibal und Türkis. Bei ihrem Anblick blieben sie wie angewurzelt stehen, bevor Hannibal zuerst aus seiner Starre erwachte und auf sie zustürzte. »Euer Hoheit, verzeiht mir … ich wollte nicht … die Stute war …«

»Es geht mir gut«, gab Ana schnell zurück und die überbordende Erleichterung in den blassroten Augen des Schneeriesen ließ ihre Wangen warm werden. »Türkis? Alles in Ordnung?«

»Na klar.« Türkis wirkte eine Spur blasser als sonst, hob aber kämpferisch das Kinn. »So ein bisschen Regen ist mir doch egal.«

Das erinnerte Ana an das eigentliche Problem. »Wir müssen ins Dorf! Da …«

»Keine Dörfer«, fiel Qalim ihr sofort ins Wort. »Das hatte ich doch erklärt. Wir ziehen weiter, unsere Kleider werden unterwegs trocknen.«

»Ihr versteht nicht«, brachte Analina hervor, zu nervös, um ihre Worte zu ordnen, »Da war … ich habe …«

»Sie sagt, sie hat Späher gesehen«, mischte sich Saphiron ein.

Qalims buschige Brauen schossen in die Höhe. »*Hier*? Aber wir sind kaum eine halbe Tagesreise vom Schloss entfernt. Das ist völlig unmöglich.«

»Aber ich habe sie gesehen!« Mit wachsender Verzweiflung starrte sie den Gnom an. »Es waren fünf oder sechs, und sie waren nur ein paar Schritte entfernt … ich habe mich versteckt, aber … sie haben Schilde getragen mit Wappen, eine Rose und ein Blitz …«

Diese letzte Information vertrieb den skeptischen Ausdruck aus Qalims verengten Augen. Rasch wandte er sich Narena zu.

»Siehst du etwas?«

Der Blick der Schattenspäherin wurde glasig. Kurz herrschte Stille, dann blinzelte sie und schüttelte den Kopf. »Nichts. Keine fremden Auren in nächster Nähe.«

»Sie sind in Richtung Dorf gelaufen«, fiel Analina wieder ein, »wir müssen hinterher und …«

»Das geht nicht. Wir dürfen nichts riskieren, solange Ihr dabei seid«, sagte Narena mit Nachdruck. »Wir sollten weiterziehen, so schnell es geht.«

»Und wenn sie das Dorf angreifen?«

Sie schwieg.

Ungläubig sah Ana sich um. »Aber … aber wir können doch nicht einfach *nichts* machen! Dann müssen wir wenigstens das Schloss alarmieren, damit Hilfe kommt …«

»Das würde einen Angriff nicht mehr verhindern, und Verstärkung wird früher oder später auch ohne unseren Alarm kommen. Wir haben keine Möglichkeit, die Situation zu verbessern«, sagte Narena leise, aber entschlossen. »Wir können nur verschwinden, bevor wir den Spähern doch noch in die Arme laufen.«

»Aber …«

»Analina …« Der eindringliche Blick aus den Bernsteinaugen ließ ihren Protest verstummen. »Ich weiß, dass Euch das falsch vorkommt«, fuhr Narena mit unerwarteter Sanftheit fort, »aber Eure Sicherheit hat höchste Priorität. Immer. Es gibt nichts, was wichtiger ist. Versteht Ihr das?«

Ana kämpfte angestrengt gegen den Drang an, erneut zu widersprechen. »Ich … ich verstehe, aber …« Sie verstummte, als es ihr klar wurde. »Wir können nichts tun.«

Narena schüttelte leicht den Kopf. Fast beiläufig setzte sie sich wieder in Bewegung und Analina folgte ihr auf den Weg, der sie weit um das Dorf herumführen würde.

»Denkt Ihr …«

»Ich habe keinen Titel. Sagt einfach *du*.«

Ana schaffte ein kleines Lächeln, obwohl ihr Herz immer noch raste. »Denkst … denkst du, sie werden angreifen? Das Dorf?«

Die Schattenspäherin runzelte die Stirn, sah jedoch weiter geradeaus. »Es wäre ungewöhnlich.«

»Weil es so nah ist.«

Sie nickte.

»Aber es ist auch ungewöhnlich, *dass* sie überhaupt nah sind, oder?«, hakte Analina nach einer kurzen Pause nach.

Narenas Brauen zogen sich weiter zusammen. »Ja. Sehr ungewöhnlich.«

Ein unangenehmer Gedanke drängte sich Ana auf. »Und wenn sie ... ich meine, wenn sie wussten, dass ich hier bin?«

»Das ist unmöglich.« Die Antwort kam sofort und ohne Zögern.

»Aber es wäre eine Erklärung ...«

»Lynda hat akribisch auf Geheimhaltung geachtet. Nicht die kleinste Information ist nach außen gedrungen.«

»Also Zufall?«

Wieder Schweigen, ein wenig länger diesmal.

»Vermutlich nicht«, sagte Narena schließlich. Auf Anas fragenden Blick hin fügte sie hinzu: »Dass Ihr Geburtstag hattet, ist kein Geheimnis. Wahrscheinlicher als Zufall ist ... eine Art Erinnerung. Eine Drohung. Damit wir sehen, wie nah sie kommen kann, wenn sie will.«

»Nah«, murmelte Analina.

»Ja.«

Ihre Blicke trafen sich.

»Das Unwetter«, sprach Analina dann etwas aus, das sie nicht losließ. »Das kam ... plötzlich.«

Narena schwieg.

»War sie das auch?«

Die Schattenspäherin schüttelte mit einem schwachen Lächeln den Kopf. »Gwenda mag mächtig sein, aber sie ist nicht fähig, über das Wetter zu gebieten.«

Ana war sich nicht sicher, aber sie glaubte, eine leichte Betonung auf dem *sie* wahrgenommen zu haben. Kurz spielte sie mit dem Gedanken, nachzuhaken, aber etwas hielt sie zurück.

Narenas Lippen zuckten. »Denkt daran, dass wir hier draußen nicht nur Feinde haben.«

Analina blinzelte.

Offensichtlich hatte sie gerade eine Antwort bekommen, ohne die Frage auch nur gestellt zu haben.

Mit erhöhter Wachsamkeit zogen sie weiter. Schon eine halbe Stunde nach dem Gewitter waren auch die letzten Wolkenschleier verflogen. Die Sonne brannte wieder ungewöhnlich stark und glitzernde Vögel stoben aus noch nassen Zweigen auf. Alles wirkte ruhig und friedlich, als wäre nie etwas Bedrohliches geschehen. Trotzdem beschlich Analina mit der Zeit das merkwürdige Gefühl, beobachtet zu werden. Als Qalim ihrem unruhigen Blick begegnete, hob er die Brauen. »Was ist los?«

Ana sah sich unwillkürlich um. »Ich weiß nicht. Es fühlt sich an, als würde man mich permanent anstarren. Vermutlich bilde ich es mir ein.«

Zu ihrer Überraschung schnaubte Qalim trocken. »Dann sind sie wohl hier. Rena?«

Die Schattenspäherin hob die Schultern. »Schwer zu sagen. Keine Magier, viele Wurzeln. Sieh doch nach.«

Analina verstand kein Wort. »Was meinst du?«

»Beobachter«, sagte Qalim knapp, »vielleicht zumindest. Das finden wir heraus.«

Bevor sie weiter nachfragen konnte, war er stehen geblieben und hielt den Rest der Gruppe an. Verdutzt beobachtete Ana, wie er seinen Wanderstab hochhob, sich suchend umsah und schließlich prüfend bei einem großen Felsen am Wegrand verharrte. Für Analina sah der Stein vollkommen gewöhnlich aus, aber Qalim stieß ein zufriedenes Knurren aus, holte mit seinem

Stock aus und schlug in kurzen, unregelmäßigen Abständen siebenmal dagegen.

Einen Augenblick lang geschah nichts. Ana tauschte einen verwirrten Blick mit Saphiron.

Dann, plötzlich, hörte sie es: ein merkwürdiges, dumpfes Rumoren, das immer lauter wurde. Es klang, als würde sich etwas mit rasender Geschwindigkeit durch den Boden graben.

»Was ist das?«, flüsterte sie entsetzt, aber die Antwort erübrigte sich.

Ein ohrenbetäubendes Donnern ertönte und Qalim sprang zurück. Der Felsblock, auf den er geschlagen hatte, erzitterte und barst mit einem dumpfen Knall in tausend Stücke, die in die Luft flogen und noch im Fliegen zu Staub zerbröselten.

Türkis, die dem Stein am nächsten gestanden hatte, stolperte rückwärts und prallte gegen Analina. Alle Augen waren auf das schwarze Loch gerichtet, das sich vor ihnen im Boden geöffnet hatte, genau dort, wo eben noch der Stein gelegen hatte. Das Rumoren war mit dem Knall verstummt.

Anas Herz hämmerte. Einen Moment standen sie alle nur da und sahen das Loch an. Dann, plötzlich, schoss eine dunkle Gestalt daraus hervor und Analina reagierte instinktiv. Eine silberne Klinge blitzte durch die Luft, doch sie hatte schon die Arme hochgerissen, und ein schimmernder, himmelblauer Magieschild schoss zwischen der Gruppe und dem Angreifer aus dem Boden. Kurz rechnete sie damit, dass er im nächsten Moment wieder in sich zusammenbrechen würde, doch zu ihrer Erleichterung schienen Beluus Ausdauerübungen tatsächlich etwas bewirkt zu haben: Der Schild hielt und die Person auf der anderen Seite erstarrte. Jetzt wurde deutlich, dass sie kleiner und zierlicher war, als es zuerst den Anschein gehabt hatte. Sie war ganz in schwarzes Fell gekleidet und musterte ihre Gegner aus glühenden Kohleaugen.

»Wer ist das? Wieso tust du nichts?«, zischte Ana Qalim zu, der seelenruhig neben ihr stand und seinen Dolch nicht einmal angerührt hatte. »Qalim!«, setzte sie hinterher, schärfer diesmal.

Als Ana Qalims Namen nannte, zuckte die Gestalt zusammen und wiederholte ungläubig: »Qalim?«

Es war eine helle Stimme. Viel heller, als Ana erwartet hatte. Die Stimme eine Frau.

»Aber …«

Die Frau schüttelte sich die Fellkapuze vom Kopf. Zum Vorschein kam das Gesicht einer Gnomin in Narenas Alter, deren langes, schwarzes Haar in verfilzten Zöpfen bis auf ihre Knie hinunterhing. Ana hatte schon einige Gnome gesehen und bemerkte, dass die Gesichtszüge dieser Gnomin ungewöhnlich fein waren. Sicher würden Artgenossen sie als schön bezeichnen.

Qalim machte einen Schritt nach vorne und sein breites Lächeln ließ ihn auf einmal beinahe freundlich wirken. »Darf ich vorstellen: Meine Nichte Qwerze.«

Ana ließ die Hände sinken und ihr Schutzschild erlosch flackernd.

»Deine … deine *Nichte*?«, wiederholte sie fassungslos und starrte Qwerze an.

Qwerze nickte nachdrücklich. »Natürlich bin ich seine Nichte. Was hast du hier zu suchen?«, wandte sie sich an Qalim. »Und wer sind deine Begleiter?«

»Ich bin Analina. Aber bevor du fragst, wer wir sind, würde ich gerne wissen, wer *die* sind«, antwortete Ana an seiner Stelle und schaute mit hochgezogenen Brauen über Qwerzes Schulter. Zwanzig andere Gnome waren aus dem Loch geklettert und sahen sie aus flammenden Augen an.

Wie sich herausstellte, waren sie die ganze Zeit beobachtet worden. Durch Astlöcher, scheinbar robuste Steine und Löcher im Boden hatten die Gnome ihren Weg verfolgt, hatten sie durch unterirdische Gänge und Tunnel sogar begleitet. Als Qalim, dem die unterirdische Siedlung seiner Art natürlich nicht fremd war, dann das Erkennungszeichen der mit Lynda verbündeten Gnome an den Stein geschlagen hatte, war Qwerze als beste Kämpferin vorausgeschickt worden.

Ana hatte nicht gewusst, dass es ein Erkennungszeichen ihrer Mutter gab. Wenn sie nun darüber nachdachte, gab es ohnehin viel zu viel, das sie nicht gewusst hatte. »So lebt ihr Gnome also normalerweise? Unter der Erde?« Fasziniert starrte sie hinunter in das schwarze Loch.

Qwerze warf ihrem Onkel einen raschen Blick zu, bevor sie unsicher zurückwich und nickte. Ihre Augen flackerten.

Überrascht schaute Ana zu den anderen Gnomen, die alle in sicherem Abstand zu ihr am Rand der Erdhöhle standen. Sie wirkten alle nicht besonders begeistert von ihrer Gesellschaft.

»Was ist denn los mit euch? Ihr müsst keine Angst vor mir haben. Ich tue euch doch nichts«, sagte sie stirnrunzelnd. Die Gnome rührten sich nicht.

Ana wollte sie gerade darauf hinweisen, dass ihr Verhalten nicht besonders höflich war, als ihr etwas einfiel. Eine feine Röte kroch über ihr Gesicht. Wie hatte sie das vergessen können?

Jungfräuliche Gnomenmädchen zeigten sich normalerweise nicht in der Öffentlichkeit. Bis zu ihrem sechzehnten Geburtstag hielten sie sich vor männlichen Artgenossen versteckt und wurden dann in aufwendigen Ritualen in den Kreis der Frauen aufgenommen.

»Oh.« Sie warf Qalim einen verlegenen Blick zu. »Verstehe.«

Türkis zupfte an ihrem Ärmel. »Was ist los?«

»Erkläre ich dir später«, erwiderte Ana mit gedämpfter Stimme und zog sie ein wenig zurück. »Ähm, Qalim? Wenn du dich noch ein bisschen austauschen möchtest, ist das in Ordnung, aber ich glaube, Türkis und ich sollten uns vielleicht lieber … raushalten.«

Qalim sah von ihr zu seinen starrenden Artgenossen und wieder zurück, bevor er scheinbar beiläufig einen Schritt nach vorne machte und den Gnomen damit den Blick versperrte. Mit einem nicht ganz überzeugenden Räuspern wandte er sich an seine Nichte: »Ich fürchte, wir müssen weiter. Unser Zeitplan ist … nun, straff. Und ihr solltet aufpassen, wo ihr nach oben geht. Es kann sein, dass sich Späher in der Nähe herumtreiben.«

Diese Neuigkeit schien Qwerze endlich von Analinas und Türkis' unangemessener Sichtbarkeit abzulenken. »Späher?«, wiederholte sie, diesmal im harten Dialekt der Gnome. »Hier?«

»Es sieht so aus.«

Qwerzes Feueraugen verengten sich. »Das sind keine guten Neuigkeiten. Seid ihr sicher? Das Unwetter würde eher für den Regenkönig …«

»Die Prinzessin hat Gwendas Wappen gesehen«, unterbrach Qalim sie. »Viel mehr wissen wir nicht. Passt einfach auf.«

»Ich glaube nicht, dass *wir* in Gefahr sind. Aber dafür, dass angeblich Späher in der Nähe sind, kommt *ihr* mir ziemlich ungeschützt vor.« Qwerzes Blick huschte rasch von ihm zu ihren Artgenossen und wieder zurück, dann schien sie einen Entschluss zu fassen. »Wartet hier. Ich habe Geschenke für euch.«

»Was hat sie gesagt?«, zischte Saphiron, der nie in den verschiedenen Dialekten der Großen Sprache unterrichtet worden war.

»Sie bringt uns etwas«, antwortete Ana leise und beobachtete, wie Qwerze wieder in dem Loch verschwand. Unruhig warteten sie, doch Qwerze tauchte nicht wieder auf. Und mit einem Mal verschwanden auch alle anderen Gnome in der Tiefe.

Das kam Ana nun doch etwas merkwürdig vor.

Sie runzelte die Stirn. »Qalim, was ist hier los? Bist du sicher, dass wir ihnen trauen können?«, murmelte sie nervös. »Sie könnten uns eine Falle gestellt haben.«

Er schüttelte ungehalten den Kopf. »Unmöglich.«

»Bist du sicher?«

Statt einer Antwort wandte er sich an Narena. »Siehst du etwas?«

Die Schattenspäherin runzelte leicht die Stirn. »Nur ihre verblassenden Spuren.« Wieder war ihr Blick verschwommen in die Ferne gerichtet.

»Was tun wir denn jetzt? Was, wenn *sie* in einen Hinterhalt geraten sind da unten?«, flüsterte Ana.

Qalim öffnete den Mund, doch plötzlich ertönte Qwerzes Stimme hinter ihnen: »Ich sehe, es hat funktioniert – wir sind immer noch da, Qalim. Dreht euch um.«

Saphiron wirbelte als Erster herum und packte Ana am Arm. »Schau!«

Aus dem Schatten einer Baumgruppe trat Qwerze hervor.

Ana sah sie – und doch wieder nicht. Es war unmöglich, den Blick direkt auf sie zu richten, und sie musste sich sehr konzentrieren, um sie überhaupt wahrzunehmen. Sobald sie mit ihren Gedanken abschweifte, war Qwerze wieder ganz verschwunden. Es fühlte sich an wie ein vager Traum, an den man sich direkt nach dem Aufwachen erinnert, der jedoch immer undeutlicher wird, sobald man in der Konzentration auch nur ein bisschen nachlässt.

»Wie machst du das?«, fragte Qalim schaudernd. »Ich nehme dich nicht wahr – und dann wieder doch. Das ist nicht möglich.«

»Doch, ist es«, widersprach Qwerze. »Mit dem hier.«

Sie zog ein schweres, aus angelaufenem Silber gefertigtes Amulett von ihrem Hals. Sofort wurde ihr Bild klar und Ana sah sie ganz deutlich.

»Das ist ein Occultator. Ein Amulett, das dich verbirgt, ohne wirklich unsichtbar zu machen. Wenn du gesehen werden willst, kannst du dich auch bemerkbar machen, allerdings muss dein Gegenüber sich dann stark konzentrieren. Wenn du unbemerkt bleiben willst, reicht es, einfach nicht daran zu denken, wo du gerade bist. Sobald du nicht an deinen genauen Standort denkst, wirst du so unscheinbar, dass die Umgebung dich einfach *vergisst*. Und so kann dich niemand mehr wahrnehmen. Wir haben sie vor ein paar Wochen einem Händler aus Yasmaël abgekauft. Die Nebenwirkungen – Kopfschmerzen, Schwindel, Orientierungslosigkeit – werden stärker, je länger man sie trägt. Deswegen benutzen wir sie kaum, aber vielleicht helfen sie euch weiter.«

Qwerze drehte sich um. »Qwilor, Qante – kommt her und gebt sie ihnen.«

Zwei weitere Gnome zeigten sich, indem sie ihre Amulette abnahmen. »Tragt sie nur, wenn es unbedingt nötig ist«, betonte Qwerze noch einmal, als sie Qalim fünf Anhänger überreichte. »Und nie ohne Absprache. Man verliert sich damit leicht aus den Augen oder kommt vom Weg ab.«

Qalim nickte. »Verstanden.« Er drehte sich um und reichte die Anhänger weiter. »Nicht umlegen, habt ihr gehört? Nur im Notfall.«

Neugierig griff Analina nach dem grob gefertigten Amulett, und schon die Berührung reichte aus, um ein merkwürdiges Taubheitsgefühl in ihren Fingern hervorzurufen. Sie glaubte, einen eingefassten Edelstein zu erkennen, war sich jedoch nicht sicher, weil sie ihn nicht fokussieren konnte.

Beeindruckt ließ sie das Schmuckstück in ihre Tasche gleiten. »Tausend Dank, Qwerze!«

Als keine Antwort kam, sah sie auf. Qwerze schien verschwunden zu sein.

»Danke«, wiederholte Ana, leiser diesmal. Doch sie wusste, dass sie gehört wurde.

DER ERSTE ABEND

Nie zuvor war Analina einen ganzen Tag gelaufen. Natürlich war sie früher schon gereist, mit Kutschen, Drachen, hin und wieder sogar mit dem Schiff. Sie hatte ihre Mutter auf Feste und Bälle begleitet. Nicht häufig, aber oft genug, um eine Vorstellung davon zu haben, was es hieß, *unterwegs* zu sein. Sie hatte auch gelernt, was es bedeutete, körperlich erschöpft zu sein, denn der Fecht- oder Magieunterricht – und auch die eine oder andere Tanzstunde – hatten sie durchaus an ihre körperlichen Grenzen gebracht. Aber egal, wie verschwitzt, ausgehungert und müde sie auch gewesen war, am Ende des Tages hatten eine heiße Badewanne, eine warme Mahlzeit und ein weiches Bett auf sie gewartet, damit sie sich erholen konnte.

Diesmal war das anders.

Dabei war der Weg, den sie gewählt hatten, nicht besonders schwierig. Sie hielten sich abseits der befestigten Straßen, um möglichst keinen Kutschen zu begegnen, aber auch die Fußpfade waren breit, eben und häufig von ausladenden Laubbäumen überschattet. Tatsächlich waren die Ebenen von Arden wunderschön, gerade im Frühling. Alles blühte, der Himmel war klar und sanfte Hügel gaben immer wieder den Blick auf smaragdgrüne Wiesen, sprudelnde Bäche und kleinere Dörfer in der Ferne frei. Analina konnte gar nicht anders, als den Weg zu genießen, und trotzdem konnte sie ihre Erschöpfung schon am späteren Nachmittag nicht mehr ignorieren. Nach dem Gewitter war es schnell wärmer geworden, und während ihre Kleider zunächst angenehm auf der Haut getrocknet waren, klebte die Bluse durch die Hitze längst wieder feucht an ihrem Rücken. Ihre Stiefel scheuerten, ihre Lippen waren aufgesprungen und salzige Schweißtropfen ließen die offenen Stellen wie Feuer brennen. Sie war fest entschlossen, sich nicht zu beschweren, aber als der Vogelgesang langsam melancholischer wurde und man die einsetzende Dämmerung erahnen konnte, war sie am Ende ihrer Kräfte. So wäre sie am liebsten vor Erleichterung in die Knie gegangen, als Qalim endlich über die Schulter rief: »Nicht mehr lange, dann haben wir es geschafft. Da vorne werden wir übernachten.«

Sie warf einen matten Blick in die Richtung, in die er deutete. Während sie die letzten beiden Stunden zwischen Feldern hindurchgezogen waren, zeichnete sich vor ihnen am Horizont wieder ein Wald ab.

»Gut«, brachte sie hervor.

»Wurde auch Zeit«, setzte Türkis stöhnend nach. Obwohl auch sie erschöpft aussah, hatte sie sich erstaunlich gut geschlagen. Was vielleicht daran lag, dass sie draußen blieb und ihrem Vater bei der Gartenarbeit half, wenn Analina ins Schloss zurückkehren musste, um etwas über Geschichte oder Rhetorik zu lernen. Erstaunlicherweise hatte Türkis selbst dann noch Energie zum Reden und Singen gefunden, als Saphiron und Ana schwer atmend verstummt waren, aber die letzte halbe Stunde hatte auch sie an ihre Grenzen gebracht. Die Dunkelheit kam jetzt schneller, senkte sich wie ein Bühnenvorhang und verschluckte nach und nach die Geräusche des Tages. Dafür schien Analinas Atem lauter zu werden, ihre Schritte, ihr Herzschlag. Sie mobilisierte ihre letzten Kräfte, den Blick starr auf Narenas schwingende Zopfspitze gerichtet, und als sie das nächste Mal aufsah, reckten sich schon die ersten Zweige über ihrem Kopf. Sie hatten den Waldrand erreicht.

»Direkt hier?«

»Ein kleines Stück noch«, gab Narena zurück und trat ohne eine Spur von Unsicherheit zwischen die ersten Bäume. Die Schatten verschluckten sie beinahe sofort. Analina beeilte sich, ihr zu folgen, und stellte rasch fest, dass die Schattenspäherin eine Hand erhoben hatte, um die tannengrüne Funken tanzten. In diesem geisterhaften Licht führte sie die Gruppe vorwärts, bis sich zwischen zwei besonders dicken Eichenstämmen schließlich eine kleine Lichtung auftat, kaum mehr als eine moosbewachsene Senke.

»Da sind wir.« Narena trat in die Mitte der Lichtung und hob den Kopf. Breite Äste spannten sich beinahe vollständig über ihnen aus, sodass praktisch kein Himmel zu sehen war. Analina folgte ihr, Türkis und Saphiron dicht an ihrer Seite.

»Hier … schlafen wir?« Sie versuchte, ihre Frage beiläufig klingen zu lassen. »Auf dem Boden?«

Narenas Mundwinkel zuckten. »Du kannst auch auf einen Baum steigen, wenn du willst. Aber dann könnte das Aufwachen schmerzhaft werden, wenn du in die falsche Richtung rollst.«

Eher am Rande registrierte Analina, dass die Schattenspäherin inzwischen von der höflichen Anrede abgekommen war. Aus irgendeinem Grund fühlte sie sich dadurch bestärkt.

»Nein. Boden ist gut.«

»Wir haben Decken«, setzte Hannibal hinzu, während er die ersten schon vom Sattel der Fuchsstute löste. Dankbar streckte Ana die Arme aus und fing das Bündel auf, das er ihr zuwarf. Erst die leichte Gänsehaut in ihrem Nacken ließ sie noch an etwas anderes denken.

»Wie kommt es eigentlich, dass du nicht größer bist?«, hakte sie nach und warf dem Schneeriesen einen prüfenden Blick zu. Immer noch maß er kaum mehr als zwei Meter, obwohl es im Wald recht kühl war. Statt einer Antwort zog Hannibal seinen leichten Reisemantel zur Seite, sodass ein einzelner Anhänger auf seiner Brust aufblitzte.

»Drachenschuppe«, fügte er erklärend hinzu, als Analina die Stirn runzelte. »Wenn sie lang genug in der Glut eines Drachenfeuers gelegen ist, wärmt sie ein paar Monate am Stück. Ist ein alter Trick, wenn wir uns länger unter euch Kleinen aufhalten wollen.«

»Sind die nicht wirklich teuer?«, fragte Saphiron und klang beeindruckt.

»Geschenk der Königin«, gab Hannibal schulterzuckend zurück. »Dachte wohl, es könnte nützlich sein.«

»Ja, vor allem, wenn du sie am Ende verkaufst.«

»Saph!«

Er grinste Analina an. »War nur ein Scherz.« Belustigt sah er zu, wie sie und Türkis sich ächzend auf ihre Decken fallen ließen, dann wandte er sich ab und half Hannibal mit dem Gepäck. Bevor Analina die Kraft fand, sich erneut aufzurappeln, hatte Qalim schon ein paar trockene Hölzer zusammengetragen und mit Narenas Hilfe ein Feuer entfacht, das klein genug war, um ihre Position durch die dichten Bäume nicht preiszugeben. Sie alle waren wortkarg, Ana und Türkis aus Müdigkeit, Saphiron, weil er niemanden zum Reden hatte, und die anderen vermutlich einfach aus Gewohnheit. Schweigend setzte Hannibal in einem feuerfesten Lederbeutel Wasser auf und schüttete eine Art getrockneter Körner dazu. Wenig später gab es genug zähen Brei, um sie alle zu versorgen. Sie hatten keine Teller. Stattdessen setzten sie sich so dicht an die Feuerstelle, wie der Rauch und die fliegenden Funken es zuließen, und aßen direkt aus dem Beutel. Nie zuvor hatte Analina ihr Essen geteilt. Tatsächlich wurde ihr nun klar, dass sie sogar zum ersten Mal überhaupt gemeinsam mit Saphiron und Türkis aß. Es war ein merkwürdiges Gefühl, plötzlich Schulter an Schulter mit ihnen zu sitzen. Merkwürdig, zu sehen, wie schnell sie den geschmacklosen Brei hinunterschlangen, ohne auch nur mit der Wimper zu zucken. Ana selbst hatte zwar Hunger, aber mit dem Holzlöffel in der Hand fühlte sie sich seltsam ungeschickt und der Brei hinterließ einen mehligen Geschmack auf ihrer Zunge, der sie irritierte. Hin und wieder stieß sie mit ihrem Löffel gegen einen der anderen, und schließlich hielt sie sich zurück, bis ihre Begleiter genug hatten und sich einer nach dem anderen zurücklehnte. Als sie sich zögernd vorbeugte, war der Brei bis auf den letzten Rest aufgegessen.

»Wir sollten schlafen«, bestimmte Qalim und warf seinen Löffel einfach in den leeren Beutel. »Morgen bei Tagesanbruch geht es weiter, also stellt euch auf einen schnellen Start ein. Junge, hast du schon mal eine Nachtwache gehalten?«

Ein wenig überrumpelt sah Saphiron ihn an. »Nein, aber ich stehe meistens mit den Vögeln auf. Wir erledigen die schweren Arbeiten, bevor es in der Sonne zu heiß wird.«

Qalim nickte. »Dann übernimmst du die letzte Wache. Rena, weck mich in zwei Stunden. Und vergiss die Nachricht nicht.«

Analina schluckte trocken, ohne den unangenehmen Geschmack aus ihrem Mund vertreiben zu können. »I-ich kann auch …«

»Ihr solltet sehen, dass Ihr Euch erholt. Der Weg wird die nächsten Tage nicht leichter«, gab der Gnom knapp zurück. Ihr fiel auf, dass er zur offiziellen Anrede zurückgekehrt war.

Es war zwecklos, zu widersprechen. Tatsächlich war sie so müde, dass sie sich kaum noch bewegen konnte, und schaffte es nur mit Mühe, die verschnürte Decke zu öffnen und auszubreiten.

»Rutsch mal.« Türkis kroch an ihre Seite und warf ihre eigene Decke über sie beide, wofür Analina dankbar war. Mit einem leisen Fiepen schlüpfte auch noch ein sehr erschöpfter Welpe zwischen sie und rollte sich zusammen. »Arme Melin«, murmelte Türkis, »das war ein ganz schön langer Tag für so einen kleinen Hund.«

»Nicht nur für sie«, gab Analina matt zurück.

»Stimmt.« Türkis unterdrückte ein Gähnen.

Kurz herrschte Stille.

»Findest du es komisch?«, flüsterte Ana schließlich.

Türkis blinzelte träge. »Was?«

»Na ja, alles. Unterwegs zu sein. Hier draußen … und allein.«

»Wir sind doch nicht allein.«

»Also hast du keine Angst?«

Türkis schien kurz zu überlegen. »Nein«, sagte sie dann, »ich habe nie Angst. Und ihr seid ja da.« Sie gähnte erneut, drehte sich auf die Seite und verfiel in Schweigen.

So ausgelaugt, wie sie war, hatte Ana eigentlich erwartet, sofort einzuschlafen. Doch je ruhiger es wurde, desto lauter kamen ihr ihre eigenen Gedanken vor. Alles wirkte fremd. Die Geräusche um sie herum – das Knacken der Glut, der Wind in den Zweigen, die leisen Rufe einer entfernten Eule – der federnde Boden unter ihr, der kratzige Stoff ihrer Decke. Sogar Türkis' ruhiger werdender Atem klang anders als sonst und jede noch so kleine Bewegung an ihrer Seite ließ sie wieder hochschrecken. Analina schloss die Augen, und prompt durchzuckte sie die Erinnerung an die Späher, die sie im Gewitter gesehen hatte. Ob Gwendas Männer das Dorf tatsächlich angegriffen hatten? Vielleicht genau zu der Zeit, als sie gerade den Occultator von Qwerze bekommen hatte? Wie sehr alle darauf bedacht waren, sie zu schützen. Ana tastete nach dem Amulett der Gnomen, das sie immer noch in der Tasche hatte. Kurz hatte sie mit dem Gedanken gespielt, es zum Schlafen zu tragen, doch ihr Platz schien halbwegs sicher zu sein und immerhin hielten sie abwechselnd Wache. Zumindest diejenigen von ihnen, die Qalim für zuverlässig genug hielt …

Leise, um Türkis nicht zu stören, setzte Analina sich auf. Keiner außer ihr schien Probleme mit dem Einschlafen zu haben, denn die ums Feuer liegenden Gestalten gaben keinen Laut mehr von sich. Als sie allerdings den Blick hob, saß Narena etwas abseits an einem der Baumstämme und sah sie direkt an.

Schlaf, formten ihre Lippen. Ana zögerte. Dann schob sie die Decke ein wenig beiseite und trat so leise sie konnte auf die Schattenspäherin zu.

»Du solltest dich ausruhen«, sagte Narena gedämpft, sobald sie in Hörweite war, doch sie rutschte ein Stück zur Seite. Nach einer kurzen Pause folgte Analina ihrer Aufforderung und ließ sich neben ihr auf eine breite Wurzel sinken.

»Ich kann nicht einschlafen«, gab Analina zu.

»Hast du Hunger?«

Sie sah auf. Narenas Bernsteinblick war ruhig.

»Ich …«

Sie verstummte, als Narena ihr eine Handvoll von etwas entgegenstreckte, das wie Streifen getrockneter Früchte aussah.

»Was ist das?«

»Melindenstücke. Gut gegen Heißhunger. Und besser als dieser Brei«, fügte die Waldelfe mit der Spur eines Lächelns hinzu. »Ich war nie eine große Freundin davon.«

Analina nahm einen der leicht klebrigen Streifen und schob ihn sich in den Mund. Sofort breitete sich eine angenehme Süße auf ihrer Zunge aus, die den mehligen Nachgeschmack der Körner verdrängte. »Danke.«

Narenas Augen wanderten wieder zu den Schatten der Bäume. »Was beschäftigt dich?« Als Analina nicht gleich antwortete, fügte sie mit einem kurzen Seitenblick hinzu: »Deine Aura flackert.«

»Oh.« Sie hatte für einen Moment vergessen, dass Narena ihre Magie auf diese Weise wahrnehmen konnte. »Was bedeutet das?«

Die Schattenspäherin zuckte mit den Schultern. »Verschiedene Dinge sind möglich. Bei dir gehe ich von Unruhe aus.«

»Wieso?«

»Bei deiner Mutter äußert sie sich so.«

Analina blinzelte.

»Hast du daran gedacht? An euren Streit?«

»Nein«, sagte Ana sofort und stellte erst danach fest, dass es die Wahrheit war. »Ich habe nur …« Sie stockte. Räusperte sich. »Denkst du, sie haben … jemanden getötet? Die Späher, meine ich. Denkst du, jemand ist gestorben, weil ich …«

»Ich habe dir doch gesagt, dass wir nichts tun können«, fiel ihr Narena mit Nachdruck ins Wort.

Ana gab keine Antwort.

»Analina.« Narena riss den Blick von ihrer Umgebung los und sah sie eindringlich an. »Du wirst noch viel tun können. Viel Gutes, davon bin ich überzeugt. Aber du musst dir Zeit geben.«

»Und die haben wir?«

Die katzenartigen Pupillen zuckten, ganz leicht nur. »Ja. Ich glaube schon.«

Ein schwaches Glühen ließ Anas Antwort im Nichts verschwinden. Sie senkte irritiert den Kopf und stellte fest, dass Narena eine milchige Kugel im Schoß hielt, die rhythmisch zu leuchten begonnen hatte.

»Ist das … eine Verbindungskugel?«, fragte sie unsicher. Es gab einige davon im Schloss, über die sie nach Angestellten rufen konnte, aber die funktionierten nur auf kurze Entfernungen.

Narena nickte. »Eine mächtigere Variante als die, die du kennst. Es gibt nur wenige davon, der Rat ist gerade erst dabei, sie zu entwickeln. Wir haben diese hier dabei, damit wir regelmäßig Bericht erstatten können.« Sie sah kurz von der Kugel auf. »Willst du dabei sein, wenn ich den Ruf annehme?«

Analina zuckte unwillkürlich zurück. »Ich … ich glaube nicht.«

»Es ist vermutlich Parl Marsiy«, fügte Narena mit einem belustigten Funkeln in den Augen hinzu, »Lynda kommuniziert um diese Zeit nur selten persönlich.«

»Trotzdem.« Hastig stand Ana auf. »Ich sollte besser versuchen einzuschlafen.«

»Wie du meinst.« Narena hob eine Hand über die Kugel, berührte sie aber noch nicht. »Soll ich nach den Spähern fragen?«, fügte sie sachlich hinzu. »Ob es einen Angriff gab?«

Analina schluckte. »Ja. Bitte. Und … sag mir dann Bescheid.«

»Werde ich tun.«

»Danke.«

Narena schien warten zu wollen, bis sie außer Hörweite war, also zog sie sich zurück und schlüpfte wieder unter die Decke. Türkis gab ein leises Schnaufen von sich, wachte aber nicht auf. Analina drehte sich zur Seite und strich vorsichtig über Melins weiches Fell, während sie die Augen schloss. Zu ihrer Überraschung bemerkte sie diesmal beinahe sofort, wie erste Traumnebel sich über ihr Bewusstsein legten. Hinter ihren Lidern leuchtete ein schwaches Licht auf, und sie wusste, dass Narena die Verbindung zum Schloss hergestellt hatte. Doch bevor sie versuchen konnte, vielleicht doch ein oder zwei Worte mitzuhören, sank ihr Geist noch ein wenig tiefer, und endlich fand sie Schlaf.

Parl war kurz davor gewesen, den Ruf abzubrechen, als Narena die Verbindung herstellte und ihr Gesicht flackernd über der Kugel erschien. Rasch zog er die Hand zurück und beugte sich ein wenig vor, um die Projektion vor den dunklen Scheiben besser sehen zu können.

»Rena. Gab es Probleme?«

Sie schüttelte den Kopf und ein leichtes Zittern lief durch ihr Gesicht. »Nein, wir haben die geplante Lichtung erreicht. Ich habe nur noch kurz mit der Prinzessin gesprochen.«

Parl spürte, wie die Spannung in seinen Schultern nachließ. »Geht es ihr gut?«

»Ja. Was ist mit der Königin?«

Er zögerte. »Ihr auch.«

Narena hob die Brauen.

»Den Umständen entsprechend«, lenkte er nach einer kurzen Pause ein.

»Dachte ich mir.« Die Schattenspäherin runzelte leicht die Stirn. »Hast du mit ihr geredet?«

Parl räusperte sich. »Natürlich …«

»Über Analina?«

Er seufzte leise. »Ich habe es versucht.«

»Und, was hat sie gesagt?«

»Nichts. Ihr Gesichtsausdruck war Antwort genug.« Unter Narenas durchdringendem Blick empfand er sofort das Bedürfnis, sich zu rechtfertigen. »Du weißt, wie sie sein kann.«

»Ja, aber ich weiß auch, wie *du* sein kannst. Deswegen hatte ich eigentlich erwartet …«

»Das ist nicht so einfach. Sie ist … ich bin …« Er verstummte.

Narena musterte ihn aufmerksam, dann stieß auch sie ein Seufzen aus. »Ach, Parl.«

Er sagte nichts.

»Sei vorsichtig.«

»Das sollte ich lieber dir sagen«, gab er zurück und ignorierte die Tatsache, dass sie sein Ablenkungsmanöver sofort durchschaute. »Seid ihr jemandem begegnet?«

»Spähern.«

»Wie bitte?«

Sie zuckte nicht mit der Wimper. »Analina sagt, sie hat welche gesehen, aber uns ist nichts passiert. Gab es einen Angriff in Schlossnähe?«

»Nein, aber ... es gab eine Auseinandersetzung mit den Drachenreitern des Regenkönigs. Sie haben behauptet, Späher bis über unsere Grenzen verfolgt zu haben, nur ein paar Stunden südlich vom Schloss. Wir dachten eigentlich, das wäre nur eine seiner üblichen Provokationen, du weißt ja, wie gerne er hin und wieder Gewitter schickt ...«

»Ich wäre mir da nicht sicher.«

Parl nickte langsam. »Das sollte ich ihr sagen.«

»Jetzt noch?«

Er warf einen raschen Blick auf die Uhr. »Ich denke schon. Gibt es noch etwas?«

Narena winkte ab. »Nichts, was wichtiger ist als Späher in der Nähe des Schlosses.«

»Gut. Meldet euch morgen wieder. Und passt auf euch auf, hörst du?«

Die Schattenspäherin neigte leicht den Kopf. »Ja. Pass du auch auf dich auf.«

Das überging er. »Gute Nacht.«

»Nacht. Grüß die Königin.«

Sie brach die Verbindung ab und in Parls Zimmer war es plötzlich sehr still.

Mit einem leisen Ächzen erhob er sich, lockerte seine Schultern und machte sich auf den Weg, um Lynda zu informieren.

AM DRACHENSPIEGEL

Die nächsten Tage vergingen in einem immer gleichbleibenden Rhythmus. Beim ersten Sonnenstrahl wurden alle von Narena oder Qualim geweckt und nach einer notdürftigen Stärkung in Form von Trockenfrüchten und gerösteten Carobeeren – salzige, intensiv schmeckende Beeren, die auf Funkelstein statt Fleisch zubereitet wurden – brachen sie auf und wanderten zügig und ohne lange Pausen, bis es dunkel wurde.

In den ersten Tagen litt Ana Höllenqualen. Ihre Muskeln schienen sich in Blei verwandelt zu haben, der ständig trockene Mund und die vom Wind zerzausten Haare trieben sie beinahe in den Wahnsinn. In den kalten, feuchten Nächten unter einer zerknitterten Wolldecke sehnte sie sich nach ihrem warmen Bett auf Funkelstein. Doch sie hütete sich davor, diesen Gedanken laut auszusprechen – schon, weil sie die Einzige zu sein schien, die Probleme hatte. Dass Qalim, Narena und Hannibal nicht zum ersten Mal reisten, war ihr natürlich klar gewesen, aber auch Saphiron und Türkis schienen deutlich weniger Schwierigkeiten zu haben als sie. Saphiron hielt mühelos mit Qalims straffem Tempo mit und Türkis schien schlechte Laune genauso fremd zu sein wie Angst. Mit Melin auf den Fersen hüpfte sie neugierig voraus und fand irgendwie noch genug Atem, um sie alle mit Liedern zu unterhalten, deren ungehobelte Texte sie selbst hoffentlich noch nicht verstand. Also biss Analina die Zähne zusammen und versuchte, nicht zu viel nachzudenken. Die Grübeleien waren noch kräftezehrender und schlafraubender als der Hunger, die Kälte und die Anstrengung. Obwohl sie Narena gegenüber das Gegenteil behauptet hatte, fiel es ihr immer noch schwer, den Streit mit ihrer Mutter zu vergessen. Der Ärger über Lynda und vor allem über sich selbst ließ sie nicht los, egal, wie oft sie sich die wirklich wichtigen Probleme in Erinnerung rief. Die gefährliche Reise, die Akademie und die Bedrohung durch Gwenda, all das waren Dinge, die viel bedeutender waren als die alberne Entscheidung, ohne eine Aussprache mit ihrer Mutter aufzubrechen. Ana war froh, dass der anstrengende Weg und die Gesellschaft ihr kaum Gelegenheit gaben, sich näher damit auseinanderzusetzen. Die Nächte waren hart – aber sie war entschlossen, sich davon nicht durcheinanderbringen zu lassen.

Sie hatte ein Ziel, und das würde sie nicht aus den Augen verlieren.

Und tatsächlich: Langsam und schleichend machte sich ihr Wille zum Durchhalten bezahlt. Am vierten Tag wachte sie zum ersten Mal ohne schlimmere Muskelschmerzen auf. Ihr Magen protestierte nicht mehr gegen die karge Nahrung und beim Frühstück fühlte sie sich wach und energiegeladen. Zum ersten Mal kam sie sich bereit für den Tag vor. Zügig aß Ana ihre Trockenfladen auf und warf Saphiron einen strahlenden Blick zu. Seine Haare waren zerzaust und er rieb sich müde die Augen.

»Wieso grinst du so?«, brummte er und kaute langsam auf einer handtellergroßen Carobeere herum.

Sie zuckte die Schultern. »In ein paar Tagen erreichen wir den Drachenspiegel. Wir haben über die Hälfte geschafft.«

»Ja, über die Hälfte des Bruchteils einer mehrwöchigen Reise«, schnaubte Saphiron. Langsam schienen sich seine regelmäßigen Nachtwachen doch bemerkbar zu machen.

»Ach, komm schon, Saph. Denk mal an den See. Kühles, klares Wasser, saubere Decken, gewaschene Kleidung …«

»Nenn mich nicht Saph.« Saphiron blinzelte mürrisch.

»Keine gute Laune, was?«

»Morgens nie.«

Ana verkniff sich ein Lächeln. Sie kannte Saphiron und sie kannte den Miesepeter, zu dem er wurde, wenn er hungrig oder müde war. Seufzend streckte sie sich auf dem weichen Gras aus, badete ihre noch blasse Haut in der matten Morgensonne und beließ es dabei.

Es ist dunkel. Ana steht auf einem Platz, um sie herum nur Schatten. Sie weiß nicht, wo sie ist. Nur, dass es dunkel ist.

Da ist ein Mädchen. Es ist plötzlich da. Sein Gesicht ist halb von der Nacht verborgen. Dunkles Haar bedeckt seine Schultern.

Es sieht sie an. Hebt die Hände.

Ana reagiert instinktiv. Sie reißt die Arme hoch. Blendend helles, blaues Licht …

Analina fuhr hoch. Lauschte auf ihren eigenen, keuchenden Atem und zwang sich, tief Luft zu holen. Die tanzenden Schatten des Traums hatten sie noch nicht ganz losgelassen. Hastig sah sie sich um und machte sich klar, wo sie war. Sie hatten einen weiteren Tagesmarsch hinter sich. In der Dämmerung hatten sie ihr Lager aufgeschlagen. Reste der Glut leuchteten im Dunkeln wie große, schmelzende Rubine. Alles war ruhig – Saphiron und Türkis schliefen neben ihr.

Ana zog beklommen die Decke über ihre Schultern. Nie zuvor hatte sie so einen Traum gehabt. Es war nicht der Inhalt, der sie beunruhigte. Es war das Gefühl, dass er real gewesen war. Das Mädchen, das sie gesehen hatte, existierte irgendwo. Und Ana wusste, dass es wichtig war.

Langsam ließ sie sich wieder zurücksinken und schloss die Augen.

Das Gesicht des Mädchens tauchte wieder auf und zog sie mit sich in einen tiefen, unruhigen Schlaf.

Der nächste Tag brachte endlich ein paar Lichtblicke mit sich. Qalim eröffnete ihnen am Morgen, dass sie voraussichtlich am Abend den Drachenspiegel erreichen würden. Vor drei Tagen war ihnen das mitgebrachte Trinkwasser ausgegangen und nach vielen Mahlzeiten mit sandigem Wasser aus zu seichten Bächen hatte der Gedanke an einen ganzen See voll klarem Wasser beinahe etwas Göttliches. Sogar Saphiron ließ sich von der allgemeinen Aufregung anstecken und ungewohnt motiviert brachen sie schon vor den ersten Sonnenstrahlen auf.

Es war wieder einmal ein schöner Morgen. Die Luft war noch frisch und kühl und bis zu den Mittagsstunden, die auch jetzt im Frühling schon unangenehm heiß werden konnten, war es noch eine ganze Weile. Analina hätte völlig unbeschwert sein können, doch zwei Dinge störten sie: der Traum, der ihr nicht aus dem Kopf ging, und ein hartnäckiges Kribbeln in ihrem Nacken. Dieses Kribbeln kannte sie inzwischen gut. Es hatte sie vor den Gnomen gewarnt, aber sie hatte es auch schon früher gespürt, wann immer sie sich in der Öffentlichkeit gezeigt hatte: Es entstand durch Blicke auf ihrer Haut. Jemand beobachtete sie.

Kurz durchzuckte sie Angst. Seit dem Gewitter am ersten Tag waren sie keinen Spähern mehr begegnet, doch etwas in ihrem Hinterkopf schien ständig damit zu rechnen. Aber dann sah sie Hannibal und Qalim vor sich, und als sie sich umdrehte, war sie nicht überrascht, Narenas Augen zu begegnen. Die Schattenspäherin ging ein paar Meter hinter ihr, eine Hand locker in die Kupfermähne der Stute geschoben, und wandte ihren Blick nicht von ihr ab. Nach einem kurzen Zögern ließ Ana sich zurückfallen.

»Ist etwas?«, fragte sie gedämpft, damit Saphiron und Türkis sie nicht hören konnten.

Narenas schmale Lippen zuckten. »Was sollte sein?«

»Du hast mich angestarrt.«

»Nun, deshalb bin ich hier«, gab sie unumwunden zurück, »um dich im Auge zu behalten.«

Obwohl das keine echte Neuigkeit war, war da etwas in ihrem Tonfall, das Ana störte. »Ich brauche kein *Kindermädchen …*«

»Ich bin kein Kindermädchen.«

»Irgendwie schon. Ich kann keinen Schritt machen, ohne dass du …«

»Du hast etwas geträumt.«

Analina war so überrascht, dass sie sofort aufhörte, verärgert zu sein. »Was?«

»Letzte Nacht. Du hattest einen Traum, richtig?« Narenas Stimme war fast unheimlich ruhig.

»Ich … woher bei allen Göttern weißt du das?«

Die Waldelfe ignorierte ihre Frage. »Worum ging es?«

Ana starrte sie an. Erneut tauchte das Gesicht des Mädchens vor ihr auf, obwohl die Züge bereits zu verblassen begannen. Da war ihre Antwort, aber etwas hielt sie auf. Vielleicht war es der merkwürdige Ausdruck in Narenas Augen. Vielleicht auch nur die Tatsache, dass ihre Fragen wie gewohnt übergangen wurden, aber zumindest räusperte sie sich und gab zurück: »Keine Ahnung. Ich kann mich nicht erinnern.«

Auch ohne die Gabe der Aurensicht war es nicht schwer zu merken, dass sie log. Narenas Brauen zogen sich zusammen, doch sie hakte nicht nach.

»Manche Träume bedeuten etwas«, sagte sie nur. »Vergiss das nicht.«

»Was … meinst du? Was sollten sie bedeuten?«

»Nun, das hängt von ihrem Inhalt ab«, antwortete die Schattenspäherin.

Ana schluckte. »Und woran … woran würde ich erkennen, dass …«

Eine olivfarbene Hand schoss in die Höhe und ließ sie abrupt verstummen. Anspannung zeichnete sich in Narenas Gesicht ab. Für einen Moment starrte sie konzentriert ins Nichts, dann weiteten sich ihre Augen. Wortlos packte sie Ana am Arm und deutete in die Richtung, aus der sie gekommen waren.

Analina fuhr herum und ihr Blick schoss zu den Wolken am Horizont, vor denen ein dunkler Schatten aufgetaucht war. Als sie begriff, was sie sah, schien sich ihr Magen plötzlich in einen Stein zu verwandeln. Sie schnappte nach Luft. »Späher!«

Narenas Gesicht glich einer eisernen Maske. »Qalim!«, rief sie und der Gnom blieb sofort stehen.

»Was …«

Dann blieben seine Augen ebenfalls am Himmel hängen. Er zögerte keine Sekunde, sondern stürzte auf Analina zu. »Wir brauchen einen Schild!«, fuhr er sie an. »Sofort!«

Anas Blick schoss nervös in Richtung des dunklen Schattens, der langsam näher kam. Ihnen blieb höchstens eine Minute, bis sie unweigerlich entdeckt würden, und weit und breit gab es nichts, wo sie sich verstecken konnten.

Ungläubig starrte sie ihn an. Beluu hatte ihr beigebracht, wie man simple Illusionen schuf, aber etwas wie einen Reflexionsschild dieser Größe hatte sie nie zuvor geschafft. »I-ich kann nicht …«

Narena schnalzte ungeduldig mit der Zunge. »Die Occultatoren«, rief sie dazwischen, »die werden genügen. Alle herkommen, *jetzt*. Legt die Amulette an. Sobald ihr sie tragt, rührt ihr euch nicht mehr von der Stelle.«

Saphiron und Türkis beeilten sich, ihrer Anweisung zu folgen, doch Hannibals Blick schoss zu der Fuchsstute an Narenas Seite. »Was ist mit Feuerzunge?«

Analinas Magen verknotete sich, als sie begriff. »Wenn sie sie sehen, wissen sie, dass jemand hier ist …«

Narena sah blitzschnell von ihr zu der Stute und wieder zurück. »Wie gut sind deine Illusionen?«

»Nicht gut genug für ein *Pferd*!«

»Tja, jetzt müssen sie es aber sein. Komm.«

Mit weichen Knien trat Analina vor. Aus den Augenwinkeln sah sie, wie Saphiron Melin unter sein Hemd stopfte, nach Türkis' Hand griff und ihnen beiden die Occultatoren überstreifte. Prompt flirrten ihre Umrisse kurz auf und verschwanden. Hannibal und Qalim tauschten einen raschen Blick mit Narena.

»Macht schon«, stieß sie unwirsch hervor und beide Männer folgten Saphiron und Türkis ins Nichts.

»In Ordnung.« Die Schattenspäherin richtete ihre Katzenaugen wieder auf Analina. »Ich werde dir helfen. Konzentriere dich nur auf den Schild, hörst du? Wenn du so weit bist, ziehe ich dir den Anhänger über, aber du darfst auf keinen Fall die Illusion abbrechen.«

»Aber …«

»Nimm deine Hände zu Hilfe. Körperkontakt wird es einfacher machen.«

Mit zitternden Fingern berührte Analina den warmen Hals der Stute, die sie sanft in die Seite stupste. Fast kam es ihr so vor, als würde sogar Feuerzunge versuchen, ihr Mut zu machen.

»Gut.« Narena legte eine gebräunte Hand über ihre, die andere zog den Occultator aus Analinas Tasche. »Konzentriere dich.«

Ana schloss die Augen, um den nahenden Punkt am Horizont nicht sehen zu müssen. Ein feines Prickeln fuhr durch ihre

Fingerspitzen, doch ihre Erinnerung an Reflexionsschilde war blass wie ein Nebelschleier und bis auf ein paar Funken kam nichts.

»Ich weiß nicht, wie es geht«, flüsterte sie und spürte, wie Panik ihr den Hals zuschnürte. »Ich … muss mir den Schild vorstellen, um ihn heraufzubeschwören, und ich weiß nicht mehr, wie er sich angefühlt hat. Ich …«

Narena verstärkte den Druck auf ihre Hand ein wenig. »Augen zulassen«, befahl sie sanft.

Analina zwang sich, zu gehorchen. Prompt stieg vor ihrem inneren Auge eine Woge dunkler, waldgrüner Magie in ihr auf, die Ruhe durch ihren ganzen Körper fluten ließ. Sie atmete tief durch und spürte ein sanftes Ziehen in ihren Fingerspitzen. Instinktiv wusste sie, dass Narena ihr zeigte, wie sich der Schild anfühlen musste. Sie folgte dem Gefühl, und plötzlich ging es wie von selbst. Ein Kribbeln fuhr durch das warme Fell unter ihren Händen, und als sie die Augen aufriss, war die Fuchsstute verschwunden. Obwohl sie das Tier direkt vor sich spüren konnte, sah sie nur festgetretene Erde und Gras. Erleichterung durchströmte sie.

»Danke«, murmelte sie Narena zu.

»Nicht reden.« Die Schattenspäherin löste ihre Berührung und wartete kurz ab, ob die Illusion hielt. Als die Stute verschwunden blieb, hob sie den Occultator über Analinas Kopf. »Bereit?«

Ana nickte und das Amulett glitt auf ihre Brust.

Es war die unangenehmste Empfindung, die sie je erlebt hatte. Kaum berührte das grobe Silber ihre Haut, da breitete sich ein schreckliches Taubheitsgefühl von der Stelle bis in jede Faser ihres Körpers aus. Gleichzeitig schien sich etwas wie Watte auf ihre Sinne zu legen. Alle Geräusche wurden gedämpft, die Farben verblassten, die Gegenstände um sie herum wurden unscharf. Der Boden unter ihren Füßen begann Wellen zu schlagen, zumindest dachte sie das, und plötzlich war sie sich nicht mehr sicher, ob sie überhaupt noch stand. Anas erster Impuls war, sich den Occultator sofort wieder vom Leib zu reißen, doch dann erinnerte sie sich. *Narena. Feuerzunge.*

Späher.

Sofort wurde ihr Geist ein wenig klarer. Sie blinzelte angestrengt und schaffte es schließlich, den Fleck vor sich zu fokussieren. Immer noch schien die Stute verschwunden zu sein, aber sie glaubte, den Schild flackern zu sehen. Hastig biss sie die Zähne zusammen, ignorierte das Brausen in ihren Ohren und die Illusion wurde wieder fehlerlos. Sie schaffte es, einen Blick zur Seite zu werfen: Auch von Narena war nichts zu sehen.

Also ignorierte sie den Schwindel, die Übelkeit und die Angst und wartete.

Es war jetzt schwerer, die Späher zu erkennen. Ihre Sicht schien durch das Amulett dauerhaft beeinträchtigt zu sein, aber nach einer Weile gewöhnte sie sich an die neue Wahrnehmung und der Himmel über ihr wurde etwas klarer.

Da war ein Schemen, der näher kam. Die Umrisse wurden deutlich, und schließlich erkannte Analina, dass es sich um einen Nachtmahr handelte. Er erinnerte entfernt an einen Drachen oder erweckte vielmehr den Anschein, als hätte jemand versucht, aus einem verkohlten Stück Holz etwas zu formen, das einem Drachen ähnelte. Herausgekommen war ein fliegendes, feuerspuckendes Ungeheuer mit ledriger, schwarzer Haut und schwefelgelb glühenden Augen, das aussah wie verbrannt. Analina hatte nie zuvor einen Nachtmahr gesehen, doch der Anblick ließ ihr das Blut in den Adern gefrieren. Ihr fiel nichts ein, was auch nur annähernd so abstoßend war wie dieses Geschöpf.

Als er direkt über ihnen war, raste Anas Herz, als würde sie um ihr Leben rennen. Sie presste die Hände auf den zuckenden Hals der Stute und hoffte inständig, dass ihre Illusion hielt. Dann drang der Gestank von verbranntem Fleisch durch den Schutz des Occultators und ihr stockte der Atem. Wie eine Ewigkeit zogen sich die Sekunden, in denen der Nachtmahr über sie hinwegglitt. Er fauchte und Funken stoben aus seinen Nüstern. Seine stechenden Augen glitten über den Boden unter ihm …

Und dann war es vorbei. Analina rang erleichtert nach Luft, als der schwarze Schemen langsam kleiner wurde und verschwand. Sie war die Erste, die sich den Occultator vom Hals riss. Als die Stute neben ihr auftauchte, glänzte ihre rostrote Flanke vor Schweiß. Einen Moment später erschienen Anas Begleiter wieder neben ihr, kreidebleich wie nach einer üblen Grippe.

Qalim war der Erste, der das Schweigen brach: »Tja. Offensichtlich funktionieren die Amulette.«

Analina antwortete nicht. Ihr war immer noch schlecht.

»Nachtmahre«, sagte Hannibal nach einer kurzen Pause. »Sie schickt Nachtmahre.«

»Ja.« Narenas Miene war ausdruckslos.

»Hat sie schon häufiger …«

»Nein.«

Türkis' große Augen glitten von der Schattenspäherin zu Ana und wieder zurück. »Also … wird es schlimmer? Sie … Gwenda … handelt offener?«

Niemand schien zu wissen, was man darauf antworten sollte.

Sie erreichten den Drachenspiegel am Abend.

Als ihre Schatten auf dem Gras immer länger wurden und der Himmel sich allmählich zu verfärben begann, stieß Türkis, die mit Melin ein Stück vorausgelaufen war, plötzlich einen begeisterten Schrei aus. »Schaut, da ist er! Lia, schau!«

Ana und Saphiron stürmten zu ihr nach vorne, und tatsächlich: Was auf den ersten Blick wie ein schmaler Streifen Silber am Horizont wirkte, musste das Ufer des Sees sein.

»Meine Güte ... er ist riesig«, keuchte Ana und presste eine Hand auf ihre stechende Seite.

Qalim trat neben sie und nickte zufrieden. »Beeilung jetzt. Wenn wir nicht trödeln, sind wir in einer halben Stunde dort!«

Mit ihrem Ziel vor Augen brachten sie den restlichen Weg rasch hinter sich. Gerade, als die untergehende Sonne ein letztes Mal blutrot aufleuchtete, erreichten sie eine flache Hügelkuppe, und da, direkt vor ihnen, lag der See. In gleißenden Reflexen fing er das letzte Licht des Tages auf, warf es zurück und schien für einen Moment in Flammen zu stehen. Dann ging die Sonne endgültig unter und der Drachenspiegel lag wieder glatt wie eine Glasscheibe vor ihnen. Nun, da sie nicht länger geblendet wurde, erkannte Analina erst seine gewaltige Größe. Am Horizont war kein Land zu sehen, und auch nach rechts und links erstreckte sich nur Wasser. Sie schienen fast am Meer zu stehen, nur der Salzfilm auf den Lippen fehlte.

»Er ist ... wunderschön«, wisperte Ana fasziniert. Für einen Moment waren alle Strapazen der Reise vergessen.

Qalims unwilliges Grunzen holte sie rasch in die Realität zurück. »Wir sollten unser Lager aufschlagen, bevor es zu dunkel wird, um die Hand vor Augen zu erkennen.«

»Lager?«, wiederholte Analina und sah sich skeptisch am Ufer um.

»Ein Stück weiter gibt es kleine Inseln«, erklärte er und nickte grob nach links. »Da können wir übernachten. Irgendwo in der Nähe sollte ein Floß versteckt sein ...«

Alle wandten sich Narena zu, die stirnrunzelnd die Augen

schloss. »Ich … bin nicht sicher … der See hat eine außergewöhnlich starke Aura.«

»Der *See*?«, hakte Saphiron nach. »Etwas Lebloses?«

Narena blinzelte und nickte. »Die Natur ist nicht so machtlos, wie du vielleicht denkst. Im Gegenteil. Wälder, Meere … sie strahlen ihre eigene Art von Magie aus. Und dass Drachenmagie nur langsam erlischt, ist bekannt.«

»Drachen?«, wiederholte Türkis hoffnungsvoll. »Hier gibt es Drachen?«

»Gab«, verbesserte Narena mit einem kleinen Seufzen. »Daher der Name. Aber als die Fischer kamen, sind sie verschwunden. Das ist jetzt schon Jahrhunderte her und die Aura ist immer noch atemberaubend schön.«

Saphiron schien der wehmütige Ausdruck in ihren Augen nicht sonderlich zu beeindrucken. »Und wie sieht es mit einem Floß aus?«, gab er zurück. »Irgendwo eine Holz-Aura in der Nähe?«

Die Lippen der Schattenspäherin kräuselten sich. »Einfaches *Holz* strahlt nicht. Aber Illusionen schon.« Sie deutete nach links auf eine Stelle ein paar Hundert Meter weiter als der Punkt, den Qalim fixiert hatte. »Dahinten ist etwas versteckt. Könnte dein Floß sein.«

»Sehen wir nach.« Der Gnom setzte sich wieder in Bewegung und Analina zwang ihre schmerzenden Füße vorwärts und folgte ihm den Hügel hinunter ans Ufer.

Tatsächlich verbarg sich unter einer mit Illusionen durchwobenen Grasmatte ein Floß, das groß und stabil genug aussah, um sie alle sicher über das Wasser zu bringen. Es dauerte eine Weile, bis sie die scheuende Stute auf die fest verbundenen Baumstämme bewegt hatten, aber schließlich standen sie alle auf mehr oder weniger festem Untergrund und Hannibal stieß sie mit einem flachen Ruder vom Ufer ab. Analina war sich nicht sicher, was sie von dieser Fortbewegungsart hielt, doch obwohl Feuerzunge ähnlich skeptisch schien und hin und wieder unruhig den Kopf zurückwarf, erreichten sie ihr Ziel in trockenem Zustand. Die Inseln, die sich vor ihnen aus dem dunklen Wasser erhoben, konnten nicht viel größer sein als der Rosenquarzsaal auf Funkelstein. Bäume oder Sträucher konnte Analina im Dämmerlicht keine erkennen. Auf der größten von ihnen waren allerdings hohe, zackige Felsen, die wie ein Kamm über die ganze Insel liefen. So dunkel, wie es inzwischen war, würden die Schatten als Sichtschutz ausreichen.

»So, hier sind wir erst mal sicher«, stellte auch Qalim fest und sprang als Erster an Land, um ihnen dann nacheinander vom Floß zu helfen, »morgen früh müssen wir wieder zurück zum Festland, aber für die Nacht sollte das reichen. Beeilt euch, es ist bald stockdunkel.«

Es wurde tatsächlich schnell finster. Nach einer halben Stunde konnten sie kaum noch die Hand vor Augen erkennen. Also kauten sie im Dunkeln eine Weile an den harten, salzigen Fladen herum, die sie aus getrockneten Carobeeren geformt hatten, und legten sich dann hin. Das glucksende Wasser, das sanft gegen das Ufer schlug, war bald das einzige Geräusch in der Dunkelheit. Innerhalb weniger Minuten war Ana eingeschlafen.

Mitten in der Nacht fuhr Analina plötzlich hoch. Warum, konnte sie sich selbst nicht erklären. Was hatte sie geweckt? Mit hämmerndem Herzen lag sie da und lauschte auf die Atemzüge ihrer Begleiter. Narena, Qalim und Hannibal, die gefährliche Reisen gewohnt waren, schliefen absolut lautlos, doch sie konnte die schwachen Atemzüge von Türkis und Saphirons leises Schnarchen hören.

Sonst war da nichts.

Beruhigt drehte sie sich wieder auf die Seite. Der leichte Schlaf war etwas, was sie von ihrer Mutter geerbt hatte. Häufig wachte sie bei den kleinsten Störungen auf. Sie musste sich wohl eingebildet haben …

In diesem Moment erschütterte ein heftiges Beben die ganze Insel.

Mit einem erstickten Schrei fuhr nun auch Narena hoch. Ihre Katzenaugen leuchteten in der Dunkelheit und blieben an der stocksteif aufgerichteten Ana hängen.

»Was war das?«, wisperte sie mit vom Schlaf rauer Stimme.

»Ich weiß auch nicht. Weck mal Qalim und die anderen!«, antwortete Ana und versuchte angestrengt, ihre Stimme am Zittern zu hindern.

»Nicht nötig«, krächzte Qalim durch die Stille. »Was ist los?«

»Die Insel bebt«, flüsterte Ana.

Prompt erschütterte ein erneuter Stoß den Boden. Qalim fluchte.

»*Damnay*. Saphiron, das war deine Wache! Wenn du nicht sofort …«

Doch das letzte Beben hatte sie alle hochfahren lassen. Zitternd tastete Analina nach Türkis' Arm und zog sie dicht an sich. Trotzdem war die nächste Erschütterung so heftig, dass sie das Gleichgewicht verlor. Ana strauchelte, fiel nach vorn und griff in … Wasser!

»Was zum … *Damnay*!«, keuchte nun auch sie.

Mit steifen Fingern gelang es ihr, eine Handvoll Magiefunken durch die Luft tanzen zu lassen. Was sie im matten Lichtschein erkennen konnte, ließ ihr das Blut in den Adern gefrieren: Die Insel, auf der sie gerastet hatten, war auf ein Zehntel ihrer ursprünglichen Fläche geschrumpft. Die Gruppe stand auf dem einzigen Fleck, der noch trocken war.

Analina erstarrte. »Was … was ist passiert?«

Die Antwort kam sofort.

Ohne Vorwarnung erschütterte ein erneutes Beben die Insel und urplötzlich brach etwas Gewaltiges vor ihnen durch das Wasser. Ein Schrei durchschnitt die Stille, und Ana war sich nicht sicher, von wem er stammte. Auf jeden Fall machte er das Etwas auf sie aufmerksam, denn es wandte sich ihnen zu und sie erkannte, was es war: ein gigantischer grauer Kopf. Aus den stachelbespickten Nüstern spritzte Wasser, die fächerartigen Ohren waren ständig in Bewegung und die spitzen Hörner geradewegs auf sie gerichtet. Analinas Magen überschlug sich, als sie endlich begriff.

Sie befanden sich nicht etwa auf einer Insel – sondern auf dem dornigen Rücken eines Wasserdrachen.

»Bei Theus und Milike«, stieß Saphiron neben ihr hervor.

»Bleibt ganz still«, raunte Hannibal und packte Feuerzunge fest am Halfter. Scheinbar unbewusst spannte er seine Muskeln an, obwohl die Geste völlig sinnlos erschien. Allein der Kopf des Drachen war größer als Hannibals ganzer Körper.

Wie gebannt starrten sie alle in die silbernen Augen des Ungetüms.

Der Drache starrte ungerührt zurück. Dann, ganz langsam, legte er den Kopf in den schuppigen Nacken und stieß ein so durchdringendes Pfeifen aus, dass es in den Ohren schmerzte. Im nächsten Moment zuckte seine Schnauze herum und eine zischende Wasserfontäne raste direkt auf sie zu.

Instinktiv stolperte Analina zurück, aber es war zu spät. Mit der Wucht einer kleineren Kanonenkugel wurde sie getroffen und gegen den nächsten Rückenstachel geworfen. Der Aufprall war so heftig, dass die ganze Luft aus ihren Lungen gepresst zu werden schien. Keuchend schnappte Ana nach Atem und spuckte Wasser, doch schon begann der Drache sich zu bewegen und sie erkannte im letzten Moment, was er vorhatte, um seine störende Fracht abzuschütteln.

»Luft anhalten!«, brüllte sie, raffte ihre Decke zusammen und klammerte ihren Beutel an sich, in dem alles war, was sie noch hatte. Melin bellte laut auf und sprang Türkis in die Arme. Saphiron fuhr zu ihr herum, Analina streckte die Hände aus, doch es war zu spät – der Drache begann zu tauchen. Sein stachelbespickter Hals krümmte sich kurz über ihnen, dann verschwand er, der Boden unter ihr kippte und dann nahm Ana nur noch Nässe und Dunkelheit wahr.

Das Seewasser war so weit vom Ufer entfernt eiskalt. Wellen schlugen über ihr zusammen und tausend winzige Nadeln bohrten sich in ihre Kopfhaut, als die Kälte stechender wurde. Sofort begann sie wild rudernd der Oberfläche entgegenzuschwimmen, doch der Sog des Drachenkörpers zog sie mit sich in die Tiefe. Notgedrungen ließ sie den Beutel los und öffnete die Augen, aber das eisige Wasser ließ sie heftig blinzeln und sie konnte kaum etwas sehen. Nur, dass es immer dunkler wurde, erkannte sie. Plötzlich fuhr ein Ruck durch ihr Bein, und als sie den Kopf senkte und den Beutel, der an ihrem Fuß hängen geblieben war, abschüttelte, blieb ihr Herz für einen Moment stehen. Der See war unendlich tief, doch sie nahm träge Schemen wahr, und nach einer fassungslosen Sekunde begriff sie, worum es sich handelte.

Drachen.

Hunderte gigantischer, gepanzerter Wasserdrachen schwammen viele Meter unter ihr durch das eisige Wasser. Der ganze See war voll von ihnen. In immer weiteren Bahnen umkreisten sie einander, so tief unten, dass sie auf den ersten Blick wie ein Fischschwarm aussahen. Vor Überraschung vergaß Ana für einen Moment, wo sie sich befand. Sie riss den Mund auf und Wasser strömte in ihre Lungen. Hustend und würgend begann sie wieder zu strampeln, doch sie hatte vergessen, gegen den Sog zu schwimmen, und konnte, wie sie nun entsetzt feststellte, nicht einmal mehr die Oberfläche des Sees erkennen. Die Drachen hatten sie zu sehr in ihren Bann gezogen. Verzweifelt kämpfte sie gegen die Strömung an, die die Giganten unter ihr verursachten, doch es war hoffnungslos. Sie wollte Magie gebrauchen, aber der Druck auf ihren Schläfen wurde stärker und ihre Konzentration reichte nicht aus.

Panik stieg in ihr auf. Kalte, alles ertränkende Panik. Sie drang durch ihre Poren, ihren Schädel, ihren Geist. Ana konnte nicht mehr denken. Nichts konnte sie tun, außer die Augen zu schließen und zu beten, dass es bald vorbei war. Ihre Bewegungen wurden schwächer, ihr Herzschlag. Sie spürte, wie ihre Gedanken erstarben. Dunkle Schatten füllten ihr Bewusstsein, als sie aufgab und langsam zu sinken begann. Die Kälte des Wassers überwältigte sie und alles wurde schwarz.

»*Damnay*, das darf nicht …«

»Sei still, ich glaube, sie atmet!«

»Aber …«

»Still!«

Ana wusste nicht, wo sie war. War sie tot? Eigentlich müsste sie ertrunken sein. Aber konnte man hören, wenn man tot war? Wenn sie hören konnte, musste sie noch in ihrem Körper sein, und wenn sie noch in ihrem Körper war, konnte sie nicht tot sein!

Sie lebte also noch. Aber wie? Und warum?

Konnte sie sich bewegen? Prüfend krümmte sie einen Finger. Ja, das ging.

Ob sie dann auch sehen konnte?

Langsam schlug sie die Augen auf.

»Sie ist wach!«

Saphirons Ruf hallte merkwürdig in ihren Ohren. Sofort wurden ihr Wasser und eine Decke gereicht und mehrere Leute versuchten, sie aufzurichten. Ana nahm hustend einen Schluck Wasser und setzte sich aufrecht hin, bevor sie sich genauer umsah. Sie war in einer Art Grotte, deshalb auch das verzerrte Echo.

Hastig glitt ihr Blick über die Gesichter der Anwesenden. Saphiron, Türkis, Narena, Qalim und Hannibal knieten alle vor ihr und verfolgten jede ihrer Bewegungen. *Den Göttern sei Dank*. Sie lebten.

»Wie …?«, krächzte sie matt.

»Wir wissen es auch nicht. Der Sog hat uns immer weiter nach unten gezogen, dann haben wir uns aus den Augen verloren und wir sind alle ohnmächtig geworden. Das Nächste, was wir wissen, ist, dass wir hier nacheinander wieder aufgewacht sind. Du warst viel länger bewusstlos als wir. Was ist denn passiert?«, fragte Narena mit bleichen Lippen.

Ana schloss die Augen und dachte nach. Sie war untergegangen … nicht mehr hochgekommen … und sie hatte die Drachen gesehen.

»Da waren Drachen! Hunderte von Drachen!«, brachte sie hervor und hörte, wie sich ihre Stimme vor Aufregung überschlug.

»*Was*?«, kam es vielstimmig zurück.

»Am Grund des Sees! Habt ihr sie nicht gesehen? Sie waren überall!«

»Wir haben keine Drachen gesehen, nur den, auf dem wir geschlafen haben. Es waren Hunderte, sagst du?«, wiederholte Qalim ungläubig.

»Ja! Ich habe sie gesehen, ganz sicher! Dann habe ich Luft geholt und Wasser geschluckt. Und dann … weiß ich nichts mehr.«

Die Panik erwähnte sie nicht.

Die anderen sahen sie skeptisch an.

»Ihr glaubt mir nicht, oder?«, fragte Ana, ohne ihre Enttäuschung verbergen zu können.

»Doch, natürlich!«, beeilte sich Saphiron zu sagen. »Es ist nur so, dass du … zu dem Zeitpunkt schon ziemlich lange unter Wasser warst und dein Gehirn … nicht mehr genug … also …« Er verstummte unter ihrem zornigen Blick.

Türkis schaute von einem zum anderen und sagte schließlich: »Das ist doch jetzt auch egal, Hauptsache, wir sind alle in Sicherheit. Und warum die Drachenaura noch so stark ist, wissen wir jetzt auch. Ist doch alles prima.«

Ana zögerte, nickte aber schließlich ergeben, weil sie keinen Streit anfangen wollte. Dann fiel ihr etwas ein: »Was ist mit den Tieren? Feuerzunge und Melin? Was ist mit unserem Gepäck?«

Sofort verschwand das Lächeln von den Gesichtern der anderen.

»Also … das meiste Gepäck haben wir gerettet, den Proviant auch … aber …«

»Was?«, fragte sie. Plötzlich schien sich ein großer Klumpen in ihrem Hals auszudehnen.

»Wir haben die Stute verloren … und Melin auch. Sie sind nicht wieder aufgetaucht«, flüsterte Türkis.

Ana schluckte hart und blinzelte angestrengt, um die Tränen zurückzudrängen, die plötzlich in ihr aufstiegen. Sie dachte an die letzten Nächte, in denen der warme Hundekörper sie getröstet hatte, an das seidige Fell, die dunklen Augen und die feuchte Nase. Tränen brannten in ihren Augen. *Sei vernünftig*, meldete sich eine kühle Stimme, die ihr sehr bekannt vorkam. *Du solltest froh sein, keinen deiner Begleiter verloren zu haben.* Aber Melin hatte auch zu ihren Begleitern gehört. Sie spürte eine Hand auf ihrer Schulter und sah auf. Zu ihrer Überraschung war es Qalim, der ihren Blick mit einer Mischung aus Mitgefühl und ruppiger Verlegenheit erwiderte.

Ana riss sich zusammen und zwang sich zu einem Lächeln. »Zumindest sind wir alle in Sicherheit.«

Narena nickte, fügte aber hinzu: »Übrigens haben wir noch ein Problem. Ein paar Gepäckstücke sind mit uns hier angespült worden, aber wir haben die Kugel verloren.«

Es dauerte einen Moment, bis Analina begriff. »Die … Verbindungskugel?«, hakte sie ungläubig nach. »Aber das war unsere einzige Möglichkeit, mit dem Schloss zu kommunizieren!«

Narena öffnete den Mund, sagte dann aber nichts.

»Was?«, fragte Ana sofort.

»Nichts. Wir werden es eben so durch die Berge schaffen müssen. In Gringol gibt es sicher eine Möglichkeit, uns wieder im Schloss zu melden.«

»Und wenn nicht?«

Die Schattenspäherin lächelte. »Wir kennen die Route, Analina. Notfalls bringen wir dich auf eigene Faust bis nach Palestra.«

»Aber …«

»Hör mal«, unterbrach Qalim sie, »wir haben auch den Beutel von dir gefunden. Du solltest besser nachsehen, ob etwas fehlt.«

Das war ein so offensichtlicher Versuch, sie abzulenken, dass Analina nicht widersprach. Seufzend stemmte sie sich auf die wackligen Beine und stolperte etwas unbeholfen zum Höhleneingang. Erst die blasse Morgensonne machte ihr klar, dass sie tatsächlich stundenlang bewusstlos gewesen war. Sie waren offenbar ans Ufer gespült worden, jedoch nicht an die Stelle, an der sie abends mit dem Floß abgelegt hatten. Ana sah sich um und entdeckte ihre persönlichen Gegenstände schließlich auf einem Felsen in der Nähe. Zu ihrer Erleichterung war neben ihrer Trinkflasche und ein paar eingewickelten Brocken Haselnussbrot auch das Mondvogelbuch noch da. Die feuchten Seiten waren aufgequollen und an den Rändern gewellt, aber überraschenderweise war die Schrift immer noch lesbar. Offenbar war dieses Buch wertvoll genug, um mit einer Reihe tintenkonservierender Banne belegt worden zu sein, wofür sie mehr als dankbar war. Wenn sie schon die Verbindungskugel verloren hatten, war ihr doch zumindest ihre einzige Erinnerung an zu Hause geblieben.

Vorsichtig legte Analina das Buch zurück auf den Stein, um es vollständig trocknen zu lassen. Dabei fiel ihr etwas ein und sie tastete hastig nach ihrer Tasche. Als ihre Finger gegen den schweren Occultator stießen, atmete sie leise auf. Auch das Geschenk der Gnomen war noch da. Kurz war sie erleichtert, aber viel zu schnell kehrten ihre Gedanken an Melin und Feuerzunge zurück und mit ihnen der Kloß in ihrem Hals. Sie konnte nicht sagen, welchen Verlust sie stärker spürte – den der Tiere oder den der Kugel, ihrer einzigen Verbindung nach Hause. Seufzend ließ Ana den Blick über das nahe Seeufer gleiten, in der albernen Hoffnung, die Kugel doch noch aufleuchten zu sehen. Sie selbst hatte die Verbindung ins Schloss kein einziges Mal genutzt, aber es hatte sich tröstlich angefühlt, die Möglichkeit zu haben. Nun, ohne sie, fühlte sie sich auf einmal merkwürdig allein. Sie schluckte. Vielleicht hätte sie einfach die Gelegenheit nutzen sollen, mit ihrer Mutter zu sprechen, solange …

Jemand schnaubte.

Analina zuckte zusammen und fuhr herum, in der Erwartung, Qalim oder Hannibal zu sehen. Aber da war niemand, und überhaupt hatte das Schnauben nicht geklungen wie die Geräusche, die Gnomen oder Schneeriesen normalerweise von sich gaben. Stirnrunzelnd wich sie ein paar Schritte Richtung Höhleneingang zurück und sah sich dabei am verlassenen Ufer um. Sie musste sich das Schnauben eingebildet haben. Vielleicht hatte ihr Kopf doch stärker unter der Bewusstlosigkeit gelitten, als sie gedacht hatte. Gerade hatte sie den Vorsatz gefasst, auf gar keinen Fall Saphiron davon zu erzählen, da zerriss ein lautstarkes Prusten die Luft, und diesmal begriff sie, woher es kam.

»Saphiron! Türkis!«

Die Geschwister kamen aus der Höhle gestürzt, dicht gefolgt von Qalim, Narena und Hannibal. Ana ignorierte ihre alarmierten Gesichter und winkte sie ungeduldig näher, während sie mit zusammengekniffenen Augen angestrengt auf den glitzernden See starrte.

»Was ist los?« Saphiron hatte sie als Erster erreicht.

»Da draußen ... ich dachte, ich hätte etwas gesehen ...«

»Noch einen Drachen?«, hakte Türkis hoffnungsvoll nach.

»Ich weiß nicht.« Stirnrunzelnd versuchte Analina, auf der im Morgenlicht gleißenden Wasseroberfläche etwas zu erkennen. »Ich dachte, ich hätte gehört –«

»Sie hat recht«, sagte Narena plötzlich. »Da ist etwas. Ich kann es sehen.«

Ana warf ihr einen schnellen Seitenblick zu und stellte fest, dass sie die Augen konzentriert geschlossen hatte. »Was ist es?«

»Kein Drache«, gab die Schattenspäherin langsam zurück. »Es ist ... es sieht aus wie ...«

»Melin!«, schrie Türkis auf. »Feuerzunge!«

Der vage Schatten, der zwischen den funkelnden Lichtreflexen so schlecht zu erkennen war, kam immer näher, und schließlich konnte auch Analina ganz deutlich zwei dunkle Punkte ausmachen, einen großen und einen kleineren, die sich zielstrebig in ihre Richtung bewegten. Mit gereckten Hälsen paddelten die Stute und der Welpe auf das Ufer zu, Seite an Seite, als hätten sie sich nur eine kleine Erfrischung gegönnt.

»Melin!«, stieß Türkis noch einmal hervor und mit einem hellen Kläffen sprang die durchnässte Hündin an Land, schüttelte sich heftig und besprühte alle mit Seewasser. Hannibal eilte nach vorne, um Feuerzunge ans Ufer zu helfen. Ana ließ sich ungläubig auf die Knie fallen und streckte die Hände nach der immer noch tropfnassen Melin aus. Die hatte Türkis innerhalb kürzester Zeit mit schlammigen Pfotenabdrücken bedeckt und sprang jetzt mit ähnlicher Begeisterung in Analinas Arme.

»Melin«, flüsterte Ana und drückte die Hündin an sich. »Melin, was machst du denn für Sachen?«

»Schwimmen«, grinste Saphiron, »glücklicherweise. Siehst du, Türkis, ich habe doch gesagt, sie schaffen es irgendwo an Land. Wahrscheinlich waren sie auf einer anderen Insel, einer richtigen Insel ... Dann haben sie sich irgendwann getraut, ins Wasser zurückzuspringen, und sind zu uns geschwommen.«

Strahlend drehte sich Analina nach Feuerzunge um und stellte fest, dass Narena und Qalim dabei waren, die Satteltasche zu überprüfen. Schlagartig fiel ihr die Verbindungskugel ein. »Und?«

Qalim sah auf und schüttelte den Kopf. »Weg«, gab er einsilbig zurück.

»Oh.« Anas Lächeln wurde ein wenig schwächer.

»Nun«, Narena seufzte, »dann muss es so gehen. Zumindest haben wir die Stute wieder und müssen nicht alles selbst tragen.«

»Ja«, stimmte Analina ihr zu, »immerhin.«

Melin leckte vertrauensvoll über ihre Wange und entlockte ihr ein Kichern.

Seit Narena sich zuletzt gemeldet hatte, waren drei Tage vergangen. Zunächst hatte Parl sich nicht viel dabei gedacht. Sie hatten den Drachenspiegel erreicht, was hieß, dass ein oder zwei Abende ohne Neuigkeiten nicht unerwartet waren. Aber dann hatte niemand seine Rufe entgegengenommen, und als der dritte Morgen ohne Lebenszeichen anbrach, war offensichtlich, dass etwas nicht stimmte. Nach ein paar erfolglosen Stunden hatte er die Kugel widerstrebend beiseitegelegt, um sich der längst fälligen Post zu widmen, aber so ganz ließ sich die frustrierend dunkle Verbindungskugel nicht aus seinen Gedanken vertreiben.

Ein leises Klopfen riss Parl aus seinen düsteren Grübeleien. »Ja?«

»Ich bin es. Störe ich?«

Es dauerte einen Moment, bis er begriff. Dann einen weiteren, bis er seine Sprache wiederfand. Als er schließlich eine Antwort zustande brachte, klang sie mehr wie eine Frage: »Nein?«

Die Tür schwang in einem sanften Funkenschauer auf und Lynda trat ein.

Nie zuvor hatte die Königin ihn in seinem Arbeitszimmer besucht. Wenn es unerwartet Dinge zu besprechen gab, ließ sie nach ihm schicken, und auch sonst war es Parl, der den Weg zwischen seinen Räumen im Turm und ihren im Ostflügel täglich mehrmals zurücklegte. Nun jedoch trat sie mit einer Selbstverständlichkeit über seine Schwelle, die ihn verblüffte.

»Euer Majestät.«

Unter ihrem durchdringenden Blick fing er sich beinahe sofort. Ohne es zu merken, war er aufgestanden und hatte den Kopf geneigt, doch Lynda winkte flüchtig ab und trat ein paar Schritte in den Raum hinein. Parl bemerkte, wie sie sich umsah, die mit Verbindungskugeln und Büchern gefüllten Regale registrierte, die Briefe, den kalten Rest Kaffee.

Als sie schließlich das Wort an ihn richtete, klang sie fast beiläufig: »Gibt es Neuigkeiten?«

Er zögerte nur eine Sekunde, aber das genügte. Ihre Blicke trafen sich, und in dem Moment, bevor sie die Fassung wiederfand, konnte er beobachten, wie sie begriff.

»Nein«, gab er leise zurück. Natürlich hätte sie es wissen müssen: Sie selbst hatte ihn am Tag zuvor angewiesen, ihr jede Nachricht von ihrer Tochter sofort zu melden. Warum sie ihn jetzt aufsuchte, war ihm nicht ganz klar. Vielleicht, um sicherzugehen. Vielleicht, damit er es in Worte fassen musste.

Parl atmete ein und Lynda machte sich bereit.

»Ich kann seit Tagen keine Verbindung zu der Gruppe aufbauen«, sagte er so ruhig, wie er konnte. »Wir haben den Kontakt verloren. Sie sind auf sich allein gestellt.«

Stille.

Lyndas Finger zuckten und Parl reagierte auf die Bewegung, bevor er sich daran hindern konnte. Es war nur ein winziger Schritt nach vorne, aber natürlich bemerkte sie es sofort. Erneut begegneten sich ihre Augen und kurz, ganz kurz nur, war da ein Wort. Dann blinzelte sie und wandte sich ab.

»Danke«, antwortete sie. »Wenn sich die Lage ändert, will ich es wissen.« Kurz schien sie zu zögern, dann fügte sie hinzu: »Ich brauche den Abend frei. Sagt das Essen mit Noele ab, aber sprecht von *verschieben*. Ich muss etwas erledigen, das ich … vermeiden wollte.«

Parl wartete einen Moment, doch sie drehte sich nicht nach ihm um. »Natürlich, Euer Majestät.«

Sie verschwand so kommentarlos, wie sie gekommen war.

DIE GLASBERGE

Als sie in Richtung der Glasberge aufbrachen, war sich Analina nicht sicher, wie sie sich fühlte. Sie war erleichtert, Melin und Feuerzunge nicht verloren zu haben, und wusste, dass es Saphiron und Türkis genauso ging. Trotzdem hatte ein unruhiges Flattern in ihrer Magengegend eingesetzt und nach einer Weile wurde offensichtlich, dass sie damit nicht allein war. Qalim war merklich angespannt, weil sie am See Zeit verloren hatten, und seit die Verbindungskugel verschwunden war, wirkte auch Narena unruhig und ungewohnt nervös. Die im Gebirge lebenden Schneeriesen waren ein friedliches Volk und bisher war die gesamte Umgebung der Berge von Angriffen verschont geblieben, aber nicht einmal Hannibal wirkte so unbeschwert, wie er beim Gedanken an seine nahende Heimat hätte sein können. Auf Türkis' neugierige Fragen über geheime Pfade und verborgene Schätze gab er geduldig Antwort, aber Analina wurde das Gefühl nicht los, dass der Zwischenfall am See eine unangenehme Überraschung zu viel gewesen war. Es war schon so viel schiefgelaufen, da wirkten auch die kommenden Wochen bedrohlich, und Qalims Hinweis, dass sie den Schutz der Glasberge in den nächsten Tagen erreichen würden, änderte daran nichts. Wie Saphiron niedergeschlagen sagte, würde der Weg durch das Gebirge viel anstrengender werden als der Weg durch die flachen Ebenen Ardens. Außerdem konnte Ana plötzlich nicht mehr vergessen, was er schon vor dem Drachenspiegel gesagt hatte: Es lag noch so viel Strecke vor ihnen. Der Weg durch die Glasberge würde sie noch einmal genauso viel Zeit kosten wie der Weg durch das flache Land. Bis zu dem Dorf in Gringol, wo sie ihren neuen Führer treffen sollten, war es noch weit. An den Weg, der sie danach erwartete, wollte Ana nicht einmal denken.

Zu allem Überfluss waren sie am Vormittag zum dritten Mal Gwendas Spähern begegnet. Ana schauderte, als sie daran dachte. Urplötzlich war am Horizont wieder ein Schatten aufgetaucht, der immer näher gekommen war. Narenas Warnung war sofort erfolgt, aber diesmal hatte Analina die Anwesenheit der Späher auch selbst gespürt. Die bedrohliche, dunkle Magie, die von dem Nachtmahr ausgegangen war, hatte unter ihrer Haut gekribbelt und in ihren Fingern gebrannt. Reglos hatte sie am Boden gekauert und die groben Ränder des Occultators umklammert, während der Schwindel immer schlimmer wurde. Nach diesem Vorfall hatte die Gruppe beinahe zwei Stunden nicht mehr gesprochen. Die Angst hatte ihnen allen in den Knochen gesteckt. Dass so kurz hintereinander zweimal Späher am Himmel aufgetaucht waren, konnte nichts Gutes bedeuten. Hatte Gwenda von Analinas Reise erfahren?

Ana fragte sich im Stillen, was sie noch erwartete. Und wie oft sie es schaffen würden, unentdeckt zu bleiben.

Drei sehr schweigsame Tage vergingen, in denen sie sich quälend langsam der südlichen Grenze der Ebenen näherten. Als endlich der ersehnte Ruf von vorne kam, begann die Sonne schon unterzugehen und der Himmel färbte sich violett: »Da! Die Glasberge, wir haben sie erreicht!«

Analina, Türkis und Saphiron hasteten an die Spitze der Gruppe, wo Qalim und Hannibal stehen geblieben waren und nach vorne sahen. Müde folgte Ana ihrem Blick, begriff, was sie sah, und war sofort wieder hellwach.

Nie zuvor hatte sie etwas gesehen, das so *groß* war. Die funkelnden Gipfel der Berge strahlten wie Juwelen in der untergehenden Sonne. Wie der abgelegte Diamantschmuck einer Riesenkönigin säumte das Gebirge den Horizont und warf ihnen lange, verführerisch lockende Schattenkronen entgegen. Doch die Erleichterung verschwand genauso schnell, wie sie gekommen war, als Analina erkannte, wie weit sie noch zu gehen hatten. Die Gipfel hatten auf den ersten Blick so nah gewirkt, doch als Ana genauer hinsah, schien die Ebene noch endlos.

»Wann werden wir dort sein?«, fragte sie matt.

»Morgen gegen Abend, denke ich. Wir sollten uns nicht zu lange ausruhen, sondern durchhalten. In den Schluchten der Berge sind wir geschützt. Nur noch ein Tag, dann haben wir das Schlimmste geschafft«, fügte Hannibal aufmunternd hinzu.

»Klar, für einen Schneeriesen! Wir werden nicht so schnell über die Gipfel hüpfen können wie du«, schnaubte Türkis.

»Ich kann auch nicht einfach über die Gipfel hüpfen. Aber es gibt geheime Tunnel, die relativ flach und gerade auf die andere Seite des Gebirges führen. Außerdem kann ich euch das restliche Gepäck abnehmen, sobald wir die Berge erreicht haben. Es gibt da so viele Riesenkolonien, dass ich auch in meiner normalen Größe nicht auffalle.«

Analina ließ ihren Blick wieder zu den Bergen wandern. Vielleicht hatte Hannibal recht. Vielleicht hatten sie wirklich das Schlimmste hinter sich. Aber obwohl Analina sich alle Mühe gab, nicht daran zu denken, tanzte immer noch die bedrohliche Gestalt des letzten Nachtmahrs am Rand ihres Blickfelds. Und Türkis' ängstliche Stimme hallte in ihren Ohren nach: *Also wird es schlimmer*?

In dieser Nacht lag Analina lange wach.

Am nächsten Morgen erwachten sie mit den ersten Sonnenstrahlen. Alle packten mechanisch ihre Sachen, ohne besonders darauf zu achten, was sie taten, und sprachen kaum. Auch Ana schwieg, während ein paar bläuliche Singvögel in der Nähe landeten und fröhlich zwitscherten. Türkis sah sich verstohlen um, bevor sie kleine Bröckchen von ihrem Brot abbrach und den Vögeln zuwarf. Qalim hatte es gesehen und begann lautstark zu schimpfen. Türkis öffnete den Mund, um zurückzufauchen, und Ana sah mäßig interessiert zu, wie Saphiron sich einschaltete und seine Schwester tatsächlich vor Qalim in Schutz nahm. Normalerweise wäre er der Erste gewesen, der mit Türkis wegen dieser Verschwendung geschimpft hätte. Aber Qalim hatte Saphiron am Vortag so oft für unnötige Kleinigkeiten kritisiert, dass ihm ein ordentlicher Streit gerade recht kam. Innerhalb kürzester Zeit waren die beiden wieder bei ihrem Dauerthema angekommen – dass Saphiron es immer noch nicht schaffte, eine zweistündige Nachtwache durchzuhalten. Nach ein paar Sekunden drehte Türkis sich schulterzuckend um und fuhr fort, die Vögel zu füttern. Weder Qalim noch Saphiron schien es weiter aufzufallen. Ana verkniff sich ein Grinsen und trug ihren Beutel zu Feuerzunge, wo Hannibal und Narena schon dabei waren, ihre Decken zu befestigen.

»Lass sie streiten«, beantwortete Narena ihre Frage, noch bevor sie sie stellen konnte. »Lass sie sich abreagieren. Das war längst fällig.«

Ana verdrehte die Augen. »Eigentlich geht es doch nur darum, wer von beiden den größeren Dickschädel hat.«

»Wenn du das sagst.« Narena klang amüsiert.

Hannibal schloss die Satteltasche und trat kopfschüttelnd von Feuerzunge zurück. »Genau deshalb gehen sich Schneeriesen normalerweise aus dem Weg. Ich werde euch Kleine nie verstehen.«

Sobald Saphirons und Qalims hitzige Auseinandersetzung mit einer mürrischen Entschuldigung und einem sehr harten Schulterklaps beendet war, brachen sie auf.

Bald rückten die ersten Bergketten näher und Analina merkte, wie die Umgebung sich veränderte. Natürlich wurde der Weg langsam steiler, doch vor allem der veränderte Boden faszinierte sie. Zuerst glaubte sie, helle Erdkrümel darauf zu erkennen, bis sie gegen Mittag an den ersten Felsen vorbeikamen und Ana begriff: Die Erde bestand nun aus winzigen, von Wind und Wetter geschliffenen Kristallen, die völlig durchsichtig waren, genau wie Glas. Türkis versuchte, durch den Boden zu sehen, doch die vielen Schichten der Kristalle verzerrten das Bild. Aber wenn die Sonne sich in den kleinen Splittern brach, funkelte die ganze Umgebung wie tausend Regenbogen.

Gebannt liefen sie zwischen den immer größer werdenden Brocken umher, ohne sich an den funkelnden Formen und Figuren sattsehen zu können. Ana fühlte sich vage an einen Winterball im Schloss erinnert, für den glitzernde Eisskulpturen aufgestellt worden waren. So ähnlich sahen die Kristallbrocken auch aus, nur hatten sie abstraktere Formen und schmolzen nicht in der warmen Sonne. Viel schneller als erwartet, gewannen sie an Höhe, und schon bald schlängelten sie sich auf schmalen Pfaden, die Feuerzunge gerade so bewältigen konnte, zwischen hohen Felswänden entlang.

Als die Sonne langsam tiefer sank und ihr Weg schattiger wurde, erinnerte Analina sich schließlich an den eigentlichen Plan. »Wo sind jetzt diese geheimen Wege, von denen du gesprochen hast, Hannibal?«

»Das weiß man nie ganz genau. Die Tunnel haben nicht wir geschaffen. Unter den Riesen erzählt man sich, dass sie schon immer da waren, wie die Berge. Die Eingänge tauchen auf und verschwinden wieder. Wenn wir sie betreten, dann nur als Gäste.«

Ana starrte ihn an. »Also hast du keine Ahnung, wo wir überhaupt hinmüssen?«

»Eine Ahnung schon. Es gibt Orte, an denen sich häufig Tunnel öffnen, da suche ich nach Markierungen«, antwortete Hannibal, der mit großen Schritten voranlief. Ohne die wärmende Drachenschuppe hatte er inzwischen eine Größe von etwa vier Metern angenommen und beanspruchte nun die gesamte Breite des Weges. Eine Zeit lang wanderten sie relativ ziellos in das Herz der Berge, während Hannibal sich suchend umsah. Niemand wusste genau, wonach er suchte, doch es machte sich auch niemand die Mühe zu fragen. Hannibal war nie sehr gesprächig.

Als er endlich triumphierend stehen blieb, waren Stunden vergangen.

»Ich hab es! Hier, seht mal!«, brüllte er und deutete auf einen bläulich schimmernden Stein, der in etwa zwei Metern Höhe in die Felswand eingelassen war.

Ana holte ihn ein und betrachtete die Stelle aus der Nähe. »Hübsch. Und das bringt uns jetzt ... was genau?«, erkundigte sie sich mit hochgezogenen Augenbrauen.

Narena sah sie belustigt an. »Weißt du, dass du genau wie deine Mutter bist?«

Türkis stieß sie in die Seite. »Lass das! Sie reagiert da sehr empfindlich.«

Analina verzog das Gesicht, sagte aber nichts.

Hannibal räusperte sich. »Wie auch immer. Schau gut zu, wie der Riese Wunder vollbringt.«

Gestenreich legte er die Hände auf den Stein, schloss die Augen und stemmte sich dann mit aller Kraft gegen den glatten, funkelnden Fels.

Es passierte nichts.

»Ich bin überwältigt«, sagte Ana sarkastisch.

Hannibal warf ihr einen kurzen Blick zu. »Warte ab.«

Eine weitere Sekunde verstrich. Und dann, ohne Vorwarnung, leuchtete der blaue Kristall auf und ein geisterhafter Stimmenchor hallte durch Anas Bewusstsein. *Wer seid ihr, dass ihr Einlass wünscht ...?*

Analina taumelte unwillkürlich ein paar Schritte zurück und tastete nach ihren Schläfen. »Was ...«

Hannibal räusperte sich und sprach direkt zu der Felswand: »Wir sind Freunde der Krone mit ehrlichem Ziel. Unsere Reise hat uns schon weit geführt. Wir bitten um Sicherheit und einen friedlichen Weg.«

Wieder herrschte kurz Stille, bevor die flüsternden Stimmen antworteten: *Nur, wer gibt, wird nehmen können.*

Ana hatte keine Ahnung, was das bedeuten sollte. Hannibal jedoch schien nichts anderes erwartet zu haben, denn er nickte und drehte sich zu ihnen um. »Ohne ein Opfer lassen sie niemanden ein.«

»Ein *was*?«, fragte Analina ungläubig. »Und wer spricht da überhaupt?«

Der Schneeriese zuckte mit den Schultern. »Wir nennen sie die Glasgeister. Sie scheinen die Wächter der Tunnel zu sein, aber woher sie kommen, wissen wir nicht.«

»Und ihr findet es nicht ... komisch, dass eine fremde Macht Opfer von euch verlangt?«, hakte sie leicht beunruhigt nach.

Hannibal winkte ab. »Es ist kein richtiges Opfer, das siehst du gleich. Und die Königin hat ausdrücklich erlaubt, dass wir die Tunnel nutzen. Sie sind sicher, keine Sorge.« Er hob eine Hand, bis er den Kristall fast berührte. »Bereit?«

Ana räusperte sich. »Wofür?«

»Sie wollen einen Magiefunken von jedem von uns, sozusagen als Wegzoll. Danach lassen sie uns ein.«

»Das ist alles? Ein Funke?«

Hannibal nickte. »Wir vermuten, dass sie auf diese Weise schwarze Magier aufhalten. Nur, wer Licht in sich trägt, darf die geheimen Wege betreten. Für Tiere gilt das natürlich nicht, Feuerzunge und Melin können wir einfach so mitnehmen.«

Das ergab tatsächlich Sinn. Nacheinander traten sie vor die Felswand und mit jedem Funken leuchtete der Kristall ganz leicht auf. Analina stellte sich auf die Zehenspitzen und erreichte den Stein gerade so. Ein hellblaues Licht flammte auf, dann hatte sie es geschafft. Zuletzt war Türkis an der Reihe, die mit ihren Fingerspitzen beim besten Willen nicht hoch genug kam. Mit einem schicksalsergebenen Seufzen kniete Saphiron sich auf den Boden und sie stieg geübt auf seine Schultern. Jetzt befand sich ihr Gesicht mit dem Kristall beinahe auf einer Höhe. Furchtlos löste sie die Hände von der steilen Felswand und hielt sie vor den Kristall.

Nichts geschah.

Stirnrunzelnd tauschte Ana einen Blick mit Saphiron. Etwas stimmte nicht. »Türkis?«, fragte sie leise. »Alles in Ordnung?«

»Ich weiß … weiß auch nicht«, kam die kleinlaute Antwort. Nach einer kurzen Pause griff sie nach Saphirons ausgestreckter Hand und sprang wieder zu Boden.

»Stimmt irgendwas nicht mit mir?«, fragte sie zögernd.

Analina schüttelte den Kopf. »Unsinn. Du bist jünger, vielleicht fehlt dir ein bisschen das Gespür. Bist du nervös?«

Türkis zuckte verlegen mit den Schultern.

»In Ordnung, wir probieren es noch einmal, vielleicht erst mal hier unten. Könnt ihr anderen mal …?« Unter Analinas vielsagendem Blick wandten sich ihre Begleiter ab, damit Türkis sich weniger beobachtet vorkam. Narena und Qalim machten ein paar Schritte zur Seite, während Saphiron sich umdrehte und demonstrativ zu pfeifen begann. Für einen Moment geschah überhaupt nichts, doch dann –

»Wahnsinn!« Völlig unvermittelt flammte in Türkis' Handflächen ein gleißend helles, violettes Licht auf, das lebhaft pulsierte. »Türkis, das ist …«

Doch bevor Ana ihren Satz beenden konnte, verschwand das Licht so schnell, wie es gekommen war. Analina starrte sie mit aufgerissenen Augen an. »Was bei allen Göttern war das?«

Türkis starrte zurück. »Was meinst du?«

»Das … das Licht, deine Magie! Sie war plötzlich da, direkt in deinen Händen. Aber ich verstehe nicht … Hast du nichts gemerkt?«

Ungläubig schüttelte Türkis den lockigen Kopf, während ihre Begleiter sich ihnen neugierig wieder näherten.

»Saphiron«, sagte Narena plötzlich, die Türkis aus der Entfernung genau beobachtet hatte, »mach das noch mal.«

»Was?«, fragte er verdutzt.

»Pfeifen. Du hast gepfiffen. Los, mach das noch einmal.«

Analina musterte sie überrascht. Offensichtlich hatte Narena etwas begriffen, denn sie starrte Türkis wie hypnotisiert an.

Zögernd wiederholte Saphiron die ersten Töne seiner kleinen Melodie und nach wenigen Sekunden leuchtete das Gesicht der Schattenspäherin auf. »Fantastisch«, murmelte sie. »Analina, hast du das gespürt?«

Türkis' Blick glitt zwischen Narena und Ana hin und her. »*Was* gespürt? Wovon redet ihr?«

»Deine Magie«, erklärte Narena langsam, »sie reagiert auf Töne. Auf Musik. Das ist extrem ungewöhnlich … Deine Aura ist sehr unregelmäßig, was in deinem Alter vorkommen kann, aber Melodien lassen dich beinahe … erglühen. Du singst viel, oder?«

»Ich … ja, ich meine … tue ich. Schon immer. Aber …«

Narena lachte leise auf. »Analina«, sagte sie sichtlich amüsiert, »ich weiß jetzt, wieso die Königin dieses Mädchen mit auf die Reise geschickt hat. Es sieht ganz so aus, als hätten wir eine Singende gefunden.«

Ana schnappte nach Luft. »Du meinst ...«

»Ganz sicher. Die Reaktion auf Musik, diese Farbe ... Türkis, du könntest eine sehr seltene Gabe haben: Magie-Kontrolle durch Melodien. Singende können sehr, sehr mächtig werden, denn die Benutzung der eigenen Stimme passt unter anderen Umständen nicht zur Lichtmagie. Wahrscheinlich hast du schon von Spinella gehört, der mächtigsten Steinfee der jüngeren Geschichte. Sie war eine Singende, und wenn mich nicht alles täuscht, könntest du auch eine werden.«

Türkis blinzelte. »*Ich*?«

Analina nickte eifrig. »Glaub ihr! Wieso habe ich das nicht früher gesehen? Wahnsinn, Türkis – du könntest so viel erreichen! Du könntest ... ich weiß nicht, ein Stipendium für die Akademie bekommen, stell dir das vor!«

»In Ordnung, das reicht«, fiel Türkis entschieden dazwischen. »Ich habe keine Ahnung von Magie oder Singenden oder ... was auch immer. Wir bringen *dich* an die Akademie, aber lass mich da aus dem Spiel.«

»Aber ...«

»Lia! Ich will nicht. In Ordnung? Das ist nicht meine Welt. Und das habe ich auch deiner Mutter gesagt, als sie meinte ...«

»Du *wusstest* es?«

»Nein. Nicht wirklich. Sie hat irgendetwas angedeutet ... aber das hat mir gereicht. Ich *will* keine Magierin werden, jedenfalls noch nicht. Ist das in Ordnung für dich?« Türkis reckte trotzig ihr Kinn vor. Ana biss sich auf die Zunge, um ihre Aufregung zu beherrschen. Konnte sie wirklich denselben Druck auf ihre beste Freundin ausüben, den sie immer verabscheut hatte?

»Ja«, antwortete sie leise, »es ist in Ordnung. Du hast recht, das soll deine Entscheidung sein. Und du bist sowieso noch zu jung für die Akademie. Mach, was du für richtig hältst, ja?«

Türkis grinste. »Das musst du mir nicht sagen.«

Und Analina nahm sich fest vor, sich nicht erneut einzumischen.

Mithilfe von Saphirons Pfeifkünsten schafften sie es schließlich doch, Türkis einen einzelnen Funken zu entlocken. Damit hatten sie alle ihr Opfer gebracht und Hannibal legte ein letztes Mal die Hand auf den Kristall und drückte.

Immer noch rührte sich nichts.

»Hm«, machte Analina und verkniff sich ein Grinsen. »Das ist jetzt eine gewisse …«

Hannibal drückte stärker und diesmal sprang Ana erschrocken zurück. Mit einem ohrenbetäubenden Knirschen begann sich langsam ein Spalt in der Wand aufzutun, der schnell breiter wurde und schließlich einen gläsernen Tunnel freilegte.

Ana blieb der Mund offen stehen. »In Ordnung. Jetzt bin ich beeindruckt«, sagte sie und sah fassungslos zu Hannibal auf.

Der grinste. »Siehst du. Nach dir, Prinzessin. Geh vor und staune.«

Der Tunnel schien sich endlos durch den Berg zu erstrecken. Er krümmte und verzweigte sich, traf auf andere Tunnel und endete schließlich in einer engen Schlucht, von der abermals einige Wege wegführten. Stundenlang liefen sie durch glitzernde Röhren, bis sie zu einer kleinen Höhle gelangten, dort ein Feuer entfachten und ihr Nachtlager herrichteten. Sie brieten getrocknete Carobeeren, rösteten Nüsse und aßen klebrige, heiße Trockenfrüchte, die sie in die Glut gehalten hatten. Nachdem er aufgegessen hatte, machte sich Hannibal an einem unauffällig wirkenden Felsbrocken zu schaffen, und als er ihn zur Seite schob, kam ein schmaler Spalt zum Vorschein, der bis zur Höhlendecke mit Riesenvorräten gefüllt war. Säcke mit Carobeeren und Haselnussfladen häuften sich auf dem glitzernden Boden, mehr, als sie überhaupt auf einen Blick erfassen konnten. Nach einer kurzen Diskussion füllten sie ihre Taschen nach und Ana legte ein paar Silbermünzen auf einen vollen Sack.

Die Stimmung war endlich wieder gut. Alle waren satt, es war warm und trocken. Analina saß an Saphiron gelehnt da, beobachtete die anderen und genoss es, ihre Gedanken fließen zu lassen, während ihre Augenlider langsam schwer wurden. Sie hätte auf der Stelle einschlafen können, aber der Feuerschein weckte eine andere Idee in ihr. Bisher hatte sie weder Zeit noch Licht genug gehabt, um auf der Reise zu lesen, aber jetzt zog sie das Mondvogelbuch hervor und blätterte vorsichtig durch die wellig getrockneten Seiten. Gerade hatte sie eine Stelle gefunden, die interessant aussah, da wurde Saphiron auf sie aufmerksam.

»Hey, was hast du da?« Neugierig stützte er sein Kinn auf ihre Schulter, um einen Blick auf ihre Hände zu werfen.

»Ein Buch.«

»Ich sehe, dass es ein *Buch* ist. Wieso hast du es mitgenommen? Was ist so besonders daran?« Kritisch sah Saphiron von ihrem Gesicht auf den Buchdeckel und wieder zurück. Er konnte keine Schriftzeichen lesen, ihre Miene dafür umso besser.

»Ich weiß nicht …« Plötzlich verlegen zuckte Ana die Schultern. »Es war früher mein Lieblingsbuch. Ich glaube, Lynda hat mir daraus vorgelesen.« Sie machte Anstalten, das Buch wieder wegzupacken, aber inzwischen war auch Türkis auf sie aufmerksam geworden und hüpfte interessiert auf sie zu. »Was ist das, eine Geschichte? Kannst du vorlesen?«

Das neugierige Glitzern in ihren dunkelblauen Augen ließ Analina keine wirkliche Wahl. Zögernd sah sie hinunter auf die Stelle, die sie mit einem Finger markiert hatte. Dann nickte sie und Türkis ließ sich zwischen ihr und Saphiron zu Boden sinken und lehnte ihren Kopf an die Knie ihres Bruders.

Ana spürte ein Kribbeln in ihrem Nacken und wusste, dass sie Zuschauer hatte. Sie beschloss, es zu ignorieren, räusperte sich und begann zu lesen.

Der Nachtwald ist mit Sicherheit der geheimnisumwobenste Ort in ganz Lunadësia. Seine Bewohner, die sagenhaften Mondvögel, lassen nicht zu, dass Fremde sich diesem Ort nähern. Über den mondbeschienenen Wipfeln der Bäume gleiten sie allein durch silbriges Licht.
Mondvögel sind nicht unsterblich, doch sie überdauern viele Zeitalter, bis ihre Magie erschöpft ist. Der Erste ihrer Art, Lerenin genannt, entflog vor Tausenden von Jahren dem See der Unendlichkeit, der im Herzen des Nachtwalds im immerwährenden Mondlicht liegt. Lerenin hatte die Wahl, mit seiner Magie in die Anderswelt zu fliegen oder sein Licht in unsere Welt zu bringen, indem er durch die Pforte des Mondes aus dem Nachtwald verschwand. Er entschied sich für diese Welt und flog über die Grenzen des Nachtwalds hinaus. So brachte er Lunadësia die Magie. Die Anderswelt aber überließ er anderen Mächten.
Er durchtränkte unsere Welt mit reiner Energie, doch als er sein Werk vollendet hatte und zu seiner Geburtsstätte zurückkehrte, waren seine Kräfte erschöpft. So erhob er ein letztes Mal seine Schwingen, flog hoch in die Lüfte und direkt in den Mond. Er verschmolz mit ihm, und durch diese Tat wurde es

möglich und richtig, dass mit dem Tod eines jeden Mondvogels neue Magie für den See der Unendlichkeit gewonnen wird und aus ihm neue Mondvögel entspringen können.
Und nur durch diese Tat wurde es möglich und richtig, dass ich, Marielle Aurora, einen Teil der unglaublichen Sagen und Geschichten um die Mondvögel selbst erleben und sie mit diesem Buch an andere weitergeben konnte.
Dies ist ein Schatz, den ich hüten und pflegen werde bis zu meinem Tod. Und mit meinem Tod wird dem See der Unendlichkeit genug Magie geschenkt werden, um neue Mondvögel zu erschaffen, und so wird es weitergehen bis in alle Ewigkeit.
Gezeichnet:
Marielle Aurora
und mit mir Larisjas, Teil meiner Seele

Als Analina verstummte, herrschte Schweigen. Nur das Prasseln und Knistern des Feuers störte die Stille.

»*Das* steht in dem Buch?«, fragte Türkis schließlich ehrfürchtig.

»Ja, das steht in dem Buch.«

Wieder herrschte Schweigen.

Dann fügte Türkis flüsternd hinzu: »Ana? Ich weiß nicht, ob man so etwas fragen sollte, aber wie sehen denn Mondvögel genau aus? Es gibt so viele verschiedene Bilder …«

Obwohl Analina nicht mit der Frage gerechnet hatte, lag ihr die Antwort aus irgendeinem Grund bereits auf der Zunge. Sobald sie die Augen schloss, sah sie das Bild eines Geschöpfes vor sich. Es war das Wesen, das mit ihr verschmolzen war. Sie wusste, wie Mondvögel aussahen, und sie wusste, dass ihr Mondvogel Liliavis hieß. Sie wusste nur nicht, woher sie das alles wusste. Sie wusste es einfach.

»Sie sind so groß wie du oder ich. Ihre Federn schimmern weiß und violett, wie das Mondlicht, das auf den See der Unendlichkeit trifft. Vom Körperbau her erinnern sie ein bisschen an Schwäne, aber sie sind noch viel anmutiger und schöner. Ihre Schnäbel sind lang und scharf, auf der Stirn haben sie ein Horn, das gewunden ist wie das eines Einhorns. Ihr Schweif ist dunkelviolett und die Schwanzfedern sind so lang wie eines deiner Beine. Ihre Augen haben die Farbe des Himmels, kurz bevor die ersten Sonnenstrahlen ihn rot färben. Sie sind … wunderschön«, sagte Ana leise.

Vor ihrem geistigen Auge sah sie einen Mondvogel, der seinen langen Hals krümmte und sie mit seinem unergründlichen Blick ansah. Sie wusste, dass das *sie* war. Liliavis.

TRAUM ODER TRUG

Das Mädchen ist wieder da.

Es ist dunkel.

Dunkler noch als letztes Mal, oder vielleicht kommt es Ana auch nur so vor.

Das schmale Gesicht vor ihr ist alles, was sie sehen kann.

Sie wartet auf Mut, der nicht kommt.

Als sie das begreift – dass er nicht kommt –, beschließt sie, dass es ohne gehen muss.

Also ignoriert sie die Angst und macht einen winzigen Schritt nach vorne, ohne zu sehen, wohin.

Das Mädchen lächelt.

Es öffnet den Mund …

Analina fuhr hoch, als hätte man sie geschlagen. Ihr Atem ging schnell und so heftig, dass ihr Hals brannte. Sie blinzelte und stellte fest, dass sie eine Hand leicht vor sich erhoben hatte, als wäre sie gerade noch dabei gewesen, nach etwas zu greifen. Mit rücksichtslos durch ihren Brustkorb hüpfendem Herzen sah sie sich um und erkannte, dass sie sich immer noch in den Tunneln der Glasberge befanden. Sie hatten ihr zweites Nachtlager aufgeschlagen und um Ana herum war es ruhig. Die Glut des kleinen Feuers war am Erlöschen, es wurde langsam kühl. Es konnte nicht mehr lange dauern, bis sie weiterziehen mussten.

Analina blinzelte und ihre müden Augen gewöhnten sich vollständig an die trübe Dunkelheit. Wie von selbst glitt ihr Blick über die Schlafenden, bis er schließlich an der einzigen anderen aufrechten Gestalt hängenblieb.

Narena saß wie üblich etwas abseits, den Rücken gegen die glatte Tunnelwand gelehnt, den Kopf gesenkt. Sie rührte sich nicht, auch nicht, als Ana vorsichtig ihre Decke zurückschob und aufstand. Leise setzte sie ihre Füße zwischen ihre schlafenden Begleiter und immer noch sah Narena nicht auf. Als Analina nur noch zwei Schritte von der wachenden Schattenspäherin entfernt war und trotzdem keine Reaktion kam, verstand sie, dass etwas nicht stimmte.

Die Erkenntnis kam plötzlich und gnadenlos. Sie hatte keine Ahnung gehabt, dass sich Angst so anfühlen konnte – so scharf, als hätte jemand ihr von hinten eine Klinge zwischen die Rippen gerammt. Ihr Herz machte einen Satz, als wollte es fliehen, aber Ana entschied sich für das Gegenteil: Sie stürzte nach vorne und ging in die Knie.

»Narena«, stieß sie atemlos hervor und packte sie an den Schultern. Der grobe, braune Stoff ihrer Kutte war leicht erwärmt und ein Funken Erleichterung blitzte in Ana auf, bevor sie ihre Schlüsse in Worte fassen konnte. Im nächsten Moment lief ein Zittern durch den reglosen Körper, Narena hob den Kopf und Analina begegnete einem hellblauen Augenpaar.

Für den Bruchteil einer Sekunde war sie so verwirrt, dass sie nichts tun konnte. Sie kniete nur da, die Finger immer noch in Narenas Schultern gekrallt, und erwiderte diesen Blick, der nicht Narenas war. Es war keine Angst mehr, die sie empfand, nicht wirklich. Stattdessen fühlte sie sich, als würde sie schweben, ganz kurz nur. Als hinge sie zwischen Seilen und im nächsten Moment würde sich entscheiden, ob diese hielten oder ob sie fiel.

Dann ein Blinzeln. Eine winzige Bewegung, und zurück war Narenas Bernsteinblick.

»Analina«, sagte sie. »Wieso schläfst du nicht?«

Mehr sagte sie nicht.

Ana bemerkte erst an den leicht erhobenen Brauen, dass sie Narena immer noch an den Schultern gefasst hatte. Rasch löste sie ihren Griff und wich zurück, weiter, als nötig gewesen wäre.

»Du …« Sie klang so verwirrt, wie sie sich fühlte. Hastig versuchte sie ein Räuspern, und das machte es ein bisschen besser: »Du hast nicht reagiert.«

Narena verzog keine Miene. »Wirklich? Dann muss ich kurz eingeschlafen sein. Diese Wachen sind auf Dauer wirklich …«

»Deine Augen waren blau.«

Die Schattenspäherin stockte. Es war kaum mehr als ein Wimpernschlag, im dämmrigen Halbdunkel praktisch nicht zu erkennen. Aber Ana hatte gelernt, in versteinerten Gesichtern zu lesen. Sie hatte gelernt, ein echtes Lächeln von einem falschen zu unterscheiden, und sie hatte gelernt, hinter Masken zu sehen.

Und sie wusste, wenn jemand log, noch bevor das erste Wort gefallen war.

»Merkwürdig. Ich war mir ziemlich sicher, gelbe Augen zu haben.« Narenas Mundwinkel zuckten, aber die Haut oberhalb ihrer Wangen bewegte sich nicht. »Das muss das Licht gewesen sein«, fügte sie nüchtern hinzu, »ich hatte schon öfter das Gefühl, dass es die Sinne täuscht.«

Ana sah sich kurz um. Die gläsernen Felswände strahlten tatsächlich Tag und Nacht ein geheimnisvoll bläuliches Schimmern aus, das gerade so ihren Weg erhellen konnte. Die blauen Augen hatten aber gefunkelt wie in Saphiren gefangenes Wetterleuchten.

»Es war nicht das Licht«, widersprach sie mit trockenem Mund.

Narena runzelte die Stirn. »Nun, eine andere Erklärung kann ich dir nicht anbieten, fürchte ich.«

Ana sagte nichts. Sie wusste nicht, was sie denken sollte.

»Wieso bist du überhaupt wach?«, fragte Narena nach einer kurzen Pause.

Das Gesicht des Mädchens war wieder da, bevor Analina es verhindern konnte. Sie stand auf und trat weiter zurück, auf ihren verlassenen Schlafplatz zu.

»Ich hatte einen Traum«, antwortete sie tonlos.

Narena musterte sie aufmerksam, soweit das im Halbdunkel zu erkennen war. »Ein schlechter Traum?«

Ana zuckte die Schultern. »Keine Ahnung. Vielleicht. Nicht so wichtig.«

Bevor neue Fragen kommen konnten, drehte sie sich um und schlüpfte zurück unter ihre Decke.

Wie erwartet fand sie keinen Schlaf mehr.

Sie setzten ihre Reise in den frühen Morgenstunden fort. Der Weg durch die glitzernden Tunnel verlief meist flach, aber es schien verschiedene Ebenen zu geben und hin und wieder mussten sie einzelne steile Passagen hinter sich bringen, um Höhenunterschiede zu überwinden. Hannibal führte sie mit selbstverständlicher Sicherheit. Er war im Gebirge aufgewachsen und hatte viele Jahre als Bote für seine Artgenossen gearbeitet, bevor der Riesengraf Sybastian ihn Lynda als königlichen Leibwächter empfohlen hatte. So wusste er genau, welche Wege sie benutzen konnten, ohne anderen Reisenden zu begegnen. Schneeriesen waren zwar von Natur aus Einzelgänger, doch hin und wieder kamen sie in größeren Höhlen zusammen, um Lebensmittel und Neuigkeiten auszutauschen. Eine oder zwei dieser Zusammenkünfte sah Ana von Weitem, aber Hannibal leitete sie so, dass keiner ihre Anwesenheit bemerken würde.

»Gibt es niemanden, den du besuchen willst?«, hakte Analina nach, als sie gegen Mittag immer öfter ans Tageslicht kamen und nur hin und wieder ein Stück in den Tunneln zurücklegten. Die letzte halbe Stunde hatten sie, Saphiron und Türkis damit verbracht, sich gegenseitig Rätsel zu stellen, aber unglücklicherweise war Saphiron an Türkis' letzter Frage gescheitert und beide waren in einen hitzigen Streit verfallen. Ana hatte vorsorglich einige Meter zwischen sich und die Geschwister gebracht, trotzdem waren die beiden lauten Stimmen hinter ihr nicht zu überhören.

Hannibal zuckte die Schultern. »Wir Riesen haben eine andere Vorstellung von Nähe als ihr Kleinen, weißt du. Es ist auch wichtig, dass wir einen bestimmten Abstand zueinander halten – du verstehst schon, plötzliche Kälteeinbrüche und so. Wir brauchen immer genug Platz um uns herum, damit wir gefahrlos wachsen können.«

»Aber seid ihr dann nicht schrecklich allein?«

Hannibal schenkte ihr einen überraschten Blick aus seinen blassroten Augen. »Schrecklich? – Ach, ich vergesse immer, wie anders ihr seid. Wir Schneeriesen ziehen die eigene Gesellschaft der anderer vor. Wenn wir uns treffen, dann nur aus einem bestimmten Grund. Diese Idee von euch Kleinen – Zusammensein, um nicht allein zu sein –, die ist uns ganz fremd. Genau wie die Vorstellung, dass Alleinsein etwas Schlechtes ist.«

Ana blinzelte verdutzt. »Aber was ist dann mit uns? Mit dieser Reise? Wir sind doch Tag und Nacht bei dir.«

»Schneeriesen, die sich für ein Leben unter Kleinen entscheiden, gewöhnen sich irgendwann ein«, gab Hannibal freundlich zurück. »Eure Anwesenheit kommt uns außerdem weniger störend vor als die eines anderen Riesen. Liegt wohl an der Größe.«

»Hm.« Analina versuchte, sich an diesen Gedanken zu gewöhnen. »Das heißt, du hast gar keine Familie oder Freunde unter den Schneeriesen?«

Hannibal schüttelte verwundert den Kopf. »Doch, doch, na klar. Die beiden Riesen in der letzten Höhle – das waren zwei meiner besten Freunde.«

»Aber wir haben sie nur kurz im Vorbeigehen gesehen. Wolltest du nicht … ich weiß nicht, mit ihnen sprechen? Fragen, wie es ihnen geht?«

»Sprechen?«, wiederholte er, als wäre ihm dieser Gedanke nie zuvor gekommen. »Nein. Ich habe doch gesehen, dass es ihnen gut geht.«

»Aber vielleicht wollten sie dich ja auch sehen?«

Hannibal runzelte die Stirn. »Dann hätten sie mich besucht, oder nicht?«

Ana begann zu ahnen, dass dieses Gespräch zu nichts führen würde. »Ja«, stimmte sie nach einer kurzen Pause zu. »Wahrscheinlich hast du recht.«

Hannibal sagte nichts mehr und sie ließ sich wieder zurückfallen, damit er ihre Anwesenheit nicht doch noch als störend empfand. In der Erwartung, Qalim zu sehen, drehte sie sich zur Seite und zuckte zusammen, als sie stattdessen Narenas Blick begegnete.

»Habe ich dich erschreckt?« Die Schattenspäherin hob fragend die Brauen.

»Nein.«

Als Analina nichts hinzufügte, runzelte Narena leicht die Stirn. »Und ich dachte, ich wäre die Wortkarge von uns beiden.«

Ana schwieg. Sie hatte das sichere Gefühl, dass Narena versuchte, sie von dem nächtlichen Vorfall abzulenken. Seit ihrem Aufbruch hatte sie das Thema nicht mehr erwähnt, aber das lag nicht daran, dass sie nun doch an eine optische Täuschung glaubte. Im Gegenteil – sie war sich vollkommen sicher, dass sie etwas Wichtiges gesehen hatte. Und dass Narena fest entschlossen war, es vor ihr zu verbergen, machte die Sache nicht weniger merkwürdig.

In diesem Moment stieß Saphiron einen für Türkis' Ohren besonders ungeeigneten Fluch aus, und Ana nutzte die Gelegenheit, um Narenas Seite zu verlassen und sich zwischen die beiden Streitenden zu schieben.

»Hey, das reicht jetzt mal wieder«, sagte sie halbherzig und fing einen spitzen Ellenbogen ab, den Türkis in die unteren Rippen ihres Bruders hatte rammen wollen. Türkis schnitt eine eindrucksvolle Grimasse, hielt jedoch inne, als sie Anas Gesichtsausdruck bemerkte.

»Was ist?«

Für ihr Alter hatte sie ein erstaunlich gutes Gespür für Stimmungen.

Analina zuckte die Schultern, doch Türkis hakte flüsternd nach: »Ist was mit Narena?«

Ana blinzelte. »Wie kommst du darauf?«

»Keine Ahnung. Sie ist nur irgendwie … anders.«

Analinas Magen verkrampfte sich.

»Anders«, wiederholte sie. »Wie anders?«

»Weiß nicht. Anders eben.«

Ihre Blicke wanderten gleichzeitig nach vorne und blieben an dem von grobem Stoff bedeckten Rücken der Schattenspäherin hängen.

Ana zögerte. »Hast du mal … was gesehen? Etwas an ihr, das dir komisch vorkam?«

Türkis legte den Kopf schief und grinste. »Komischer als diese Säcke, die sie immer anhat?«

»Das sind *Kutten*«, mischte sich Saphiron ein und verdrehte die Augen, »keine Säcke.«

»Nimmt sich aber nicht viel«, gab Türkis unbeirrt zurück. »Ich hab gehört, wie die Botinnen darüber geredet haben. Die Königin selber hat ihr gesagt, sie soll sich von den Nähern neue Sachen machen lassen, aber sie wollte nicht. Ihr hättet mal hören sollen, wie sich diese albernen Hühner aufgeregt haben. Nur, weil die es nicht erwarten könnten, sich von oben bis unten in Rüschen wickeln zu lassen.« Sie stockte kurz, als müsste sie überlegen, wo sie stehengeblieben war. »Wieso?«, wandte sie sich dann an Ana. »Was sollte komisch sein?«

Türkis' Augen waren dunkel wie der Abendhimmel. Analina erwiderte ihren Blick auf der Suche nach Worten für etwas, das sie selbst nicht verstand. Nach ein paar Sekunden gab sie auf.

»Nichts«, sagte sie langsam. »Ist nicht wichtig. Habe ich mir wahrscheinlich eingebildet.«

Obwohl sie jetzt auch Saphirons Augen auf sich spürte, fügte sie nichts hinzu.

Die Reise durch die Glasberge verlief problemloser, als Ana erwartet hatte. Auf ihrem Weg durch die Ebenen war ihr das funkelnde Gebirge immer wie ein unüberwindbares Hindernis vorgekommen, aber durch die Tunnel und Hannibals hilfreiche Ortskenntnisse kamen sie gut voran. Noch zweimal träumte Analina nachts von dem unbekannten Mädchen, das Ana aber nichts über seine Bedeutung verriet. Mehrmals spielte sie mit dem Gedanken, endlich Narena um Rat zu fragen. Je mehr Tage vergingen, desto unsicherer war sich Analina, was sie in den Tunneln tatsächlich gesehen hatte. Narena verhielt sich im Grunde wie immer – ein bisschen wortkarg, ein bisschen geheimnisvoll, wie es sich für eine Schattenspäherin gehörte – und ihre Augen blieben hartnäckig bei ihrem klaren Bernsteinton. Aber immer, wenn Ana zu einem Gespräch ansetzte, hielt sie ein unangenehmes Ziehen in ihrer Magengegend zurück.

Da war etwas.

Etwas, das sie verstehen musste.

Und solange sie das nicht schaffte, blieb sie stumm.

Es war der Abend des sechsten Tages im Gebirge, als sie den letzten Bergkamm hinter sich ließen und plötzlich in ein Tal hinunterblickten. Analina hatte sich so sehr an funkelnde Steilwände und bläulich schimmernde Kristalltunnel gewöhnt, dass ihr die sattgrünen Wiesen in der untergehenden Sonne im ersten Moment seltsam unwirklich vorkamen. Dann sah sie den gewundenen Fluss, einen glitzernden See und feine Rauchfahnen, die aus den Schornsteinen kleiner Häuser aufstiegen. Vor ihnen lag das erste Dorf Gringols, in dem sie ihren nächsten Führer treffen würden.

»Wir haben es geschafft.« Mit einem erleichterten Seufzen war Saphiron neben sie getreten. Obwohl er in den ersten Tagen viel weniger Probleme mit den stundenlangen Wanderungen gehabt hatte als sie und Türkis, schien auch ihm die Aussicht auf warme Mahlzeiten und ein paar erholsame Tage zu gefallen. Ana unterdrückte ein Grinsen, als sie seinen sehnsüchtigen Blick in Richtung der Rauchfahnen bemerkte.

»Noch ein Nachtlager, dann schaffen wir morgen das Tal«, wiederholte sie, was Hannibal ihr am Vormittag gesagt hatte. »Stell dir das mal vor – ein richtiges Dach, ein richtiges *Bett* …«

»Und keine blöden Nachtwachen mehr«, setzte Saphiron nach und schnitt eine Grimasse in Qalims Richtung. »Ganz ehrlich, ich habe das Gefühl, Narena schläft sowieso nicht mehr als drei Stunden. Das macht meine Schichten total überflüssig.«

Ana folgte seinem Blick. Die Schattenspäherin stand neben Qalim und sah stirnrunzelnd hinunter ins Tal.

»Ja«, murmelte sie, etwas abgelenkt. »Stimmt.«

Saphiron hob die Brauen. »Du hast aber auch ein paar zusätzliche Stunden Schlaf nötig, glaube ich. Hast du Albträume?«

Sie zuckte zusammen und sah in sein fragendes Gesicht. »Was?«

»Albträume«, wiederholte er geduldig. »Du wälzt dich immer so hin und her. Und du redest im Schlaf.«

»Oh. Ähm.« Plötzlich war es Ana peinlich, dass sie überhaupt so ein Geheimnis aus der ganzen Sache gemacht hatte. Schön, sie wusste nicht, ob sie Narena trauen konnte. Aber wann hatte sie aufgehört, mit ihrem besten Freund zu reden? »Da ist dieses Mädchen. In … meinen Träumen.« Das klang merkwürdiger, als sie erwartet hatte. »Ich träume immer wieder von dieser einen Szene«, fügte sie hinzu, so beiläufig sie konnte. »Ich bin auf einer Art … Platz, ich weiß auch nicht. Um mich herum sind Schatten, ich erkenne die Umgebung kaum. Und vor mir ist dieses Mädchen, das mich ansieht.«

Kurz herrschte Stille.

»Das ist alles?«, hakte Saphiron nach.

Sie nickte. »Es ist nicht viel, ich weiß. Wahrscheinlich bedeutet es gar nichts, aber … keine Ahnung, der Traum kommt immer wieder. Und immer häufiger.«

»Hm. Merkwürdig.«

»Ja.«

»Und das Mädchen … wie sieht es aus?«

Analina zuckte ein wenig hilflos die Schultern. »Dunkle Haare. Ungefähr so alt wie ich. Es ist so undeutlich …«

»Spricht es mit dir?«

Sie schüttelte den Kopf. »Kein Wort. Und wenn ich irgendetwas tun oder sagen will, wache ich auf.«

»Denkst du, es ist«, Saphiron überlegte kurz, »mehr als ein Traum?«

Ana sah ihn an. »Du meinst, dass das Mädchen irgendwo wirklich existiert?«

Er nickte.

»Ja«, sagte sie nach einer Pause. »Ja, eigentlich denke ich das schon.«

Wieder Stille. Dann begann Saphiron vorsichtig: »Weißt du, vielleicht solltest du Narena …«

»Narena weiß schon Bescheid«, gab sie knapp zurück.

Saphiron war sichtlich überrascht. »Du hast ihr von dem Mädchen erzählt?«

»Na ja … nein, aber sie weiß, dass ich … träume.«

»Oh. Ja. Sehr konkret.« Er seufzte, als er ihr Gesicht sah. »Schon gut, schon gut. Deine Entscheidung.«

»Ja.«

»Aber wenn du reden willst …« Saphiron zögerte. In der tiefstehenden Abendsonne war es schwer zu sehen, aber Analina glaubte, dass seine Wangen eine Spur dunkler wurden, als er fortfuhr: »Ich bin da.«

Das nervöse Ziehen, das sie die ganze Zeit in ihrem Magen gespürt hatte, wurde plötzlich schwächer. Ana lächelte. »Weiß ich doch.«

»Gut.«

Für einen Moment wusste sie nicht genau, was sie sagen sollte, und Saphiron schien es ähnlich zu gehen. Dann kam Qalims Stimme von vorne und ließ sie zusammenzucken: »Weiter geht's! Den letzten Rest Sonne nutzen wir noch, sonst wird der Abstieg morgen zu lang. Los jetzt, nicht trödeln!«

Mit einem schicksalsergebenen Seufzen setzten sie sich erneut in Bewegung und folgten ihm und Hannibal den schmalen Pfad hinunter Richtung Tal.

GRINGOL

Das Mädchen scheint sie erwartet zu haben.

Da sind Schatten, wieder, und eine Ahnung dunkler Haare, und noch mehr ist jetzt da.

Pflastersteine. Hauswände. Eine Gasse vor ihr.

Und ein Lächeln.

Das Mädchen lächelt.

Und dann: Worte.

Du bist gekommen.

Die Lippen des Mädchens haben sich nicht bewegt und auch Anas Frage kommt, ohne dass sie den Mund öffnen muss: Wer bist du?

Ich bin Isala. Du bist Lia?

Woher kennst du diesen Namen?

Ich habe von dir geträumt. Von dir und deinem Namen.

Analina sieht sich um. Wo sind wir?

Isala lacht. Das müsstest du doch wissen. Schließlich träume ich von dir.

Ana runzelt die Stirn. Du träumst von mir? Ich träume von dir!

Tja, dann wird es wohl so sein.

Und sie beginnt sich aufzulösen.

Analina erwachte so plötzlich, als hätte ihr jemand einen Eimer Wasser über den Kopf gekippt. Einige Zeit lang blieb sie mit geschlossenen Augen liegen, während sie über ihren Traum nachdachte. Das Mädchen hieß Isala. Es hatte mit ihr gesprochen. Es hatte von ihr *geträumt*. War es überhaupt noch möglich, dass Isala nicht mehr war als eine Laune ihres eigenen Unterbewusstseins? Andererseits hatte sie Türkis' Spitznamen für Ana gekannt. Wenn sie echt war, woher hatte sie diese Information?

Blinzelnd öffnete sie die Augen. Es war schon hell. Zögerlich richtete sie sich auf und sah sich um. Im Dunkeln hatte sie gestern kaum erkannt, wo sie sich befanden, doch als ihr Blick Richtung Tal wanderte, wurde ihr klar, wie nah sie Gringol schon waren. Sie konnten unmöglich mehr als drei Stunden vom Dorf entfernt sein. Als Nächstes bemerkte sie Saphiron, der mit dem Kinn auf der Brust in einer sehr unbequem wirkenden Sitzhaltung an der kalten Feuerstelle schlief. Bevor sie ihn unauffällig wecken konnte, nahm sie eine leichte Bewegung hinter sich wahr, und als sie sich umdrehte, saß da Narena und zwinkerte ihr zu. Ihre Augen waren so katzengelb wie immer.

Ana schob vorsichtig die Decke zurück. »Wieso lasst ihr ihn überhaupt wachen, wenn du seine Schicht sowieso übernimmst?«

Die Schattenspäherin zuckte die Schultern. »Qalim. Er denkt, er müsste es lernen.«

»Qalim, der gerade schläft, meinst du?«

»Genau der.«

Analina grinste unwillkürlich und schaffte es, aufzustehen, ohne die zusammengerollte Türkis zu wecken. »Vielleicht sollten wir jetzt trotzdem mal weiter. Wieso hast du uns schlafen lassen?«

Narena hob die Brauen und nach einer Sekunde begriff Ana. »Du hast gemerkt, dass ich träume?«

»Deine Aura wird … heller. Ich wollte nicht stören.« Sie stellte keine Fragen, was Ana irritierte. Offensichtlich hielt Narena diese Träume für wichtig. Wieso versuchte sie dann nie, ihr mehr darüber zu entlocken?

»Hm.« Kurz kämpfte sie mit sich. »Dann können wir jetzt ja los.«

Falls Narena enttäuscht war, ließ sie es sich nicht anmerken. »Ja. Weck Saphiron zuerst.«

Analina nickte und wandte sich ab.

Bald waren alle mehr oder weniger wach. Nach einem notdürftigen Frühstück packten sie zusammen und zogen weiter. Dass sie jetzt endlich wieder ein konkretes Ziel vor Augen hatte, steigerte Analinas Laune deutlich. Sowohl der merkwürdige Traum als auch ihre Bedenken Narena gegenüber rückten irgendwo in ihren Hinterkopf, während sie die flacher werdenden Hügel ins Tal hinunterstiegen. Die Sonne schien und der blaue Himmel war wolkenlos, als ob sogar das Wetter erleichtert darüber wäre, dass sie endlich Gringol erreicht hatten. Um sich auf dem letzten Wegstück zu beschäftigen, spielte Analina mit Türkis »Wer bin ich«, ein Spiel, bei dem es hauptsächlich um Türkis' Begabung ging, alle möglichen Leute auf das Treffendste nachzuahmen. Saphiron spielte gut gelaunt mit, bis Analina ihn nachahmte und Türkis in einen zehnminütigen Lachkrampf verfiel. Erst als sie dann zum ersten Mal seit Tagen wieder ebenen Boden unter den Füßen spürten und der erste Ort Gringols sich direkt vor ihnen über einigen letzten, sanften Hügeln erhob, vergaß er, beleidigt zu sein. Bald konnten sie schon erkennen, welche Vorhänge hinter den Fenstern hingen, und dann, endlich, hatten sie die Hügel hinter sich gelassen und standen auf einer breiten Dorfstraße zwischen einigen Häuserreihen.

Qalim blieb als Erster stehen und sah sich um. Schweigend

musterte er die verlassene Straße und die kleinen Häuser. Analina stellte sich neben ihn und atmete tief durch. »Wir sind da.«

Qalim warf ihr einen Blick zu. »Ja.«

Narena trat von hinten an sie heran und bedeutete Ana wortlos, ihre Kapuze aufzusetzen. Ihre Katzenaugen huschten ruhelos hin und her. »Welche Informationen haben wir zur Kontaktperson?«

»Eigentlich haben wir nur einen Ort«, gab Hannibal zurück. Er fuhr sich unruhig über die Brust, offenbar, ohne es zu merken. Seit dem Morgen trug er wieder die Drachenschuppe, die ihn klein hielt, und Ana konnte sich gut vorstellen, dass das Gefühl gewöhnungsbedürftig war. »Wir suchen einen kleinen Brunnen zwischen den Häusern, dort soll jemand warten. Das Losungswort ist *Luna*«, fügte er hinzu.

Analina blinzelte. »Mond. Einfallsreich.«

Sie sahen sich um. Die gepflasterte Straße führte weiter ins Dorfzentrum. Einzelne Gassen zweigten zwischen Häuserreihen ab und bildeten ein Netz aus schmalen Straßen und erdigen Wegen, die alle nach einigen Metern abknickten und durch nichts erahnen ließen, wohin sie führten.

»Wie sollen wir hier den richtigen Brunnen finden?«, fragte Analina stirnrunzelnd.

»Wie wäre es damit?« Narena deutete auf eine kleine Gasse, die links von ihr zwischen die Häuser führte. »*Zum Brunnen*. Klingt doch gut.«

Analina folgte ihrem Blick. Tatsächlich zeigte ein altes, verschnörkeltes Straßenschild in die Gasse. Offenbar war ihr Treffpunkt nicht ganz willkürlich gewählt worden.

»Wir können es versuchen«, sagte sie schulterzuckend und folgte Qalim, der bereits losgelaufen war. Die ganze Gruppe setzte sich in Bewegung. Qalim führte sie zügig voran, mit der traumwandlerischen Sicherheit, die seine jahrzehntelange Erfahrung als Langstreckenbote verriet. Immer wieder sah Ana sich um und ein beklemmendes Gefühl stieg in ihr auf. Erst nach einer Weile wurde ihr klar, was nicht stimmte.

»Wieso ist hier niemand?«, fragte sie leise. Das ganze Dorf schien wie ausgestorben. Sie bewegten sich wie Gespenster zwischen den weiß gestrichenen Häuserwänden hindurch und hatten noch kein einziges Wesen gesehen, weder eine neugierige Großmutter hinter einem Fensterladen noch ein spielendes Kind auf der Straße oder wenigstens eine Katze auf einer Fensterbank.

»Ich weiß es nicht«, sagte Qalim. Er schien zwar völlig ruhig, doch die Hand, die seinen Wanderstab umklammerte, war weiß vor Anspannung und sein Blick huschte ruhelos von links nach rechts.

Analina warf einen Blick zum Himmel. Die Sonne stand schon relativ hoch, es musste mindestens späterer Vormittag sein. Gerade wollte sie sich mit ihrer Frage an Narena wenden, da blieb sie ruckartig stehen. Sie hatten einen kleinen, gepflasterten Platz erreicht, höchstens so groß wie Anas Zimmer auf Funkelstein. In der Mitte stand eine schmiedeeiserne Handwasserpumpe, wie sie in kleineren Dörfern überall zu finden waren. Um sie herum ragten fensterlose Hauswände empor und warfen dunkle Schatten.

Ana kannte diesen Platz.

Bevor sie einen Ton von sich geben konnte, machte Hannibal noch einen Schritt Richtung Brunnen. »Hallo?«, fragte er gedämpft. »Ist hier jemand?«

Für einen Moment herrschte Stille. Dann bewegte sich etwas vor ihnen im Halbdunkel.

»Das Wort«, sagte eine Stimme.

Ana kannte diese Stimme.

»Luna«, antwortete Hannibal.

Leise Schritte ertönten und eine einzelne Gestalt erschien. Sie trug eine Kapuze wie Analina und blieb eine Armlänge vor ihr stehen.

»Euer Hoheit?«

Es klang wie eine Frage. Ana hob die Hände und zog die Kapuze ab. Die Gestalt tat es ihr gleich und inmitten schwarzer Haare kam ein gebräuntes Gesicht zum Vorschein.

Ana kannte dieses Gesicht.

Dunkle Augen begegneten den ihren und auffallend volle Lippen verzogen sich zu einem Lächeln, ganz kurz nur.

»Ich heiße Isala«, sagte das Mädchen aus ihrem Traum. »Aber Ihr könnt mich Isla nennen.«

Vielleicht sollte sie etwas sagen. Aber die Gedanken in Anas Kopf wirbelten zu schnell durcheinander, als dass sie einen einzelnen lang genug fassen konnte, um ihn auszusprechen. Sie war sich sicher, dass ihre Aura Narena verriet, was in ihr vorging, und so war sie fast überrascht, als Isla diejenige war, die erneut das Wort ergriff: »Wir sollten uns beeilen. Je früher wir in Sicherheit sind, desto besser.«

Unerwartet schnell drehte sie sich um und bewegte sich auf eine kleine Gasse zu. Hastig machte sich Analina daran, ihr zu folgen.

Isla führte sie durch kleine Straßen und schattige Torbögen, bis Ana im Gewirr der schmalen Pfade endgültig die Orientierung verloren hatte. Als sie schließlich das erreicht hatten, was sie eher als Dorfrand bezeichnen würde, blieb Isla vor einem kleinen Gartentor stehen, hinter dem durch urwaldartig überwucherte Beete ein schmaler Weg bis zu einem niedrig bedachten Haus führte.

»Kommt rein«, murmelte Isla ihnen zu und öffnete das Tor, das leise quietschte. Anas Schritte knirschten auf dem Kiesweg, während sie versuchte, sich nicht in den Dornenbüschen zu verfangen. Hinter sich hörte sie Saphiron leise fluchen und unterdrückte ein Grinsen. Diese Beete mussten auf den Sohn des Schlossgärtners wirken wie eine persönliche Beleidigung. Trotzdem schafften sie es unbeschadet bis an die Haustür. Isla hob die Hand und klopfte zweimal sanft gegen das dunkle Holz. Analinas Herz hämmerte nervös. Unwillkürlich straffte sie die Schultern, als im Haus ruhige Schritte ertönten und ein Riegel kratzend zurückgeschoben wurde. Die Tür öffnete sich einen Spaltbreit und ein schimmerndes Augenpaar erschien, tiefgrün wie dunkle Tümpel.

Als die Augen Anas Gesicht entdeckten, weiteten sie sich überrascht.

»Prinzessin! Ich hatte Euch erst in ein paar Stunden erwartet. Kommt herein. Isla, kannst du mir bitte von den Sommerstern-Sprossen mitbringen?«

Isla nickte und verschwand zwischen zwei Sträuchern, während die Tür endlich ganz aufging. Vor Analina stand eine große Frau in Lyndas Alter. Sie hatte glatte, karamellfarbene Haut und schwarz glänzendes Haar, genau wie Isla, das allerdings auf Kinnlänge abgeschnitten war. Auch sie lächelte, als sie erneut ihrem Blick begegnete, und trat dann zurück, um sie alle einzulassen.

Analina war selten irgendwo zu Gast und noch seltener wurde ihr die Tür von der Gastgeberin persönlich geöffnet. Hin und wieder hatte sie Saphiron und Türkis in ihrer Hütte hinter dem Irrgarten besucht, aber der Vater der beiden hatte auf ihre Anwesenheit immer nervös reagiert, und so war sie wieder davon abgekommen. Entsprechend schüchtern trat sie in den kleinen Vorraum, der auf keinen Fall groß genug für sie alle war und dessen Wände in sattbraunen Holztönen schimmerten. Ohne ein Wort führte die Frau sie durch eine Tür in einen schmalen Flur und von dort schließlich in ein niedriges, aber geräumiges Zimmer mit weichen Teppichen auf dem Boden. Sie machte eine auffordernde Geste und ließ sich dann geschmeidig auf einer der vielen Matten nieder, die im Raum verteilt lagen.

Mehr oder weniger geschickt folgten sie ihrem Beispiel. Melin hüpfte von Türkis' Knien auf Anas, dann bellte sie einmal und sprang in den Schoß ihrer Gastgeberin, als hätte sie nie etwas anderes getan.

Die Frau lächelte nur und ergriff erneut das Wort: »Ich bin erleichtert zu sehen, dass ihr es scheinbar alle unbeschadet bis nach Gringol geschafft habt. Mein Name ist Ylva Maiora, meine Tochter Isla hat sich hoffentlich schon vorgestellt. Sie wird euch begleiten, wenn ihr wieder aufbrecht. Ich habe die Auffüllung eurer Vorräte schon in Auftrag gegeben und in einigen Tagen sollte alles bereit sein. Ihr werdet hier im Haus untergebracht sein, es ist größer, als es aussieht. Das ganze Grundstück ist unterkellert. Habt ihr noch Fragen, kann ich etwas für euch tun?«

Ylva sah sie abwartend an.

Qalim räusperte sich. »Ich wüsste gerne, warum wir im Dorf niemandem begegnet sind, als wir es durchquert haben. Wo sind die Bewohner?«

Ylvas Miene verdüsterte sich. »Unser Bürgermeister fand, es sei mal wieder Zeit für eine Versammlung. In letzter Zeit häufen die sich und immer geht es um dasselbe Thema. Er denkt, dass wir uns zum eigenen Schutz nicht gegen Späher wehren sollten, weil er offensichtlich der Ansicht ist, durch Unterwürfigkeit könnte man Kriege verhindern. Er ist schwach und ängstlich. Eigentlich sollte niemand auf ihn hören, aber hier im Dorf hat er einige Anhänger. Nun, immerhin haben wir noch Yurian.«

Ana runzelte die Stirn. »Yurian, der … Herzog von Gringol?«

Ylva nickte. »Steht mit Überzeugung auf Königin Lyndas Seite. Ein Glück für uns.«

»Hat der Herzog schon eine der neuen Verbindungskugeln bekommen?«, hakte Narena ohne Überleitung nach.

»Ich weiß nicht«, gab Ylva überrascht zurück. »Wieso, müsst ihr ihn sprechen?«

»Es geht nicht um Yurian. Wir haben unsere Kugel am Drachenspiegel verloren«, erklärte Narena sachlich. »Wie wahrscheinlich ist es, dass der Herzog eine hat, die er uns überlassen würde?«

»Nicht sehr, fürchte ich. Mehr als eine wird er nicht haben, wenn überhaupt. Ich kann mich um einen Boten kümmern, aber dann müsstet ihr mit mindestens noch einer Woche Verzögerung rechnen.«

Narena seufzte und schüttelte den Kopf. »Das können wir nicht abwarten. In der Zeit schaffen wir es fast schon bis zu unserem nächsten Führer.«

»Aber ihr müsst auf jeden Fall eine Möglichkeit finden, die Königin zu informieren! Wenn sie seit dem Drachenspiegel keine Nachricht mehr bekommen hat …«

»Keine Sorge«, sagte Narena knapp. »Sie bekommt ihre Nachricht.«

Ylva hob eine scharf geschwungene Braue. »Gut.«

Die Tür knarzte leise, und als Analina aufsah, hatte Isla den Raum betreten, die Fäuste voll mit Erde und goldgelb schimmernden Sprossen.

»Hier.« Sie ließ die Sommersterne in die ausgestreckten Hände ihrer Mutter fallen und wischte die Erdkrümel umstandslos an ihrer Bluse ab.

»Danke. Würdest du …«

»Klar.« Isla schien den Rest der Anweisung nicht zu brauchen, denn sie wandte sich wieder Richtung Tür und rief über die Schulter zurück: »Kommt, ich zeige euch, wo ihr schlafen könnt.«

Ana hätte sie gerne angestarrt, aber sie hatte ihr schon wieder den Rücken zugedreht, als hätte sie alle paar Tage die Kronprinzessin von Arden zu Besuch. Analina fing Saphirons Blick auf und beschloss, dass ihr diese Einstellung gefiel.

Es dauerte nur wenige Tage, und Ana fühlte sich in dem kleinen Haus in Gringol so wohl wie selten irgendwo. Ylva war freundlich und geduldig, half ihnen allen bei den Vorbereitungen und gab ihr bald das Gefühl, wirklich willkommen zu sein. Isla schien ihrer Mutter viel mit den Kräuterbeeten zu helfen, denn sie verbrachte den Tag normalerweise im Garten, und Saphiron und Türkis unterstützten sie mit Begeisterung. Analina hätte ihnen Gesellschaft geleistet, aber es stellte sich schnell heraus, dass ihr jede Begabung für Gartenarbeit fehlte. Also nutzte sie die Zeit anders. Ylva schien sich nicht nur hervorragend mit Heilpflanzen und Giften aller Art auszukennen, sie war offensichtlich auch eine fähige Magierin. In den Kellerräumen, die sie als Schlafplatz nutzten, stapelten sich Bücher über Theoretische Magie aller Schwierigkeitsstufen. Analinas sehnsüchtige Blicke blieben nicht lange unbemerkt, und Ylva erlaubte ihr umstandslos, alles zu lesen, was sie interessierte. Also ging Ana seitenlange Handschriften über Meditations- und Konzentrationstechniken durch, kombinierte sie mit Beluus Lektionen und nahm ihre alten Ausdauerübungen wieder auf, in der Hoffnung, ein oder zwei Funken Mondmagie aus ihren Fingerspitzen zu kitzeln.

Wie befürchtet blieben ihre Versuche erfolglos.

»Du scheinst dich ja gerne zu quälen.«

Fast eine Woche war vergangen, als eine unbekümmerte Stimme Ana hochfahren ließ. Wie üblich saß sie auf einer Matte im Keller, umgeben von Bücherstapeln, und hatte mit geschlossenen Augen ihren Geist nach fremder Magie durchforstet. Die Stimme hatte sie so erschreckt, dass das aufgeschlagene Buch in ihrem Schoß raschelnd zur Seite geglitten war, und für einen Moment flammte etwas wie ein Gleißen durch ihr Bewusstsein. Erst, als sie Isla im Türrahmen erkannte, entspannte sie sich wieder.

»Was machst du hier?«

»Wohnen. Allgemein gesprochen.« Isla trat ungefragt näher und ließ sich vor ihr auf den Boden sinken.

»Ich dachte, du müsstest im Garten arbeiten?«

»Na ja, und *ich* dachte, es wäre an der Zeit, mit dir über diese Träume zu reden.«

Ana zuckte zurück. »*Was*?«

Isla hob die Brauen. »Die Träume? Gruselige Schatten, wir beide in der Mitte?«

»Du … du weißt davon?«

»Klar weiß ich davon. Ich war dabei, oder nicht?«

»Keine … Ahnung.« Vermutlich hatte sie recht.

»Also bitte, du hast mich doch schon am Brunnen erkannt. Eigentlich hatte ich erwartet, dass du mehr oder weniger sofort nachfragen würdest.«

Analina zögerte. »Ich … ich wollte nicht …«

»Du hast dich nicht getraut«, stellte Isla fest.

Das ging doch zu weit. »Natürlich hätte ich mich getraut«, gab Ana empört zurück. »Ich wollte nur abwarten, ob die Träume aufhören.«

»Haben sie«, sagte Isla.

Ana nickte. Tatsächlich hatte sie den schattigen Platz nicht mehr im Schlaf gesehen, seit sie ihn bei ihrer Ankunft wirklich betreten hatte.

»Und?«, hakte sie nach, bevor man ihr wieder mangelnden Mut vorwerfen konnte. »Was haben sie zu bedeuten?«

Isla hob die Schultern. »Keine Ahnung. So was ist mir vorher noch nie passiert.«

»Oh.« Das war nicht ganz das, was sie sich erhofft hatte. »Wir haben also zeitgleich voneinander geträumt«, fasste sie langsam zusammen. »Obwohl wir uns vorher noch nie begegnet sind. Und keine von uns beiden weiß, wieso.«

»So sieht es aus.« Isla strich sich stirnrunzelnd eine Haarsträhne aus dem Gesicht. »Vielleicht könnten wir eure Schattenspäherin fragen? Ylva sagt, sie ist so was wie ein Jahrhunderttalent auf ihrem Gebiet. Wenn es etwas Magisches ist, sollte sie uns doch weiterhelfen können.«

Ana blinzelte. »Deine Mutter kann aber auch nicht so ahnungslos sein, oder?« Sie deutete vage auf die Bücherstapel um sie herum. »Woher kennt sie Narena überhaupt?«

»Tut sie nicht, glaube ich. Aber durch ihre frühere Position kriegt sie immer noch eine Menge mit.«

»Position?«

»Sie war lange die Hofmagierin des Herzogs. Wäre es wahrscheinlich immer noch, aber als er mich nicht annehmen wollte, ist sie gegangen«, fügte Isla beiläufig hinzu.

Es dauerte einen Moment, bis Analina die Zusammenhänge verstand. »Du … du meinst, Herzog Yurian ist …?«

»Mein Vater? Denke schon, aber er sieht das wohl anders. Ich habe ihn nie getroffen.« Sie zuckte die Schultern. »Was soll's, es gefällt mir, wie es ist. Ylva sagt, sie vermisst nichts. Und jetzt ist sie die beste Dorfheilerin in ganz Gringol.« Als sie Analinas betretenes Gesicht sah, lachte sie. »Was ist, wunder Punkt?« Ana antwortete nicht und Isla setzte nach: »Na, dann komm. Lass uns Narena fragen, was sie über Träume weiß.«

Weil Analina kein gutes Gegenargument hatte, widersprach sie nicht. Gemeinsam machten sie sich auf die Suche, zunächst erfolglos. Gerade wollten sie aufgeben, als die Tür zu Ylvas

Schlafzimmer aufging, dem einzigen Raum, den niemand von ihnen betreten sollte. Zu ihrer Überraschung trat Narena heraus. Sie wirkte merkwürdig abwesend, wie jemand, der gerade aus einem tiefen Schlaf erwacht war. Ihr Blick war glasig, irgendwie nach innen gerichtet. Als sie Ana und Isla bemerkte, blieb sie abrupt stehen und blinzelte.

»Was macht ihr denn hier?«

»Wir haben dich gesucht. Was machst *du*?«, hakte Ana nach.

Narena warf einen Blick über die Schulter, doch die Tür war schon hinter ihr zugefallen. »Ich habe … Gespräche geführt. Mit Ylva«, sie stockte kurz. »Worum geht es?«

Analina und Isla tauschten einen Blick.

»Träume«, sagte Ana.

Narenas immer noch zerstreute Miene hellte sich schlagartig auf. »Ah. Na, da bin ich mal gespannt.«

Ihre Bernsteinaugen funkelten.

Nachdem Analina und Isla den Inhalt ihrer Träume zusammengefasst hatten, sagte Narena eine ganze Weile überhaupt nichts. An ihrem Gesichtsausdruck war abzulesen, dass sie nachdachte, also blieb Ana ebenfalls still und wartete. Schließlich begann die Schattenspäherin langsam, als müsste sie jedes Wort zuerst hinterfragen: »Es scheint eine gewisse Verbindung zwischen euch zu existieren.«

»So weit sind wir inzwischen auch«, gab Isla nüchtern zurück.

Narena zuckte nicht mit der Wimper. Stattdessen wandte sie sich ihr zu und fragte unvermittelt: »Hat man je überprüft, ob du eine Schattenspäherin bist?«

Isla blinzelte. »Ich? Na ja, da gibt es nicht viel zu überprüfen. Nachdem ich keine Auren sehe …«

»Es kommt vor, dass sich das Talent von selbst nicht richtig entwickelt. Gerade die Aurensicht wird häufig unterdrückt, wenn man nie gelernt hat, damit umzugehen.«

»Wie würde ich es dann merken?«

Narena musterte Isla kurz und gründlich. »Was siehst du, wenn du die Augen schließt?«

»Blau«, gab Isla prompt zurück, »veilchenblaues Licht, die Farbe meiner Magie. Wieso?«

Ein fast lautloses Seufzen war die Antwort. »Dann hat sich das erledigt. Schattenspäher sehen ihre eigene Magie nur, wenn sie ... *wir* ... sie äußerlich anwenden.«

Das war auch Analina neu. »Wirklich?«, hakte sie ungläubig nach. »Und wenn du die Augen schließt, siehst du ...«

»Nichts. Dunkelheit. Die Innenseite meiner Lider.« Narenas Stimme war völlig emotionslos.

»Aber ist das nicht ...« Ana schauderte bei der Vorstellung, die Augen zu schließen und plötzlich mit völliger Dunkelheit allein zu sein.

»Ein Nachteil.« Narena zuckte die Schultern. »Ein kleiner Preis für eine ganze Welt voller Magie.«

»Hm.« Ana tauschte einen raschen Blick mit Isla. »Und das wäre die einzige Erklärung, die dir einfällt?«

Narena nickte und ihre Katzenaugen wurden ein wenig schmaler. »Ich fürchte, ja. Verbindungen dieser Art sind sehr selten und ohne das besondere magische Gespür der Schattenspäher eigentlich unmöglich. *Definitiv* unmöglich ohne jahrelange Übung und massive Anstrengung. Von selbst sollte so etwas nicht passieren.«

»Ist es aber.«

»Ja. Und ich habe keine Ahnung, wieso.« Kurz wirkte es so, als wollte Narena noch etwas hinzufügen. Dann jedoch schüttelte sie nur den Kopf. »Ich werde darüber nachdenken. Falls mir etwas einfällt, lasse ich es euch wissen.«

Ana und Isla nickten und die Schattenspäherin stand auf. »Ihr entschuldigt mich. Es gibt da noch etwas, das ich erledigen will.«

Bevor eine von ihnen noch ein weiteres Wort sagen konnte, war sie wieder in die Richtung von Ylvas Schlafzimmer verschwunden.

WIEDER UNTERWEGS

Die Zeit in Gringol verging schnell. Viel zu früh kam der letzte Abend und mit ihm der Abschied von Ylva, Melin und Feuerzunge. Nach längeren Diskussionen und einem hitzigen Schlagabtausch mit Türkis hatten sie beschlossen, den Welpen und die Stute bei Ylva zurückzulassen. Der nächste Weg an den Strand von Muschelsand würde einige steile Abschnitte und die eine oder andere Kletterpartie beinhalten, die Feuerzunge kaum bewältigen konnte. Und nach dem Unglück am Drachenspiegel sah Türkis schließlich ein, dass Melin bei Ylva ein ruhigeres und besseres Leben haben würde als mit ihnen unterwegs.

Um ihnen den Abschied so schön wie möglich zu machen, hatte Ylva ein Lagerfeuer im Garten vorbereitet und bei Anbruch der Dunkelheit entzündet. In der heißen Glut brieten sie Butterknollen und rösteten Nüsse, während Ylva immer wieder in der Küche verschwand, um frischen Tee zu kochen. Analina hatte sich eng in eine Decke gewickelt, wärmte sich die Hände an ihrem Becher und sah Isla zu, die neben Türkis am Feuer saß und Laute spielte, dazu sangen sie zweistimmig. Türkis hatte die schönste Stimme, die Ana je gehört hatte, glasklar und betörend, aber auch Isla war wirklich gut. Ihre Stimme war warm und dunkel, im Gesang noch etwas tiefer, als wenn sie sprach. Analina war so versunken in ihr kleines Konzert, dass sie Saphiron erst bemerkte, als er sich neben sie fallen ließ.

»Sie ist gut.«

Analina warf ihm einen Seitenblick zu. Er war zu beschäftigt damit, Isla anzustarren, um es zu bemerken. Ana grinste. »Stimmt.«

Ihre Stimme musste sie verraten haben, denn Saphiron blinzelte und wandte sich ihr zu. »Was?«

»Nichts.« Als er nichts sagte, fügte sie unschuldig hinzu: »Hübsch ist sie auch.«

Saphirons Augen flackerten. »Kann sein.«

»Oh, bitte. Als ob dir das nicht aufgefallen wäre.«

»Ist es nicht.«

Ana lachte. »Netter Versuch. Ich bin mir ziemlich sicher, dass du ein hübsches Mädchen erkennst, wenn man es dir vor die Nase setzt.«

»Mach dir da mal keine Sorgen.« Plötzlich klang er beinahe mürrisch.

Analina hob die Brauen. »Was ist los?«

»Was soll los sein?«, gab er kurz angebunden zurück.

»Ach, komm schon, jetzt sei nicht gleich beleidigt. Ist doch nichts dabei, wenn sie dir gefällt. Ich meine, wer weiß, vielleicht mag sie dich ja auch? Ich könnte mir gut vorstellen …«

»Was? Dass *sie* sich nicht zu gut für den Gärtnerjungen ist?«

Es dauerte einen Moment, bis sie begriff, was er gesagt hatte. »*Was*? Was bei allen Göttern soll das jetzt bedeuten?«

»Nur, dass du nicht ganz so begeistert dabei sein musst, mich mit dem nächstbesten Mädchen zu verkuppeln, das praktischerweise bürgerlich ist.«

Er wandte seinen Blick von Isla ab und sah Ana direkt ins Gesicht. Verzweifelt suchte sie nach einer Antwort und entschied sich treffsicher für die allerschlimmste Variante: »Sie … ist nicht richtig bürgerlich …«

Saphiron war auf den Beinen, bevor sie irgendwie die Kurve

kriegen konnte. »Na, so ein Glück. Dann hast du jetzt ja endlich eine standesgemäße Freundin gefunden.«

»Das ist doch – Saph! Ich meinte nicht ...«

»Vergiss es.« Mit einer wegwerfenden Handbewegung wandte er sich ab und verschwand Richtung Küche. Fassungslos starrte Ana ihm nach.

»Wo ... wo kam das jetzt bitte her?«

Natürlich erhielt sie keine Antwort.

Merkwürdigerweise sehnte sie sich plötzlich nach ihrer Mutter.

Es war ein Abend, wie er in letzter Zeit nicht oft vorgekommen war. Das lag vor allem an der Ruhe. Parl konnte sich nicht erinnern, wann er zuletzt von seinem Schreibtisch aufgestanden war und noch mehrere Stunden gehabt hatte, die es vor dem Schlafengehen zu füllen galt. Sein Blick glitt noch einmal über seinen Arbeitsplatz, kontrollierte mechanisch, dass es tatsächlich nichts gab, was er zu tun vergessen hatte. Die Post war sortiert, gelesen, beantwortet oder weitergeleitet. Alle Aufgaben für die Woche waren verteilt, alle persönlichen nach Wichtigkeit geordnet, und seine Meinung zu ihrer nächsten Rede, um die Lynda ihn gebeten hatte, war gefestigt und in klar strukturierten Argumenten auf Abruf bereit.

Er hatte getan, was er tun musste, und noch ein wenig mehr.

Es war Zeit für den letzten Gang des Tages.

Der Weg zu Lyndas Arbeitszimmer war ihm so sehr in Fleisch und Blut übergegangen, dass er ihn vollkommen unbewusst zurücklegte. Ohne den geringsten Impuls von außen hing er seinen Gedanken nach und kehrte erst wieder in die Gegenwart zurück, als seine Füße eigenständig vor der hohen, weißen Tür Halt machten. Mit der tänzerischen Präzision, die nur tausendfache Wiederholung mit sich bringt, hob er einen

Arm und klopfte zweimal gegen das Holz, der erste Schlag ein sanfter Auftakt, der zweite eine wortlose Frage.

»Ja?«

Lyndas Antwort kam noch im selben Atemzug, als hätte sie seine Anwesenheit bereits zuvor wahrgenommen. Sie war keine Schattenspäherin wie Narena, aber sie war mächtig genug, um die Präsenz halbwegs talentierter Magier zu bemerken. Es war typisch, dass sich ihr Gespür für Magie am Ende eines langen Arbeitstages verschärft hatte, und er wusste, dass sie sich in solchen Fällen oft unwohl und überreizt fühlte.

Parl achtete deshalb darauf, seine Stimme zu dämpfen, und wusste, sie würde es zu schätzen wissen. »Ich bin es.«

Natürlich war diese Ankündigung überflüssig. Sie hatte ihn vermutlich längst erkannt.

»Herein«, beendete sie die Eröffnungsfigur ihrer Abendroutine mit diesem speziellen Lächeln in der Stimme, das man nur hörte, niemals sah.

Die Tür schwang auf und Parl trat über die Schwelle.

Lynda saß mit dem Rücken zu ihm, wie er es erwartet hatte, die Ellenbogen auf die Tischplatte gestützt, als hätte sie sich gerade noch konzentriert die Schläfen gerieben.

»Was haltet Ihr davon?«, fragte sie ohne Einleitung.

Er musste nicht fragen, worum es ging. Schon als er am Vormittag die ersten Zeilen gelesen hatte, war ihm klar gewesen, dass das Angebot des Sonnenkaisers ihr nicht gefallen würde. »Er will, dass Ihr Euch schuldig fühlt. Wenn Ihr Euch auf dieses Spiel einlasst, kann er der großzügige Gönner sein und Ihr werdet in die Position der Bittstellerin gezwungen.«

»Ich *bin* eine Bittstellerin.«

»Die Beziehung zwischen Arden und Uyneia ist für beide Seiten wichtig. Er braucht Yasmaël als Knotenpunkt, und das weiß er ganz genau. An Eurer Stelle würde ich stärker betonen, wie entscheidend sichere Häfen in Hyianda für den internationalen Handel sind. Er muss nur begreifen, dass Krieg in Arden ihn sehr real treffen wird, alles andere hat ihn nicht zu interessieren.«

Lynda nickte seufzend. »Er weiß das. Er *muss* es wissen. Ich verstehe nicht, was dieses Theater soll.«

»Er spielt«, gab Parl nüchtern zurück. »Er hat Spaß daran, am längeren Hebel zu sitzen oder sich zumindest der Illusion hinzugeben. Wie ein Kind im Sandkasten, das endlich auch mal ein neues Spielzeug mitbringen durfte.«

»Er spielt mit den Leben Unschuldiger«, sagte Lynda angewidert und ließ den Brief fallen, als hätte sich das Papier durch ihre Fingerspitzen geätzt.

»Antwortet ihm morgen«, schlug Parl vor und trat neben sie an den Tisch. »Wenn er Ärger wittert, wird ihn das nur bestätigen.«

»Ihr habt recht.« Lynda schob ihren Stuhl ein wenig zurück und wandte den Kopf, um ihn anzusehen. Eine Locke löste sich aus ihrer Frisur und gedankenverloren hob sie eine Hand und schob sie hinter ihr Ohr. »Gibt es sonst Neuigkeiten?«

»Ich habe den Boten losgeschickt. Wenn die Prinzessin in Eichenhall ankommt, sollte eine neue Verbindungskugel auf sie warten.«

Lynda nickte leicht. »Gut.«

Kurz herrschte Stille.

»Morgen brechen sie aus Gringol auf«, fügte sie dann hinzu.

»Ja.« Er bemerkte ihren Blick. »Es wird weiter gut gehen«, setzte er leise nach. »Bisher verlief alles nach Plan.«

»Bis auf die Verbindungskugel. Und die Späher.«

»Aber sie sind unentdeckt geblieben. Analina ist unversehrt.«

Lynda sagte nichts. Stattdessen stand sie auf, schob ihre Unterlagen zusammen und drehte sich nach ihm um. Die hellblauen Augen glitten so aufmerksam über sein Gesicht, dass Parl plötzlich Mühe hatte, seine Miene ruhig zu halten. Er wollte den Kopf senken, doch Lynda bedeutete ihm mit nicht mehr als einer winzigen Geste, es zu lassen.

»Ihr seht müde aus«, stellte sie fest. »Ihr solltet früh schlafen gehen.«

Parl blinzelte. In all den Jahren, die er für sie arbeitete, hatte die Königin sich kein einziges Mal zu seiner Erscheinung geäußert. Vermutlich hätte er im Ballkleid an ihre Tür klopfen können und es wäre ihr nicht weiter aufgefallen.

»Das macht sicher das Licht«, sagte er vorsichtig.

Sie lächelte. »Ich werde auch bald ins Bett gehen, wenn Euch das beruhigt.«

»Würde es.« Als ob sie nicht beide wussten, dass der Brief an den Sonnenkaiser sie wach halten würde.

Lyndas Braue hob sich um kaum einen Millimeter. »Nun. Ich will Euch nicht länger aufhalten. Oder gibt es noch etwas anderes?«

»Das war alles, Euer Majestät.«

Seine Hand näherte sich dem Brief aus Uyneia, aber Lynda war schneller und entfernte ihn aus seiner Reichweite. »Nichts da. Ein bisschen Arbeit müsst Ihr mir übrig lassen, sonst komme ich mir überflüssig vor.«

Parl lachte auf. »Das wäre vermutlich die größte Fehleinschätzung Eurer Amtszeit.«

»Um die zu verhindern, habe ich Berater.«

»Ja.«

Ihre Blicke begegneten sich kurz.

»Gute Nacht, Parl.«

Die Tür schwang lautlos auf.

»Gute Nacht, Euer Majestät.«

Parl zog sich zurück und ließ sie mit den unerfreulichen Forderungen des Sonnenkaisers allein.

Sie waren wieder unterwegs. Die ersten Schritte hatten sich merkwürdig ungewohnt angefühlt, aber nach einer Weile fand Analina ihren Rhythmus wieder. Schnell hatten sie das Dorf hinter sich gelassen und befanden sich nun wieder auf freien Feldern, wo sie einem Bachlauf folgten. In ein paar Tagen würde an seiner Stelle das Meer zu sehen sein, dann sollten sie Muschelsand erreicht haben.

Ana war erst einmal am Meer gewesen, und das war sehr lange her. Sie konnte sich kaum daran erinnern, aber immer, wenn sie an das Meer dachte, war da der Geruch von Salz und der Geschmack endloser Weite auf ihren Lippen ... Und an Lyndas Haar erinnerte sie sich merkwürdigerweise auch, an lange, feuchte Strähnen, die ihr ins Gesicht wehten, als ihre Mutter sie auf den Arm nahm. Aber das musste sie sich einbilden. Sie konnte sich einfach nicht vorstellen, dass Lynda ein sandiges Kind auf den Arm nahm.

Sie schüttelte den Kopf, wie um Wasser aus den Ohren zu bekommen, und begegnete prompt Saphirons Blick. Er musste schnell aufgeholt haben, denn zuletzt hatte er sich einige Meter hinter ihr mit Qalim unterhalten.

»Hey.« Ana merkte, dass ihre Stimme unsicher klang, und wünschte, ihr wäre etwas Besseres eingefallen. Zögerlich öffnete sie erneut den Mund, doch Saphiron kam ihr zuvor: »Tut mir leid. Das ... gestern. Es war ...« Er hob hilflos die Schultern.

Ana schüttelte rasch den Kopf. »*Mir* tut es leid. Ich wollte nicht ...« Verlegen hielt sie inne. »Du bist mein bester Freund. Ich würde nie ... ich meine ... es ist mir egal, ob dein Vater ein Gärtner oder ein König ist, das ist ...«

»Ich weiß«, fiel er ihr ins Wort und seine Wangen wurden eine Spur dunkler. »Das war echt dumm. Es war nur ...« Er holte tief Luft. »Lass es uns einfach vergessen.«

Sie nickte dankbar. »Ja.«

Unwillkürlich fragte sie sich, ob sich ihr Lächeln schon immer so merkwürdig angefühlt hatte oder ob sie nur vorübergehend besonders schlecht darin war. Hastig bückte sie sich nach einem bunten Stein, der Türkis gefallen würde, und als sie wieder aufsah, hatte Saphiron seinen Blick zum Glück wieder nach vorn gerichtet. Auf einmal kam ihr nicht nur ihr Gesicht fremd vor, sondern auch seines. Sie hatte geglaubt, es zu kennen, aber dieses Grübchen in seiner Wange war neu.

»Dein Grübchen ist neu.«

Saphiron starrte sie an. »Was?«

Analina beschloss, nichts mehr zu sagen.

Nach ein paar sehr stillen Sekunden fragte Saphiron in beeindruckend unbeschwertem Ton: »Und, freust du dich schon auf das Meer?«

Ana nickte erleichtert. »Klar! Ich war erst einmal dort und …«

»Echt? Du warst schon mal da?«, unterbrach er sie, jetzt mit echtem Interesse. »Wie war es?«

»Keine Ahnung, das ist schon ziemlich lange her. Groß auf jeden Fall. Und ganz verlassen.«

Saphiron kniff die Augen bei dem Versuch zusammen, es sich vorzustellen.

Analina fiel etwas ein. »Hier, schau mal. Die habe ich vom Strand. Lyn… meine Mutter hat sie mir auf eine Kette ziehen lassen, glaube ich.« Sie zog die feine Silberkette aus ihrem Kragen hervor und zeigte ihm ein in Silber eingefasstes Plättchen Perlmutt, etwa so groß wie ihr Daumennagel.

Bewundernd ließ Saphiron es durch seine Finger gleiten. »Glaubst du, so was kann ich auch finden?«

»Ja, ich denke schon. Die splittern von den Muscheln ab, weißt du, wenn kleine Kiesel auf die Gehäuse gespült werden. Manche Muscheln sind echt riesig, ungefähr so.« Sie zeigte mit den Händen eine Spanne von etwa vierzig Zentimetern. »Und die allergrößten müssen bis zu einem halben Meter hoch sein. Lynda hat so eine im Perlmuttsalon auf dem Fensterbrett liegen.«

»Jetzt erinnerst du dich aber doch ganz gut«, bemerkte er.

»Na ja ... ich weiß es nicht mehr selbst, aber sie ... Lynda hat mir oft davon erzählt, als ich noch jünger war und sie ... mehr Zeit hatte.«

Plötzlich niedergeschlagen ließ sie den Anhänger wieder zurück unter den Stoff gleiten.

»Vermisst du deine Mutter?«, fragte Saphiron vorsichtig.

»Nein ... jedenfalls nicht so, wie du meinst. Ich vermisse eher die Zeit, als ich noch nicht wusste, dass ich für sie in erster Linie die Mondprinzessin bin. An zweiter Stelle kommt Thronerbin, an dritter Stelle Prinzessin von Funkelstein und irgendwann danach erinnert sie sich vermutlich, dass ich ihre Tochter bin.« Ana lächelte traurig.

»Das glaube ich nicht. Wenn du irgendwann eine Tochter hast, wirst du auch nie vergessen, dass du ihre Mutter bist, egal, wie wichtig sie sonst ist. Vielleicht muss Lynda so denken. Sie muss dich eben in erster Linie schützen, weil du die Mondprinzessin und so ungeheuer wertvoll bist. Und sie ist eben die Königin. Wenn sie eine einfache Angestellte wäre und du ihre einfache Tochter, würde sie dich genauso schützen.«

Ana zuckte die Schultern. »Ja ... vermutlich hast du recht.« Zumindest wollte sie das gerne glauben.

Und weil sie sich in diesem Moment umdrehte, sah sie nicht, wie eine blitzende Klinge hinter ihr durch die Luft fuhr und genau die Stelle spaltete, an der sie sich Sekunden zuvor befunden hatte.

Als Lynda sich von ihrem Schreibtisch erhob, um die Fenster zu öffnen, stand die Sonne schon wieder hoch am Himmel. Natürlich war sie nicht früh ins Bett gegangen. Stattdessen hatte sie den Brief an den Sonnenkaiser von Uyneia geschrieben, dreimal. Als sie endlich annähernd zufrieden gewesen war, hatte ihr Kopf sich offensichtlich schon an den Gedanken einer weiteren schlaflosen Nacht gewöhnt gehabt, also hatte sie einfach weitergearbeitet. Drei durchgesehene Ratsprotokolle, noch zwei Briefe und drei Viertel einer Rede später war die Müdigkeit längst restlos aus ihren Gedanken verbannt. Als sie nun die Vorhänge zur Seite zog, um die Frühlingsluft in ihr Zimmer zu lassen, erinnerte nur ein schwaches Pochen in ihrem Hinterkopf an den Schlaf, den sie nicht bekommen hatte.

Mit einem leichten Seufzen wandte sie sich vom Fenster ab und griff nach einer der schlossinternen Verbindungskugeln, um nach Frühstück zu rufen. Appetit hatte sie keinen, aber sie wusste, dass Parl Kontakte in den Küchen hatte, und für eine Predigt über die Bedeutung regelmäßiger Mahlzeiten fehlte ihr definitiv die Zeit. Gerade hatten ihre Fingerspitzen das matte Glas berührt, da fuhr eine Empfindung durch ihren Geist, so heftig, dass sie zurückzuckte.

Kurz fiel es ihr schwer, das Gefühl einzuordnen.

In der nächsten Sekunde war es ihr klar.

Angst.

Lyndas Hand glitt zur Seite und sandte einen zweiten Ruf.

Gedämpftes Drachengebrüll drang durch die spaltbreit geöffneten Fenster und ließ Parl von seiner Lektüre aufsehen. Normalerweise schätzte er den Ausblick aus seinem Turmzimmer, aber ein Brief der Fürstin von Winterruh war schon von Natur aus keine sehr fesselnde Angelegenheit und freie Sicht auf die Drachenkoppeln machte die Sache nicht besser. Abwesend beobachtete er, wie die winzigen Gestalten zweier Drachenpfleger verzweifelt versuchten, den wilderen der beiden königlichen Drachenbullen zu beruhigen. Sie gaben sich Mühe, aber selbst auf die beträchtliche Entfernung konnte Parl erkennen, dass der jüngere Pfleger zu zaghaft war und den Drachen durch seine Unsicherheit nervös machte. Kurz war er drauf und dran, aufzustehen und sich selbst um das brüllende Tier zu kümmern, aber er unterdrückte den Impuls. Seine Zeit als Drachenreiter war längst vorbei.

Die Verbindungskugel flammte in dem Moment auf, in dem Parl sich vom Fenster abwandte. Es war nicht das sanft pulsierende Leuchten, das einen neuen Auftrag bedeutete – dieses Licht flackerte gleißend hell.

Kurz wusste er nicht, was er davon halten sollte.

Dann begriff er.

Gefahr.

Parl warf den Brief der Fürstin auf den Schreibtisch und rannte los.

»Lia!«

Der helle Schrei ließ sie herumfahren und das rettete ihr das Leben. Analina sah nur eine verschwommene Bewegung und ein silbernes Blitzen, aber ihr Instinkt ließ sie rückwärts springen. Ein Schwert zischte so nah an ihrer Wange vorbei, dass sie den Luftzug spürte, und bevor sie wirklich begreifen konnte, was da vor sich ging, schloss sich ihre Hand schon um den Dolchgriff an ihrem Gürtel. Sie riss die Waffe hoch und stieß zu, dorthin, wo ein kräftiger Arm erneut zum Schlag ausholte. Sie traf nicht, aber ihr Angreifer wich nach hinten aus, und das verschaffte ihr eine Sekunde Zeit, um sich umzusehen. Wie aus dem Nichts waren vermummte Krieger aufgetaucht, zu viele, um sie zu zählen. Saphiron, der gerade noch an ihrer Seite gewesen war, war zu Boden geworfen worden. Kurz schien etwas sehr Kaltes ihre Brust zu tränken, aber dann rappelte er sich auf und stürzte zu seiner Schwester, offensichtlich unverletzt. Analina wollte ihm folgen, doch ihr Gegner hatte andere Pläne. Wieder schoss die feindliche Klinge auf sie zu und Ana konnte gerade noch ihre Entscheidung verfluchen, ihr eigenes Schwert am Morgen nicht umgeschnallt zu haben. Im nächsten Moment wurde ihr der lächerlich klein wirkende Dolch aus der Hand geschlagen und ein stechender Schmerz jagte durch ihren rechten Arm, wo scharfes Metall durch Bluse und Fleisch geschnitten hatte. Sie unterdrückte einen Aufschrei und taumelte rückwärts, verzweifelt gegen die tanzenden Flecken vor ihren Augen ankämpfend. Mit hämmerndem Herzen versuchte sie sich zu sammeln, und tatsächlich spürte sie beinahe sofort das vertraute Kribbeln in ihren Fingerspitzen. Aber bevor sie genug Konzentration für einen Magie-Strahl oder -Schild aufbringen konnte, schoss jemand an ihr vorbei und schob sich zwischen sie und ihren Gegner. Ana blinzelte und erkannte Hannibal, der scheinbar völlig mühelos mit der vernichtenden Muskelkraft des Vermummten mithielt.

»Fang!«

Mit einem raschen Schulterblick warf er ihr etwas zu und Anas linke Hand schloss sich reflexartig um den Griff ihres Schwerts. Im Stillen dankte sie ihrem Fechtmeister, der geradezu besessen davon gewesen war, ihre Veranlagung zur Beidhändigkeit zu fördern. Unglücklicherweise sah es nicht so aus, als könnte geschicktes Fangen allein sie hier weiterbringen. Hannibal schien kaum Schwierigkeiten zu haben, ihr seinen Gegner vom Hals zu halten, aber schon löste sich eine weitere vermummte Gestalt aus dem Durcheinander und donnerte direkt auf sie zu. Der Anblick des muskulösen Fremden ließ sie kurz erstarren und natürlich nutzte er ihr Zögern sofort für einen Angriff. Ana schaffte es irgendwie, ihn abzublocken, aber die bloße Kraft ihres Gegners riss sie beinahe von den Füßen. Immer wieder war sie gezwungen, auszuweichen, weil sie nicht gegen die Brutalität der Hiebe ankam. Innerhalb kürzester Zeit brannten ihre Muskeln wie Feuer, Schweiß rann ihr in die Augen und wirre Haarsträhnen nahmen ihr die Sicht. Wieder versuchte sie es mit einem magischen Angriff. Das Kribbeln in ihren Fingerspitzen schwoll an und Hitze zuckte durch ihren rechten Arm. In einem hellblauen Funkenschauer wurde ihr Gegner zurückgeworfen und schlug hart auf der Erde auf. Ana hatte keine Zeit, erleichtert zu sein: Der Magiegebrauch hatte den Schmerz in ihrem verletzten Arm anschwellen lassen und taumelnd folgte sie dem Fremden zu Boden. Fahrig tastete sie nach der Schnittwunde und spürte klebriges Blut. Wahrscheinlich war die Verletzung nicht tief, aber Schmerz und Erschöpfung lähmten sie immer mehr. Vor ihr kam der Vermummte wankend auf die Beine und stampfte auf sie zu, langsam, aber zielsicher. Mit zusammengebissenen Zähnen hob Analina ihr Schwert, versuchte, das Brennen in ihrem Arm zu ignorieren, und rief noch einmal nach ihrer Magie …

»Ana!«

Eine Bewegung lenkte sie ab. Ein paar Meter weiter war Narena hinter dem breiten Rücken des Angreifers aufgetaucht. Sie rannte direkt auf sie zu, aber die Entfernung war zu weit, viel zu weit, und das gnadenlos erhobene Schwert des Fremden war so nah …

»*Verschwinde*!«

Für einen Moment dachte Ana, Narena schrie ihren Gegner an. Dann begriff sie, dass sie gemeint war, und schließlich, endlich, verstand sie noch mehr. Mit fliegenden Fingern tastete sie über ihr Wams, fand die richtige Tasche und den richtigen Gegenstand. Die blutige Klinge fuhr auf sie herunter, der

Occultator glitt klirrend auf ihre Brust und Ana rollte sich mit letzter Kraft zur Seite, während der vertraute Schwindel über ihr zusammenschlug. Die fremde Schwertspitze traf dumpf auf den steinigen Weg, genau dort, wo sie einen Augenblick vorher noch gekauert hatte. Der Vermummte stutzte, sah sich um, und noch während er zu verstehen versuchte, wieso sein Opfer sich in Luft aufgelöst hatte, traf ihn Narenas Angriff zwischen den Schulterblättern und er sackte leblos in sich zusammen.

»D-danke …«

Ana war sich nicht sicher, ob man sie hören konnte. Der Occultator ließ ihre Umgebung tanzen und den Kampflärm dumpfer werden und auch der Schmerz wurde eine Spur weniger stechend. Blinzelnd versuchte sie, sich zu orientieren.

»Bleib, wo du bist. Nimm ihn nicht ab.«

Narenas Stimme war nah. Ana richtete sich mühsam auf, hob den Kopf und fand die Gestalt der Schattenspäherin direkt vor sich. Sie bewegte ihre tauben Lippen, um klarzumachen, dass sie verletzt war, aber ihre Worte gingen auf halbem Weg verloren. Narenas Augen glitten zwar über die Erde, ohne sie zu sehen, aber Ana sah sie.

Ihre Iriden waren wieder strahlend blau.

HINTER DER MASKE

Die Tür schwang auf, bevor Parl auch nur anklopfen konnte. Er hastete über die Schwelle und hielt abrupt inne, als Lynda sich nach ihm umdrehte. Sie stand mitten im Raum, die Augen geschlossen, und streckte eine Hand in seine Richtung aus.

»Euer Majestät, was …«

Sie fiel ihm ins Wort, ihre Stimme klang merkwürdig weit weg. »Parl. Ruft … niemanden. Bitte.«

Für einen Moment wusste er nicht, was sie meinte. Dann sah er sie wanken. Er stürzte vorwärts, bevor er Zeit zu denken hatte, und als ihre Knie nachgaben und sie zu Boden geglitten wäre, hielt er sie fest.

Narena wandte sich ab, bevor Ana auch nur einen Ton herausbringen konnte. Ohne Zögern stürzte sie sich zurück in den Kampf, und auf einmal bemerkte Analina, dass nicht nur ihre Augen sich verändert hatten. Die Schattenspäherin war nie langsam oder ungeschickt gewesen, im Gegenteil. Aber sie hatte sich auch nie mit der tänzerischen Leichtigkeit bewegt, mit der sie nun einen Gegner nach dem anderen zu Boden brachte. Es war, als würde man eine Naturgewalt beobachten, und trotzdem wirkte jeder Schritt, jede noch so winzige Geste völlig kontrolliert. Während Ana noch zu begreifen versuchte, was sie da sah, verschwand Narena aus ihrem Blickfeld und ihre

Aufmerksamkeit wurde auf den Rest des Kampfgeschehens gelenkt.

Weder Qalim noch Hannibal schienen Schwierigkeiten zu haben, sich gegen ihre Angreifer durchzusetzen. Der Schneeriese hatte offenbar seine Drachenschuppe abgenommen, denn in der milden Frühlingsluft maß er nun knapp drei Meter. Qalim schlug sich auch ohne diesen Größenvorteil gut. Gemeinsam mit Saphiron hielt er drei ihrer letzten Gegner von einem scheinbar leeren Stück Weg fern, an dem sich – da war Ana sich fast sicher – Türkis mit ihrem Occultator verbarg. Kurz spürte sie beinahe etwas wie Erleichterung, eine Spur Siegesgewissheit. Dann ertönte ein gedämpfter Schrei, und ihr wurde klar, wen sie vergessen hatte.

Isla stand allein vor einem der Hünen. Das kurze Schwert, mit dem sie sich zu verteidigen versucht hatte, war durch die Luft gewirbelt und schlug nun dumpf auf dem Boden auf, weit außerhalb ihrer Reichweite. Entsetzt sah Analina zu, wie sie abwehrend die Hände hob, winzig klein vor ihrem breitschultrigen Gegner. Isla versuchte, sich mit Magie zu wehren, aber von ihren zitternden Fingern lösten sich kaum mehr als ein paar veilchenblaue Funken, die wirkungslos verpufften. Ana ignorierte ihre anschwellende Übelkeit und sah sich hektisch um, auf der Suche nach Narena oder irgendjemandem, der Isla einen Occultator zuwerfen konnte. Aber da war niemand, niemand, der sie sah oder hörte. Niemand, der helfen würde, bevor es zu spät war.

Hilfe!

Der Ruf hallte durch ihren Geist, doch Analina brauchte ihn nicht. Irgendwie schienen ihre Beine die Entscheidung schon getroffen zu haben, denn plötzlich stand sie aufrecht und taumelte vorwärts. Ein Brausen hatte in ihren Ohren eingesetzt, das nichts mit dem Occultator zu tun hatte, und es trieb sie voran, an reglosen Gestalten am Boden vorbei und auf Isla zu. Sie streckte die Hände aus und öffnete den Mund, doch sie bekam keinen Ton heraus.

Isla …

Und dann griffen warme Finger nach den ihren. Isla packte ihre Hand, ohne sie zu sehen, und etwas wie ein Blitz zuckte vor Anas Augen auf. Sofort ging ein Ruck durch Islas Arme und sie hob den Kopf, auf einmal völlig ruhig. Ihr Blick richtete sich auf ihren Gegner und mit einer gezielten Handbewegung ließ sie einen Strahl auf ihn zuschießen, der heller war als alles, was Analina bisher zustande gebracht hatte. Er traf den Fremden direkt in die Brust und schleuderte ihn zurück, sodass er mit einem schrecklichen Knacken auf dem Boden aufschlug. Ana spürte, wie Islas Finger zuckten, und glaubte, ein atemloses Keuchen zu hören.

»W-wie …«

»Weiter.« Diesmal brachte Analina das Wort tatsächlich hervor, war sich aber nicht sicher, ob Isla sie hören konnte. Auf jeden Fall richtete sie ihre Aufmerksamkeit auf den Kampf, der fast entschieden war. Narenas Zopf peitschte durch die Luft, als sie zwei Gegner gleichzeitig zu Fall brachte, und dann löste sich ein letzter Angreifer aus dem Durcheinander und stürmte auf Isla zu. Ihr Griff um Anas Finger wurde fester. Sie atmete bebend ein, hob ihren freien Arm und wieder schoss ein leuchtender Strahl aus ihrer Handfläche und fand sein Ziel. Narena fuhr herum und die stechend blauen Augen blieben an Isla hängen, die zusammenzuckte und Anas Hand losließ. Sofort verstummte das Brausen in Analinas Ohren. Das helle Flackern am Rand ihres Bewusstseins hatte sie kaum wahrgenommen, aber auch das erlosch, und auf einmal fühlte sie sich merkwürdig halbiert. Ohne Isla als Stütze kam es ihr plötzlich unmöglich vor, noch eine Sekunde länger zu stehen. Ihre Beine knickten ein und der

Schmerz in ihrem Arm kehrte so heftig zurück, dass sie leise keuchte.

»Ist jemand verletzt?«

Erst Narenas Stimme machte ihr klar, wie still es geworden war. Um sie herum lagen reglose Gestalten, weniger, als sie anfangs gedacht hatte. Es konnten auf den ersten Blick nicht mehr als sieben oder acht vermummte Männer sein, die sie angegriffen hatten, und keiner von ihnen sah so aus, als würde er in nächster Zeit noch einmal Probleme machen. Türkis erschien flimmernd an Saphirons Seite und schüttelte den Kopf.

»Analina?«

Ana tastete nach dem Occultator um ihren Hals. Mühsam versuchte sie, ihn abzustreifen, während die Umgebung immer wieder hinter Dunstwolken zu verschwinden schien. Schließlich fiel das Amulett vor ihr in den Staub, aber ihre Sicht wurde nicht klarer. Stattdessen loderte eine neue Schmerzwelle durch ihren rechten Arm und das Geräusch, das ihr entfuhr, musste man wohl als Wimmern bezeichnen.

Isla drehte sich nach ihr um und erblasste. »Bei … bei allen Göttern, dein …«

»So schlimm ist es nicht.« Ana tastete nach der Wunde an ihrem Oberarm und zuckte zusammen, als sie blutdurchtränkten Stoff berührte.

»Lass mich das ansehen.« Narena umrundete ihren letzten Gegner und kam rasch auf sie zu. Obwohl Ana inzwischen wirklich schwindelig war, fiel ihr erneut die veränderte Haltung der Schattenspäherin auf. Sie hielt sich sehr gerade, als könnte man sie jeden Moment zum Tanzen auffordern. Als sie vor Analina in die Knie ging, war sie nicht mehr überrascht, blauen Augen zu begegnen.

»Narena, wieso …«

»Später.« Mit unerwartet sanften Fingern löste Narena den zerfetzten Stoff von Anas Arm. Wortlos tupfte sie ein wenig Blut ab und hielt nur kurz inne, als Analina schauderte.

»Kein Gift«, stellte sie nüchtern fest. »Das sollte kein Problem sein.«

Sie hielt eine Hand knapp über den Schnitt, ohne ihn zu berühren. Waldgrüne Funken begannen um ihre Finger zu tanzen, lösten sich und versanken in Anas Wunde. Eine prickelnde Wärme breitete sich in ihrem Arm aus, überdeckte nach und nach den Schmerz und ihr Kopf wurde klarer. Als sie sich schließlich traute, den Blick zu senken, war unter der zerrissenen Bluse und dem halb geronnenen Blut nur noch glatte Haut zu erkennen.

Blinzelnd sah sie auf. »Danke.«

Die blauen Augen verharrten kurz auf ihrem Gesicht. »Jederzeit.«

Etwas stieg in Analina auf. Ein merkwürdiges Gefühl, das sie nicht zuordnen konnte. Zögernd setzte sie noch einmal an: »Was ... was ist mit deinen Augen?«

Die Schattenspäherin ließ die Hände sinken. »Ich muss zurück. Narena wird es euch erklären.«

Ana starrte sie an. »Wie bitte? Was soll ...«

Narenas Züge wurden leer. Blinzelnd, als hätte Analina sie gerade aus einem langen Schlaf geweckt, sah sie sich um und begegnete schließlich erneut ihrem Blick.

Ihre Augen hatten wieder die Farbe von Bernstein angenommen.

Als Lyndas Lider zu flattern begannen, war Parl kurz davor gewesen, ihre Anweisungen allesamt in den Wind zu schießen und jeden einzelnen Heiler im Schloss zu Hilfe zu rufen. Stundenlang, so kam es ihm vor, hatte sie bewegungslos auf dem

Boden gelegen, ohne auf seine Stimme oder seine Berührung zu reagieren. Als er endlich die erste schwache Regung bemerkte, hatte er das Gefühl, jemand hätte eine gewaltige Eisenstange von seiner Brust gehoben.

»Euer Majestät?«

Diesmal schien sie ihn zu hören, denn sie blinzelte stärker und hob leicht den Kopf. »Parl ...«

Ihre Finger tasteten durch die Luft und schlossen sich zielsicher um sein Handgelenk. Die Kälte ihrer Haut ließ ihn zusammenzucken, aber er wich nicht zurück. Vorsichtig half er ihr, ihren Oberkörper aufzurichten, während ihr Griff kräftiger wurde. Ein-, zweimal atmete sie tief durch, dann öffnete sie endgültig die Augen und sah ihn an.

»Parl«, wiederholte sie. Für einen Moment wirkte ihr Blick merkwürdig verschwommen, als müsste sie sich darauf konzentrieren, nicht den Fokus zu verlieren. Parl wollte etwas sagen, aber er wusste nicht, was. Schließlich blinzelte sie erneut und ihre Augen wurden klarer. Sie richtete sich noch ein wenig auf und Parl ließ rasch den Arm sinken, mit dem er ihre Schultern gestützt hatte. Lynda folgte seiner Bewegung und ihr Blick verharrte kurz auf ihren Fingern an seinem Handgelenk.

»Oh.« Sie löste ihren Griff und sah auf. »Entschuldige. Manchmal ...« Die persönliche Anrede fiel ihr mitten im Satz auf und er konnte ihr Zögern sehen, bevor sie beschloss, das zu übergehen. »Manchmal macht ... Berührung ... die Rückkehr leichter.«

Rückkehr, dachte er. »Jeder ...« Er räusperte sich. »Kein Problem.«

Sie lächelte schwach, sagte aber nichts. Nach einem Moment der Stille stand Parl auf und streckte eine Hand aus, um ihr auf die Beine zu helfen. Lynda nahm seine Hilfe wortlos an und dann standen sie da, schweigend.

Er setzte in dem Moment zu reden an, in dem sie den Mund öffnete.

»Wollt Ihr …«

»Ihr habt Fragen«, sagte Lynda leise.

Parl zögerte. Nickte.

»Stellt sie.«

Abwesend rieb Parl die kühle Stelle an seinem Handgelenk, während er nachdachte. Schließlich fragte er langsam: »Wo … wart Ihr?«

In Lyndas Augen blitzte etwas auf. Sie trat auf ihren Schreibtisch zu und ließ sich gegen die Kante sinken, den Blick wachsam auf ihn gerichtet. Nach ein paar Sekunden des Schweigens setzte sie an: »Das ist tatsächlich ein wenig kompliziert …«

Und sie begann zu erklären.

»Ich habe euch von … Traumreisen erzählt. Von geistigen Verbindungen zwischen zwei Personen.« Narena sprach langsam, als müsste sie jeder Silbe auf ihrer Zunge nachtasten. Obwohl sich die ganze Gruppe um sie versammelt hatte, hielt sie ihre Katzenaugen auf Ana und Isla gerichtet.

Analina nickte.

»Nun …« Narena zögerte. »Wie gesagt, gehört eine Menge Übung dazu, um auf magischem Weg mit anderen zu kommunizieren. Man braucht jahrelange Erfahrung und ein gewisses Talent, und selbst dann gibt es Nebenwirkungen, die nicht … unerheblich sind …«

Aus den Augenwinkeln sah Ana, wie Isla ihr einen raschen Blick zuwarf, aber keine von ihnen traute sich, Narena jetzt zu unterbrechen.

»Deine Mutter wollte aus einem ganz bestimmten Grund, dass ich dich begleite«, fuhr die Schattenspäherin fort und sah Analina dabei eindringlich an. »Sie wollte mich bei dir haben, weil es dadurch eine Verbindung gibt, die sie nutzen kann. Es gibt eine Verbindung zwischen Lynda und mir.«

Ana starrte zurück, während die Erkenntnis sich nur langsam durchzusetzen begann. »Du meinst, du kannst mit ihr … reden? In deinen Gedanken? Oder …«

Narena lächelte schwach. »Unter anderem.«

»Deine Augen. Wenn sie … wenn sie blau sind … bedeutet das …«

»Lynda hat eine Möglichkeit gefunden, mein … nun, mein Bewusstsein zu teilen. Es braucht höchste Konzentration und Fähigkeiten, über die nur die wenigsten Magier verfügen, aber deine Mutter ist sehr mächtig, Analina. Sie kann sich von ihrem Körper so weit lösen, dass sie stattdessen praktisch meinen benutzen kann. Zumindest für einen gewissen Zeitraum.«

Ana schluckte hart. »Soll das heißen, dass es … *sie* war? Vorhin, als du … als dein Körper gekämpft hat, wurde er von Lyndas Bewusstsein gesteuert?«

Narena nickte. »Größtenteils. Weißt du, ich verschwinde nie ganz. Wenn wir uns nur geistig austauschen wollen, versetzen wir uns in eine Art Trance, ohne unsere Körper wirklich zu verlassen. Deine Mutter kann inzwischen sogar so weit gehen, durch meinen Körper zu sehen, zu sprechen oder zu handeln. Dann bleibt mein Geist als Zuschauerin dabei und ihr Körper auf Funkelstein verfällt in Bewusstlosigkeit, bis sie zu sich zurückkehrt.«

»Das ist …« Ana wusste nicht, was sie sagen sollte. Tausend Gedanken auf einmal wirbelten durch ihren Kopf, verfingen sich und bildeten ein wildes Knäuel, aus dem sie mühsam einzelne Fäden herauszuziehen versuchte. »Das bedeutet, wir haben nie wirklich den Kontakt zum Schloss verloren. Du kannst auch ohne Verbindungskugel mit ihr reden.«

»Ja. Ich habe regelmäßig Bericht erstattet.«

Endlich erreichte sie einen Punkt, an dem sie nachhaken konnte. »Aber du hast nichts gesagt!«, platzte sie heraus und versuchte gar nicht erst, ihren Ärger zu verbergen. »Wieso bei allen Göttern musstest du es verheimlichen? Als ich dich in den Glasbergen gesehen habe – ich *wusste*, dass ich es mir nicht einbilde! Du hast mit ihr geredet, oder?«

Narenas Bernsteinblick glitt langsam über ihre erhitzten Züge. »Ich habe getan, was die Königin befohlen hat, Analina«, gab sie ruhig zurück. »Informationen wie diese können in den falschen Händen sehr gefährlich werden. Eine direkte Verbindung zu Lynda ist nichts, was man wahllos herumposaunen sollte …«

»Wahllos«, wiederholte Ana bitter. »Ich bin ihre *Tochter*. Es gibt ein oder zwei Leute, die es nicht *wahllos* nennen würden, mich einzuweihen. Ylva weiß auch Bescheid, oder? Diese Gespräche, die du angeblich mit ihr führen musstest, hat in Wahrheit Lynda geführt?«

Narenas Miene war Antwort genug.

Analina fuhr zu Isla herum. »Wusstest du es auch?«

Isla blinzelte völlig überrumpelt. »Was? Nein, natürlich nicht!«

»Niemand außer Qalim wusste davon, Ana«, wandte Narena leise ein. »Es hatte nichts mit dir zu tun …«

»Natürlich nicht. Natürlich hat das mal wieder nichts mit mir zu tun.«

Narena seufzte und schwieg, aber ihr resignierter Gesichtsausdruck dämpfte Analinas Wut.

»Tut mir leid. Ich weiß, du konntest nicht … ich meine, es war offensichtlich nicht deine Entscheidung«, lenkte sie ein. »Das ist mal wieder typisch. Wenn Lynda durch dich sprechen kann, wieso kann *sie* mir das nicht erklären?«

»Die Nebenwirkungen«, erinnerte Narena sie prompt. »Lynda ist nie zuvor so lange bei mir geblieben, sie musste zurück. Die meisten mächtigen, magischen Phänomene haben einen gewissen Preis ... je länger wir verbunden sind, desto schwieriger wird es, danach wieder zu sich zu finden. Es ist, als wäre man losgelöst von seinem Körper. Dabei kann ... nun, eine Menge schiefgehen.«

Analina blinzelte. »Du meinst, sie könnte einfach nicht mehr aufwachen?«

»Das ist eine unserer Befürchtungen.« Narenas Stimme klang vollkommen neutral, aber Ana ließ sich dadurch nicht täuschen.

»Das klingt gefährlich. Wirklich gefährlich.«

»Tja, deshalb war die Verbindungskugel unsere erste Wahl.« Die Schattenspäherin lächelte schief.

»Aber Lynda kann dir doch nicht befehlen, so ein Risiko einzugehen!«

»Könnte sie schon. Muss sie aber nicht.« Immer noch verzog Narena keine Miene.

»Wieso nicht?«

Narena hob die Brauen. »Weil es um *deine* Sicherheit geht. Nicht um Lyndas und noch weniger um meine.«

»Oh.«

Kurz herrschte eine verlegene Stille.

»Na dann.« Qalim räusperte sich und machte ein paar Schritte rückwärts, auf ihre immer noch reglosen Angreifer zu. »Vielleicht sollten wir mal nachsehen, wer es da so eilig hatte, uns umzubringen.«

Dankbar für die Ablenkung stand Analina auf und stellte erleichtert fest, dass der Schwindel sich in Grenzen hielt.

»Bleib, wo du bist«, wies Qalim sie prompt zurecht, als sie ihm in Richtung der vermummten Gestalten folgen wollte. Nun, da sie so ungefährlich vor ihnen lagen, kamen sie Ana auf einmal viel kleiner vor als zuvor.

»Sind das Späher?«, fragte sie und blieb stehen.

»Möglich. Zumindest folgen sie offensichtlich Gwendas Befehlen.«

Der Gnom nickte in Richtung eines weggeworfenen Holzschilds. Auf die verkratzte Oberfläche war mit groben Pinselstrichen das Wappen gemalt, das Ana schon am Tag ihres Aufbruchs im Gewitter gesehen hatte: eine schwarze Rose, in die ein weißer Blitz einschlug.

»Wussten sie, wer wir sind?«, hakte Ana nach, plötzlich alarmiert.

»Unwahrscheinlich«, gab Narena ruhig zurück. »Es sah nicht so aus, als hätten sie es gezielt auf dich abgesehen. Vermutlich ein simpler Raubüberfall.«

»Aber …«

Doch die Worte blieben ihr im Hals stecken. Qalim war in die Knie gegangen und hatte einem der Angreifer ruckartig das dunkle Tuch vom Gesicht gezogen. Für einen Moment war Analina wie erstarrt.

Dann öffnete sie den Mund und schrie.

DAS MEER

Das Gesicht, das unter der Maske des Fremden zum Vorschein kam, war nicht fremd. Es war auch nicht das eines Mannes, obwohl Analina im Kampf keine Sekunde daran gezweifelt hatte, dass die Angreifer männlich waren. Stattdessen sah sie die glatte Haut, die hohen Wangenknochen und die geschwungenen Wimpern einer Frau, die sie kannte. Langes blondes Haar verdeckte einen Teil ihrer Züge, aber die leeren blauen Augen ließen keine Zweifel zu.

»Lynda!«

Anas Schrei durchbrach die Stille. Sie wich Narenas ausgestrecktem Arm aus und stolperte auf die reglose Gestalt ihrer Mutter zu. Fassungslos fiel sie neben ihr auf die Knie und versuchte zu begreifen. Wie konnte das sein? Langsam drang die Erinnerung an den Kampf zu ihr durch. Die kräftigen, rohen Hiebe … der muskulöse Arm … die massigen Gestalten der Gegner … Das war nicht Lynda gewesen!

»Wie …?«, flüsterte sie und tastete mit zitternden Händen nach dem Verschluss, der den Umhang der Schein-Lynda zusammenhielt. Als der Stoff zu Boden rutschte, wurde der restliche Körper sichtbar, ein hochgewachsener, schlanker Frauenkörper in dunkler Kampfmontur. Analina hatte kaum eine Sekunde Zeit gehabt, den Anblick zu verarbeiten, als plötzlich ein lautes Zischen ertönte.

»Weg da!«, rief Qalim sofort und zog Ana zurück. Im nächsten Moment ging die Gestalt in lodernde Flammen auf. Wieder ertönte ein Schrei, doch diesmal kam er von Isla. Einige Augenblicke lang zischten und fauchten die Flammen, dann erstarben sie so schnell, wie sie entstanden waren. Zurück blieben nur ein Haufen grauer Asche und ein grobes, schwarz angelaufenes Amulett in seiner Mitte.

Nach einer Sekunde der Starre trat Ana vorsichtig näher an den Aschehaufen heran. Ihr Herz hämmerte, als wäre sie gerannt, aber die Neugier war stärker als ihre Angst.

»Was ist … was *war* das?«

Qalim runzelte die Stirn und beugte sich über das Amulett. »Ich weiß nicht. Das hier scheint jedenfalls dafür verantwortlich zu sein, dass dieses Ding verbrannt ist. Als du den Umhang weggezogen hast, muss das Tageslicht einen Fluch ausgelöst haben.«

»Aber warum hat es ausgesehen wie meine Mutter?« Ana ballte die Hände so fest zu Fäusten, dass sich ihre Fingernägel schmerzhaft in ihre Haut gruben.

Alle drehten sich nach Narena um, die die Brauen hob. »Auch wenn ich hier offensichtlich als Expertin gelte, ich habe keine Ahnung. Das ist wirklich …«

»Ich glaube, ich weiß es«, meldete sich Isla überraschend zu Wort. Unter ihren verblüfften Blicken wirkte sie leicht verlegen, aber nicht unsicher. Sie trat vor, die Augen auf den Aschehaufen gerichtet. »Es gab Vorfälle nahe der Grenze zu Gringol«, fügte sie langsam hinzu, »vor ein paar Monaten schon. Ylva hat mir davon erzählt. Von Wesen wie diesem, die im Sumpfgebiet leben. Man nennt sie *Wandelbare*, weil sie ihre Erscheinung ändern können. Die hier stehen unter Gwendas Befehl, aber sie wurden schon früher in Kriegen eingesetzt. Sie sind praktisch willenlos und können ihre körperlichen Voraussetzungen je nach Bedarf anpassen … es gab Schlachten, in denen sie zu Tausenden die Gestalten von unschuldigen Kindern angenommen haben. Kaum jemand hat es über sich gebracht, sie zu verletzen. Die perfekte Armee.«

»Das ist grauenvoll«, flüsterte Ana. Ihr Blick wanderte zu den vermummten Gestalten, die sie noch nicht enthüllt hatten. »Aber wieso …« Selbst ihre Stimme schien sich gegen die Worte zu wehren. Sie räusperte sich mühsam und fuhr fort: »Wieso ausgerechnet Lyndas Gesicht?«

»Weil es Angst macht«, gab Narena tonlos zurück. »Die Andere … *Gwenda* … kämpft nicht offen. Noch nicht. Aber sie weiß sehr gut, welche Signale sie senden muss … welche Gedanken sie in unsere Köpfe pflanzen muss, um uns zu treffen. Wahrscheinlich nehmen die Wandelbaren ihre Gestalt an, sobald sie besiegt werden. Simpel. Wirkungsvoll. Deine Mutter und Gwenda sind Zwillinge, Analina. Das war nicht nur Lyndas Gesicht. Es war eine Erinnerung daran, dass sie eine Schwester hat.« Stirnrunzelnd ging sie in die Knie und stieß das grobe Amulett mit einem Stock an. Es zerfiel sofort zu Staub.

»Hast du eine Ahnung, was es ist?«, brummte Qalim.

»Sieht aus wie ein Bann. Ein schwarzmagischer Zauber … Sobald das Amulett freigelegt wird, zerstört es sich und seinen Träger. Eine grausame, aber effektive Methode, um zu verhindern, dass Gefangene genommen werden. Jeder, der gegen diese verhüllten Wesen gekämpft hat, würde sofort nachsehen, was sich unter dem Stoff verbirgt. Du musst den Anhänger aufgedeckt haben, als du den Umhang weggezogen hast, Ana.« Ihre Miene war düster.

Analina sah verunsichert zu den übrigen Wandelbaren am Boden hinüber. »Und was ist mit denen, die nur bewusstlos sind? Wenn wir sie einfach liegen lassen, passiert ihnen nichts?«

Narena hob den Kopf. »Sie haben uns gesehen«, gab sie ruhig zurück, »vielleicht sogar deinen Namen gehört.«

Ana schluckte. »Aber ... ich habe mich versteckt. Ich glaube nicht, dass einer von ihnen mich erkannt hat.«

»Glauben reicht nicht«, gab Qalim schroff zurück. Bevor Analina ein weiteres Wort sagen konnte, hatte er sich gebückt und den nächsten Umhang zur Seite gerissen.

»Qalim!«, fuhr Narena ihn scharf an, aber es war zu spät. Eine Stichflamme brach aus dem aufblitzenden Amulett hervor und Sekunden später lag ein zweiter Aschehaufen vor Qalims Füßen. Analinas Magen verkrampfte sich, als sie den glühenden Augen des Gnomen begegnete.

»Was ist?« Sein Blick flackerte zu Narena.

»Lass sie die Entscheidung selbst treffen«, gab die Schattenspäherin knapp zurück.

»Aber wir haben gar keine Wahl ...«

Narena schwieg. Ihre Aufmerksamkeit war auf Analina gerichtet.

Anas Gedanken rasten. Sie starrte die Asche an, dann die verhüllten Gestalten. *Glauben reicht nicht.* Ihr Mund war auf einmal trocken, als wäre auch ihre Zunge zu Staub zerfallen.

Sie befeuchtete ihre Lippen. »Wir könnten ... sie fesseln ...«

»Damit sie verdursten? Oder von den nächsten Reisenden umgebracht werden?«

Analina sah Hilfe suchend auf. Saphiron versuchte, Türkis zu sich umzudrehen, doch sie kämpfte verbissen um freie Sicht. Isla stand neben ihnen und sah starr auf die beiden Aschehaufen hinunter.

Ana holte tief Luft. Als sie diesmal sprach, klang ihre Stimme fremd: »Deckt sie auf.«

Hannibal und Qalim machten sich sofort daran, ihren Befehl auszuführen, und Analina wandte sich ab. Sie versuchte, nicht hinzuhören, aber das Fauchen der Stichflammen war schwer zu ignorieren. Irgendwann trat Stille ein, aber Ana drehte sich nicht wieder um. Reglos hielt sie den Blick auf den Weg vor sich gerichtet und versuchte, sich nicht vorzustellen, wie es hinter ihr aussah.

»Wie fühlst du dich?«

Narena war so leise neben sie getreten, dass sie sie nicht bemerkt hatte. Ana blinzelte und sah zur Seite. Sie glaubte, Asche zu schmecken, und unterdrückte ein Würgen. Ihre Antwort kam wie von selbst: »Allein.«

Die Schattenspäherin lächelte schwach. Schwieg.

»Ich wollte nicht …«

»Lia.«

Diesmal waren da Schritte und diesmal drehte sie sich um. Saphiron, Isla und Türkis standen vor ihr und starrten sie an.

Ana räusperte sich und versuchte es erneut: »Ich … ich wollte nicht …«

Isla trat vor und erstickte ihre Worte in einer Umarmung.

»Komm«, sagte sie schlicht.

»Aber …«

»Komm«, wiederholte Saphiron. »Wir gehen weiter.«

Türkis griff nach ihrem Arm und zog sie vorwärts.

Etwas war anders geworden. Obwohl alles dafür sprach, dass die Wandelbaren ihnen zufällig begegnet waren und Gwenda nach wie vor nichts von ihrer Reise wusste, fühlte Analina sich ungeschützt. Immer wieder sah sie verstohlen über die Schulter, und mehr als einmal ertappte sie sich dabei, mit gedämpfter Stimme zu reden. Natürlich wurde sie beobachtet. Narena machte kein Geheimnis daraus, wie genau sie Ana im Auge behielt, aber sie sagte auch nichts weiter dazu. Und nicht nur sie hüllte sich in Schweigen, auch von Lynda kam nichts. Ana hatte eigentlich erwartet, dass ihre Mutter die aufgedeckte Verbindung mit Narena früher oder später nutzen würde, um durch die Schattenspäherin mit ihr zu sprechen, aber so war es nicht. Nach wie vor zog Narena sich abends zurück, um im Schloss Bericht zu erstatten, aber sie rief Ana nicht zu sich und Ana fragte nicht nach.

»*Du* könntest um ein Gespräch bitten«, riss Isla sie aus ihren Gedanken, einige Tage, nachdem sie von den Wandelbaren angegriffen worden waren. Die letzte halbe Stunde hatten sie damit verbracht, in völliger Dunkelheit und strömendem Regen einen grasbewachsenen Hang hinunterzurutschen, um dort halbwegs geschützt ihr Nachtlager aufzuschlagen. Jetzt saßen sie in Decken gewickelt unter einem Felsvorsprung und versuchten, sich an dem winzigen Feuer in ihrer Mitte wenigstens die kalten Finger zu wärmen. Die Glut reichte kaum aus, um ihren Unterschlupf zu erhellen, aber Isla war es offensichtlich irgendwie gelungen, ihrem Blick zu folgen. Ana riss sich mühsam von der dunklen Gestalt im Höhleneingang los und begegnete Islas Augen.

»Hm?«

»Narena«, sagte Isla geradeheraus. »Du könntest sie fragen, ob sie dich mit der Königin reden lässt.«

»Nein«, wehrte Analina sofort ab. »Die Verbindung ist gefährlich. Ich will nicht, dass sie sie länger als nötig nutzt.«

»Mir kommt das ziemlich nötig vor. Das beschäftigt dich doch schon die ganze Zeit …«

»Wenn Lynda mit mir reden wollte, würde sie sich melden«, fiel Ana ihr knapp ins Wort.

»Das ist doch albern. Keine von euch beiden würde es umbringen, sich mal hinzusetzen und einfach fünf Minuten …«

Sie verstummte. Narena hatte sich unerwartet umgedreht und kam auf sie zu. Prompt begann Anas Herz nervös zu stolpern, aber sobald die Schattenspäherin nah genug war, blitzten ihre Augen im Feuerschein gelb auf und Analinas Puls beruhigte sich. Isla wollte aufstehen, aber Narena schüttelte den Kopf und ließ sich vor ihnen auf die Decke sinken.

»Ich muss mit dir reden.«

Ihre Blickrichtung war eigentlich nicht schwer zu deuten, aber Isla hakte dennoch ungläubig nach: »Mit *mir*?«

»Ja.«

Kurz herrschte Stille. Dann streifte Narena Ana mit einem Seitenblick, und ihr wurde schlagartig klar, worauf sie wartete.

»Oh. Dann …« Ungläubig stand Analina auf und wich ein paar Schritte zurück. »Lass ich euch mal allein.«

Isla wirkte genauso vom Donner gerührt wie sie. »Du … kannst auch bleiben …«

Aber Narenas Gesichtsausdruck war eindeutig. Wortlos drehte Ana sich um und suchte sich einen Platz zwischen Saphiron und Türkis, die sich schon hingelegt hatten.

»Was ist los?«, fragte Saphiron, als sie sich neben ihm auf ihre Decke fallen ließ. Seine Augen huschten kurz zu Isla und wieder zurück.

»Keine Ahnung«, murmelte Ana. »Sicher was wahnsinnig Wichtiges.«

»Vielleicht geht es um die Route«, schlug Türkis wenig überzeugt vor.

»Klar. Und dafür musste ich weggehen.«

Keiner der beiden unternahm einen weiteren Versuch, sie zu besänftigen. Als schließlich leise Schritte ertönten, drehte Ana sich zur Seite und begegnete prompt Islas Blick. Sie sah noch verwirrter aus, als Ana sich fühlte.

»Lass mich raten: Du darfst nicht mit mir darüber sprechen«, sagte sie nüchtern.

Isla zuckte die Schultern. »Keine … Ahnung. Es ist eigentlich …« Sie stockte, dann ließ sie sich neben sie auf die Decke sinken und dämpfte die Stimme. »Ich soll Unterricht bei Narena bekommen. Magieunterricht. Befehl der Königin.«

»Ach.« Ana starrte sie an. »Und … wieso?«

»Narena hat irgendwas von *mangelnder Kontrolle* gesagt. Und dass ich nicht *herumexperimentieren* soll.« Isla schnitt eine Grimasse. »Scheinbar ist ihnen aufgefallen, wie schlecht ich mich bei den Wandelbaren angestellt habe.«

Analina runzelte die Stirn. »Ich glaube nicht, dass es darum ging, wie *schlecht* du warst. Eher … im Gegenteil.«

Ihre Blicke trafen sich.

»Wissen sie es?«, fragte sie leise.

Isla hob die Brauen. »Dass ich mich in ein magisches Supertalent verwandelt habe, sobald du meine Hand genommen hast? Keine Ahnung. Zumindest habe ich dieses Detail nicht extra betont.«

Ana nickte langsam. »Tja. Vielleicht kriegt hier dann wenigstens eine von uns ihre Kräfte in den Griff.«

»Hey«, meldete sich Saphirons verschlafene Stimme hinter ihnen. »Ich bin sehr zufrieden mit meinen Kräften. Vielen Dank.«

Analina lächelte unwillkürlich. »Stimmt. Mein Fehler.«

Begleitet von Türkis' leisem Schnaufen fand sie schließlich in den Schlaf.

Am nächsten Morgen wachte sie auf, ohne genau zu wissen, weshalb. Da war etwas, ein Geräusch, das sie nicht zuordnen konnte. Kurz dachte sie an Regen, aber das war es nicht. Eher ein Rauschen. Schlaftrunken richtete Ana sich auf, rieb sich die Augen – und erstarrte. Durch den engen Felsspalt vor ihr fielen Sonnenstrahlen in die kleine Höhle. Ein feiner Salzhauch lag in der Luft, ein besonderer Duft und ein Glitzern, das ihr vage bekannt vorkam …

»Das Meer!« Sie sprang auf und rannte mit bloßen Füßen nach draußen. Feiner Sand kitzelte sie zwischen den Zehen, als die plötzliche Helligkeit sie abrupt innehalten und heftig blinzeln ließ. Geblendet kniff sie die Augen zusammen, bis sich ihre Umgebung nach und nach abzuzeichnen begann. Sie sah Sand, hell und trocken. Dunkle Klippen hinter sich, von denen sich scharfkantige Felsen wie knochige Finger bis auf den Strand erstreckten. Und dann hob sie den Blick und vor ihr lag das Meer.

Ana warf den Kopf in den Nacken und stieß einen Freudenschrei aus. Hastig löste sie ihren Umhang und rannte mit ausgebreiteten Armen vorwärts. An diesem sonnigen Morgen war der Ozean klar und blau wie der Himmel über ihr, aber die schäumende Gischt war trüb vom aufgewirbelten Sand. Für den Bruchteil einer Sekunde blieb ihr Blick an den Schaumkronen hängen und etwas wie Furcht zuckte in ihr auf. Dann blinzelte sie und der merkwürdige Eindruck verflog. Ohne Zögern sprang Ana über scharfkantige Muschelstücke hinweg, trat in glitschige Algen und stürzte sich direkt in die Brandung. Schon die erste Welle durchnässte sie bis zur Hüfte, aber das war ihr egal. Mit geschlossenen Augen stand sie da, atmete salzige Luft ein und genoss das Gefühl der Steinchen und Sandkörner, die ihre Beine umspülten. So früh am Morgen war die Sonne nicht kräftig genug, um gegen das kalte Wasser anzukommen, aber die leichte Gänsehaut auf ihren Armen nahm Ana kaum wahr.

Von weit weg wehte Saphirons Stimme durch die Luft. »Lia! Warte auf uns!«

Breit grinsend drehte sie sich um und beobachtete mit gegen die Helligkeit zusammengekniffenen Augen, wie ihre drei

Freunde auf sie zurannten. Isla hatte sich ein Tuch um die Hüfte gebunden, das im frischen Wind flatterte. Saphiron trug nur seine zerschlissene Hose und Türkis knotete im Laufen den Träger des alten Badeanzugs zu, den sie vor Jahren von Ana geerbt hatte.

»Guck mal, Lia, ich hab eine gefunden!«, schrie sie gegen den Wind und hielt etwas hoch, das wie eine kleine Muschelschale aussah.

»Beeilt euch!«, rief Ana zurück, und das taten sie, denn nur Sekunden später kamen sie keuchend neben ihr zum Stehen und bespritzten sie mit einer Menge Wasser.

»Traust du dich, schwimmen zu gehen?«, fragte Isla mit leuchtenden Augen. Ana sah kurz zu Türkis.

»Ich *kann* schwimmen!«, verkündete diese sofort.

Saphiron schnitt eine Grimasse, aber dann zuckte er die Schultern und grinste. »Ich nehme sie mit. Los.«

Mehr brauchte Analina nicht. Ungeduldig schüttelte sie sich das lange Haar aus dem Gesicht, kniff die Augen zusammen und stürzte sich mit einem Aufschrei in die Wellen.

Die Kälte traf sie heftiger als erwartet und in den wirbelnden Schaumkronen schluckte sie sofort Salzwasser. Hustend und prustend tauchte sie unter der nächsten Welle durch und kam strampelnd an die Oberfläche. Als sie wieder über Wasser war und die Augen öffnen konnte, schwamm Isla direkt neben ihr. Sie schleuderte ihre nassen Haare mit einer energischen Kopfbewegung nach hinten und blitzte Ana aus vergnügten Augen an, die plötzlich viel grüner wirkten als sonst.

»Alles in Ordnung?«, fragte sie kichernd und drehte sich auf den Rücken, um über eine niedrige Welle getragen zu werden.

Ana nickte und schüttelte gleich darauf den Kopf, um das Meerwasser aus den Ohren zu bekommen. Inzwischen hatte sie keinen Boden mehr unter den Füßen und das Gefühl gefiel ihr nicht. Kurz dachte sie daran, zurückzuschwimmen, doch schon tauchten Saphiron und Türkis nach Luft schnappend hinter ihnen auf. Türkis hatte sich an die Schultern ihres Bruders geklammert und wirkte recht zufrieden mit ihrem Transportmittel.

»Wollen wir ein bisschen weiter rausschwimmen? Hier ist das Wasser so sandig«, schlug Saphiron vor und paddelte heftig mit den Füßen, um über eine nahende Welle hinwegzusehen. »Dahinten sieht es viel klarer aus!«

Ana warf Isla einen fragenden Blick zu.

Die nickte sofort. »Klar! Wer die meisten Wellen schafft«, rief sie gut gelaunt und stieß in einem eleganten Bogen unter die Wasseroberfläche. Analina holte tief Luft, dann überwand sie ihre Scheu und folgte ihr. Sie hatte früh schwimmen gelernt, in einem kleinen See in der Nähe des Schlosses. Zwar hatte sie nie einen besonderen Ehrgeiz entwickelt, aber eigentlich hatte sie das Wasser immer geliebt. Mit geschlossenen Augen drehte sie sich ein paarmal um die eigene Achse und tauchte nach der zweiten Welle auf, um nach Luft zu schnappen. Weit vor ihr konnte sie Islas kurze Haare erkennen, die wie ein Fächer um ihren Kopf trieben. Schon war sie wieder unter Wasser verschwunden und auch Ana beeilte sich, wieder abzutauchen. Dieses Mal schaffte sie mit Mühe vier Wellen am Stück, dann stieß sie nach oben und holte gierig Luft. Vor ihr ließ sich Isla im Wasser treiben und fuhr vergnügt mit den Fingern durch die Gischt.

»Wie schaffst du es, so schnell zu sein?«, japste Ana erschöpft und strich sich eine Haarsträhne von den Lippen.

»Ich bin eure Führerin, schon vergessen? Ylva und ich waren hier schon tausendmal unterwegs. Da lernt man schwimmen. Wo sind die anderen?«, fügte Isla hinzu und sah sich um. Hinter ihnen wogten klare, grünblaue Wellen auf und ab. Hier und da brodelte ein Schaumkrönchen auf einem Wellenkamm, doch sonst war nichts zu sehen. Verunsichert begannen sie, wieder in Richtung Strand zu schwimmen. Als Analina sich schon echte Sorgen zu machen begann, blitzte endlich Saphirons blauer Haarschopf in einem Wellental auf.

»Da!«

Hastig schwamm sie auf ihn zu. Saphiron entdeckte sie und seufzte erleichtert. »Ihr müsst mir helfen! Türkis hat ihre blöde Muschel fallen lassen und will sie unbedingt wieder. Ich komme nie bis an den Grund, und außerdem habe ich keine Ahnung, wo sie liegt …«

Türkis schniefte und wischte sich wütend das Salzwasser aus den Augen. »Sie muss da irgendwo sein. Ich will sie wiederhaben!«

Ana warf Isla einen skeptischen Blick zu. Das Wasser war hier sicher drei oder vier Meter tief. »Glaubst du, du kannst es schaffen?«

»Wir können zu zweit runtertauchen, so schlecht schwimmst du doch nicht. Allein wird es schwierig«, antwortete Isla und blinzelte nach unten. Unter ihr war nur das Grünblau des Meeres zu erkennen.

Analina zögerte erneut. Sie konnte nicht sagen, wieso, aber das schäumende Wasser um sie herum begann sie zu irritieren. Es gab plötzlich eine Menge Dinge, die sie lieber tun würde, als noch einmal unterzutauchen. Aber dann sah sie Türkis' Gesicht und das machte ihr die Entscheidung leichter.

»Gut. Versuchen wir es.«

Isla tauchte sofort unter und Ana folgte ihr. Sie spürte, wie ihre Füße die kalte Luft durchschnitten, dann machte sie zwei lange Schwimmzüge und öffnete die Augen. Es brannte kurz, aber sie konnte relativ gut sehen. Kleine, dunkle Fische flitzten an ihr vorbei und nach wenigen Zügen erkannte sie den

Meeresboden unter sich. Sie glaubte tatsächlich, etwas aufblitzen zu sehen, aber gleichzeitig schwoll der Puls in ihren Ohren an und sie merkte, dass sie Luft brauchte. Plötzlich hektisch drehte sie sich um und strampelte zurück nach oben. Nach ein paar qualvollen Sekunden durchbrach sie die Wasseroberfläche und atmete so tief durch, dass ihr Hals brannte.

Saphiron paddelte neben ihr auf und ab, Türkis dicht an seiner Seite. »Alles in Ordnung?«

Salzwasser spuckend nickte sie. »Ja. Ich ... glaube, da war etwas.«

Sie drehte den Kopf, aber Isla war nirgends zu sehen.

»Versuchst du es noch mal?«, fragte Türkis hoffnungsvoll.

Ana unterdrückte ein Husten und wünschte, das Wasser wäre seichter. »Einmal noch.«

Sie kniff die Augen zusammen, holte tief Luft und tauchte wieder unter. Diesmal schwamm sie schneller. Schon nach wenigen Zügen erkannte sie den gespenstisch leuchtenden Sandboden. Hier und da steckten Muschelsplitter halb im Schlamm und einige wirklich große Schnecken klebten an vereinzelten Felsen. Isla war immer noch da. Sie glitt dicht am Boden entlang und wirbelte hin und wieder Sand auf. Ana blinzelte angestrengt und sah sich um. Sie hatte nicht daran geglaubt, die Stelle wiederzufinden, aber schon nach wenigen Sekunden blitzte erneut etwas vor ihr auf. Hastig paddelte sie vorwärts, während ihr Herzschlag immer lauter wurde. Ihr Blick verschleierte sich und ihre Lungen schienen sich zu verkrampfen. Obwohl sie nicht länger als ein paar Sekunden unter Wasser war, stieg plötzlich Panik in ihr auf. Doch sie zwang sich, den Arm auszustrecken, und schloss halb blind die Finger um die Muschel. Dann stieß sie sich fest vom Boden ab und schoss aufwärts. Nach Luft ringend brach sie durch die Wasseroberfläche und blinzelte heftig gegen das Salzwasser an.

Isla tauchte nur eine Sekunde nach ihr auf.

»Ich habe sie gefunden!«, rief sie triumphierend und streckte Türkis ihre Handfläche entgegen. Darauf lag die Muschel und schimmerte ihnen unschuldig entgegen.

Ana erstarrte. »Aber …« Ihre Finger schlossen sich fester um den Gegenstand, den sie für Türkis' Muschel gehalten hatte. Langsam zog sie die Hand aus dem Wasser, senkte den Blick und verschluckte sich vor Überraschung.

LUNADËSIA

In Anas Hand lag eine schimmernde Mondsichel aus silbrigem Metall. Sie war etwa so lang wie ihr Daumen und zwischen den beiden gebogenen Spitzen des Mondes klemmte eine große, matt funkelnde Perle. Aus dem kleinen Ring an der oberen Seite des Schmuckstücks schloss Ana, dass es sich um einen Anhänger handeln musste, der von einer Kette abgerissen war. Sie strich behutsam über die Rundung der Sichel und entdeckte winzige, dunkelrot flackernde Steinchen, die in die Oberfläche eingelassen waren. Eine kleine Welle schwappte gegen Anas Hand und spülte den Anhänger beinahe wieder ins Meer zurück. Hastig schloss sie ihre Faust.

»Was hast du da?«, fragte Isla neugierig und schwamm neben sie.

»Ich ... ich zeig's dir am Strand. Beeilt euch!« Sie umklammerte die Sichel so fest, dass sie sich in ihre Hand drückte, und machte sich auf den Rückweg. Die ganze Zeit über hatte sie Angst, den Anhänger im starken Wellengang zu verlieren, doch sie ließ ihn nicht los und kam sicher am Strand an. Ungeduldig kämpfte sie sich durch die letzten Schaumkronen und fiel ein paar Meter vom Wasser entfernt erschöpft in den trockenen Sand. Isla ließ sie nicht zur Ruhe kommen, sondern zog Saphiron und Türkis mit sich und ging neben ihr in die Knie.

»Also, was ist jetzt los? Was hast du da?«

Ana wischte sich mit einer sandigen Hand über die Stirn und hinterließ dort eine körnige Spur. Dann beugte sie sich erneut über ihre Faust, öffnete sie und ließ den Anhänger langsam über ihre Finger in den Sand gleiten. »Das habe ich! Es lag am Meeresgrund.«

Saphiron und Türkis schnappten nach Luft. Isla wischte behutsam einige Schlickspuren von der schimmernden Perle.

»Was ist das?«, flüsterte Türkis fasziniert.

»Ich weiß auch nicht ... irgendein Anhänger. Aber wie kommt der ins Meer?«, fragte Saphiron verwirrt. Er konnte seinen Blick nicht von der funkelnden Oberfläche des Schmuckstücks losreißen.

»Na, wie wohl?«, schnaubte Isla ungeduldig. »Irgendwer hat ihn verloren und er wurde angespült. Die wichtigere Frage ist: Was ist das für ein Anhänger und wem hat er vorher gehört? Das hier ist eine Mondsichel, Saphiron! Niemand darf das Zeichen der Mondvögel tragen außer ...«

»Außer mir. Außer der Mondprinzessin«, ergänzte Ana leise.

Isla nickte. Türkis strich über die große Perle zwischen den Mondspitzen. »Darf ich ... das auch mal halten?«, fragte sie schüchterner, als es sonst ihre Art war. Ana gab ihr den Anhänger und sie hielt ihn bewundernd in die blasse Sonne.

»Analina!«

Der Ruf ließ sie alle zusammenschrecken. Eine fast schon aufgelöst wirkende Narena stürmte auf sie zu, während Qalim hinter ihr aus der Höhle trat und sich aufrichtete. Es war nicht schwer zu sehen, dass die Schattenspäherin wütend war. Ihr dunkelgrünes Haar, das sie sonst immer zurückgebunden trug, flatterte offen um ihren Kopf und ihre Katzenaugen blitzten.

»Seid ihr wahnsinnig, einfach so wegzulaufen? Saphiron, das war deine letzte Nachtwache!«

Er wirkte nicht sonderlich unzufrieden.

Ana, die den Anhänger instinktiv in der Hand versteckt hatte, stand nun auf, rieb sich ein wenig Sand von den Beinen und öffnete die Finger.

»Sieh mal, was wir gefunden haben!«

Narena sah flüchtig hinunter auf ihre Handfläche, offensichtlich nicht besonders interessiert. Doch dann blieb ihr Blick an der Mondsichel hängen und ihre Augen weiteten sich. »Das ist …« Sie schien wie gebannt zu sein.

»Was?«, hakte Ana nach.

Blinzelnd hob sie den Kopf. »Komm.«

Analina war erstaunt. »Wie bitte?«

»Komm«, wiederholte Narena nachdrücklich. »Die Königin wird persönlich davon hören wollen.«

»Die … aber wieso …«

Sie bekam keine Antwort. Ana tauschte einen irritierten Blick mit Isla, Saphiron und Türkis, dann schloss sie die Finger wieder um den Anhänger und folgte der Schattenspäherin zurück zu ihrem Lager.

Lynda hatte das starke Bedürfnis, ihren Kopf auf die kühle Tischplatte vor sich fallen zu lassen und einfach nur zu schlafen.

Es war unerträglich.

Heute war wieder einer dieser Tage, an dem sie zu nichts kam, und wenn Lynda eines hasste, dann war es Untätigkeit. Ursprünglich hatte sie dem Botschafter des Sonnenkaisers abgesagt, um Analinas weitere Route in Ruhe durchzusehen, aber diese Rechnung war nicht aufgegangen. Noeles längst überfälliger Besuch hatte sich nicht mehr aufschieben lassen, und nun musste sie seit zwei geschlagenen Stunden der Fürstin von Winterruh zuhören, die pausenlos den Wohlstand ihrer eigenen Familie mit dem unvertretbaren Zustand Funkelsteins verglich. Vermutlich hielt sie ihre Formulierungen auch noch für subtil, aber Lynda war wirklich noch nicht müde genug, um die ständigen Sticheleien zu überhören.

»Ja, dieser Schimmelpilzbefall ist natürlich eine echte Plage«, merkte Noele soeben an. »Bevor ich die Herrschaft über das Schloss – ich meine natürlich *mein* Schloss – übernommen habe, kam dieser Befall bei uns auch vor, weißt du ...«

»In diesem Schloss gibt es keinen Schimmelpilzbefall«, sagte Lynda matt und betrachtete ihr Gegenüber mit der Gleichgültigkeit, die sie sich über die Jahre dankenswerterweise angeeignet hatte.

Noele war etwa in ihrem Alter – natürlich, immerhin war sie mit ihr auf der Akademie in der gleichen Jahrgangsstufe gewesen. Sie war klein, klapperdürr und erinnerte trotz ihrer aufwendigen und überladenen Kleidung stets ein wenig an eine Maus. Früher war ihr Haar rotblond gewesen, doch inzwischen färbte sie es sich in einem Ton irgendwo zwischen rot-schwarz und violett. Ihre schmalen Lippen waren sorgfältig voller geschminkt, ihre Augen dramatisch umrandet und ihre spitze Nase warf scharfe Schatten auf ihr kleines, rundes Kinn. Tatsächlich, überlegte Lynda, hatten alle ihr bekannten Besitzer eines solchen Kinns einen eher unsicheren und nachgiebigen Charakter. Warum also konnte sich Noele nicht entsprechend zurückhaltend verhalten?

»Ist irgendetwas, meine Liebe?«, fragte Noele plötzlich, und Lynda wurde klar, dass sie laut geseufzt hatte.

»Nein, entschuldige bitte. Es ist alles in Ordnung. Ich habe nur recht starke Kopfschmerzen«, sagte sie abwesend.

Noele nickte mit falschem Mitgefühl. »Natürlich, das macht die Zugluft, meine Liebe. Wenn man in einem Haus lebt, in dem die Fenster nicht ausreichend abgedichtet sind, passiert so etwas schon ab und zu.«

Funkelstein als »Haus« zu bezeichnen, fand Lynda selbst für

Noeles Verhältnisse ziemlich unverschämt, doch sie sagte nichts.

»Oder es liegt daran, dass deine Magie nicht ausreicht«, setzte Noele noch hinzu. »Weißt du – ganz unter Freundinnen –, du bist schließlich nicht mehr die Jüngste, Lynda. Und die ganzen Schutzschilde, die du im Ardenreich aufrechterhalten musst … nicht jeder hat dazu die nötige Kraft, Schätzchen.«

Es sah so aus, als hätte Lynda einen von Noeles besseren Tagen erwischt. Gerade überlegte sie, ob das »Schätzchen« in Kombination mit einer Anspielung auf ihr Alter einen verfrühten Rückzug rechtfertigte, da fuhr ein blendender Blitz durch ihren Geist, begleitet von einem besonders heftigen Schmerz in den Schläfen. Es gelang ihr gerade noch, ein Stöhnen zu unterdrücken, aber sie zuckte zusammen und Noele sah es.

»Lynda? Stimmt etwas nicht?«

In ihre zuckersüße Stimme hatte sich ein argwöhnischer Unterton eingeschlichen. Lynda blinzelte angestrengt und versuchte, sich zu konzentrieren. Es gab nur eine Sache, der Noele mit größerer Leidenschaft nachging als der Kunst der Stichelei, und das war das Verbreiten von Gerüchten. Wenn sie auch nur den leisesten Verdacht schöpfte, dass mit ihr etwas nicht stimmte, würde es nicht länger als einen Tag dauern, und wilde Spekulationen über den königlichen Gesundheitszustand hätten sich im ganzen Land verbreitet.

»Ich …«

Wieder ein Blitz. Es gab keinen Zweifel an seiner Bedeutung, aber das machte die Sache nicht weniger beunruhigend. Narena wusste, dass sie tagsüber keine Zeit hatte. Wenn sie jetzt eine Verbindung aufzubauen versuchte, dann musste etwas passiert sein.

Unvermittelt stand Lynda auf. Aus dem Blitz war ein regelmäßiges Flackern geworden, sodass sie ihre Umgebung kaum noch wahrnahm. Abgelenkt kniff sie die Augen zusammen und bemühte sich um zusammenhängende Gedanken.

»Ist es der Kreislauf?«, drang Noeles hartnäckige Stimme zu ihr durch. »Vielleicht solltest du dich hinlegen. Ich weiß ja nicht, wie du es mit körperlichem Ausgleich hältst, aber wenn du außer Form bist und …«

Ein Klopfen ließ sie verstummen und Lynda aufatmen. »Ja?«

Die Tür schwang auf und Parl trat über die Schwelle, begleitet von einem der Botenmädchen.

»Die Nachricht, die Ihr erwartet habt, Euer Majestät. Soll ich später wiederkommen oder …«

»Nein!«, stieß Lynda hervor und klang selbst für ihre eigenen Ohren ein bisschen zu erleichtert. »Nein, ich werde mich sofort darum kümmern müssen. Es tut mir wirklich sehr leid, Noele, aber ich fürchte, ich muss mich verabschieden. Ich bin sicher …« Ihr Blick glitt rasch zu dem Botenmädchen, dann zu Parl.

Mari, formten seine Lippen.

»Mari wird dich nach draußen begleiten. Vielen Dank für deinen Besuch, es war … überwältigend.«

Noele war offensichtlich zu überrumpelt, um sich zu wehren. Im Hinausgehen schaffte sie kaum mehr als ein paar hastig hervorgestoßene Ratschläge gegen zugluftbedingte Kopfschmerzen, dann fiel die Tür hinter ihr zu und Ruhe kehrte ein.

Das Pochen in Lyndas Schläfen ließ beinahe sofort nach. »Ich erwarte eine Nachricht?«, fragte sie matt.

Parl lächelte schuldbewusst. »Sie war schon seit drei Stunden hier. Ich dachte, vielleicht braucht Ihr einen …«

»Retter?«, schlug sie trocken vor.

Er blinzelte. »Fluchtplan.«

Lynda öffnete den Mund zu einer Erwiderung, aber der

nächste Blitz zuckte mit bisher unerreichter Intensität durch ihren Geist und sie keuchte leise auf.

Parls Miene wurde sofort ernst. »Alles in Ordnung?«

»Narena«, gab sie knapp zurück und tastete abwesend nach ihrem Stuhl. »Ich muss ...«

»*Jetzt*?«

»Ja.« Sie hatte schon begonnen, nach Narenas Bewusstsein zu greifen. »Lasst niemanden durch.«

»Majestät, seid Ihr sicher ...«

Seine Einwände verklangen in einer Flut waldgrüner Magie.

Narenas Lider flatterten. Ana hatte den Anblick erwartet, und trotzdem ließ das stechend blaue Augenpaar sie zurückzucken.

Für einen Moment sagte keine von ihnen ein Wort.

Dann: »Analina.«

Obwohl es immer noch Narenas Stimme war, Narenas Gesicht, schwang Lyndas Persönlichkeit in jeder Silbe mit.

Ana räusperte sich. »Hallo.« Plötzlich fiel ihr auf, wie rau das Salzwasser ihre Kehle gemacht hatte.

»Du hast etwas gefunden?«

Offenbar hatte Lynda den Grund ihres Rufes schon Narenas Gedanken entnommen. Wortlos streckte Ana die Hand aus und hielt ihr die silberne Mondsichel entgegen. Selbst die Art, mit der die Finger der Schattenspäherin ihre Handfläche streiften, hatte etwas Ungewohntes. Vorsichtig fuhr Lynda über die Oberfläche des Anhängers, dann sah sie auf und begegnete erneut Analinas Blick.

»Weißt du, was das ist?«

Ana schluckte. »Ähm. Abgesehen vom Offensichtlichen?«

Narenas schmale Lippen zuckten. Es war merkwürdig, Lyndas kaum wahrnehmbarem Lächeln plötzlich im Gesicht der Schattenspäherin zu begegnen.

»Das«, sagte sie ruhig, »ist *Lunadësia.*«

»Lunadësia?«, wiederholte Analina verdutzt. »Aber … wie soll das hier die ganze Welt sein?«

Lynda schüttelte den Kopf. »Du denkst an den Namen dieser Welt, was nur naheliegt. Aber tatsächlich ist *Lunadësia* nicht nur eine Bezeichnung für unsere drei Kontinente. Du kennst die Schöpfungsgeschichte, nicht wahr? Die Geschichte davon, wie uns der erste Mondvogel die Magie brachte?«

Ana nickte. »Lerenin ist über die Grenzen des Nachtwalds hinausgeflogen und hat unsere Welt mit seiner Magie beschenkt …«

»Nun, das ist die bekannteste Version. Tatsächlich gibt es mehrere Möglichkeiten, diese Geschichte zu verstehen«, sagte Lynda langsam. »Meistens wird *Lunadësia* tatsächlich mit unserer Welt übersetzt. Aber es gibt noch eine andere Auslegung, eine etwas weniger … abstrakte. Wenn man davon ausgeht, dass der *Anhänger* gemeint ist, dann geht es auf einmal gar nicht mehr um die Entstehung der Welt, wie wir sie heute kennen. Es geht um die der Mondkinder.«

»Wie bitte?«

Lynda ließ sich nicht irritieren. »Versuch, es nachzuvollziehen. Der erste Mondvogel, Lerenin, hat seine Magie verschenkt. Aber er hat sie nicht einfach so freigesetzt, sondern in diesem Schmuckstück gespeichert. Damit hat er dieser Welt immer noch seine Seele zum Geschenk gemacht, aber nicht zur freien Verfügung. Dieser Anhänger, Analina, ist über die Jahrtausende immer wieder gefunden worden. Nicht von irgendwem, sondern …«

»Von den Mondprinzessinnen?«

»Und Prinzen. Von den Kindern, die mit der Macht des Mondes beschenkt werden sollten. Niemandem sonst ist es jemals gelungen, den Anhänger zu behalten, er verschwindet mit dem

Tod seines Trägers … und taucht erst wieder auf, wenn die Seele eines anderen Mondvogels nach ihm ruft.«

Analina starrte wie gebannt auf die schimmernde Sichel in ihrer Hand. »Das heißt, der erste Mondvogel … Lerenin … er ist …«

»Bei dir.« Lynda lächelte kurz. »Ich würde sagen, du bist der Entfaltung deiner Mondmagie einen großen Schritt nähergekommen.«

Bei diesen Worten breitete sich ein sanftes Kribbeln in Anas Fingerspitzen aus. Vorsichtig schloss sie die Hand um das Schmuckstück. »Aber wieso gerade jetzt?«

Lynda hob Narenas schmale Brauen. »Ich denke, du musst in irgendeiner Form nach ihm gerufen haben. Hast du Übungen gemacht, um deine Mondmagie zu wecken?«

»Nein … ich meine, ja, grundsätzlich schon, immer mal wieder. Aber nicht heute.«

Lyndas helle Augen glitten aufmerksam über ihre Züge. »Und was genau hast du getan, bevor du ihn gefunden hast?«

»Ich bin …« Ana stockte, als unerwartet Bilder durch ihren Geist zuckten. *Wasser. Gurgelndes Wasser um sie herum. Spritzende Gischt. Islas dunkler Hinterkopf und Luft … zu wenig Luft …*

»Ja?« Ihre Mutter sah sie unverwandt an.

»Getaucht«, brachte sie hervor.

Narenas Gesicht blieb völlig ausdruckslos, aber für einen Moment glaubte Ana, Lyndas Blick flackern zu sehen. »Bitte?«

»Ich bin getaucht«, wiederholte Ana. »Ich habe den Anhänger im Meer gefunden.«

Lynda sagte nichts.

»Was ist?«, hakte sie verunsichert nach. »Ist das ein Problem?«

»Nein.« Narenas Lider zuckten und auf einmal wirkten die hellblauen Augen merkwürdig leer. »Nein, kein … Problem.

Hör zu, Analina, vielleicht ist es nur ein Zufall, dass du *Lunadësia* gerade jetzt gefunden hast. Aber es ist auch gut möglich, dass deine Mondmagie tatsächlich zu erwachen beginnt. Wenn du das Gefühl hast, dass sich etwas verändert … wenn du Lichter siehst, Funken oder … Bilder … dann möchte ich das wissen. Ich werde Narena Anweisungen geben, damit sie gezielt mit dir üben kann. Hast du verstanden?«

»Ja, aber …«

»Und pass auf den Anhänger auf. Es ist eine große Ehre, ihn zu tragen.«

»Gut, aber …«

»Ich muss zurück«, fiel Lynda ihr ins Wort. »Sei vorsichtig, Analina. Macht ist nie nur ein Geschenk.«

»Lynda …«

Narenas Züge wurden ausdruckslos, bevor Ana weitersprechen konnte. Die Schattenspäherin blinzelte mehrmals, und als sich ihr Blick klärte, waren ihre Augen wieder bernsteinfarben.

Analina starrte sie an. »Hast du das … mitbekommen?«

Narena runzelte die Stirn, als versuchte sie, sich an einen gerade verblassenden Traum zu erinnern. »Teilweise. Sie hat mich ausgeblendet, als …« Sie verstummte.

»Als ich das Wasser erwähnt habe?«, riet Ana.

»Ja.«

»Aber wieso?«

Narena lächelte schief. »Ich nehme an, damit ich dir diese Frage nicht beantworten kann.«

Analina senkte den Kopf. Wieder war da dieses Kribbeln in ihren Fingerspitzen. Abwesend fuhr sie über die Mondsichel, die sich inzwischen angenehm warm anfühlte.

»Musste sie wirklich schon zurück?«, murmelte sie.

Die Schattenspäherin gab keine Antwort.

Die Rückkehr in ihren eigenen Körper war plötzlicher, als Lynda es geplant hatte. Sie fuhr hoch, nach Luft ringend wie eine Ertrinkende. Schritte ertönten, und als sie Hände an ihren Schultern spürte, war sie nicht überrascht.

»Euer Majestät.«

Parl ließ sie in der Sekunde los, in der sie aus eigener Kraft aufrecht bleiben konnte. In seinen dunklen Augen standen tausend Fragen geschrieben, aber er beschränkte sich auf eine einzige: »Geht es der Prinzessin gut?«

Lynda räusperte sich, um das schreckliche Kratzen in ihrer Kehle loszuwerden. Es war, als hätte sich der Salzfilm auf Narenas Lippen in ihr Bewusstsein eingebrannt. »Ja. Es geht ihr gut.«

Offenbar konnte er die nächste Antwort aus ihrem Gesicht ablesen, denn er sparte sich die Frage und sagte stattdessen: »Ich kann mich um den Empfang des uyneianischen Botschafters kümmern. Die Hauptverhandlungen sind sowieso erst für morgen angesetzt. Wenn Ihr ihn dann persönlich sprecht, wird das völlig ausreichen.«

Lynda brachte ein Nicken zustande. »Danke.«

Parl lächelte kurz. »Das ist meine Aufgabe, Euer Majestät.« Als sie nichts hinzufügte, stand er auf und trat auf die Tür zu. »Gibt es noch etwas, das ich tun kann?«

Sie erwiderte seinen Blick nachdenklich. »Mein Rufname …«

Er verzog keine Miene. »Ja?«

»Benutzt ihn.«

Diesmal glaubte sie, die Spur eines Lächelns zu sehen. »Ich werde mein Bestes geben, Euer Majestät.«

Lynda hob die Brauen, verbesserte ihn jedoch nicht. Sie hatte erwartet, dass er sich zurückziehen würde, doch er blieb unschlüssig auf der Schwelle stehen.

»Ja?«, hakte sie nach.

Seine Augen blieben kurz an ihren hängen. »Ich habe … noch eine Frage.«

»Bitte.«

»Diese Verbindung … ermöglicht sie Euch unbegrenzten Zugang? Auf Narenas Geist?«

Es dauerte eine Sekunde, bis sie begriff, worauf er hinauswollte. »Nein«, antwortete sie langsam. »Ich sehe nur, was sie mich sehen lässt. Ihre Geheimnisse sind sicher vor mir. Und die anderer auch.«

»Es tut mir leid. Ich hätte nicht …«

»Schon gut.«

»Ich sollte mich jetzt um den Botschafter kümmern.«

Sie widersprach nicht. »Danke für die Rettung, Parl.«

»Nichts zu danken, Euer …« Er hielt inne. Lächelte. »Lynda.«

Lynda bewegte einen Finger und die Flügeltüren schwangen auf. Parl trat hindurch, drehte sich um und schloss sie leise von Hand.

SAND UND WASSER

Wasser.

Da ist Wasser, überall. Neben ihr, unter ihr.

In ihrer Nase, ihren Augen.

Sie ertrinkt.

Sie weiß es und kann nichts dagegen tun. Sie will schwimmen, fliehen, aber die Wellen sind zu hoch. Und sie will schreien, aber da ist keine Luft mehr. Doch sie braucht Luft oder sie stirbt …

Sie stirbt.

Wasser, überall.

Über ihr. In ihr.

In ihren Lungen, ihrem Mund.

Alles wird weiß …

Analina wachte auf, weil es blitzte. Zumindest war sie sich für einen Moment vollkommen sicher, dass es so war. Sie hatte Licht gesehen, weißes Licht, aber um sie herum war es dunkel. Orientierungslos setzte sie sich auf, starrte blind in den Schatten und versuchte, sich zu erinnern.

Es war Nacht.

Sie hatten einen anstrengenden Tag hinter sich gebracht. Der Weg am Strand entlang hatte sie über Sand und Felsen geführt, bis sie bei Einbruch der Dämmerung erschöpft kapituliert hatten. Isla, die Muschelsand von früheren Reisen mit ihrer Mutter gut kannte, hatte mit Qalims und Narenas Hilfe einen verlassenen *Sandschlupf* aufgespürt – eine unterirdische Höhle der am Strand lebenden Gnomen. Dort hatten sie ihr Lager aufgeschlagen und Ana war praktisch sofort eingeschlafen.

Jetzt lag sie hier, es war Nacht und sie war wach.

Ana blinzelte, aber ihre Umgebung blieb beunruhigend dunkel. Die Sandgnomen, die am Meer lebten, hatten sich über Generationen hinweg immer wieder mit Nereiden gekreuzt, ihre Nachtsicht allerdings nicht verloren. Vermutlich fühlten sie sich in diesen stockdunklen Höhlen direkt am Meer besonders wohl, aber Analina konnte ein wachsendes Gefühl der Beklemmung nicht abschütteln. Ein paar alte Gnomenzauber waren alles, was den Sandschlupf daran hinderte, über ihnen zusammenzubrechen und sie lebendig zu begraben. Ana schauderte. Ob sie Zeit haben würde zu schreien, bevor sich ihre Lungen mit Sand füllten? Und was, wenn gerade Flut herrschte? Das unangenehme Bild einstürzender Sandmassen wurde durch gurgelnde Wellen verdrängt, und prompt steigerte sich ihr nervöser Herzschlag zu einem unkontrollierten Rasen. Panik flackerte in ihr auf, sie kniff die blinden Augen zusammen, und auf einmal war da wieder ein Blitz.

»Autsch!«

Der gedämpfte Laut war nicht mehr als ein Zischen an ihrem Ohr. Ana riss die Augen wieder auf und tastete in die Richtung, aus der die Stimme gekommen war.

»Isla?«, wisperte sie.

»Ja. Was ist los?«, kam die geflüsterte Antwort. »Du hast mich mit irgendwas … erwischt.«

»*Was*? Womit?«

»Keine Ahnung«, gab Isla gedämpft zurück. »Es war wie ein Schlag. Ein Kneifen oder …«

»Ein Blitz?«, fiel Ana ihr rasch ins Wort.

»Ich weiß nicht. Ich hab doch geschlafen … warte mal.«

Analina spürte eine Bewegung neben sich und im nächsten Moment flackerte veilchenblaues Licht auf. Isla hielt ihre Hand höher, um die einzelne Funken tanzten. Sie hatte erst ein paar kurze Unterrichtseinheiten bei Narena gehabt, aber die schienen sich bezahlt zu machen. Der Schein ihrer Magie zuckte über ihr Gesicht und ließ ihre normalerweise dunkle Haut gespenstisch blass wirken. Grünliche Augen glitten wachsam über Anas Züge.

»Geht es dir gut?«, murmelte sie.

»Ich glaube schon. Da war … dieser Traum …«

»Von uns? Ich hatte keinen.«

Ana schüttelte matt den Kopf. »Nein, nicht so einer. Es war … Wasser …« Sie räusperte sich. »Wahrscheinlich nur ein ganz normaler Albtraum. Nicht so wichtig.«

»Du hast was von einem Blitz gesagt.« Obwohl Isla ihre Stimme nicht erhob, schaffte sie es, beharrlich zu klingen.

»Ja, ich weiß auch nicht. Vielleicht war das auch der Traum.«

»Das kann man rausfinden.« Isla drehte den Kopf und stutzte. »Wo ist Narena?«

»Was?« Ana hob ebenfalls eine Hand und ihre eigene, hellblaue Magie erleuchtete den Sandschlupf. Da war Türkis, daneben Saphiron, Qalim und Hannibal. Eine weitere, zerknüllte Decke. Sonst nichts.

»Sie ist weg«, zischte Isla. »Wie spät ist es? Ist es noch ihre Wache?«

Analina schluckte. »Keine … Ahnung …«

Jemand regte sich schwach zwischen den Decken. Ein Knurren ertönte und dann richtete sich Qalims Gestalt auf. »Was ist hier los?«

Ana tauschte einen schnellen Blick mit Isla. »Narena«, flüsterte sie. »Sie ist nicht hier.«

Der Gnom grunzte unwillig. »Sie hält Wache. Vertritt sich vermutlich die Beine. Schlaft weiter.«

»Sie ist da draußen?«, hakte Isla nach. »Allein?«

»Narena ist ein großes Mädchen«, grummelte Qalim, »sie weiß, was sie tut. Jetzt *schlaft.*«

Unter seinem glühenden Kohlenblick erstickte Ana die Magiefunken in ihrer Faust und ließ sich widerstrebend zurück auf ihre Decke sinken. Der Salzgeschmack schien stärker zu werden, sobald sie die Augen schloss, und ihr hämmerndes Herz wehrte sich heftig gegen jede Spur von Müdigkeit. Neben sich spürte sie, wie Isla sich unruhig drehte. Als sie blinzelte, waren auch Islas Funken erloschen und der Sandschlupf wieder stockdunkel.

»Und wenn ihr etwas passiert?«, wisperte sie so leise, dass Qalim sie nicht hören konnte.

»Ihr passiert nichts.«

»Und wenn doch?«

Sie hörte, wie Isla ein Gähnen unterdrückte. »Wird es nicht. Komm schon, Ana, Qalim hat recht. Wir sollten … schlafen …« Sie klang so müde, dass Analina nicht widersprach. Schweigend hörte sie zu, wie Islas Atemzüge ruhiger wurden. Hin und wieder schloss sie versuchsweise die Augen, aber immer, wenn sie kurz vorm Einschlafen war, hatte sie das Gefühl, herabrieselnden Sand auf ihrer Haut zu spüren, und ihr Puls schnellte erneut in die Höhe.

Als sich schließlich etwas in der Dunkelheit regte, meinte sie, schon seit Stunden wach zu liegen. Vorsichtig, um Isla nicht zu stören, hob sie den Kopf.

»Narena?«

Ein dumpfer Schlag ertönte, als sich die einzelne Gestalt aus der Öffnung in der Höhlendecke zu Boden fallen ließ. Ana richtete sich leise auf und erkannte die vertraute Silhouette der Schattenspäherin vor sich.

»Rena?«, wiederholte sie gedämpft. »Alles in Ordnung?«

Keine Antwort. Narena blieb kurz völlig reglos, dann wandte sie langsam das Gesicht in Anas Richtung und ihre Katzenaugen blitzten wie von Fackeln erhellt. Als sie stumm blieb, hob Analina zögernd eine Hand und beschwor noch einmal Funken herauf. Das plötzliche Licht ließ Narena zurückzucken und heftig blinzeln.

»Analina?«, stieß sie hervor. »Was ist los? Wieso schläfst du nicht?«

»Ich wollte …« Verwirrt hielt Ana inne. »Du hast mir nicht geantwortet. Was … machst du?«

Die Schattenspäherin runzelte die Stirn. »Qalim zur Wache wecken. Wieso? Stimmt etwas nicht?«

Analina sah, dass sie die Augen immer noch geblendet zusammenkniff und ließ rasch die Hand sinken. »Ich dachte nur …«

Narena machte einen vorsichtigen Schritt auf sie zu. »Was? Geht es dir nicht gut? Brauchst du etwas?«

Sie klang so besorgt, dass Ana sich plötzlich albern vorkam. »Nein, schon gut. Ich hatte nur … einen Albtraum. Alles in Ordnung.«

»Bist du sicher?«

»Ja. Weck ruhig Qalim und leg dich hin. Ich versuche, wieder einzuschlafen.«

Narena zögerte, dann nickte sie. »Gut. Wenn doch etwas ist …«

»Sage ich Bescheid. Schlaf gut.« Analina legte sich wieder hin und zwang sich, die Augen zu schließen. Die Schattenspäherin bewegte sich so leise, dass sie den Wechsel der Nachtwache erst an Qalims gedämpfter Stimme erkannte: »… in Ordnung?«

»Alles ruhig«, kam die gewisperte Antwort.

Und es war ruhig. Für eine Weile horchte Ana auf jeden noch so kleinen Laut, aber es kam nichts. Qalim wachte lautlos und Narena schien bald genauso tief zu schlafen wie die anderen. Selbst das Rauschen des Meeres rückte langsam in die Ferne und Analinas Gedanken wurden davon mitgezogen wie lose Steinchen in der Brandung.

Bevor sie merken konnte, wie müde sie eigentlich war, gewann schließlich doch noch der Schlaf.

Als der Morgen kam, konnte Analina nur noch schwer nachvollziehen, was sie in der Nacht so beunruhigt hatte. Sobald sie durch das Loch in der Höhlendecke zurück ans Tageslicht geklettert war und eine frische Brise auf dem Gesicht spürte, wich auch das letzte Gefühl von Beklommenheit freudiger Erwartung. Es versprach, ein wunderschöner Tag zu werden. Der Himmel war klar und wolkenfrei, das Meer ruhig und die Morgensonne kräftig genug, um ihre steifen Schultern in angenehme Wärme zu tauchen. Während Hannibal und Qalim letzte Gepäckstücke zwischen sich aufteilten, schlenderte sie ein paar Meter voraus und ließ sich die Zehen von der Brandung umspülen.

»Na, ausgeschlafen?«

Türkis hüpfte wie aus dem Nichts an ihr vorbei und landete mit beiden Füßen in einer Welle, dass es nur so spritzte. Ana wich zurück, stolperte und fiel prompt in den nassen Sand.

»Hey!« Sie sprang auf, bevor ihre Hose durchweichen konnte, und schüttelte verirrten Tang von ihrem Fuß. »Das ist meine letzte trockene Garnitur. War.«

Türkis zuckte unbekümmert die Schultern. »Trocknet schon wieder, heute wird es warm. Gehst du mit mir schwimmen?«

»*Jetzt*?« Analina warf einen Blick auf die im Sonnenlicht funkelnde Wasseroberfläche. Das Meer wirkte völlig ruhig, aber sie wusste, dass das täuschen konnte. Die einsetzende Ebbe bedeutete starke Strömungen, in die sie im Zweifelsfall lieber nicht geraten wollte. »Nein, nicht jetzt, Türkis. Wir wollen sowieso gleich weiter. Vielleicht später, wenn die Flut kommt.«

»Na schön«, Türkis schnitt eine Grimasse, »wenn du dich nicht traust, frage ich eben Isla. Ich wusste gar nicht, dass du so wasserscheu bist.«

»Ich bin nicht …«

»Bist du doch. Gestern beim Tauchen hast du dich auch schon so angestellt! Sollte man an der Akademie des Meeres nicht irgendwie … schwimmen können?« Türkis grinste sie herausfordernd an.

Bevor Ana sich eine gute Antwort ausdenken konnte, tauchten Isla und Saphiron links und rechts von ihr auf.

»Worüber redet ihr?« Saphiron schnappte sich seine kleine Schwester und tat so, als wollte er sie kopfüber in die Wellen werfen.

»Die Akademie des Meeres«, rief Analina breit grinsend über Türkis' Kreischen hinweg. »Türkis macht sich Sorgen, dass meine Schwimmkünste nicht ausreichen könnten.«

»Na, da sorgt sich ja die Richtige.« Er packte Türkis bei den Fußknöcheln und senkte sie gerade so weit, dass ihre kurzen Locken in die Gischt getaucht wurden. »Denkst du, wenn ich jetzt loslasse, ertrinkt sie?«

Türkis begann zu zappeln. »Nicht witzig!«

»Na komm, lass sie runter, Saph – richtig rum«, fügte Ana schnell hinzu und er verdrehte die Augen und gehorchte.

»An der Akademie kann man schwimmen?«, hakte Isla neugierig nach.

»Keine Ahnung, wahrscheinlich schon. Liegt ja direkt an der Küste. Aber ich gehe mal davon aus, dass es auch einen Landweg gibt«, antwortete Analina trocken.

»Soll das heißen, du weißt gar nicht, was dich erwartet?« Isla starrte sie ungläubig an.

»Na ja …« Ana zögerte. Tatsächlich hatte sie das Gefühl, dass Lynda ihr früher hin und wieder vor dem Einschlafen von der Akademie erzählt hatte, aber das musste Jahre her sein. Mühsam versuchte sie, sich zu erinnern.

»Es muss ein wunderschönes Gebäude sein, ganz oben auf den Klippen von Palestra … darüber nur Himmel und darunter das Meer. Man wird von den besten Mentoren des Landes unterrichtet, in allen möglichen Fächern. Sprachen und Geschichte und Mathematik, aber auch Kampf, mit Waffen und ohne … und Magie natürlich. Wer gut genug ist, kann später zu den Drachenreitern gehen oder Hochmagie studieren …«

»Drachen?«, wiederholte Türkis mit leuchtenden Augen. »Gibt es denn welche an der Akademie?«

»Die älteren Schüler lernen auf jeden Fall Drachenreiten, also denke ich schon. Und die Bibliothek soll unglaublich sein, eine der größten Sammlungen nach der von Aradín …«

»Aber *Drachen*!«

»Wir haben Drachen am Hof«, erinnerte Saphiron seine Schwester.

Türkis schnitt eine Grimasse. »Ja, und ich durfte ungefähr so nah ran wie an die königlichen Schatzkammern. Man darf wirklich fliegen?«

Ana nickte. »Nicht im ersten Jahr, aber danach. Wieso?«, sie grinste. »Überlegst du dir die Sache mit dem Stipendium noch mal?«

Saphiron schnaubte. »Hoffentlich nicht. Zwischen diesen verzogenen Kindern, die das Zählen mit Diamanten gelernt haben, hättest du sicher keinen Spaß.«

»Na, zum Glück hast du keine Vorurteile«, gab Ana mit erhobenen Brauen zurück.

»Ja, Lia *kann* immerhin zählen«, fügte Türkis frech hinzu.

Das wollte Saphiron sich offensichtlich nicht gefallen lassen. Schwungvoll warf er sich Türkis wieder über die Schulter und stürmte so schnell durch die Brandung davon, dass Gischt hinter ihm aufstob und sie von oben bis unten durchnässte. Türkis' Schimpfen und sein brüllendes Lachen wurden rasch von den brechenden Wellen verschluckt.

Grinsend sah Ana ihnen nach. »So viel zu der letzten trockenen Garnitur.«

Als keine Antwort kam, wandte sie sich stirnrunzelnd nach Isla um. »Ist etwas?«

Isla riss ihren Blick vom im Morgenlicht leuchtenden Ozean los. »Nein …«

Ana wartete.

Nach ein paar Sekunden fügte Isla hinzu: »Na ja, es klingt gut, oder? Die Akademie. Das … alles.«

Analina antwortete nicht sofort. Seit sie aufgebrochen war, hatte sie nie wirklich darüber nachgedacht, was sie am Ende ihrer Reise erwarten würde. Es hatte immer zu viel gegeben, was sie mehr beschäftigte, zu viele Dinge, um die man sich vorher noch kümmern musste. Aber hier, zwischen den steilen Klippen auf der einen und dem endlosen Meer auf der anderen Seite, schien ihr Ziel auf einmal sehr viel greifbarer zu werden. Für einen Moment geisterte eine Stimme durch ihren Kopf, die ihr verdächtig bekannt vorkam: *Es wird dir gefallen, glaub mir. Du wirst frei sein … freier, als du es dir vorstellen kannst …*

Anas Hand wanderte an ihren Hals. Sie dachte zuerst, nach der silbernen Mondsichel tasten zu wollen, aber zu ihrer eigenen Überraschung spürte sie auf einmal etwas anderes zwischen den Fingern. Etwas Kleineres, Flacheres. Sie sah hinunter und erkannte den Perlmuttanhänger, den Lynda ihr geschenkt hatte.

»Ja«, gab sie leise zu. »Ja, es klingt gut.«

Dann blieb ihr Blick an Saphiron und Türkis hängen. An Isla, die ihr ein nicht ganz überzeugendes Lächeln schenkte. Und sie fragte sich, ob man so frei werden konnte, dass man irgendwann aufhörte, seine Freunde zu vermissen.

SPUREN

Je länger sie in Muschelsand unterwegs waren, desto mehr bekam Ana das Gefühl, dass das Meer einen besonderen Effekt auf sie alle hatte. Saphiron und Türkis, die dem Ozean zum ersten Mal so nah waren, verbrachten jede freie Sekunde im Wasser und Isla folgte ihnen nur zu gerne. Analina erinnerte sich noch gut genug an ihren Albtraum, um lieber mit beiden Beinen an Land zu bleiben, aber auch sie konnte sich dem Zauber der glitzernden Wellen und dem verlockenden Gefühl der Grenzenlosigkeit nicht entziehen. Hannibal verkündete zwar im Brustton der Überzeugung, dass diesem Strand ein paar ordentliche Berge guttun würden, doch Ana ertappte ihn mehr als einmal bei sehnsüchtigen Blicken in Richtung Horizont, und sogar Qalim blieb hin und wieder stehen, um die Aussicht zu genießen. Merkwürdigerweise war Narena diejenige, die dem Weg am Strand entlang am wenigsten abzugewinnen schien. Sie war noch nie besonders gesprächig gewesen, aber mit jedem Tag am Meer kam sie Analina wortkarger vor. Auf Lyndas Anweisung hin hatte sie zwar angefangen, sowohl Ana als auch Isla abends Magieunterricht zu geben, aber selbst in diesem Rahmen beschränkte sie sich auf knappe Anweisungen und hüllte sich abgesehen davon in Schweigen.

Als sie seit fast einer Woche über Sand und Felsen unterwegs waren, fasste Ana sich schließlich ein Herz.

»Ist irgendwas?«

Ihre Stimme ließ Narena merklich zusammenzucken. Es war schon später Nachmittag und Ana war sich ziemlich sicher, dass sie den ganzen Tag noch kein einziges Wort gesagt hatte. Tatsächlich klang es, als sie nach ein paar Sekunden zu einer Antwort ansetzte, ein wenig heiser: »Was sollte sein?«

»Keine Ahnung. Du bist so ...« Ana hob die Schultern. »Still. Ich dachte, vielleicht ist etwas passiert. Etwas im Schloss?«

Seit sie *Lunadësia* gefunden hatte, hatte sie nicht mehr mit ihrer Mutter gesprochen, aber sie wusste, dass Narena die Verbindung zu Lynda nach wie vor nutzte.

Die Schattenspäherin blinzelte und der abwesende Ausdruck in ihren Augen wich endlich etwas wie echter Aufmerksamkeit. »Nein«, gab sie zurück. »Auf Funkelstein ist alles in Ordnung. Keine Sorge.«

»Aber *irgendwas* ist anders«, beharrte Analina. »Das bilde ich mir doch nicht ein.«

Narena lächelte kurz. »Gut. Du kannst beobachten.«

»Zumindest besser, als du ablenken kannst.«

»Sieht so aus.« Narena seufzte, dann fügte sie widerstrebend hinzu: »Diese Verbindung zu Lynda ... ich hatte dir gesagt, dass es Nebenwirkungen gibt. Wie es aussieht, lassen sie nicht gerade nach, je öfter man sie nutzt.«

»Nebenwirkungen?«

»Ja. Nichts wirklich Dramatisches«, setzte sie rasch nach, als sie Anas Gesicht sah. »Aber ... na ja, angenehm würde ich es nicht nennen. Es ... verwirrt. Ich denke ... empfinde ... anders. Nicht nur, wenn ich die Verbindung gerade nutze, auch danach. Als würde jedes Mal etwas zurückbleiben. Spuren. Es bleiben Spuren. Manchmal weiß ich nicht, ob das, was ich ... fühle ... wirklich nur ich bin, oder ...« Sie unterbrach sich. »Entschuldige. Ich sollte nicht – das ist nichts, was ich dir erzählen sollte.«

Ana starrte sie an. »Weiß meine Mutter davon?«

Narena lachte schwach auf. »Natürlich weiß sie es. Das ist keine einseitige Sache, Analina. Sie spürt es auch.«

»Aber dann solltet ihr aufhören! Was ist, wenn es nicht mehr besser wird? Ich meine, wie schlimm ist es überhaupt? Wenn du sagst, du weißt nicht, ob du noch *du* bist …«

»Das war zu hart formuliert«, sagte Narena rasch. »Es ist nicht so dramatisch, wie du es dir jetzt vorstellst. Wir alle werden von unserer Umgebung beeinflusst, oder nicht? Wahrscheinlich ist es einfach nur eine Frage der Gewöhnung.«

Ana zog die Brauen zusammen. »Ich weiß nicht, ob fremde Gedanken etwas sind, woran man sich gewöhnen sollte.«

Die Schattenspäherin stieß ein Seufzen aus. »Nein, vermutlich nicht. Aber es sind auch nicht wirklich Gedanken, eher … Gefühle. Es ist …« Sie hielt inne, seufzte erneut. »Wie auch immer. Es sind nur noch ein paar Tage, dann erreichen wir Eichenhall. Unser nächster Führer sollte dort mit einer neuen Verbindungskugel warten. So lange halte ich es schon noch aus.«

»Bist du sicher?«

»Natürlich.«

Die Antwort kam so entschieden, dass sie Ana beinahe überzeugte. Zögernd musterte sie Narenas Gesicht, das ihr in den letzten Wochen so vertraut geworden war. »Darf ich … etwas fragen?«

Narenas Brauen hoben sich kaum wahrnehmbar. »Natürlich.«

Ana überlegte kurz, bevor sie vorsichtig ansetzte: »Wenn du … Gefühle sagst, sind das …«

»Nicht meine«, gab Narena ruhig zurück. »Und deshalb steht es mir auch nicht zu, mit irgendjemandem darüber zu reden.«

»Hm.« Das war in etwa, was sie erwartet hatte. Unglücklicherweise konnte sie nicht mal widersprechen.

Eine ganze Weile lang gingen sie stumm nebeneinanderher. Zu Analinas Überraschung war es Narena, die das Schweigen noch einmal brach: »Darf ich dich auch etwas fragen?«

Sie blinzelte. »Ähm. Klar?«

Die Schattenspäherin hielt ihren Blick nach vorne gerichtet, aber Ana ließ sich nicht täuschen. Auch ohne sie direkt anzusehen, konnte Narena durch ihre Aurensicht nur zu leicht einschätzen, ob ihre Antwort ehrlich war.

»Hattest du in letzter Zeit Träume, die dich … beunruhigt haben?«

Ana starrte sie an. »Träume? Du meinst, wie von Isla?«

»Nicht unbedingt. Ich dachte eher an Träume von …« Narena zögerte. »Wasser.«

»Wasser«, wiederholte Analina tonlos. Noch während sie es aussprach, zuckte eine Flutwelle durch ihren Geist, ließ ihr Herz stolpern und verschwand wieder. »Wie kommst du darauf?«

»Nur ein Gedanke.«

Narena wiederholte ihre Frage nicht, weil es nicht nötig war. Auch ohne die Augen zu schließen, wusste Ana, dass ihre flackernde Aura sie verraten hatte.

»Wessen Gedanke?«, flüsterte sie.

Narena antwortete nicht.

Lynda rieb sich die Schläfen und seufzte. Die Botschafter des Sonnenkaisers waren für ihre ausgedehnten Besuche bekannt, aber der letzte hatte diesem Ruf noch einmal die Krone aufgesetzt. Erst vor ein paar Stunden war es ihr gelungen, ihn endlich zurück nach Uyneia zu schicken – selbstverständlich, ohne auch nur den kleinsten Fortschritt gemacht zu haben. Zu allem Überfluss hatten Lynda die zähen Verhandlungen einen stechenden Schmerz oberhalb der Augen und verspannte Gesichtsmuskeln beschert, da sie während jeder einzelnen Sitzung mühsam, aber durchgehend ihre neutrale Miene aufrechterhalten hatte.

Es klopfte. Sie hob ruckartig den Kopf und unterdrückte ein Stöhnen, als das Pochen in ihren Schläfen heftiger wurde. »Ja?«

»Ich bringe eine Nachricht von Parl Marsiy und eine Flasche Pfefferminzöl aus der Küche«, meldete sich eine hohe, kindliche Stimme.

Lynda stand auf und ließ die Tür mit einer nachlässigen Handbewegung aufschwingen. Eine kleine Fee, vielleicht zwölf Jahre alt, errötete bei ihrem Anblick und knickste tief. Lynda bedeutete ihr mit einer Handbewegung, sich aufzurichten, und lächelte belustigt, als sie bemerkte, wie die Kleine sich umsah. Obwohl ihr Arbeitszimmer bei Weitem nicht zu den prunkvollsten Zimmern auf Funkelstein gehörte, übte der Einblick in ihre Privaträume immer wieder eine besondere Faszination auf ihre jüngeren Besucher aus. Ein paar Sekunden des Staunens gestand sie dem Mädchen zu, bevor sie sie mit ruhiger Stimme an ihre Aufgabe erinnerte: »Du hast eine Nachricht, sagst du?«

Scheinbar zu aufgeregt, um ein Wort hervorzubringen, streckte sie ihr einen Zettel entgegen, zusammen mit einem kunstvoll gearbeiteten Fläschchen.

Lynda nahm ihr beides ab und nickte der Kleinen freundlich zu. »Vielen Dank. Wie heißt du denn?«

»Ä-ähm, Annalena, Euer Majestät«, stotterte sie.

Lynda spürte einen kleinen Stich im Hinterkopf, der nichts mit dem Sonnenkaiser zu tun hatte. Viele ihrer Untertanen hatten ihren Kindern in der Zeit nach Analinas Geburt Varianten ihres Namens gegeben. Sie wusste das natürlich, aber so ohne jede Vorwarnung an ihre Tochter erinnert zu werden verursachte ein unangenehmes Ziehen in ihrer Brust. Abwesend rieb Lynda die enge Stelle unterhalb ihres Schlüsselbeins und bemühte sich, diese sentimentalen Gedanken zu verscheuchen. Annalena fingerte verlegen an ihrem Zopf herum, der buschig und strohblond auf ihrer Schulter lag. Sie hatte kaum Ähnlichkeit mit Analina: Ihr Gesicht war rund und rosig und ihre Arme und Beine hatten den Babyspeck noch nicht ganz verloren. Trotzdem war es einen Moment so, als würde Analina vor ihr stehen.

Verärgert über ihre eigene Konzentrationsschwäche rang Lynda um Fassung. »Wieso hat man ausgerechnet dich geschickt? Es ist spät, solltest du nicht schon im Bett sein?«

Annalena zuckte die Schultern. »Es war sonst niemand da. Und Parl fand, ich wäre alt genug, um Euch selbst etwas zu bringen.«

Lynda unterdrückte ein Lächeln. Parl war bekannt dafür, den Kindern der Bediensteten ab und zu ihren großen Traum zu erfüllen: Die Königin von Angesicht zu Angesicht zu sehen.

»Na schön, Annalena, dann richte Parl doch bitte aus, er soll so spätnachts möglichst persönlich kommen und keine übermüdeten Kinder vom Schlafen abhalten, ja? Aber nicht mehr heute, geh lieber gleich ins Bett. Morgen reicht völlig aus.«

Obwohl sie aussah, als könnten ihr jeden Moment die Augen zufallen, strahlte Annalena vor Stolz auf ihre neue Aufgabe. »Danke, Euer Majestät. Ich werde Eure Botschaft gewissenhaft weiterleiten. Gute Nacht, Euer Majestät!«

Aufgeregt knicksend verließ Annalena das Zimmer und hastete davon.

Lynda sah ihr einen Moment lang nach, dann überflog sie Parls Nachricht. Es war die Abschrift einer Botschaft, die er über die Verbindungskugel aus Eichenhall empfangen hatte. Analinas neuer Führer war bereit und erwartete sie im Lauf der nächsten zwei Tage. Sie wollte das Stück Papier schon der Sicherheit halber in Flammen aufgehen lassen, da entdeckte sie auf der Rückseite noch zwei weitere Zeilen in Parls leicht geneigter Handschrift: »*Kein Fluchtplan, aber ein Gegenmittel. Ein paar Tropfen auf den Schläfen sollten helfen. P.*«

Diesmal ließ sie das Lächeln zu. Vorsichtig schraubte sie das Fläschchen auf und rieb sich das kühlende Öl auf die Schläfen. Beinahe sofort ließen die Kopfschmerzen nach. Lyndas Blick wanderte zurück zu ihrem Schreibtisch, wo noch ein Stapel Briefe darauf wartete, beantwortet zu werden. Kurz kämpfte sie mit sich, dann schüttelte sie den Kopf und wandte sich ab.

Genug für heute. Es wurde Zeit, dass sie ein wenig Schlaf bekam.

Türkis war sich nicht sicher, wann sie die Muschel verloren hatte. Am Vortag, als sie auf einer Gruppe flacher Felsen gerastet hatten, war sie noch da gewesen, das wusste sie. Auch abends, als sie ihr Nachtlager aufgeschlagen hatten, hatte sie sie noch in der Hosentasche gehabt. Aber seitdem hatte sie einen ganzen Tag nicht mehr nachgesehen, und jetzt war die Muschel verschwunden.

Türkis hatte es besser gewusst, als den anderen gleich davon zu erzählen. Sie wollte kein Theater machen und das tat sie, wenn sie sich wegen einer albernen Muschel derartig aufregte. Aber das Problem war, dass es eben nicht nur eine alberne Muschel war. Es war die erste Muschel, die sie gefunden hatte, und das machte sie wichtig. Denn obwohl es Wochen her war, seit sie ihren Vater zuletzt gesehen hatte, obwohl sein Gesicht verschwommen war, wenn sie an ihn dachte – etwas war ihr in Erinnerung geblieben, und das war sein Wunsch. *Denk an mich, Kleines, wenn du zum ersten Mal das Meer siehst. Und wenn du deine erste Muschel findest, heb sie gut auf und bring sie mit nach Hause.*

Er hatte sie Kleines genannt, obwohl sie das hasste. Sie hasste es auch, wenn er mit ihr redete, als wäre sie fünf. Aber sie hatte es versprochen und Türkis hielt ihre Versprechen. Deswegen hatte sie jetzt den Strand abgesucht, bis es dunkel geworden war, aber die Muschel blieb verschwunden. Gezwungenermaßen hatte sie schließlich doch ihren Bruder um Hilfe gebeten, aber natürlich hatte er mal wieder rein gar nichts verstanden. *Du findest noch genug Muscheln. Jetzt schlaf endlich, es ist spät.*

Also hatte Türkis sich einen Plan zurechtgelegt.

Ihre größte Sorge war gewesen, dass sie einfach verschlafen könnte, aber als sie eine Bewegung neben sich spürte, war sie sofort wach. Es war ihr Glück, dass Saphiron es bisher nicht geschafft hatte, sich wirklich erfolgreich gegen die Nachtwachen zu wehren. Immer noch weckte Qalim ihn vor Tagesanbruch zur letzten Schicht, obwohl alle wussten, dass er sie nicht durchhielt. Auch diesmal dauerte es kaum fünf Minuten, bis sie neben sich wieder leises Schnarchen hörte. Kurz blieb Türkis noch mit geschlossenen Augen liegen, um sicherzugehen, dass auch Qalim schon schlief. Als niemand kam, um Saphiron noch mal zu wecken, setzte sie sich vorsichtig auf und schlug ihre Decke zurück.

Der Sandschlupf war stockdunkel, aber das machte nichts. Türkis hatte sich am Abend so hingelegt, dass sie nur wenige Schritte vom Ausgang entfernt war. Mit kleinen, vorsichtigen Bewegungen tastete sie sich durch die Höhle, um niemanden anzustoßen. Endlich erreichte sie die schmale Öffnung, die durch Magie getarnt und versiegelt war – von außen. Aber von innen konnte sie einfach durchklettern.

Türkis holte tief Luft und kauerte sich zusammen. Sie musste springen, um die Öffnung in der Decke zu erreichen. Für die anderen war das kein Problem, aber die hatten auch längere

Beine. Beim ersten Versuch streifte sie mit den Fingerspitzen den oberen Rand des Lochs, der nur dank der Gnomenzauber nicht sofort zerbröselte. Sie rutschte ab, aber beim zweiten Mal fand sie Halt und schaffte es, sich hochzuziehen. Als sie mit dem Gesicht durch den unsichtbaren Zauber stieß, fühlte es sich an, als wäre sie durch flüssigen Wind getaucht, wie eine warme Brise, nur fester. Dann war sie draußen und fiel vornüber in den Sand.

Als Erstes stellte sie fest, dass sie etwas sehen konnte, und das war gut. Die Sonne war noch nicht aufgegangen, aber der Himmel war blass und der Strand hob sich deutlich gegen den dunkleren Ozean ab. Türkis machte ein paar Schritte vorwärts und zögerte. Sie war sich nicht sicher, ob das Licht ausreichte, um etwas so Kleines wie eine Muschel zu erkennen. Unwillkürlich sah sie über die Schulter, aber natürlich war sie allein. *Funken*, dachte sie. Sie brauchte Funken.

Leise begann sie zu summen.

»Türkis ist weg!«

Saphirons verzweifelter Aufschrei ließ Ana abrupt aus einem ungewöhnlich tiefen Schlaf hochfahren.

»*Was?*«

Sie sprang auf und sah sich um. In der Sandhöhle war es immer noch düster, aber neben ihr hatte Isla schon eine Handvoll veilchenblauer Funken erhoben und Analina machte es ihr hastig nach. Saphirons Ruf hatte sie alle geweckt, und während sie noch zu begreifen versuchte, hob auch Narena die Hände und ihre Funken wurden von mehreren waldgrünen Lichtkugeln unterstützt, die wie Seifenblasen aufstiegen und den Sandschlupf bis in den letzten Winkel erhellten.

»Was ist?«, wiederholte die Schattenspäherin scharf.

»Meine Schwester ist verschwunden«, stieß Saphiron mit

aufgerissenen Augen hervor. »I…ich verstehe das nicht! Als Qalim mich geweckt hat, war sie noch da, und dann …«

»Bist du wieder eingeschlafen?«, fuhr Qalim ihn an und seine donnernde Stimme ließ Saphiron heftig zusammenzucken.

»Ja, ich meine … eingedöst, aber … wieso sollte Türkis …« Er schien mit jedem Wort weiter in sich zusammenzuschrumpfen.

»Vielleicht ist sie draußen«, schlug Ana mit merkwürdig tauben Lippen vor, aber er schüttelte den Kopf.

»Sie ist …« Seine Stimme versagte.

Qalims Augen verengten sich zu zwei glühenden Schlitzen. »Keiner rührt sich«, befahl er knapp.

Umstandslos stieg er über ihre verstreuten Gepäckstücke auf Türkis' aufgewühlte Schlafstelle zu. Kurz stockte er, dann beugte er sich über den Boden und hob die Decke an.

»Kalt«, verkündete er einsilbig. Das taube Gefühl schien sich von Anas Lippen auf ihre Zunge auszudehnen und wanderte weiter in ihren Hals.

»Narena«, brachte sie heiser hervor, »siehst du … etwas?«

Die Bernsteinaugen der Schattenspäherin glitten suchend durch die Höhle, aber dann schüttelte sie schwach den Kopf.

»Das Meer«, sagte sie und klang abwesend, »es ist überall. Ich glaube nicht …«

Sie stockte.

»Was ist?«, fragte Saphiron sofort.

»Ich weiß nicht. Es könnte Einbildung sein, aber ich glaube … ich glaube, da war etwas. Über uns am Strand. Spuren von violett …«

Mit ein paar Schritten war Saphiron an ihr vorbei. »Dann müssen wir nachsehen!«

Bevor jemand widersprechen konnte, hatte er sich nach oben gezogen und war verschwunden. Ana tauschte einen Blick mit

Isla, dann traten sie vor und folgten ihm mit zwei geübten Sprüngen an die Oberfläche.

»*Damnay* …«

Als Analina sich aufrichtete, erkannte sie, wieso Isla geflucht hatte. Von dem Strand, auf dem sie am Tag zuvor gelaufen waren, war nicht mehr viel zu sehen. Die Flut hatte ihren Höhepunkt erreicht und glitzernde Ausläufer der Wellen schwappten beinahe bis an den magisch geschützten Eingang ihres Unterschlupfes. Selbst der verbliebene Streifen Sand zwischen Meer und Klippen war dunkel vor Nässe, als hätte es in den letzten Stunden stark und heftig geregnet. Bis auf ein paar Möwen war die Bucht völlig verlassen.

»Das macht die Sache nicht einfacher.« Narenas nüchterne Stimme ließ Ana herumfahren. Sie, Qalim und Hannibal hatten die Höhle ebenfalls verlassen und sahen sich düster auf dem glatt gespülten Sand um.

»Und?« Saphirons Frage war beinahe ein Schrei. »Siehst du etwas oder nicht?«

Die Schattenspäherin presste die Lippen zusammen und wandte sich ab. Wortlos ging sie ein paar Meter den Strand entlang, hielt inne und sah langsam auf. »Da sind Funken«, gab sie tonlos zurück. »Violette Spuren, als hätte sie Magie benutzt. Sie folgen keiner klaren Linie. Es ist, als hätte sie etwas gesucht …«

»Ihre Muschel!«, stieß Saphiron mit geballten Fäusten hervor. »Bei allen Göttern, ich hätte …« Er unterbrach sich und richtete seinen Blick in verzweifelter Hoffnung wieder auf Narena. »Und weiter? In welche Richtung führen sie?«

Analina wusste nicht, ob sie die Antwort hören wollte. Aber Narena setzte ihre Schritte tastend fort, den Blick ins Nichts gerichtet, und mit jedem Wort schien das Schreckliche ein wenig näherzurücken: »Sie ist weitergelaufen, den Strand entlang. Hier … ist sie stehen geblieben … Und danach …« Sie verstummte und drehte sich langsam nach ihnen um. Knisternde Gischt umspielte ihre Füße.

Saphirons Hände hatten zu zittern begonnen. »Was?«, brachte er kaum hörbar hervor. »Was danach?«

Narena wich seinen Augen nicht aus. »Die Spur bricht ab«, sagte sie mit leiser, ruhiger Stimme. »Sie führt Richtung Wasser, und dann ist da nur noch Meer. Nichts … weiter. Keine Funken. Nur der Ozean.«

Stille.

Analina konnte sich nicht bewegen.

»Was … soll das heißen?«, wisperte Saphiron. »Wo ist sie? Wo ist meine Schwester?«

Statt einer Antwort wandte sich Narena langsam in Richtung Meer.

WEIL WIR FREUNDE SIND

»Wir müssen sie finden!«

Es war schrecklich still. Selbst das Meer schien verstummt zu sein, aber Saphirons Stimme schnitt so scharf durch die Luft, dass Ana zurückzuckte wie vor Messerklingen. Sie spürte eine Bewegung an ihrer Seite und griff zu, ohne zu denken. Ihre Finger schlossen sich um sein Handgelenk und er fuhr herum und starrte sie an. »Was?«

»Die Ebbe setzt schon ein«, flüsterte sie. »Ich glaube nicht, dass wir … ich meine … die Strömung würde dich zu weit rausziehen und …«

»Ist mir egal! Ich kann nicht … ich *muss* …« Seine aufgerissenen Augen wirkten riesig. Es waren Kinderaugen, die sie ansahen, und der Gedanke tat zu weh, um ihn weiterzudenken.

Isla räusperte sich kaum hörbar. »Ich könnte es versuchen. Mit der Strömung komme ich schon irgendwie klar …«

»Isla, wir *können* nicht …«

»Schluss«, warf Qalim ein. »Die Prinzessin hat recht, außerdem sieht es dahinten nach Gewitter aus. Keiner von euch geht jetzt ins Wasser, verstanden? Es wäre sowieso …«

Er unterbrach sich.

»Was?«, brüllte Saphiron. »Was wäre es? Sag schon!«

Qalim starrte ihn an.

»Zu spät.« Narenas Stimme war beängstigend beherrscht.

»Es ist zu spät, Saphiron. Selbst wenn wir sie finden würden, könnten wir nichts mehr tun.«

Er schüttelte schwach den Kopf, bewegte stumm die Lippen. Nach einer Pause, die gerade lang genug war, um Anas Herz in tausend Stücke zu brechen, brachte er mühsam hervor: »Das kann nicht sein. Ich glaube es nicht. Wieso hätte sie einfach so ins Meer laufen sollen?«

»Es war dunkel«, antwortete Narena leise. »Vielleicht wurde sie von der Flut überrascht. Vielleicht hat sie sich zu sehr auf die Muschel konzentriert und nicht auf ihren Weg geachtet. Vielleicht wollte sie baden gehen.«

»*Nachts*?«

»Allein. Ohne Aufpasser.«

»Das ist doch …« Saphiron zögerte. Suchte flehend Anas Blick, als hoffte er auf Widerspruch. »Das hätte sie doch nicht getan. Sie war doch nicht …«

Er brach ab, als ihm auffiel, was er getan hatte. Er hatte in der Vergangenheit von seiner Schwester gesprochen.

»Dumm«, flüsterte er.

Analina biss sich auf die Unterlippe, bis es wehtat. »Wir suchen sie.«

Qalim hob ruckartig den Kopf. »Ana …«

»Wir *suchen* sie«, wiederholte sie entschlossen. »Die Spuren sind eine Sache, aber wir ziehen nicht einfach so weiter. Es gibt … Felsspalten … kleine Höhlen … bevor wir nicht überall nachgesehen haben, brechen wir nicht auf.«

Salz brannte auf ihren Lippen und ihre Augen brannten ebenfalls, aber sie senkte ihren Blick nicht, und schließlich gab Qalim nach.

»Gut«, knurrte er. »Eine Stunde. Alle suchen. Los.«

Ana suchte. Sie kletterte über Felsen und riss sich Hände und Füße an den scharfen Muschelschalen auf, schob Tang zur Seite und öffnete sogar zwei verlassene Sandschlupfe, aber ohne Erfolg. Türkis blieb verschwunden, und als sich nahende Wolken endgültig vor die Morgensonne schoben und eine aufkommende Brise sie frösteln ließ, begann sie zu spüren, dass es vorbei war. Das Meer hatte sich wieder zurückgezogen, der Strand war leer. Türkis war weg.

Mit seltsam steifen Bewegungen kletterte Ana über einen letzten Felsen und sprang zurück auf den Sand, der sich kalt und schleimig anfühlte. Nicht weit vor sich sah sie, dass Narena, Qalim und Hannibal ihre Suche ebenfalls beendet hatten. Zu dritt standen sie ein paar Schritte von Saphiron entfernt, der auf die Knie gesunken war und reglos in den dunkler werdenden Himmel starrte. Isla war der zurückweichenden Brandung gefolgt und näherte sich ihnen langsam, den Blick gesenkt. Als sie schon fast bei ihnen war, stockte sie und hielt inne.

»Ana?« Isla bückte sich.

»Hast du etwas?« Ana und Saphiron stürzten gleichzeitig los und waren innerhalb von Sekunden neben ihr.

»Ja.« Islas Stimme klang bedrückt. Wortlos hob sie die Hand und zeigte ihnen den groben Silberanhänger, den sie gefunden hatte.

»Ihr Occultator.« Narena war hinter ihnen aufgetaucht und nahm das Amulett stirnrunzelnd an sich. »Das hatte ich befürchtet. Ich dachte, vielleicht trägt sie ihn und ich kann sie deswegen nicht wahrnehmen, aber …«

Niemand forderte sie auf, ihren Satz zu beenden. Ihnen allen war klar, dass sie gerade ihre letzte Hoffnung verloren hatten.

Analina öffnete den Mund ohne den Hauch einer Ahnung, was sie sagen sollte. Saphiron sah sie an, als müsste da etwas kommen, und er hatte recht – es war ihre Reise, ihre Verantwortung. Ihre Schuld, dass Türkis sie überhaupt begleitet hatte. Aber der bittere Geschmack in ihrer Kehle wurde stärker, und alles, was sie schaffte, war: »Saph …«

Er antwortete nicht.

Nach ein paar furchtbar stillen Sekunden streckte Narena den Arm aus und hielt Isla den Occultator entgegen. »Hier«, sagte sie knapp. »Du brauchst einen. Verlier ihn nicht.«

Mit zusammengepressten Lippen nahm Isla ihr den Anhänger ab und steckte ihn ein.

Analina war sich später nicht mehr sicher, wer von ihnen schließlich das Signal zum Aufbruch gegeben hatte. Sie waren nur noch zwei Tagesreisen von ihrem nächsten Führer, weichen Betten und warmen Mahlzeiten entfernt, aber niemand unternahm auch nur den Versuch, die verlorenen Stunden wieder aufzuholen. Den Verlust, der zählte, würde auch ein Dach über dem Kopf nicht ausgleichen können. Selbst das Wetter schien ihre Gefühle zu teilen. Tiefhängende Wolkenberge türmten sich am Horizont auf, der Ozean färbte sich eisengrau, und obwohl es nicht blitzte, lag fernes Donnergrollen in der Luft. Mehr als einmal bildete Analina sich ein, schwere Tropfen auf ihren Wangen zu spüren, aber es regnete nicht und das kam ihr vor wie eine weitere Grausamkeit der Götter. Sie hätte viel für einen Platzregen gegeben, der sie bis auf die Haut durchweichte und endlich die schreckliche Taubheit vertrieb, in der sie alle gefangen waren.

Die Dunkelheit war schneller gekommen, als sie erwartet hatten. In den frühen Abendstunden waren die Wolken weitergezogen und hatten beinahe klaren Himmel zurückgelassen, aber bevor die Sonne wirklich zum Vorschein gekommen war, war sie schon wieder schwächlich glimmend am Horizont verschwunden und hatte der Nacht das Feld überlassen. Weil der

Sand inzwischen grobem Kies gewichen war, der sich nicht als Lebensraum für Sandgnomen eignete, schlugen sie ihr Nachtlager zum ersten Mal seit Tagen wieder überirdisch auf. Analina hatte die einzelnen Handgriffe inzwischen so oft hinter sich gebracht, dass sie kaum darüber nachdachte, was sie tat. Schweigend rollte sie ihre Decke aus, tauschte ihr Wams gegen den am wenigsten salzstarren Wollumhang aus und half Isla, trockenes Treibholz für ein Feuer zu suchen, das sie im Schutz einiger Felsen entfachen wollten. Als sie mit den Armen voll knochenbleicher Wurzeln zurückkehrte, saß Narena an einen umgefallenen Baumstamm gelehnt da und erwartete sie. Unter ihrem eindringlichen Blick blieb Ana stehen.

»Was ist?«

»Willst du deine Mutter sprechen?«

»Wie bitte?« Analina ließ sich vor ihr auf die Knie sinken und starrte sie an.

»Ich hatte eigentlich vor, mich erst wieder über die neue Kugel zu melden, aber so lange sollten wir nicht warten. Türkis' Vater muss informiert werden. Und wenn ich die Verbindung sowieso noch einmal aufbaue, dachte ich, du willst vielleicht dabei sein.«

Ana warf einen raschen Blick über die Schulter. Sie hatten ihr Lager in einem trockenen Bachlauf aufgeschlagen und Farnwedel und Bäume verdeckten die Sicht auf das Meer, aber Saphiron stand auf einem moosbewucherten Felsen und sah reglos in die Brandung.

»Ja«, sagte sie leise. »Aber sei vorsichtig. Und nicht zu lange.«

Narena nickte nur und schloss die Augen. Eine ganze Weile lang verharrte sie so – reglos, den Kopf ein wenig in den Nacken gelegt, die Lider gesenkt. Analina hatte bald das Gefühl, dass sie bereits mit Lynda sprach, und das war ihr nur recht. Sie war nicht sicher, ob sie es über sich gebracht hätte, die Neugkeiten selbst in Worte zu fassen. Schließlich lief ein Beben über die Züge der Schattenspäherin, und als sie blinzelte, strahlten ihre Augen gewitterblau.

Für ein paar Atemzüge sagte niemand ein Wort. Dann hob sich Narenas Brust und Lynda sprach. »Es tut mir leid.«

Ana sagte nichts.

»Wie geht es dir?«

Ana sagte nichts.

Stille.

Dann, leiser: »Wie geht es Saphiron?«

Sie hatte nicht erwartet, dass Lynda sich überhaupt seinen Namen gemerkt hatte. Dann fiel ihr ein, dass sie Zugriff auf Narenas Bewusstsein hatte. Vermutlich war sie eher zufällig auf Saphirons Namen gestoßen, hatte ihn nebenbei aus der Luft gegriffen wie einen Papierfetzen mit einer mäßig wichtigen Information. Diese Vorstellung ließ sich nicht abschütteln und plötzlich war da Wut.

»Wie soll es uns gehen«, stieß sie hervor. »Wie soll es ihm denn bitte gehen?«

»Analina, ich wollte nur …«

»Er hat seine *Schwester* verloren! Was denkst du, wie es ihm geht, Lynda? Hast du Lust zu raten? Sagen wir, auf einer Skala von eins bis zehn – wie weh tut es, wenn die eigene Schwester ertrinkt?«

Lynda war sprachlos. Für einen Moment spürte Ana beinahe etwas wie Befriedigung, weil sie das geschafft hatte, weil es sogar leicht gewesen war. Dann wallte Übelkeit in ihr auf, so schnell und heftig, dass sie würgen musste. Wieder brannte Salz in ihrer Kehle, an ihrem Gaumen, und Türkis' Lachen hallte schmerzhaft in ihren Ohren. Analina hustete und der bittere Geschmack ließ nach.

»Tut mir leid«, murmelte sie. »Es ist nur so …«

»Ich weiß«, gab Lynda leise zurück. Nach einer kurzen Pause fügte sie hinzu: »Würdest du Saphiron für mich rufen? Ich möchte mit ihm sprechen.«

Ana starrte sie an.

»Ich habe nicht viel Zeit«, sagte Lynda sanft. »Die Verbindung ist …«

»Ja, ich weiß, Narena hat so was gesagt. Ich … hole ihn.«

»Danke.«

Analina sprang auf. »Saph?«

Er drehte sich um und stockte, als er den blauen Augen in Narenas Gesicht begegnete. Wie in Trance setzte er sich in Bewegung und Ana lief ihm entgegen.

»Sie will dich sprechen.«

»*Mich*?«

»Natürlich dich«, gab sie mit einem schwachen Lächeln zurück. »Beeil dich. Die Verbindung ist … ungesund, glaube ich.«

»Ja. In Ordnung.«

Er ging sichtbar verlegen vor Narena in die Knie und Ana wandte sich ab, um Isla mit dem Feuer zu helfen. Als sie schließlich eine vertraute Gestalt neben sich spürte, sah sie auf.

Saphirons Gesicht war ruhig.

»Und?«

Er zuckte die Schultern. »Nichts. Sie war nett.«

»*Nett.*«

»Ja. Sie hat … gefragt, ob sie meinem Vater etwas ausrichten soll.«

Analina fragte nicht nach, aber nach ein paar Sekunden fuhr er heiser fort: »Ich habe es ihm versprochen, Lia. Versprochen, dass ich … auf sie aufpasse. Dass ich sie zurückbringe. Zurück nach Hause.«

Ana wartete.

»Ich muss zurück«, flüsterte Saphiron so leise, dass nur sie es hören konnte. »Es geht nicht anders. Ich muss weitersuchen. Ich kann nicht einfach … ich kann nicht …«

Analina hob den Kopf und begegnete seinem flehenden Blick. »Ich weiß«, wisperte sie. »Ich komme mit.«

Er zuckte zusammen. »Was? Nein! Du musst weiter, du musst …«

»Ich *muss* meinem besten Freund helfen«, entgegnete sie und schenkte ihm den entschlossensten Gesichtsausdruck, zu dem sie fähig war. »Wir sind nicht mehr weit von Eichenhall entfernt, da wartet in jedem Fall unser Führer mit einer Verbindungskugel. Wir gehen einfach zurück, suchen noch einmal in den Buchten und auf den Klippen, und dann komme ich schon noch nach Eichenhall … Es sind nur ein paar zusätzliche Tage. Das kriegen wir schon irgendwie hin.«

Saphiron starrte sie ungläubig an. »Nur … wir beide? Das erlauben sie doch nie.«

»Wir dürfen eben nicht fragen. Mir erlauben sie es so oder so nicht.« Ana gelang ein grimmiges Lächeln, obwohl ihr Herz vor Nervosität raste.

»Du bist völlig verrückt. Wenn sie uns erwischen, werden sie uns umbringen …«

»Sie erwischen uns nicht.«

»Ach nein? Und wie willst du verhindern, dass Narena …«

Er verstummte, als Ana eine Hand auf ihre Tasche legte. Die harten Kanten des Occultators zeichneten sich deutlich durch das dünne Leder ab. »Auch Narena kann unseren Spuren nicht überallhin folgen.«

Ihre Blicke begegneten sich. Sie konnte am Zucken seiner Augenbrauen sehen, wie er seine Entscheidung traf. »Wann?«

»Heute Nacht. Übernimm die erste Wache. Sag, du musst

den Kopf klarkriegen oder so. Wenn alle anderen schlafen, weck mich auf.«

Saphiron holte tief Luft und nickte.

Sie hätte nicht gedacht, dass sie überhaupt Schlaf finden würde. Aber als sie Saphirons warme Finger auf ihrem Arm spürte, musste sie sich erst mühsam aus einem Durcheinander von schäumenden Wellen und hilflos rudernden Kinderhänden freikämpfen.

»Lia«, murmelte er und sein Griff wurde ein wenig fester. Ana blinzelte und vertrieb die kalten Reste des Traums aus ihrem Bewusstsein. *Leise*, formten Saphirons Lippen. Sie nickte, stand lautlos auf und raffte ihre Decke zusammen. Mit einem kurzen Blick auf die schlafende Narena bückte Ana sich noch einmal und legte eine herausgerissene Seite aus ihrem Mondvogelbuch auf die Erde. Es war zu dunkel, um die Schrift lesen zu können, aber Analina hoffte, dass die anderen ihre Nachricht am Morgen finden würden: *Wir suchen weiter. Keine Sorge. Trefft uns in Eichenhall.*

An Saphirons Seite schlich sie am verglühenden Feuer vorbei und zurück in Richtung Strand. Erst, als ihr Lager außer Sichtweite war, atmete Analina tief ein und blieb stehen.

»Gut«, flüsterte sie. »Occultatoren?«

»Gib mir erst das Gepäck«, gab Saphiron gedämpft zurück. »Wir müssen möglichst weit kommen, bevor sie aufwachen und merken, dass wir weg sind. Bei allen Göttern, ich kann nicht *fassen*, dass ich dich hier mit reinziehe …«

»Ich auch nicht.« Die Stimme erklang direkt neben ihnen. Ana zuckte zusammen und ließ beinahe ihre Decke fallen.

»Was …«

Ein Flirren lief durch die Luft und Isla erschien, die Hände in die Hüften gestemmt. »Was denkt ihr eigentlich, was ihr hier macht?«, zischte sie und fuchtelte mit Türkis' Occultator gefährlich nah vor Anas Nase herum. »Seid ihr vollkommen verrückt geworden?«

Analina wich vorsichtshalber einen Schritt zurück. »Das verstehst du nicht.«

»Nein, tue ich nicht. Ich meine, ich verstehe, dass *er* nicht ohne seine Schwester weiterwill«, stieß sie zornig flüsternd hervor. »Aber hast du vergessen, wieso wir das alles hier machen? Denkst du, Türkis ist mit dir aufgebrochen, damit du jetzt einfach ...«

»Türkis ist aufgebrochen, weil wir Freunde sind!«, schoss Ana fast lautlos zurück. »Weil sie nicht wollte, dass ich das allein machen muss. Denkst du wirklich, zum Dank lasse ich ihren Bruder im Stich?«

»Ich weiß, dass du ihn nicht im Stich lässt!«, knurrte Isla ungeduldig. »Es geht darum, dass du *dumm* bist. Ihr beide allein in Muschelsand? Seid ihr lebensmüde? Ihr würdet keinen Tag klarkommen. Ihr hättet nicht mal dran denken dürfen, das ohne mich zu machen.«

Ana starrte sie an. »Wie bitte?«, fragte sie langsam.

Isla hob die Brauen. »Ich komme natürlich mit.« Sie grinste, als sie ihr Gesicht sah. »Also bitte, das war ja wohl offensichtlich. Ich bin eure Führerin, oder nicht?«

»Aber ... aber Narena und Qalim und Hannibal ...«

»Es sind nicht mal mehr zwei Tage bis nach Eichenhall, das schaffen die schon. Qalim ist vielleicht nicht gerade ein Sandgnom, aber er ist Langstreckenbote. In Lartencia kennt er sich aus. Und wir sind Freunde«, fügte sie hinzu, als wäre ihr das gerade erst eingefallen.

Ana und Saphiron tauschten einen Blick.

»In Ordnung«, sagte Analina schließlich. »Wenn du sicher bist ...«

»Klar.« Isla hob den Occultator noch einmal hoch. »Sollen wir?«

Saphiron griff nach seinem eigenen Amulett und nickte.

»Wir sollten uns die Hände geben«, beschloss Ana, als sie ihre Kette aus der Tasche zog. »Nicht loslassen. Wenn wir den Kontakt verlieren, nehmen wir sie sofort ab, klar? Wir dürfen uns nicht trennen.« Sie griff nach Saphirons Hand und versuchte angestrengt, ihn dabei nicht anzusehen. Ihr Blick streifte Isla, die offen grinste.

Ana versuchte, sie zu ignorieren. »Saph, du zuerst«, flüsterte sie. Er hob den Occultator und verschwand mit einem Flimmern. Ohne eine Anweisung zu brauchen, nahm Isla Analinas Occultator, griff nach ihrer freien Hand und streifte ihr die Kette über. Sofort überkam Ana wieder das schreckliche Taubheitsgefühl, das sie inzwischen schon kannte. Ihre Umgebung wurde unscharf, aber sie nahm ein Flirren neben sich wahr und wusste, dass auch Isla ins Nichts verschwunden war. Die beiden Hände in ihren – Saphirons größer und rauer, aber genauso warm wie Islas – waren alles, was sie noch deutlich spüren konnte.

»Los«, wisperte sie.

Und obwohl sie sich nicht sicher war, ob sie gehört wurde, setzten sie sich gemeinsam in Bewegung.

»Türkis ist weg.«

Parl hatte die Hand, mit der er geklopft hatte, noch nicht ganz sinken lassen. Einige Sekunden verstrichen, bis es ihm gelang, die Bedeutung der Worte wirklich zu erfassen. Als es schließlich so weit war, setzte er sich nur langsam wieder in Bewegung, als hätte sie ihn betäubt.

»Wie … bitte?«

»Türkis ist weg.«

Lynda drehte sich nicht nach ihm um, als er über die Schwelle trat. Sie hatte ihn nicht wie üblich in ihrem Arbeitszimmer empfangen, sondern in einem kleinen Salon im Südflügel, in dem sie ihre freien Abende verbrachte. Nicht, dass die besonders häufig vorkamen. Sie trug immer noch das graue Seidenkleid, in dem sie am Nachmittag vor die Ardengrafen getreten war, aber ihr Haar hatte sich aus der strengen Hochsteckfrisur gelöst und fiel in großen Locken über ihren Rücken.

»Weg«, wiederholte Parl belegt. »Was genau …«

»Sie hat sich nachts davongeschlichen, wahrscheinlich, um eine verlorene Muschel zu suchen. Die Flut kam. Am Morgen war sie weg.«

Ein leichter Luftzug strich über sein Gesicht, und jetzt erst merkte Parl, dass sie die Fenster weit geöffnet hatte. Die Vorhänge schwangen sanft im Wind und er glaubte, einen fernen Duft nach Rosen wahrzunehmen.

»Sie ist … Onyx' Kleine ist … tot?«

Ihre Schultern zuckten. »Ja.«

Lynda drehte sich immer noch nicht um, aber er erkannte an ihrer Stimme, dass da mehr war. Das Licht des Kronleuchters tanzte in ihren Haarspitzen. Parl wandte den Blick ab und wartete.

»Ich habe mit ihm gesprochen«, fuhr sie schließlich fort, »mit Onyx. Es war …« Sie hielt inne und er hörte sie einatmen. »Er ist ruhig geblieben, anfangs. Aber die Art, wie er mich angesehen hat … als müsste ich … mehr sagen. Als müsste es Worte geben, die …«

»Helfen.«

Lynda fuhr unerwartet herum, sodass Parl leicht zusammenzuckte. Ihr Gesicht war so gefasst wie ihre Stimme, aber der Ausdruck in ihren Augen machte es schwer, ihrem Blick standzuhalten.

»Es gibt keine«, sagte sie hart, »keine Worte, die helfen. Nicht hier.«

»Ich weiß.«

»Weil es nichts Schlimmeres gibt, als …« Sie unterbrach sich. Die Stille, die sich zwischen ihnen ausbreitete, war seltsam kompakt. Als sie wieder sprach, war ihr Tonfall klar und beherrscht: »Entschuldigt. Das ist die Verbindung mit Narena. Sie macht mich … emotional.«

»Es gibt nichts, was ich entschuldigen müsste.« Parl versuchte ein Lächeln und stellte zu seiner Überraschung fest, dass sie es flüchtig erwiderte.

»Danke. Das war …« Lynda holte tief Luft und straffte die Schultern. »Das war alles. Ich hätte Euch nicht extra rufen sollen, das war Unsinn. Ich wollte nur …« Sie zögerte für den Bruchteil einer Sekunde. »Ich weiß nicht, was ich wollte.«

Parl sagte nichts.

»Gute Nacht, Parl.«

Er trat rückwärts auf die Tür zu. »Gute Nacht, Euer Majestät.«

Ihre Blicke trafen sich kurz.

»Lynda«, korrigierte er leise.

Diesmal lächelte sie als Erste.

DIE MUSCHEL UND DER BLITZ

Ana wurde sehr schnell klar, dass sie ohne Islas Führung keine zehn Meter weit gekommen wären. Sie hatte geglaubt, sich an die Wirkung des Occultators gewöhnt zu haben, doch dann war da die Dunkelheit und der leicht abfallende Hang und nach wenigen Schritten hatte sie vollkommen die Orientierung verloren. Islas Hand in ihrer zuckte, aber sie ließ nicht los. Langsam, vorsichtig, tastete sie sich durch die Nacht und Analina folgte ihr, während der Himmel sich über ihr drehte und das Blut in ihren Ohren zu rauschen begann. Sie fühlte sich wie in einem merkwürdigen Traum gefangen, ohne ein Gefühl für Zeit, Raum oder auch nur ihren eigenen Körper. Als die Worte schließlich durch ihren Geist zuckten, war sie nicht sicher, wer von ihnen sie formte: *Das sollte eigentlich reichen.*

Islas Finger lösten sich von ihren und instinktiv umklammerte Ana Saphirons Hand umso fester. Dann flimmerte etwas direkt neben ihr und sie verstand, was sie zu tun hatte. Hastig griff sie nach dem Occultator um ihren Hals und streifte ihn ab. Sofort kehrten ihre Sinneseindrücke in aller Klarheit zurück, und als Ana sich blinzelnd umsah, bemerkte sie, dass sich ein blassroter Streifen vor ihnen über den Horizont tastete.

»Es wird schon wieder hell?«

Sie drehte sich um und starrte Isla und Saphiron an, die mit ihr aus dem Nichts aufgetaucht waren.

»Wir waren eine Weile unterwegs.« Isla stieß keuchend Luft aus und ließ sich rückwärts in den klammen Sand fallen. »Puh, das mache ich so schnell nicht noch mal. Ein paarmal dachte ich, gleich stürzen wir die nächste Klippe runter.«

»Aber du hast es geschafft.« Saphiron sackte neben ihr zu Boden und rieb sich die geröteten Augen. Langsam merkte auch Ana, wie erschöpft sie war. Ächzend schleppte sie sich auf Islas andere Seite, wo ihre Knie nachgaben. Erst nach ein paar Sekunden erkannte sie einige der Felsformationen.

»Ist das schon die Bucht, in der Türkis …«

»Ja«, gab Isla schwach zurück. »Das ist unser einziger Anhaltspunkt, also dachte ich, wir starten hier.«

Ana nickte. »Jetzt?«

»Erst Frühstück. Im Halbdunkel sehen wir nicht genug, und außerdem geht das Wasser gerade zurück. Wir sollten auf den Tiefststand warten und dann tauchen.« Isla schnitt eine Grimasse, als sie Anas Gesicht sah. »Oder *wir* gehen tauchen und du suchst auf den Klippen. Mal ehrlich, was hast du für ein Problem mit dem Meer?«

Analina ließ sich mit dem Rücken in den Sand fallen und starrte hinauf in den heller werdenden Himmel. »Abgesehen vom Offensichtlichen, meinst du?«

»Ja«, sagte Saphiron nach einer Pause, »abgesehen davon.«

Ana zuckte hilflos die Schultern und spürte, wie Sandkörner in ihren Kragen rieselten. »Ehrlich gesagt … keine Ahnung. Ich wusste nicht mal, dass ich ein Problem habe. Es ist nur …« Sie schluckte und schmeckte Salz. »Ich habe Angst«, flüsterte sie schließlich, »Angst zu ertrinken.«

Kurz herrschte Stille.

»Na ja«, setzte Isla dann vorsichtig an, »ich könnte mir jetzt auch angenehmere Sachen vorstellen, als …«

»Das ist was anderes«, murmelte Ana. »Es ist nichts *Logisches*.

Nur … dieses Gefühl, das immer wiederkommt. Als würde ich ertrinken. Als …« Sie räusperte sich verlegen. »Als *wäre* ich ertrunken.«

Noch mehr Stille.

»Du bist nicht ertrunken«, sagte Saphiron.

»Ah, gut. Ich war mir nicht sicher.« Analina seufzte und setzte sich auf. »Ich *weiß*, dass ich nicht ertrunken bin. Ich habe doch gesagt, es ist nicht logisch.«

»Nur ein Gefühl«, wiederholte Isla stirnrunzelnd.

»Ja. Es kommt ganz plötzlich. Wie … ein Blitz.«

Wie auf Kommando ertönte in der Ferne ein schwaches Donnergrollen. Ana hob den Kopf und sah, dass sich erneut Wolken näherten.

»Na, fantastisch«, murmelte sie. »Meine Sachen waren praktisch trocken.«

Isla folgte ihrem Blick und stockte. »Das ist merkwürdig …«

»Was?«, fragten Ana und Saphiron gleichzeitig.

Sie nickte vage in Richtung Himmel. »Das Gewitter … es kommt von Norden. Vom Land. Normalerweise müsste es vom Ozean Richtung Küste ziehen.«

Auch Analina stutzte. »Du hast recht. Das ist wirklich merkwürdig.« Misstrauisch sah sie vom klaren Horizont zum nahenden Unwetter und wieder zurück. »Wie nah sind wir eigentlich dem Reich des Regenkönigs?«, fragte sie langsam.

Isla zog die Brauen zusammen. »Nicht *so* nah. Ganz Lartencia liegt zwischen uns und dem Wolkental. Solltest du übrigens wissen, Fräulein Kronprinzessin.«

»Weiß ich ja. Es kommt mir nur komisch vor.«

»Ja, ja, sehr komisch.« Saphiron kam schwungvoll auf die Beine und wandte dem Gewitter den Rücken zu. »Ein Grund mehr, sich mit dem Frühstück zu beeilen. Im Regen schmecken vertrocknete Carofladen bestimmt nicht besser als sonst … wobei. Vielleicht werden sie wieder weicher.« Er griff in seinen Beutel und zog drei Päckchen hervor.

»Mahlzeit!«

Ana fing den eingewickelten Fladen auf. Er war hart wie Stein.

»Mahlzeit«, wiederholte sie seufzend.

Während es vor ihnen heller und hinter ihnen dunkler wurde, begannen sie schweigend zu essen.

Das Gewitter ließ auch diesmal auf sich warten. Die Sonne dagegen ging zügig auf, und fast sah es so aus, als würde sie das Meer mit langen Fingern zu sich ziehen. Die Brandung wich immer weiter in Richtung des orangeroten Horizonts zurück und hinterließ im Morgenlicht glänzenden Sand. Wenn der Gedanke an Türkis nicht ständig in ihrer Kehle gebrannt hätte, hätte es ein weiterer wunderschöner Tag werden können.

Wie angekündigt, begannen Isla und Saphiron ihre Suche im Wasser, sobald sie das klägliche Frühstück hinuntergewürgt hatten und es aussah, als wäre der Tiefststand des Ozeans erreicht. Analina kämpfte mit sich, aber allein der Gedanke an sprühende Gischt und zusammenschlagende Wellen ließ ihre Brust unangenehm eng werden. Also beschloss sie, noch einmal die steil abfallenden Klippen abzugehen, die über ihnen aufragten. Sie sprach ihre Zweifel nicht aus, während Saphiron in Hörweite war, aber eigentlich erwartete sie keinen Erfolg. Alle Spalten und Höhlen, die von unten aus zugänglich waren, hatte sie am Tag zuvor schon durchsucht. Und dass Türkis es irgendwie geschafft hatte, die meterhohen Steilwände nach oben zu klettern, noch dazu bei Regen und Dunkelheit, war völlig unmöglich. Aber sie hatte Saphiron versprochen, ihm zu helfen, und wenn sie schon nicht tauchen konnte, musste sie ihm wenigstens zeigen, dass sie da war. Kurz fragte sie sich, ob es richtig war, ihm Hoffnung zu machen. Aber dann wanderte ihr Blick zum Meer, wo Saphiron und Isla gerade zu schwimmen begannen, und ihr wurde klar, dass es hier nicht um Hoffnung ging. Saphiron war nicht zurückgekehrt, weil er glaubte, seine Schwester retten zu können. Er war zurückgekehrt, um sie nach Hause zu bringen.

Also suchte sie. Sie kletterte über dieselben Felsen, über die sie schon einmal geklettert war. Überprüfte dieselben Spalten, dieselben Höhlen. Schnitt sich an derselben scharfen Kante und schob sich denselben blutenden Finger in den Mund, bis der stechende Schmerz nachließ. Als sie schließlich das Gefühl hatte, jeden einzelnen Stein in dieser Bucht auswendig zu kennen, und die Vormittagssonne unbarmherzig auf ihren Scheitel zu brennen begann, ließ Ana sich erschöpft in den Schatten der Klippen fallen und streckte sich im kühlen Sand aus. Inzwischen war sie so müde, dass sie Schwierigkeiten hatte, ihre Augen offen zu lassen. Die Brandung, das Kreischen einzelner Möwen und die Stimmen, die hin und wieder an ihre Ohren geweht wurden, vermischten sich zu einem sanften Rauschen, das besser war als jedes Schlaflied. Träge blinzelnd starrte sie in den Himmel, über den jetzt nur noch einzelne Wolkenfetzen trieben. Wenn sie nur fliegen könnte. Dann würde sie einfach in die Luft steigen und ihre Suche von dort oben fortsetzen, von wo sie die ganze Bucht überblicken konnte. Vielleicht war ein neuer Blickwinkel genau das, was sie brauchte, um …

Analina fuhr hoch. Der *Blickwinkel.* Natürlich. Oh, sie war dumm gewesen, so dumm. Immer wieder hatte sie sich gebückt, hatte unter Felsvorsprünge gesehen, in winzige Höhlen und Sandgruben. Sie hatte daran gedacht, wie klein Türkis war, weil es sie schwer auffindbar machte. Aber kein einziges Mal hatte sie darauf geachtet, was es noch bedeutete.

Einen anderen Blickwinkel.

Sie hatte sich in Bewegung gesetzt, bevor ihre Gedanken richtig Form angenommen hatten. Die entscheidende Erkenntnis war schon da und mit ihr eine Idee, eine verrückte Hoffnung. Noch einmal hastete Analina an den Klippen entlang, arbeitete zum dritten Mal einen Felsspalt nach dem anderen ab. Aber diesmal bückte sie sich nicht nur, um nachzusehen, ob Türkis dort im Halbdunkel kauerte. Sie ging auf die Knie und krabbelte selbst in jede Ritze, und dann hob sie den Blick und sah sich um, wie eine Neunjährige es tun würde. Eine Neunjährige, die kleiner war als sie. Die so verzweifelt nach einer bestimmten Muschel suchte, dass sie selbst vor den unwahrscheinlichsten Orten nicht Halt machte …

In vier winzige Höhlen zwängte Ana sich und fand nichts außer blankem Fels und ein paar angeschwemmten Treibholzresten. Ihre so plötzlich aufgeflammte Überzeugung, es gäbe noch eine Chance für Türkis, wich Hoffnungslosigkeit. Natürlich fand sie nichts. Narena hatte ihre Magiespuren bis an die Wassergrenze verfolgt und das ließ nur eine Erklärung zu. Mühsam gegen die Enttäuschung ankämpfend, ließ sie sich noch einmal auf alle viere sinken, schob sich vorwärts, hob den Blick …

Und sah etwas.

Analina zuckte zusammen und stieß sich um ein Haar den Kopf an der schräg abfallenden Felswand. Was sich vor ihr öffnete, war nicht einmal groß genug, um als Höhle bezeichnet zu werden. Es war ein Spalt in den Klippen, voll mit Geröll und vertrockneten Algen. Ana hatte schon zuvor kurz hineingesehen, niemanden gefunden und weitergesucht, und deswegen war ihr entgangen, was jetzt offensichtlich war: Was sie für die Rückwand des Spalts gehalten hatte, war tatsächlich nur eine Art Stufe. Direkt auf Strandhöhe war die Öffnung so eng, dass man sich kaum um die eigene Achse drehen konnte, aber nach hinten wichen die Wände auseinander, dort führte ein schmaler Weg aufwärts. Nach nicht mal einem Meter konnte Analina sich aufrichten und stand vor etwas, was wie eine natürliche Steintreppe aussah. Der Höhlenboden war immer noch von grobem Geröll bedeckt, aber auf der untersten Stufe schimmerte Sand und darin zeichnete sich etwas ab. Ana hielt den Atem an und trat näher, ignorierte die Steinsplitter, die sich in ihre nackten Sohlen drückten, und beugte sich vor.

Ihr Herz setzte aus.

»Saphiron!«

Sie fuhr so schnell herum, dass sie sich diesmal tatsächlich den Kopf anstieß, aber es war ihr egal. Vor Aufregung zitternd, ließ sie sich wieder auf die Knie fallen, krabbelte durch den Spalt und rollte atemlos zurück ans Tageslicht.

»Saphiron!«, schrie sie noch mal und spuckte Sand aus. »Isla!«

Im ersten Moment wirkte der Ozean vor ihr verlassen, aber dann entdeckte sie Islas dunklen Haarschopf in den Wellen und direkt daneben Saphirons blaue Locken. Beide winkten heftig und nach ein paar Sekunden hatte Ana ihnen schließlich deutlich gemacht, dass sie etwas gefunden hatte. Seite an Seite steuerten sie den Strand an, kämpften sich durch die Brandung und stürmten Meerwasser sprühend auf sie zu.

»Was ist?«, japste Saphiron, sobald er in Hörweite war.

»Im Fels«, brachte Analina hervor. »Ein Spalt, ich habe … da ist ein Gang, fast eine Treppe. Ich bin nicht sicher, aber da ist ein Abdruck. Wie von einem kleinen Fuß, und er sieht frisch aus …«

Saphiron starrte sie an. »Du meinst … aber …«

Bevor sie noch ein Wort sagen konnte, war er auf die Knie gefallen und selbst in der Felsspalte verschwunden. Man hörte einen dumpfen Schlag und einen Fluch, als auch er an der Höhlenwand anstieß. Dann war es still.

Analina begegnete Islas Blick. Meerwasser glitzerte in ihren Wimpern und wie immer wirkten ihre Augen im Sonnenlicht noch grüner als sonst. Ihre Brauen hatten sich leicht zusammengezogen.

»Was, wenn es nichts ist?«, fragte sie gedämpft.

Ana hob schwach die Schultern. »Habt ihr irgendwas gefunden?«

Isla schüttelte den Kopf. »Nichts. Aber ...« Sie seufzte. »Es wäre auch nicht ungewöhnlich, wenn das so bleibt. Irgendwann muss man aufhören zu suchen, egal, ob ...«

Wieder erklang ein Schlag, gefolgt von dem bisher lautesten Fluch. Hastiges Scharren ertönte und dann rutschte Saphiron zurück in den Sand und packte Ana so fest am Handgelenk, dass er sie beinahe zu Boden riss.

»Komm«, stieß er hervor und zog sie ungeduldig in Richtung Felsen. »Da ... sie ...«

»Saph, was bei allen Göttern ...«

»Komm einfach!«, wiederholte er atemlos. »Ihr beide, kommt schnell ...«

Ohne auf ihre verdutzten Mienen zu achten, fuhr er herum und verschwand wieder im Schatten zwischen den Felsen. Ana sah noch einmal zu Isla, die mit einer Mischung aus Überraschung und Skepsis zurückstarrte.

»Was bei Theus und Milike ist da drin?«, fragte sie verwirrt.

Analina ließ sich auf Hände und Knie sinken. »Sehen wir gleich.«

Mit Isla auf den Fersen krabbelte sie Saphiron hinterher und dachte gerade noch daran, beim Aufrichten den Kopf einzuziehen.

»Vorsicht, die Decke ist ...«

»Autsch!«

»Schräg«, beendete Ana ihre Warnung.

»Was du nicht sagst.« Isla grummelte leise vor sich hin, verstummte jedoch schlagartig, sobald sie sich aufgerichtet hatte und ihr Blick auf den Steig in den Felsen fiel. »Das ist doch ...« Mit offenem Mund trat sie neben Ana und sah sich die groben Stufen näher an.

»Siehst du den Fußabdruck?«, wollte Analina wissen.

Isla beugte sich vor. »Ja! Bei allen Göttern, du hast recht. Das ist ihrer.«

»Bist du sicher? Vielleicht ist das hier auch einfach ein Weg der Sandgnomen und ...«

»Kann nicht sein«, widersprach Isla sofort. »Sandgnomen haben Schwimmhäute oder Krallen, je nachdem, ob sie über oder unter Wasser leben. Siehst du, wie keilförmig die Fußspitze zuläuft? Das war ein Feenkind.« Sie hob die Stimme. »Saphiron?«

Keine Antwort.

»Saph?«, versuchte es auch Analina.

Etwas polterte vor ihnen und Saphiron tauchte am oberen Ende des schmalen Klettersteigs auf. Seine Augen glitzerten beinahe fiebrig. »Kommt hoch!«, rief er ihnen zu. »Aber seid vorsichtig, ist steil.«

»Wirklich«, murmelte Isla.

Ana sah sich kurz die ersten Tritte an, dann setzte sie einen Fuß auf die unterste Stufe, suchte nach Griffen und zog sich hoch. »Na los. Wenn das vor uns wirklich Türkis war, kann es nicht so schwer sein.«

Mit Saphirons aufgeregtem Gesicht vor Augen begann sie zu klettern. Tatsächlich war der Weg zwar steil, aber zu schaffen. Ana war fast sicher, dass die groben Tritte und Stufen von Hand geschlagen worden waren, um einen schnellen Auf- und Abstieg zu ermöglichen. Ohne Probleme erreichte sie Saphiron, der auf einem flachen Absatz stand und sie neben sich zog. Neugierig sah sie nach unten und schauderte. Sie waren noch nicht sehr hoch, vielleicht fünf Meter über dem Strand, aber die steilen Felswände links und rechts von ihnen hatten eindeutig etwas Beklemmendes.

»Ist da noch Platz?«

Isla streckte einen Arm aus und Ana und Saphiron halfen ihr über die letzte Kante. Zu dritt wurde es auf dem Absatz gefährlich eng, aber Saphiron schien das kaum zu merken.

»Seht euch das an!« Er schob Ana an sich vorbei, bis sie erkannte, was er meinte: Hinter ihm befand sich kein solider Stein, wie sie erst gedacht hatte, sondern ein weiterer Spalt, durch den ein leichter Luftzug fuhr. Sie standen am schmalen Eingang einer Höhle, deren gegenüberliegende Seite sich direkt in den Himmel zu öffnen schien. Tageslicht flutete ihnen entgegen und Ana begriff, dass sie eine Verbindung zwischen Strand und Klippen gefunden hatten. Während der Spalt auf ihrer Seite gerade breit genug für eine schlanke Person war, wären sicher fünf kräftige Männer nötig, um den größeren Eingang zu versperren. Im Moment war in der Höhle allerdings niemand zu sehen.

»Ein Schmugglerweg!«

Islas aufgeregte Stimme an ihrem Ohr ließ Ana leicht zusammenzucken.

»Wie bitte?«

»Schmuggler«, wiederholte Isla mit einer flüchtigen Geste nach vorne. »Das muss ein alter Weg der Perlmuttschmuggler sein. Während der letzten uyneianischen Handelskrise konnte man so ein Vermögen machen. In ganz Muschelsand gibt es diese Höhlen in den Klippen, wo Perlmutt gelagert und heimlich weitertransportiert wurde. Dann wurden neue Verträge mit Uyneia ausgehandelt, und das Geschäft ist praktisch über Nacht gestorben. Manche Pfade gibt es noch, aber die Höhlen sind alle verlassen. Von der hier wusste ich gar nicht.«

»Sehr verlassen sieht die aber nicht aus«, wandte Ana stirnrunzelnd ein. »Ist das da nicht eine Feuerstelle?«

Tatsächlich wurde es auf den zweiten Blick offensichtlich, dass sich noch vor Kurzem mehrere Personen in der Höhle aufgehalten hatten. Analina reckte den Hals und entdeckte Stellen, an denen die dünne Sandschicht platt gedrückt war, als wären Decken ausgebreitet worden. In einer Ecke lag sogar eine angebissene Melinde, die nicht älter als einen Tag sein konnte.

»Hier haben Leute übernachtet«, stellte sie langsam fest. »Aber die scheinen weg zu sein. Wenn sie noch mal zurückkommen wollten, hätten sie ihre Decken dagelassen.«

Isla begegnete ihrem Blick. »Aber wenn das Türkis' Fußspur war, würde das bedeuten …«

»Dass sie sie vielleicht mitgenommen haben«, beendete Ana ihren Satz.

»Aber das heißt, sie lebt!«, stieß Isla hervor.

»Nicht unbedingt.« Die Freude war aus Saphirons Stimme verschwunden. Überrascht drehte Analina sich nach ihm um.

»Wieso, was …«

Sie verstummte. Saphiron war neben ihr in die Knie gegangen und inspizierte einen Teil des Felsens. Ana kauerte sich neben ihn und erkannte, dass jemand etwas in den Boden gekratzt hatte. Da war ein merkwürdiger Wirbel, der von einer gezackten Linie getroffen wurde … Sie starrte auf das Bild, während ihr Gehirn nach Ähnlichkeiten suchte.

Saphirons Finger zog die gezackte Linie nach und die Erkenntnis traf sie ohne Vorwarnung. Wie …

»Ein Blitz«, flüsterte sie. »Eine Rose und ein Blitz.«

»Gwendas Zeichen«, bestätigte Saphiron mit rauer Stimme.

Isla räusperte sich schwach. »Aber das könnte Zufall sein. Wir wissen nicht, ob das überhaupt Türkis war …«

»Das hier lag daneben.« Saphiron hob eine Hand und öffnete die sandigen Finger. Türkis' Muschel hob sich schimmernd von seiner blassblauen Haut ab.

GETRENNTE WEGE

»Und jetzt?«

Islas Stimme hallte von den Höhlenwänden wider. Sie hatten den schmalen Absatz verlassen, auf dem vor ein paar Stunden noch Türkis gekauert haben musste, und saßen dicht nebeneinander an den Überresten der Feuerstelle. Analina fuhr mit einem Finger über den blanken Fels unter sich und stellte sich vor, dass letzte Nacht ein Späher hier gesessen hatte, ein Wandelbarer vielleicht, mit einem explosiven Amulett auf der Brust und dem toten Gesicht ihrer Mutter unter der Maske.

»Was wohl«, gab sie zurück. Sie kam sich leiser vor als Isla, aber das schwache Echo verstärkte jedes Wort. »Wir verfolgen sie.«

»*Wir*?«, wiederholte Isla ungläubig.

Ana hob ruckartig den Kopf. »Natürlich wir! Oder siehst du hier irgendwo noch andere Kandidaten, die besser geeignet wären? Sollen wir Sandgnomen rekrutieren?«

Für einen Moment sah es so aus, als würde Isla diese Möglichkeit tatsächlich in Erwägung ziehen. Dann schüttelte sie den Kopf und sah mit unglücklicher Miene von Ana zu Saphiron und wieder zurück.

»Nein, natürlich nicht, aber ... komm schon, Ana, wir sind zu dritt! Letztes Mal waren wir entwaffnet, bevor wir blinzeln konnten. Saphiron ist überhaupt kein Magier, ich bin im Kampf miserabel und du bist die Kronprinzessin von Arden, bei allen Göttern! Du solltest überhaupt nicht hier sein, sondern auf dem Weg zur Akademie, um in Bibliotheken zu sitzen und auf Drachen zu reiten und von den besten Lehrern des Landes beigebracht zu bekommen, wie man rechnet und Reden hält und Situationen wie diese vermeidet …«

»*Du* wolltest mitkommen!«, fiel Analina ihr aufgebracht ins Wort. »Niemand hat dich gezwungen, oder? Wir haben dir gesagt, was wir vorhaben, und du warst einverstanden.«

»Ich war einverstanden, an den Strand zurückzukehren, ein oder zwei Tage mit der Suche zu verbringen und dich dann nach Eichenhall zu führen, wo du *sein solltest*. Ich habe nie zugestimmt, dich in die Arme einer Horde Späher laufen zu lassen!«

Ana öffnete den Mund, doch diesmal kam ihr Saphiron zuvor. »Tut mir wirklich leid, dass das mögliche Überleben meiner kleinen Schwester deine Pläne durcheinanderbringt!«, fuhr er Isla an. »Schon klar, dass eine Leiche irgendwie unkomplizierter gewesen wäre, aber das können wir nun mal nicht ändern. Wenn es dir zu brenzlig wird, kannst du jederzeit zu den anderen zurückkehren und in Eichenhall auf uns warten.«

Isla hatte bereits zu einer wütenden Antwort angesetzt, doch bei seinen letzten Worten hielt sie inne. »Du hast recht«, sagte sie in einem Tonfall, den sie offenbar für ruhig hielt, obwohl sie sich ein zorniges Knurren nicht ganz verkneifen konnte.

Saphiron blinzelte. »Was?«

»Du hast recht«, wiederholte Isla entschieden. »Jemand sollte zurückkehren und die anderen informieren. Das hier ist keine persönliche Sache mehr. Wenn Türkis wirklich gefangen wurde, dann sind wir alle in Gefahr, sie weiß zu viel über unsere Pläne. Zwei von uns sollten versuchen, ihr zu folgen, und einer geht zurück und holt Hilfe.« Ihre Augen verharrten auf Saphiron.

»Warte mal«, sagte er langsam. »Du meinst ja wohl nicht im Ernst, dass *ich* das sein soll, oder? Wir reden hier von meiner Schwester!«

»Ja, und das macht dich leichtsinnig und unkonzentriert. Mir ist auch nicht egal, was mit Türkis passiert, dass das mal klar ist! Aber ich werde mich nicht kopflos in irgendeine Aktion stürzen, die das Leben der Mondprinzessin gefährdet. Das hier ist meine Aufgabe ...«

»Vergiss es«, stieß Saphiron hervor. »Neue Situation, neue Aufgaben. Lia entscheidet.«

Erwartungsvoll wandte er sich Analina zu und Isla tat es ihm gleich. Ana fühlte sich ähnlich überrumpelt wie nach dem Angriff der Wandelbaren.

»Ä...ähm ...« Sie gab sich alle Mühe, weder Saphiron noch Isla in die Augen zu sehen, und versuchte schnell nachzudenken. Die richtige Entscheidung sprang ihr schon nach Sekunden entgegen, aber das machte die Situation nicht leichter. Im Gegenteil. Unnötig lange wog sie die Möglichkeiten gegeneinander ab und kam immer wieder zum selben Schluss. Zögernd hob sie den Kopf und begegnete prompt Saphirons Blick.

»Es ist ... also, es ist so, dass ich die Umgebung oberhalb der Klippen nicht kenne«, begann sie widerstrebend, »deswegen brauche ich jemanden, der das tut. Saph, du bist wahrscheinlich der Schnellste von uns und den Weg am Strand entlang solltest du schaffen, also ... wäre es am besten, du gehst zurück. Isla und ich haben diese Magiesache, verstehst du, wir sind zusammen stärker als allein ...«

»Das ist nicht dein Ernst.« Saphirons Stimme war leise und tonlos und Ana wünschte sich plötzlich, er würde schreien.

»Ich … ich bin dein bester Freund. Türkis ist meine Schwester. Du kannst nicht verlangen …«

»Saph, hör mir zu!« Analina wusste nicht, woher die Entschlossenheit kam, die auf einmal in ihren Worten lag, aber es war ihr auch egal. Sie sprach weiter und ihre Stimme blieb unverändert fest: »Es geht hier nicht um dich oder mich oder Isla, es geht um Türkis. Darum, wie wir ihr am besten helfen können. Ich weiß, dass es dir so vorkommt, als würdest du sie im Stich lassen, aber das stimmt nicht. Was sie wirklich braucht, ist keine waghalsige Rettungsaktion ohne Aussicht auf Erfolg, sondern einen Bruder, der in der entscheidenden Situation seine eigenen Gefühle zurückstellt und das Richtige tut. Isla und ich kämpfen zu zweit besser und du schaffst den Weg durch Muschelsand allein, es ist die bessere Strategie! Komm schon. Das weißt du.«

Saphiron starrte sie an. »Und wenn … wenn Isla und ich den Spähern folgen und du bringst dich nach Eichenhall in Sicherheit …«

»Nein«, sagte Isla sofort, »sie darf nicht allein gelassen werden. Unter keinen Umständen. Das ist die oberste Regel.«

Er lachte hohl auf. »Weil es so viel sicherer ist, sie mit einer einzigen Begleitperson auf eine Gruppe Späher loszulassen.«

»Du hast sie hier reingezogen«, gab Isla gereizt zurück. »Wenn es nach mir gegangen wäre, würde sie heute Abend schon Eichenhall erreichen.«

»Ich kann euch übrigens hören«, erinnerte Analina sie. »Und ich will nur mal anmerken, dass ich von uns dreien die Einzige bin, die ihre Magie zumindest halbwegs im Griff hat. Gegen die Späher bin ich wahrscheinlich Türkis' beste Chance.«

Schlagartig wurde ihnen bewusst, dass sie keine Zeit zu verlieren hatten. Saphiron sprang auf und warf Isla einen feindseligen Blick zu. »Na schön. Keine Ahnung, wie ihr mich überzeugt habt, aber ich gehe. Wie finde ich die anderen, falls sie schon weitergezogen sind?«

»Du bist allein, also kannst du dich notfalls durchfragen«, sagte Isla. »Es gibt einige Höfe in Klippennähe. Idealerweise erwähnst du weder Ana noch Eichenhall, aber das Dorf, das du suchst, heißt Ylignus. Eichenhall liegt ein bisschen abseits auf einem Hügel, vorher musst du durch einen kleinen Wald. Aber es gibt einen befestigten Weg. Keine Sorge, das findest du schon. Wenn du gar nicht mehr weiterweißt, frag nach Ronar, unserem Führer. Aber nur im Notfall. Je weniger Leute wissen, wohin genau du willst, desto besser.«

Saphiron gab sich keine Mühe, seine Skepsis zu verbergen. »Bist du sicher, dass das eine gute Idee ist?«, wandte er sich an Ana.

Sie schluckte. »Ja?«

»Sehr überzeugend.« Er seufzte. »In Ordnung, was bleibt mir schon übrig. Ich gehe gleich los, vielleicht hole ich die anderen noch ein.«

»Pass auf die Flut auf«, schob Isla rasch hinterher. »Da ist eine Engstelle, an der du bei Höchststand über die Felsen musst. Wenn du es nicht rechtzeitig nach oben schaffst, wirft dich das Wasser gegen die Klippen.«

»Ah.« Saphiron starrte sie an. »War es das oder soll ich lieber noch fünf Minuten bleiben? Vielleicht fallen dir ja noch ein oder zwei Informationen ein, von denen abhängt, ob ich überlebe oder nicht.«

»Das war alles. Oh, und wenn es blitzt, geh natürlich aus dem Wasser und auch runter vom nassen Sand. Such dir einen trockenen Fleck und bleib da.« Sie überlegte kurz. »Das war alles.«

Saphiron warf Analina einen ungläubigen Blick zu. »Dir ist klar, dass du mich in den Tod schickst, ja?«

»Das ist nicht witzig. Wirklich überhaupt nicht witzig.« Ana stand auf und blieb unsicher vor ihm stehen. »Pass auf dich auf. Und beeil dich. Keine Ahnung, wie viel Zeit wir haben.«

Er nickte. »Ihr auch.« Kurz zögerte er, dann streckte er die Hand aus, die immer noch Türkis' Muschel umklammerte. »Hier. Gib sie Türkis zurück, falls … ich meine, *wenn* ihr sie findet.«

Ana nahm ihm das schimmernde Gehäuse vorsichtig ab. »Mache ich. Versprochen.«

»Danke.« Er räusperte sich umständlich, dann trat er zurück und sah noch einmal in Islas Richtung. »Bis dann. Versuch, sie nicht umzubringen.«

»Versuch, *dich* nicht umzubringen«, gab Isla zurück.

»Mit deinen hilfreichen Hinweisen doch nicht.«

Er schnitt eine Grimasse, drehte sich um und verschwand durch den Felsspalt in Richtung Strand. Ana und Isla sahen ihm kurz nach, dann wandten sie sich einander zu und ihre Blicke begegneten sich.

»Dann … los?«, fragte Ana unsicher.

Isla nickte grimmig. »Los. Mal sehen, wie viele Wandelbare wir erledigen können, wenn ich so richtig schlecht gelaunt bin.« Sie stand auf. »Bereit?«

Analina schob die Muschel vorsichtig in ihre Tasche. »Bereit.«

Gemeinsam umrundeten sie die Feuerstelle und traten durch den großen Höhlenausgang ans Tageslicht.

Ana wusste nicht, was sie erwartet hatte. Natürlich hatte sie nicht mit Hinweisschildern gerechnet, die ihnen genau verrieten, in welche Richtung sie Türkis folgen mussten, aber auf irgendeine Art von Spur hatte sie doch gehofft. Sie stand auf den Klippen, ohne allerdings einen Blick auf das Meer zu haben, denn die Höhle hatte sich zu einer Senke hin geöffnet, die links und rechts von grasbewachsenen Hängen begrenzt wurde. Obwohl die Sonne hoch stand, reichten ihre Strahlen nicht bis zu Analina hinunter und im Schatten war es unangenehm kalt. Niemand war zu sehen.

»Was denkst du?«, wandte sie sich fröstelnd an Isla. »Hoch auf die Klippen oder geradeaus ins Landesinnere?«

Isla sah sich prüfend um. »Wenn sie in der Höhle übernachtet haben, hatten sie sicher vor, sich eine Weile am Strand aufzuhalten. Aber nachdem wir davon ausgehen, dass sie Türkis wirklich gefangen haben, um sie zu nutzen ... als Geisel oder weil sie Informationen wollen ..., dann sind sie vermutlich in Richtung Norden unterwegs, zurück ins Sumpfgebiet.«

»Nordwesten«, schlug Analina vor. »Um die ersten Siedlungen von Lartencia zu umgehen. Und Patrouillen des Regenkönigs, wenn er wirklich hinter diesen Wolken steckt.«

Isla nickte, und weil ihnen beiden klar war, dass sie nicht mehr hatten als diese vagen Anhaltspunkte, setzten sie sich schweigend in Bewegung.

»Es ist merkwürdig«, murmelte Isla und warf Ana einen raschen Blick zu. »Findest du nicht? Wenn sie Türkis wirklich *mitgenommen* haben ... dann doch, weil sie sie für wertvoll halten. Nur ...«

»Woher konnten sie das wissen?«, ergänzte Analina leise. »Ja. Das habe ich mich auch gefragt.«

»Vielleicht hat Türkis es ihnen selbst gesagt«, schlug Isla zögernd vor. »Weil sie sie sonst gleich umgebracht hätten.«

Ana zuckte die Schultern. »Vielleicht. Aber selbst dann ...« Sie starrte auf die Spitzen ihrer Stiefel, die sich nach der langen Zeit barfuß am Strand unangenehm schwer und klobig anfühlten. »Unsere Route wurde über Muschelsand geplant, weil es hier sicher sein sollte. Maximaler Abstand zum Sumpfgebiet.

Keine Späher, keine Angriffe. Und jetzt wäre das schon die zweite Gruppe, der wir praktisch in die Arme laufen ...«

»Als wüssten sie, wo sie suchen müssen.«

»*Dass* sie überhaupt suchen müssen«, verbesserte Ana.

»Und nach wem«, fügte Isla nachdenklich hinzu. »Du hast recht. Eigentlich sollten sie nicht einmal wissen, dass du unterwegs bist. Denkst du ...« Sie hielt inne und schüttelte den Kopf. »Aber das *kann* nicht sein, wirklich nicht. Die Königin hat wie besessen auf diese Geheimhaltungssache geachtet. Keiner weiß mehr, als er muss. Ylva hat mir erst ein paar Tage vorher erzählt, wen ich überhaupt führen soll! Wie hätte da irgendwas durchsickern können?«

Der Weg war steiler geworden. Analina versuchte, ihren Atemrhythmus an ihre Schritte anzupassen, bevor sie zurückgab: »Na ja, im Schloss muss es Leute geben, die Bescheid wissen. Der persönliche Berater meiner Mutter war definitiv eingeweiht, sie musste Saphirons und Türkis' Vater fragen ...«

»Aber der wird ja wohl keine detaillierten Informationen über unsere Reise haben«, schnaufte Isla.

»Ihr Berater schon.«

»Parl Marsiy, richtig?« Isla schüttelte ungläubig den Kopf. »Ana, von dem habe sogar ich gehört. Er ist ... wie lange am Hof, zehn Jahre?«

»Ungefähr.«

»Also. So jemand ist doch kein Verräter.«

»Wieso, weil er haufenweise Sachen erfährt, die Gwenda nützen könnten?« Noch während sie sprach, dachte Analina an ihren Geburtstag zurück. An Parl Marsiy, der geblieben war, um mit ihr auf Lynda zu warten. An sein kleines Lächeln, als sie versucht hatte, dem Hofprotokoll zu folgen.

»Er ist es nicht«, murmelte sie. »Keiner von uns ist es. Das kann ich mir nicht vorstellen.«

Isla seufzte. »Also Zufall?«

Ana erinnerte sich daran, dass sie diese Frage selbst gestellt hatte, nach der allerersten Begegnung mit Gwendas Spähern am Tag ihres Aufbruchs. Es fühlte sich an, als läge das schon Jahre zurück. »Ja«, sagte sie leise. »Zufall.«

Etwas musste dabei in ihrer Stimme gelegen haben, denn Isla hakte nicht weiter nach.

Der Tag verging merkwürdig unregelmäßig. Vielleicht lag es daran, dass Ana kaum geschlafen hatte, jedenfalls hatte sie das Gefühl, stundenlang nur auf der Stelle zu treten. Wenn sie dann aufsah, hatte die Sonne einen Sprung über den Himmel gemacht, der sie verblüffte. Isla ging die meiste Zeit schweigend neben ihr, nur hin und wieder lief sie voraus und kletterte auf Bäume oder Felsformationen, um nach den Spähern Ausschau zu halten. Manchmal glaubte sie, einen Schatten am Horizont zu erkennen, und einmal geriet sie beim Anblick einer einzelnen Rauchfahne in helle Aufregung, aber die Schatten kamen nie näher und das vermeintliche Lagerfeuer stellte sich als Schornstein eines abgelegenen Bauernhofs heraus. Als die Sonne schließlich hinter den Hügeln verschwand und es an dem Bachlauf, dem sie folgten, empfindlich kalt wurde, hatte Analina auch den letzten Funken Hoffnung verloren.

»Wir werden sie nie einholen.« Entmutigt trat sie gegen einen Kiesel, der in hohem Bogen davonsegelte und mit einem Spritzen im Wasser verschwand. »Wir wissen ja nicht mal, ob sie wirklich hier langgelaufen sind. Ob Türkis überhaupt gefangen genommen wurde! Das war eine idiotische Idee.«

Isla, die ein paar Meter vor ihr in die Knie gegangen war, um eine schlammige Stelle am Ufer zu untersuchen, hob den Kopf. »Noch sind wir am westlichen Rand von Lartencia. Wenn du willst, können wir uns wieder östlich halten und nach Eichenhall weiterreisen. Es wird einen Suchtrupp geben …«

»Das würde noch Tage dauern. In der Zeit könnten sie mit Türkis über alle Berge sein.«

»*Du* hast gesagt, dass es idiotisch ist«, erinnerte sie Isla.

Ana verzog das Gesicht. »Ich weiß. Aber wir haben es versprochen.«

»Ja.« Isla lächelte schwach. »Außerdem könnten wir auch tatsächlich so was wie Glück haben. Schau.« Sie winkte sie heran und Ana folgte ihrer Aufforderung und beugte sich über den Bereich des Ufers, den Isla untersucht hatte. Die weiche Erde war stellenweise aufgewühlt, dann wieder platt getreten. Hier und da glaubte Analina, einen Stiefelabdruck zu erkennen, aber der Boden war so verwüstet, dass es schwer zu sagen war.

»Da oben im Gras hängen auch Erdklumpen«, sagte Isla und nickte in Richtung Böschung. »Sieht nach mehreren Personen aus, die hier ihre Trinkwasserflaschen aufgefüllt haben. Die Abdrücke sind noch ziemlich frisch, nicht älter als einen Tag.«

»Die Späher.«

»Vielleicht.«

Ana sah hinunter in den Schlamm, dann die Böschung hinauf. Plötzlich kamen ihr die zwei Meter leicht ansteigender Wiese vor wie ein unüberwindbares Hindernis. »Dann … weiter.«

»Wir können nicht noch eine Nacht durchmarschieren«, wandte Isla erschrocken ein. »Es wird dunkel, außerdem kommt dahinten schon wieder eines von diesen verfluchten Gewittern. Wir sollten uns einen Platz zum Schlafen suchen und morgen weiterziehen.«

»Aber wenn das eine Spur ist …«

»Es ist *vielleicht* eine Spur, und außerdem müssen diese Späher auch schlafen. Glaube ich«, fügte sie stirnrunzelnd hinzu. »Schlafen Wandelbare?«

»Zumindest rasten sie in Höhlen«, erinnerte sie Ana.

»Genau. Also. Unendlich weit können sie auch nicht kommen und wir müssen uns noch irgendwie auf den Beinen halten können, wenn wir sie einholen. Bedeutet: *Schlaf.*«

Analina sah in den düster wirkenden Himmel hoch und gab auf. »Schlaf klingt gut. Am besten suchen wir uns irgendwas zum Unterstellen, bevor wir nass werden.«

Kaum hatte sie den Mund geschlossen, spürte sie erste Regentropfen auf dem Gesicht und irgendwo am Horizont zuckte ein Blitz auf. Ein paar Sekunden verstrichen, bevor fernes Donnergrollen folgte.

»Gute Idee.« Isla wischte sich den Schweiß von der Stirn und hinterließ eine Schlammspur, die Ana unwillkürlich an die Kriegsbemalungen alter Elfenvölker denken ließ. »Am besten eine Senke, nicht in der Nähe von Bäumen. Komm. Wenn wir ins Gewitter geraten, wird es ungemütlich.«

Während der Regen langsam dichter und der Donner lauter wurde, kämpften sie sich die Böschung hinauf und dann weiter in die unaufhaltsam einbrechende Dunkelheit.

WIE EINE SCHWESTER

Ana.

Jemand rief nach ihr, aber es klang anders. Anders als was, konnte sie nicht sagen, aber es war anders, und das irritierte sie. Analina wollte blinzeln, aufwachen, aber sie war müde und ihre Lider waren so schwer …

Ana. Ana! ANALINA!

Der Ruf schallte durch ihren Geist, als hätte sie sich in Gedanken selbst angeschrien. Ana fuhr hoch, einen erschrockenen Laut auf den Lippen, doch im selben Moment presste sich eine warme Hand auf ihren Mund und erstickte jedes Geräusch. Instinktiv riss sie die Arme hoch, suchte nach ihrer Magie und war drauf und dran, einen Angriff zu formen, als sie Islas warnendem Blick begegnete. Isla schüttelte heftig den Kopf, und erst als sie sah, dass Ana verstanden hatte, löste sie die Hand von ihrem Mund.

Leise, ertönte Islas Stimme in Analinas Bewusstsein, obwohl sie die Lippen nicht bewegt und keinen Ton von sich gegeben hatte.

Ana starrte sie an. Wie ist das möglich?

Sie hatte nicht gemerkt, dass sie die Frage in Gedanken ausformuliert hatte, doch Islas Antwort kam sofort: Keine Ahnung. Unwichtig.

Aber –

Ihr Einwand wurde von neuen Stimmen übertönt. Diesmal waren es keine Stimmen, die sie kannte, und sie hörte sie auch nicht wie fremde Gedanken in ihrem Kopf, sondern undeutlich und aus ein paar Metern Entfernung. Es waren mehrere Männer, die sprachen, und Analina begriff schlagartig, wieso Isla sie geweckt hatte.

Sie kommen näher!

Isla nickte nur und kauerte sich tiefer in den Schatten der Sträucher, die ihren Schlafplatz umgaben. Obwohl Analina das Gefühl hatte, nicht mehr als zwei Stunden geschlafen zu haben, war es inzwischen hell geworden. Falls das Gewitter in der Nacht vorbeigezogen war, hatte sie es nicht bemerkt. Zumindest schmeckte die Luft feucht und frisch wie nach kühlem Regen, und als sie sich so lautlos wie möglich umsah, glitzerten Wassertropfen auf ihrer Decke und den Gräsern und Blättern in der Nähe. Kurz irritierte sie die Frage, ob sie es tatsächlich geschafft hatte, ein Unwetter zu verschlafen. Dann ertönten Schritte, wieder erklangen Männerstimmen direkt vor ihnen, und die Gefahr, in der sie schwebten, wurde ihr schlagartig bewusst.

Occultatoren, schoss es ihr durch den Kopf und Isla schien sie gehört zu haben, denn sie nickte und tastete nach dem Anhänger in ihrer Tasche. Auch Ana zog ihr Amulett hastig hervor und dachte gerade noch daran, nach Islas Hand zu greifen, bevor sie ihrem Beispiel folgte und sich den Occultator überstreifte. Sofort rückte die Umgebung in den Hintergrund und die fremden Stimmen klangen nur noch dumpf. Islas Finger dagegen fühlten sich erstaunlich normal an und ihre Worte in Anas Gedanken blieben glasklar: Denkst du, das sind sie? Die Späher?

Keine Ahnung, gab Analina nervös zurück. Sollen wir nachsehen?

Islas Griff wurde eine Spur fester. *Ja. Aber vorsichtig.*

Die feuchte Decke glitt von Anas Schultern, als sie so lautlos wie möglich aufstand. Vermutlich war sie viel ungeschickter, als sie dachte, weil der Occultator ihre Wahrnehmung dämpfte, aber zumindest blieben sie unsichtbar. Gemeinsam schoben sie sich zwischen den Büschen hindurch, darauf bedacht, nicht an den von Tau glitzernden Zweigen hängen zu bleiben. Das merkwürdige Gefühl, sich über Watte oder durch Nebel zu bewegen, wurde mit jedem Schritt stärker. Erst, als sie den Schutz der Sträucher vollständig verlassen und sich einige Meter vom Fuß des Hügels entfernt hatten, wurde Ana klar, dass die trübe Umgebung mehr war als nur eine Sinnestäuschung. Nebelschleier krochen über den Boden auf sie zu, streckten wabernde Finger nach ihnen aus, wurden dichter und stiegen höher, bis sie sich fühlte wie in einer Wolke gefangen. Das alles geschah so schnell, dass sie kaum reagieren konnte. Innerhalb von Sekunden verschleierte dichtes Weiß ihre Sicht und sie blieb schlagartig stehen.

Was bei allen Göttern ist das? Isla klammerte sich so fest an ihre Hand, dass es wehtat.

Nebel, dachte Ana schwach.

Etwas stimmte nicht.

Die fremden Stimmen waren verstummt.

Aber wie …

Vorsicht!

Licht flammte auf und Analina reagierte instinktiv, ging in die Knie und riss Isla mit sich. Von einem Moment auf den anderen waren sie umzingelt. Dunkle Gestalten bewegten sich in den Schwaden um sie herum, wurden deutlicher und verschwanden wieder. Noch einmal zerriss ein helles Blitzen den Dunst, und als sich in der klarer werdenden Luft eine Person abzeichnete, hob Ana ruckartig einen Arm, zielte und griff an.

Himmelblaue Funken stoben auf, mehr, als sie beabsichtigt hatte. Hitze peitschte durch die Hand, die sie mit Isla verband, überflutete Analinas Geist und ließ Magie in ihrer Brust brodeln. Der Strahl, der aus ihren Fingerspitzen hervorbrach, war stärker als alles, was ihr normalerweise gelungen wäre. Fauchend fuhr er durch die Luft, zerfetzte den Nebel und warf die Gestalt zurück, die sich ihnen genähert hatte. In ihren Ohren rauschte es, aber sie glaubte, einen gedämpften Fluch wahrzunehmen.

Runter!

Ohne wirklich zu wissen, was sie tat, warf sie sich zur Seite. Der Angriff, der irgendwo aus den Nebelwolken kam, verfehlte sie um Haaresbreite. Funkensprühend schlug er in die feuchte Erde ein und Ana spürte eine große Hitze. Sie riss die Hände hoch, um ihr Gesicht zu schützen, und begriff erst im nächsten Augenblick, was das bedeutete.

Ihre Hände waren frei.

Ihr Herz setzte aus.

Isla?

Ana! Die Stimme war immer noch in ihrem Kopf, aber sie klang leiser, weiter entfernt. *Ana, wo bist du … ich bin … wo …*

Isla, lass den Occultator an! Sie können dich nicht sehen. Greif an und dann beweg dich sofort weiter, sonst …

Neue Strahlen brachen aus dem Nichts hervor und Ana rappelte sich auf, feuerte grob in die Richtung, in der sie einen Gegner vermutete, und sprang sofort zur Seite. Nicht einmal eine Sekunde später traf der nächste Angriff dort auf, wo sie gerade noch gestanden hatte. Ana wirbelte herum, schickte eine Handvoll Funken in den Nebel und schaffte es, erneut auszuweichen. Der Occultator bot einen gewissen Schutz, aber ohne Isla an ihrer Seite schien der Schwindel viel schlimmer zu werden und ihre Angriffe blieben so schwach, dass sie fast die Stimme ihrer Lehrerin Beluu hören konnte: *Konzentrier dich! Sammeln, zielen, feuern. Fokussiere dich ganz auf dein Ziel …*

Aber sie hatte kein Ziel! Was sollte sie fokussieren, wenn ihre Umgebung nur aus Nebel bestand? Analina taumelte rückwärts, während sie verzweifelt gegen den zunehmenden Schwindel ankämpfte. Der Nebel schien immer noch dichter zu werden, aber diesmal fürchtete sie, es doch mit den Nebenwirkungen des Occultators zu tun zu haben. Fahrig tastete sie über das Amulett auf ihrer Brust, zögerte jedoch, es abzunehmen. Wer auch immer ihre Gegner waren, sie schienen weniger Probleme zu haben, sich in den Wolkenschleiern zu orientieren. Der Anhänger war ihr einziger Vorteil. Mit zusammengebissenen Zähnen ließ Ana den Blick wandern, sah einen Schatten, feuerte Magiefunken, duckte sich, fuhr herum und feuerte erneut. Übelkeit wallte in ihr auf, der Boden schien abzusacken und sie fiel auf die Knie. Etwas knirschte unter ihren Fingern und sie erkannte, dass Gras und Erde von einer funkelnden Reifschicht überzogen waren. Frost im Sommer? Ungläubig rappelte sie sich auf und machte ein paar vorsichtige Schritte nach vorn. Wieder knirschte es, diesmal unter ihren Sohlen. Sie senkte den Blick und entdeckte sichtbare Abdrücke, die ihre Füße auf dem erstarrten Untergrund hinterließen. Schlagartig wurde es ihr klar.

Isla, beweg dich nicht! Deine Spuren, sie sehen …

Jemand packte sie von hinten und presste ihr die Arme so fest gegen den Brustkorb, dass sie nach Luft schnappte. Instinktiv trat sie nach hinten aus, warf den Kopf herum und rief nach ihrer Magie, aber der Griff lockerte sich keine Sekunde und ein Brennen in ihren Fingerspitzen verriet ihr, dass ihr Gegner sie magisch daran hinderte, selbst Funken hervorzubringen.

»Ich weiß, dass du da bist«, knurrte eine Stimme dicht an ihrem Ohr. »Zeig dich.«

Der Fremde fügte keine Drohung hinzu, weil es nicht nötig war. Der Druck auf ihren Rippen machte ihr sehr deutlich, was die Alternative war. Mit zitternden Fingern tastete sie nach dem Occultator, fand die Kette und zog sie über den Kopf. Der Schwindel und die Übelkeit fielen sofort von ihr ab und eine Sekunde später verflüchtigte sich auch der Nebel, als wäre er nie da gewesen.

»Lass sie los!«

Die wütende Stimme zerriss die Luft, als Ana gerade zu hoffen gewagt hatte, dass zumindest Isla die Flucht gelungen war. Sie hörte schnelle, knirschende Schritte, etwas prallte gegen sie, und wer auch immer sie festhielt, geriet für einen Moment aus dem Gleichgewicht. Im nächsten jedoch hatte er sich wieder gefangen und zwei weitere Gegner stürzten vor. Es gab ein kurzes Gerangel und dann erschien Isla, das Haar zerzaust und die Zähne gefletscht. »Lasst … mich …«

Isla.

»Lasst mich los, ihr hirnlosen Sumpfleichen, ihr …«

ISLA!

Ana hatte nicht gewusst, dass sie gedanklich schreien konnte. Die Wirkung war jedenfalls verblüffend, denn Isla verstummte abrupt und starrte sie an.

Was?

Ich glaube nicht, dass das Wandelbare sind.

Isla blinzelte. Aber …

Doch ihr geistiges Gespräch wurde unterbrochen, als der Fremde hinter Ana seinen Griff lockerte und sie zu sich umdrehte.

»Sumpfleiche«, wiederholte er und klang amüsiert. »So hat man mich noch nie genannt.«

Das glaubte Analina sofort. Nun, da weder der Occultator noch mysteriöse Nebelschwaden ihre Sicht trübten, erkannte sie, wie wenig der Mann vor ihr mit einer Sumpfleiche gemeinsam hatte. Tatsächlich gab es vermutlich nicht viel, was man auf Anhieb weniger mit ihm in Verbindung bringen würde. Er war zwar groß, hatte aber nichts von der plumpen Grobheit, mit der die Wandelbaren kämpften. Anders als die maskierten Späher trug er nur einen leichten Helm, der sein Gesicht nicht verbarg, und das hatte er auch definitiv nicht nötig. Ana war sich nicht sicher, was sie mehr irritierte: Wie jung er war oder wie unbekümmert er ihren Blick erwiderte.

»Weißt du«, sagte er, »normalerweise brauche ich keinen Zwang, um mit Mädchen ins Gespräch zu kommen. Wie wäre es also, wenn wir es auf die altmodische Art versuchen, ganz ohne Gewalt?«

Als sie nicht antwortete, seufzte er leise. »Du kannst natürlich auch versuchen, wegzulaufen, aber erstens hätten wir dann immer noch deine charmante Freundin hier als Druckmittel und zweitens fürchte ich, dass der Nebel im Zweifelsfall immer noch auf unserer Seite kämpft. Deine Entscheidung. Ich lasse dich jetzt jedenfalls los.«

Er löste seinen Griff vollständig und trat einen Schritt zurück. Ana nutzte die Gelegenheit, um ihn von Kopf bis Fuß zu mustern. Obwohl er nicht viel älter als zwanzig sein konnte, war sie sicher, den Anführer der Angreifer vor sich zu haben. Seine leichte Rüstung war zwar schlicht, aber in makellosem Zustand und alles an ihm, von seiner aufrechten Körperhaltung über seinen direkten Blick bis zu seinem unbeschwerten Tonfall ließ darauf schließen, dass er es nicht häufig für nötig hielt, sich unterzuordnen. Ihr Blick blieb an seinem Brustpanzer hängen, den eine stilisierte Wolke und ein einzelner Regentropfen zierten.

»Das ist das nubische Wappen«, stellte sie fest. »Das Wappen des Regenkönigs.«

Der Mann senkte kurz den Kopf, als müsste er diese Behauptung noch einmal überprüfen. »Stimmt. Ich hatte ja gehofft, diese Wettersache«, er machte eine Handbewegung in Richtung der leise schmelzenden Raureifschicht, »würde als Hinweis ausreichen. Aber das Wappen funktioniert natürlich auch. Nicht ganz so elegant, aber es funktioniert.«

»Dann seid Ihr ...«

Er deutete eine kleine Verbeugung an. »Larsinian Philodir von Wolkental, Kronprinz von Nuben. Ich bevorzuge Lars. Nicht ganz so ...« Er tat, als müsste er Regentropfen von seinen Fingerspitzen schütteln, und ein winziger Donnerschlag unterstrich das letzte Wort: »Pompös.«

Analina nickte. »Wer Gewitter braucht, um einen Punkt zu machen, mag es schlicht.«

Die schmalen Brauen des Kronprinzen hoben sich um kaum mehr als einen Millimeter und die simple Bewegung wirkte merkwürdig vertraut. Tatsächlich hatte Ana keine Ahnung, wie sie auf die Idee kam, so mit dem Thronfolger des Nachbarreiches zu sprechen, dem sie nie zuvor begegnet war. Die Beziehung zwischen Arden und Nuben *angespannt* zu nennen wäre noch untertrieben. Über Jahrhunderte hinweg war eine Feindschaft entstanden, die sich auch durch das unter Lynda geschlossene Friedensabkommen nicht einfach in Luft aufgelöst hatte. Wahrscheinlich sollte sie Angst haben, aber sie hatte keine. Das schien auch ihrem Gegenüber aufzufallen.

»Mit wem habe ich denn die Ehre, wenn ich fragen darf?« Sein Tonfall war immer noch leicht und heiter, aber Ana ließ sich nicht täuschen. Ein wachsames Funkeln war in den himmelblauen Augen aufgetaucht und versetzte ihr einen Stich, den sie nicht richtig zuordnen konnte. Unwillkürlich wünschte sie, ihre Familie würde über eine ähnlich eindrucksvolle Gabe verfügen wie die nubischen Wetterherrscher. Zwar sagte man den ardischen Königinnen außergewöhnliche magische Kräfte nach, aber die hatten Lars soeben nicht besonders beeindruckt und die einzige andere Eigenschaft – die berühmte Schönheit – war wohl Lynda vorbehalten. Ganz abgesehen davon, dass ihr Gegenüber selbst zu den attraktivsten Männern gehörte, die Analina je gesehen hatte. Kurz überlegte sie, ob sie lügen sollte, aber immerhin war das der Kronprinz von Nuben und Erbfeindschaft hin und her, so ein Friedensabkommen konnte ja nicht vollkommen nutzlos sein.

»Ich bin Ana«, sagte sie.

Lars' Brauen wanderten noch ein wenig höher. »Ana wie in …«

Ana lächelte. »Analina. Analina Nelia, Kronprinzessin von Arden. Mondprinzessin. Keine …«, sie wackelte mit den Fingern, »akustischen Effekte.«

Auch ohne Donnergrollen war die Wirkung ihrer Worte erstaunlich. Das amüsierte Lächeln im Gesicht des Kronprinzen verschwand so schlagartig, als hätte sie ihn angeschrien, und seine fein geschwungenen Lippen wurden zu einer schmalen Linie. Seine Augen glitten nun offen über ihre Erscheinung, von ihrem ungekämmten Haar über die abgetragenen Kleider bis hin zu den schlammverschmierten Spitzen ihrer Stiefel. Ana verschränkte trotzig die Arme vor der Brust und wünschte, sie hätte wenigstens einen Siegelring oder etwas in der Art, mit dem sie beiläufig spielen könnte. Unter Lars' scharfem Blick kam sie sich plötzlich lächerlich ungepflegt vor.

»Ich … ich habe auch Diademe und alles, ich meine … das ist nicht, wie ich *normalerweise* …«

»Was bei allen Göttern *machst* du hier?« Er war laut geworden.

Analina konnte sich gerade noch daran hindern, zurückzuweichen, und starrte ihn verwundert an. »Ich wüsste nicht, was Euch das angehen …«

»Das hier ist also die *Gruppe der fähigsten und vertrauenswürdigsten Begleiter*, ja? Ein einzelnes Mädchen mit losem Mundwerk und mittelmäßigen magischen Kräften? Ist sie jetzt völlig verrückt geworden?«

Es dauerte eine Sekunde, bis Analina begriff, dass der Regenkönig nicht nur Lars' Vater, sondern auch ein Hochmagier und als Ratsmitglied natürlich in ihre Reise eingeweiht war. Nach einer weiteren verstand sie, dass Lars gerade offen den Geisteszustand ihrer Mutter angezweifelt hatte. Sie räusperte sich und gab sich alle Mühe, jegliche Form der Zustimmung aus ihrer Stimme zu verbannen: »Ich habe keine Ahnung, inwiefern Ihr über unsere Route Bescheid wisst, aber es gab eine … Planänderung, mit der Lynda nichts zu tun hatte.«

Lars schnaubte. »Eine *Planänderung*.«

»Ja.«

»Du hast es also für eine gute Idee gehalten, den Plan zu ändern, an dem die Regenten Ardens und Nubens gemeinsam mit den klügsten und mächtigsten Magiern dieses Kontinents in wochenlangen Sitzungen gearbeitet haben?«

Ana schluckte. »J…ja.«

»Ich nehme an, dann hast du vorher genau über das Für und Wider nachgedacht und deine Entscheidung gemeinsam mit den *fähigsten und vertrauenswürdigsten Begleitern* getroffen, die dir für solche Fragen zur Seite gestellt wurden?« Diesmal beschränkte er sich darauf, eine einzelne Augenbraue zu heben, was Ana stärker beeindruckte als ein ganzes Orchester aus Donnerschlägen.

Sie räusperte sich erneut. »Ich … also, diese Änderung war eher … spontan.«

»Spontan«, wiederholte Lars.

»Ja.« Ana sah, dass er den Mund öffnete, und setzte rasch nach: »Das war ein Notfall. Da war dieses Mädchen, unsere Freundin …«

Er stieß ein Geräusch aus, das fast wie ein Knurren klang. »Bei allen Göttern, gab es unter diesen handverlesenen Begleitern vielleicht auch, ich weiß nicht, *Erwachsene*?«

»Natürlich gab es Erwachsene!«, schoss sie gereizt zurück. »Aber die wollten weiterziehen und mich in Sicherheit bringen, und deswegen konnte ich sie schlecht um Rat fragen, oder? Also mussten wir eben allein zurück. Wir hatten keine Wahl!«

»Man hat immer eine Wahl!«, fuhr er sie an. »*Immer.* Wer etwas anderes behauptet, ist nur zu feige.«

Ana schnappte nach Luft. »Ich bin nicht feige!«

Unter ihrem zornfunkelnden Blick wurde die steinerne Miene des Kronprinzen eine Spur weicher. »Nein«, gab er zu. »Sieht nicht so aus. Aber das ändert nichts daran, dass diese Aktion unfassbar dumm war. Ein Glück, dass ihr mir in die Arme gelaufen seid. Ich kann euch beide bis auf die Wolkenfestung mitnehmen, von dort aus seid ihr sowieso schneller in Palestra als über Lartencia und Turmland. Das war von Anfang an eine schwachsinnige Route. Seit Wochen sind wir damit beschäftigt, diese verfluchten Nachtmahre von der Küste fernzuhalten. *Muschelsand ist sicherer*, aber natürlich.« Er schnitt eine Grimasse. »Schwachsinnig.«

Analina runzelte die Stirn. »Ich weiß nicht, ob es Euch aufgefallen ist, aber das ist meine Mutter, über die Ihr da sprecht.«

Lars blinzelte. »Ja. Ist mir aufgefallen.«

»Mit der Euer Vater ein Friedensabkommen ausgehandelt hat.«

»Ich meinte nur …«

»Das darauf ausgerichtet ist, die Beziehung zwischen Arden und Nuben zu verbessern.«

»Schon gut!«, fiel er ihr ungeduldig ins Wort. »Es tut mir leid. Soll ich ein förmliches Entschuldigungsschreiben verfassen oder reicht das jetzt?«

»Das sollte reichen.«

»Gut.« Ohne ein weiteres Wort wandte er sich ab und gab ihr ein Zeichen, ihm zu folgen.

»Was habt Ihr vor?«, fragte sie prompt.

Lars warf ihr einen kurzen Blick zu. »Euch in Sicherheit bringen, natürlich. Wir nehmen dich und deine Freundin auf dem Drachen bis zur Wolkenfestung mit.«

»Drache?«

Er nickte in Richtung des Hügels. »Dahinten. Wir waren eigentlich dabei, eine Gruppe Späher aufzuspüren, die sich hier irgendwo rumtreiben soll ...«

»*Wir* suchen Späher!«, platzte Analina heraus.

»Wie bitte?« Lars starrte sie an.

»Unsere Freundin«, erklärte sie. »Wir glauben, dass sie gefangen wurde. Deswegen sind wir hier, wir sind ihnen gefolgt.«

»Zu zweit?«, brachte er ungläubig hervor. »Seid ihr lebensmüde?«

»Wir hatten keine ...« Sie begegnete seinem Blick und verbesserte sich hastig: »Es war das Beste, was mir eingefallen ist. Wir waren schon von unserer Gruppe getrennt, als wir die Spuren gefunden haben, und wenn sie Türkis bis ins Sumpfgebiet bringen ...«

Lars fluchte unterdrückt, als er begriff. »Wenn Gwenda genug Informationen von ihr bekommt, schaffst du es nie heil nach Palestra. Na schön. Wir ... wir machen Folgendes: Wir bringen euch beide auf die Wolkenfestung, dann breche ich wieder auf und versuche, sie abzufangen. Das wird uns Zeit kosten, aber im Moment sind unsere Drachentrupps in alle Himmelsrichtungen verstreut, also sind wir auf uns gestellt ...«

»Das dauert zu lange!«, widersprach Ana aufgebracht. »Wir sind sowieso schon mindestens eine Tagesreise hinter ihnen. Wenn wir jetzt einen Drachen haben, ist das vielleicht unsere einzige Chance, sie noch aufzuspüren!« Sie tauschte einen raschen Blick mit Isla, die heftig nickte.

»Tja, es geht aber nicht anders«, gab Lars schroff zurück.

»Es geht immer anders, wenn man nicht zu feige für die Alternative ist.« Ana grinste angesichts seiner entnervten Miene.

»Und die Alternative lautet?«

»Ist doch klar: Ihr nehmt uns mit.«

Für einen Moment schien es Lars die Sprache verschlagen zu haben. Dann lachte er auf und schüttelte entschieden den Kopf. »Sicher nicht! Ihr beide könnt froh sein, überhaupt bis hierher überlebt zu haben. Ich bringe euch zur Burg …«

»Damit Türkis bei Gwenda landet und unsere Reise umsonst war?«, fuhr Ana ihn an. »Das ist doch Unsinn! Wir sind hier, um ihr zu helfen, wir haben es *versprochen*! Ihr versteht nicht – Türkis ist nicht einfach irgendwer, sie ist … sie ist wie eine kleine Schwester für mich. Ihr Bruder vertraut darauf, dass wir sie retten! Er vertraut darauf, dass wir so für sie kämpfen, wie er es tun würde. Stellt Euch vor, es wäre *Eure* Schwester! Würdet Ihr sie einfach so im Stich lassen?«

Das war offenbar nicht, was Lars erwartet hatte. Für einen Moment wirkte er so überrascht, dass er gar nichts sagte. Dann räusperte er sich und gab langsam zurück: »Nein. Würde ich nicht.«

»Können wir dann *bitte* aufhören, Zeit zu verschwenden, und einfach versuchen, Türkis zu retten?«

Er erwiderte ihren flehenden Blick so ausdruckslos, dass sie beinahe die Geduld verlor. Gerade, als sie den Mund zu einer wütenden Bemerkung öffnete, kam er ihr zuvor: »Schön. Ich kann nicht fassen, dass ich das sage, aber du hast mich überzeugt. Wir brechen gleich auf und nehmen euch beide mit.«

Ana zuckte zusammen. »*Wirklich*?«

»Gib mir bloß keine Gelegenheit, das noch mal zu hinterfragen! Aber auf dem Drachen solltest du halbwegs sicher sein. Du und deine Freundin …«

»Isla.«

»Du und Isla, ihr haltet euch raus, verstanden? Wenn es zu einem Bodenkampf kommen sollte, bleibt ihr schön in euren Sätteln und rührt euch höchstens, um Schutzschilde aufzubauen. Keine Alleingänge, keine *Planänderungen*, habe ich mich klar ausgedrückt?«

Sie schnitt eine Grimasse. »Ja. Ihr klingt wie meine Mutter.«

Er warf ihr einen vernichtenden Blick zu. »Das«, sagte er knapp, »will ich nie wieder hören. Und lass endlich diesen Unsinn mit der förmlichen Anrede, das macht einen ja wahnsinnig. Holt eure Taschen oder was auch immer ihr noch bei euch hattet, und dann geht es los. Es gibt da ein paar Späher, die wir jagen müssen.«

Bevor er die Chance hatte, es sich anders zu überlegen, drehte Ana sich um und hastete mit Isla zurück zu ihrem Schlafplatz, um die Decken einzusammeln. Als sie aufsah, begann sich am Horizont ein Gewitter zu bilden.

LOTHIAN VON WOLKENTAL

Es war nicht das erste Mal, dass Analina auf einem Drachen saß. Tatsächlich konnte sie sich an ihren allerersten Flug gar nicht mehr erinnern. Es musste während eines Lichterfests gewesen sein, das am Ende des Jahres zu Ehren der Gottheiten Glaia und Nuur gefeiert wurde. Als Ana noch kleiner gewesen war, hatte Lynda sie dann manchmal mitten in der Nacht geweckt und mit auf einen Rundflug genommen, um ihr in der Ferne das große Feuerwerk von Karfunkelstadt zu zeigen. Das war natürlich Jahre her und inzwischen hatte sie genug Einzelflugstunden überstanden, um sich im Sattel auch allein halbwegs sicher zu fühlen.

Isla ging es da anders.

»Bei Hion, er ist …« Sie schlang die Arme so fest um Analinas Mitte, dass ihre Rippen knackten. »Ich wusste nicht, dass Drachen so riesig sein müssen!«

»Müssen sie nicht«, sagte Ana mit einem prüfenden Blick auf den silbrig schimmernden Drachenbullen unter ihnen. »Das hier ist ein Großdrache für sechs bis zwölf Reiter. Die werden in der Armee und für Lastenflüge eingesetzt und sind normalerweise wirklich ruhig. Richtig schwierig sind die Einzeldrachen. Die sind zwar kleiner, aber wenn man sie nicht richtig erzieht, kann es ganz schön ungemütlich werden.«

»Ich finde den hier schon ziemlich ungemütlich.« Isla rutschte unruhig auf ihrem Sattel hin und her, bevor sie einen Blick über Anas Schulter wagte. »Fliegen wir schon?«

Analina kicherte. »Nein, das würdest du merken, glaub mir. Sitzt dein Gurt richtig?«

»Mein *was*?«

»Dein Hüftgurt. Seitlich am Sattel? Du musst ihn richtig festziehen, sonst wirst du beim ersten Windstoß weggeschleudert.«

Islas Finger krallten sich schmerzhaft in ihre Seite. »*Was*? Keine Ahnung, nein? Welcher Hüftgurt? Ana, wenn ich hierbei draufgehe …«

»Seid ihr bereit?«, rief Lars von seiner Position auf dem ersten Sattel nach hinten.

»Nein!«, stieß Isla atemlos hervor. »Sind wir nicht!«

»Warte!«, fügte Ana hinzu, drehte sich so weit wie möglich um und tastete nach dem losen Gurt an Islas Sattel. »Hier, zieh ihn fest. Bereit?«

»Also, der Gurt ist zu, aber eigentlich …«

»Fertig!«, rief Analina nach vorne.

Ana!

Ein tiefes Brummen ließ Anas Hände vibrieren, mit denen sie den schimmernden Rückenstachel vor sich umklammerte. Der Drache hatte sein Startsignal von Lars bekommen und reagierte sofort, indem er den langen Hals neigte und seinen massiven Körper eng an den Boden drückte. Für einen Moment verharrte er in dieser geduckten Position und das Zittern seiner angespannten Muskeln setzte sich bis in Analinas Zwerchfell fort.

»Ana«, flüsterte Isla hinter ihr. »Wie genau hebt so ein Drache eigentlich ab?«

Sie hatte gerade zu einer Antwort angesetzt, als der schuppige Kopf des Tieres ruckartig in die Höhe fuhr.

»Er … festhalten!«

Wie ein Pfeil von der Sehne schnellte der Drache in die Luft, den Hals gereckt, die Flügel angelegt. Wind peitschte Ana ins Gesicht, ihr Magen flirrte, und dann, bevor sie absacken konnten, riss der Bulle die riesigen Flügel auseinander und stieg heftig flatternd höher. Diese ersten Meter waren immer turbulent und Ana hörte Isla hinter sich wimmern, aber schon nach wenigen Sekunden hatten sie ihre Flughöhe erreicht und die Erschütterungen legten sich. Mit langsamen, fließenden Bewegungen richtete der Silberne seine bläulich schimmernden Schwingen aus, summte melodisch und nahm Kurs Richtung Norden. Analina wartete noch einen Moment, bevor sie ihren Griff von dem Rückenstachel löste und gegen den tosenden Wind anschrie: »Na, was sagst du jetzt? Wir fliegen! Ist es nicht fantastisch?«

»Keine Ahnung«, schrie Isla zurück. »Ich sehe nichts!«

Ana lachte. »Komm schon, mach die Augen auf, es ist toll!«

Sie hatte beinahe vergessen, wie gut sich ein Drachenflug anfühlte. Ihre Haare flatterten um ihr Gesicht, ihre Augen tränten und mit jedem kräftigen Flügelschlag vollführte ihr Magen einen kleinen Sprung, aber das war nicht wichtig. Nichts war wichtig, außer dem Brausen der Schwingen, der Wärme der Schuppen und der berauschenden Geschwindigkeit, mit der sie vorwärtsschossen. Ana holte tief Luft und das feine Zimtaroma, das alle Drachen natürlicherweise verströmten, wurde intensiver.

Hinter ihr ertönte ein ungläubiges Kreischen. »Wir *fliegen*!«

Islas verkrampfte Finger lösten sich von ihren Seiten, und als Ana einen Blick über die Schulter wagte, hatte sie die Arme weit ausgebreitet und lachte. »Bei allen Göttern, das ist das Beste, was ich jemals gemacht habe.«

»Dann warte erst mal den Sturzflug ab«, gab Analina gut gelaunt zurück. Nach all den Strapazen ihrer Reise tat das Fliegen so gut, dass es einen Moment dauerte, bis ihr der Grund dafür wieder einfiel. Dann jedoch tauchte Türkis' Gesicht in aller Deutlichkeit vor ihr auf und sie spürte, wie ihr Lächeln sofort erstarb. Instinktiv tastete sie nach der Muschel, die sie eingesteckt hatte. Zu ihrer Erleichterung schien sie den Kampf im Nebel unbeschadet überstanden zu haben.

Also mischte sich auf einmal Islas Stimme in ihre Gedanken ein, was hältst du von ihm?

Ana zuckte zusammen und schnitt eine Grimasse. Könnte ich das nächste Mal eine Ankündigung bekommen, bevor du das machst? Wenn es sich so auch für Narena und Lynda anfühlt, wundert es mich, dass sie nicht schon völlig verrückt geworden sind.

Isla schaffte es irgendwie, die gedankliche Variante eines ungeduldigen Zungenschnalzens in ihrem Kopf zu erzeugen. Ja, ja. Sag schon. Der Prinz? Was denkst du?

Analina hob die Schultern. Es ist nett, dass er uns mitnimmt. Ich hätte nicht gedacht, dass ich ihn überzeugen kann.

Diesmal schnaubte Isla, ohne sich um eine telepathische Version zu bemühen. Nett? Mehr fällt dir nicht ein?

Ana runzelte die Stirn. Was meinst du?

Was ich meine? Hast du keine Augen im Kopf?

Jetzt war es Analina, die schnaubte. Wir sitzen hier auf dem Drachen des nubischen Kronprinzen, um unsere Freundin vor Wandelbaren zu retten, und das beschäftigt dich? Wie er aussieht?

Isla gab zurück: Wie kann dich das nicht beschäftigen? Fehlt nur noch ein hübscher Raureifüberzug, und ich würde ihn mir als Statue in meinen Garten stellen. Hast du schon mal solche Wangenknochen gesehen?

Ana schnitt eine Grimasse. Ja.

Hast du nicht.

Du bist meiner Mutter nie persönlich begegnet, oder?

Isla kicherte. Vielleicht seid ihr irgendwie vertauscht worden und in Wahrheit ist er ihr Kind.

Na, herzlichen Dank. Analina beschloss, die Unterhaltung laut fortzusetzen, um weiteren Diskussionen über die Vorzüge des nubischen Thronfolgers zu entkommen. »Kannst du den Boden sehen?«

Sie spürte eine Bewegung hinter sich, als Isla sich so weit zur Seite neigte, wie ihr Hüftgurt es zuließ. »Nicht richtig, da sind Wolken im Weg. Das erklärt dann wohl die mysteriös wandernden Gewitter, die wir gesehen haben. Wieso?«

»Na ja, wir sind mit einem ziemlichen Tempo unterwegs. Eigentlich sollten wir den Vorsprung langsam ausgeglichen haben. Die Späher müssten irgendwo in der Gegend sein.«

»Das ist genial! Wieso noch mal konnten wir nicht gleich mit Drachen reisen?«

Ana zuckte die Schultern. »Zu viel Aufsehen. Lynda hat wohl gehofft, zu Fuß könnten wir unbemerkt durchkommen.«

»Hat ja gut geklappt.«

»Allerdings.«

»Na ja, aber ob ich so viel Lust auf einen Drachenkampf gehabt hätte …«

Unter den Reitern vor ihnen brach plötzlich Aufregung aus. Analina glaubte, lautes Stimmengewirr und einige scharfe Befehle zu hören, aber durch das Brausen des Windes verstand sie keine einzelnen Worte. Ein Zittern lief über das stachelbespickte Rückgrat des Drachen, und sie hatte das sichere Gefühl, deutlich schneller zu werden.

»Was ist da los?«, rief Isla mit neuer Sorge in der Stimme.

»Keine Ahnung! Vielleicht haben sie die Späher gesehen?« Der Gedanke ließ ihr Herz rasen. Sie lehnte sich zur Seite, um vielleicht doch einen Blick auf den Boden zu erhaschen – und stockte. Am Horizont war ein Schatten aufgetaucht, der sich zu bewegen schien. Angestrengt gegen den schneidenden Wind anblinzelnd versuchte Analina, ihn im Auge zu behalten. Ein Schatten, ein Schemen … und er näherte sich schneller, als es zu Fuß möglich sein sollte. Sie blinzelte heftiger und im selben Moment tauchte noch eine Silhouette neben der ersten auf, die sich im selben Tempo bewegte.

Anas Herz setzte einen Schlag lang aus, als sie begriff.

»Bei allen Göttern …«

Vor ihnen riss Lars einen Arm hoch und am Himmel begannen sich die Wolken zu verdichten.

Türkis wurde wach, weil es regnete. Kalte Tropfen fielen auf ihr Gesicht, rannen über ihre Wangen und ließen sie heftig blinzeln. Ein scharfer Wind trieb ihr Tränen in die Augen, und das verwischte ihre Sicht noch mehr. Einen Moment lang wusste sie nicht, wo sie war. Dann ertönte ein Grollen wie von Donnerschlägen und alles fiel ihr ein.

Der Regen war plötzlich gekommen. Von einer Sekunde auf die andere hatte es geblitzt und gedonnert und das Meer hatte sich aufgebäumt wie ein wütendes Tier. Sie hatte in den Sandschlupf zurückkehren wollen, aber der Donner hatte ihr Summen übertönt und ihre Funken waren erloschen. In diesem Unwetter hatte sie die richtige Stelle nicht mehr gefunden, also war sie nach oben gerannt, weg vom Wasser, zu den Klippen. Sie hatte den Felsspalt gefunden, war hineingekrochen … Und da waren Späher gewesen. Große, schwarz vermummte Männer, mindestens zehn. Türkis hatte sich klein gemacht und nach ihrem Occultator gesucht, aber er war ihr wohl aus der Tasche gefallen. Noch bevor sie wirklich verstanden hatte, wie sehr sie in der Klemme steckte, war es zu spät gewesen. Sie hatten sie entdeckt, mit ihren Waffen bedroht, gepackt und gefesselt. Kein Wort hatten sie gesprochen, während sie ihr den

Mund mit einem schmutzigen Tuch zubanden und sie dann am Arm aus der Höhle schleiften. Türkis war außer sich gewesen vor Angst. Zu erschrocken, um sich zu wehren, hatte sie sich ganz klein gemacht und gehofft, dass alles nur ein schlimmer Traum war, aus dem sie bald aufwachen würde.

Aber es war kein Traum. Sie befand sich immer noch in der Gewalt dieser Männer – und schlimmer noch. Sie hatten es irgendwie geschafft, einen Nachtmahr zu rufen, und flogen jetzt in schwindelerregender Höhe durch die Luft. Genau in Richtung des Sumpfgebiets.

Türkis weinte nicht oft. Sie war lieber wütend als traurig und zog einen ordentlichen Wutanfall jedem Weinkrampf vor. Aber mit einem Knebel im Mund schrie es sich schlecht, und zu ihrem Entsetzen spürte sie, wie die Tränen ganz unkontrolliert in ihr aufstiegen. Irgendwo aus ihrem Bauch durch ihren Hals bis in ihre Augen, in einem großen, verzweifelten Kloß. Sie war gefangen, auf dem Weg zu der schrecklichen Frau, die Lias Tante war, und niemand war bei ihr, der ihr helfen konnte. Saphiron nicht, Lia nicht und auch keiner der anderen. Sie war vollkommen allein und ihre Lage war aussichtslos. Sie atmete angestrengt durch die Nase, versuchte den Gestank des Nachtmahrs zu ignorieren und blickte nach unten. Gewitterwolken verdunkelten den Himmel und sie konnte nicht einmal die ganze schuppige Flanke des Ungeheuers erkennen. Auch die Späher, die irgendwo vor ihr saßen, wahrscheinlich gemütlich festgegurtet auf weichen Ledersitzen und eingewickelt in Decken, sah sie nicht. Wie groß konnte dieses Biest denn sein? Immerhin groß genug, um ein Dutzend Personen problemlos auf seinem knochigen Rücken zu transportieren. Die Flügel konnte Türkis nicht ausmachen, aber sie hörte das gleichmäßige Brausen, das von ihnen ausging. Wenn sie die Augen schloss, konnte sie sich vorstellen, es wäre das Meer.

Das nächste Donnergrollen steigerte sich zu einem Krachen, das viel zu nah klang. Sie hörte die Späher vor sich fluchen und fragte sich, ob das Gewitter sie vielleicht erledigen würde, bevor sie das Sumpfgebiet überhaupt erreicht hatten. Ein Blitz flammte auf, noch mehr Donner ertönte und dann fuhr ein furchtbarer Ruck durch den Nachtmahr, der sie fast aus dem Sattel warf. Türkis schrie auf – oder zumindest versuchte sie es – doch das erstickte Geräusch wurde vom heulenden Wind verschluckt. Auf einmal war es um sie herum taghell. Der Nachtmahr strauchelte und röhrte. Licht blitzte auf und Türkis wurde hin- und hergeworfen, als wäre ihr Reittier nur ein Spielzeug im Wind. Sie mussten mitten in das Unwetter geflogen sein und, den Schreien der Späher nach zu schließen, nicht gerade mit Absicht. Der nächste Blitz erhellte den Himmel und er war nah, viel zu nah. Türkis biss auf ihren Knebel und erwartete Donner, aber der kam nicht. Stattdessen grollte etwas anderes durch die Luft, nicht weniger trommelfellzerfetzend, aber merkwürdig bekannt. Dann kreischte der Nachtmahr auf und sie verstand, was sie gerade gehört hatte: *Drachengebrüll.*

Da war ein Drache und er griff sie an.

Für den Bruchteil einer Sekunde war sie beinahe erleichtert. Aber schon im nächsten Augenblick fauchte es dicht neben ihr und eine gewaltige Stichflamme schoss an ihr vorbei und versengte ihr Haar. Das Feuer traf die Flanke des Nachtmahrs und im Licht der Blitze sah Türkis zum ersten Mal ihre Angreifer.

Der Drache war kleiner als die, die sie von den Schlosskoppeln kannte. Trotzdem bot sein sturmgrauer Rücken Platz für ein halbes Dutzend Krieger in voller Rüstung. Sie alle trugen lange, im Feuerschein gefährlich blitzende Lanzen und stachen und hieben so schnell auf den Nachtmahr und die Späher ein, dass ihre Waffen zu silbernen Schlieren verschwommen.

Eine Lanzenspitze fuhr haarscharf an Türkis vorbei, und plötzlich wurde sie sich der Gefahr bewusst, in der sie schwebte. Sie war zwar gefesselt, aber bei diesem Regen würde niemand erkennen, dass sie eine Gefangene war. Instinktiv versuchte sie zu schreien, aber der Knebel erstickte jeden Laut.

Es gab nichts, was sie tun konnte.

Türkis duckte sich dicht über den Rücken des Nachtmahrs und betete zu allen Göttern, die ihr einfielen.

Irgendwann wurde deutlich, dass der Nachtmahr unterlegen war. Türkis bekam nicht viel mit, aber der silberne Drache tauchte immer wieder auf, biss, spuckte Feuer und Gift und drängte den Schwarzen immer weiter Richtung Boden.

Bitte, dachte Türkis. *Bitte, bitte, bitte.*

Sie wusste nicht einmal mehr, an welchen Gott sie sich damit richtete, und vielleicht war das auch egal. Mit einem dumpfen Schlag kamen sie auf der Erde auf, so hart, dass Türkis fast an ihrem Knebel erstickte. Kreischend stürzte sich der Silberne ein letztes Mal auf seinen Gegner, biss zu und fand sein Ziel. Ein letztes, verzweifeltes Röhren gellte durch die Luft, dann brach der Nachtmahr zusammen und sein Kopf schlug hart auf dem Boden auf.

Von einer Sekunde auf die andere herrschte eine unnatürliche Stille. Nicht nur der Kampflärm war verstummt, auch das Gewitter und selbst der Wind schienen sich gelegt zu haben. Von den Spähern, die vor Türkis auf dem Nachtmahr sitzen mussten, kam kein Laut mehr.

Es war vorbei.

Sie lebte.

Der silberne Drache neigte den Kopf und näherte sich seinem besiegten Feind. Seine Flügel senkten sich, und plötzlich sah sich Türkis sechs Reitern gegenüber, die sie allesamt fassungslos anstarrten. Derjenige, der ganz vorne im Sattel saß, fand seine Sprache als Erster wieder. »Bei Hion und Feton, sie haben ein Kind gefangen!«

Er sprang so schnell und geschmeidig von seinem Drachen hinüber auf den Nachtmahr, dass Türkis es kaum mitbekam. Schon war er bei ihr und löste mit einer einzigen, funkenstiebenden Handbewegung ihre Fesseln. Mühelos hob er sie aus dem Sattel, sprang mit ihr auf den Boden und schnitt ihr den Knebel auf.

»Alles in Ordnung?«, fragte er sofort. »Wer bist du? Woher kommst du?«

Als Türkis ihn wortlos anstarrte, nahm er den silbernen Helm ab, schüttelte sich die leicht ergrauten Locken aus dem Gesicht und schenkte ihr ein Lächeln. Der warme Braunton seiner Augen ließ ihn freundlich wirken, aber sie hatte nicht vor, sich davon täuschen zu lassen. Wer so kämpfen konnte, hatte mindestens zwei Gesichter.

»Ich bin Türkis«, sagte sie. »Und woher ich komme, geht Euch nichts an.«

Der Fremde blinzelte. »Diese Information könnte aber hilfreich sein, wenn wir dich nach Hause bringen sollen, denkst du nicht?«

Sie zuckte nicht mit der Wimper. »Ich glaube nicht, dass das geht.«

Der Mann seufzte leise. »Wo haben sie dich denn aufgelesen? Gringol? Lartencia?« Als sie nicht antwortete, fügte er sanfter hinzu: »Vielleicht gefällt dir das nicht, aber früher oder später wirst du Hilfe annehmen müssen. Wieso nicht meine?«

Türkis musterte ihn prüfend. Er wich ihrem Blick nicht aus.

»Muschelsand«, sagte sie schließlich. »Aber da bin ich nicht zu Hause.«

Er neigte fragend den Kopf. »Wo dann?«

Sie holte tief Luft und plötzlich roch es nach Rosen. »Funkelstein.«

Die Züge des Fremden wurden merkwürdig starr. »Ich verstehe.«

Für den Bruchteil einer Sekunde hatte Türkis das Gefühl, einen schrecklichen Fehler gemacht zu haben. Dann streckte er ihr seine Hand entgegen und sagte: »Komm. Ich glaube, es gibt jemanden, mit dem wir reden müssen.«

Türkis nahm seine Hand, weil sie wusste, sie hatte keine Wahl. Erst, als der Mann Anstalten machte, sie in den Sattel zu heben, fiel ihr noch etwas ein: »Ich … ich weiß nicht, wer Ihr seid.«

Er hob überrascht die Augenbrauen. »Oh! Verzeih mir, natürlich habe ich vergessen, mich vorzustellen. Mein Name ist Lothian von Wolkental. Ich bin der König von Nuben.«

EICHENHALL

Am Horizont zeichneten sich zwei Nachtmahre ab. Zwei riesige, schuppige Ungeheuer, die geradewegs auf sie zusteuerten, die knochigen Flügel merkwürdig ungelenk im Vergleich mit dem nubischen Silberdrachen. Analinas Magen verkrampfte sich. Mechanisch griff sie wieder nach dem Rückenstachel vor ihr und umklammerte ihn so fest, dass ihre Knöchel weiß hervortraten. Während die Nachtmahre unaufhaltsam näher kamen, verdichteten sich die Wolken um den Drachen und das Heulen des Windes wurde lauter. Gleichzeitig hatte Ana den Eindruck, dass die Luft direkt um sie herum sich beruhigte, bis nur noch eine leichte Brise über ihr Gesicht strich. So fühlte es sich also an, bei einem dieser Gewitter auf der Seite der Nubier zu stehen.

Lars' Stimme wurde mühelos an ihre Ohren getragen: »Das könnte heftig werden. Wir hatten es bisher noch nie mit zwei Nachtmahren auf einmal zu tun, aber ich kann euch nicht mehr unbemerkt absetzen. Ich will, dass ihr diese Amulette anzieht, die euch verschwinden lassen. Was auch immer passiert, nehmt sie nicht ab! Und keine Angriffe! Sichtbare Schilde nur im Notfall, verstanden? Falls es schlecht laufen sollte, werde ich notlanden, damit ihr euch verstecken könnt. Versucht dann, in der Nähe zu bleiben, bis jemand zur Bergung kommt.«

Sein Tonfall war völlig ruhig, aber gerade das machte Analina nervös. Unwillkürlich fühlte sie sich an ihre Mutter erinnert, die ihre Worte selbst dann noch mit kristallklarer Präzision vortrug, wenn andere längst vor Wut auf den Tisch schlugen.

Sie schluckte. »Verstanden.«

Islas Finger schlossen sich um ihr Handgelenk, als sie Anstalten machte, den Occultator aus der Tasche zu ziehen. »Wenn er *schlecht laufen* sagt …«

»Zieh den Occultator an«, sagte Ana leise. »Jetzt.«

»Aber …«

»Es ist wichtig, dass sie uns nicht sehen. Das sind keine einfachen Späher. Wenn sie zu zweit sind, haben sie ein Ziel.«

Kurz herrschte Stille. Dann, kaum hörbar über das Brausen des Windes hinweg, wisperte Isla: »*Du* bist das Ziel.«

»Vielleicht.«

»Aber wie können sie wissen …«

Analina schüttelte schwach den Kopf. »Keine Ahnung.«

Das ferne Kreischen eines Nachtmahrs bohrte sich in ihren Schädel. Sie biss die Zähne zusammen, warf einen letzten Blick über die Schulter und streifte sich die Kette des Occultators über den Kopf. Der kalte Luftzug auf ihrem Gesicht und das Rauschen der Drachenschwingen ließen nach, aber ihre Angst blieb. Ana umklammerte mit einer Hand immer noch den schimmernden Rückenstachel. Mit der anderen fand sie blind Islas Finger, und sobald sie danach griff, ließ der betäubende Schwindel ein wenig nach. Sie sah sich kurz um und stellte fest, dass auch Isla mit dem Amulett verschwunden war. Als sie ihre Aufmerksamkeit wieder nach vorne richtete, machte ihr Magen einen Hüpfer. Zwar verbargen die Gewitterwolken die genaue Position des Silberdrachen vor ihren Feinden, aber ihre eigene Sicht war erstaunlich klar, und was sie sah, gefiel Ana überhaupt nicht. Die Nachtmahre waren näher gekommen und sie boten keinen schönen Anblick. Selbst durch den Schleier, den der Occultator über ihre Sinne gelegt hatte, konnte Analina die scharf geschwungenen Kiefer erkennen, die verfärbten Fangzähne, die schwefelgelb glühenden Augen. Obwohl ihre Flügelschläge grob und unkoordiniert wirkten, schossen sie pfeilschnell voran, und bald waren sie so nah, dass Ana ihre Reiter erkennen konnte. Diese bleichen Gestalten hatte sie bisher zwar nur auf Abbildungen gesehen, aber es gab keinen Zweifel, worum es sich handelte.

Alben, dachte sie, und als Islas Finger sich fester um ihre schlossen, wusste sie, dass sie es gehört hatte. Anders als die Wandelbaren wurden Alben nicht aufgrund körperlicher Stärke zu gefährlichen Gegnern. Tatsächlich wirkten sie mit ihrer wachsweißen Haut und den langen, dünnen Gliedmaßen weniger Angst einflößend als die breitschultrigen Maskierten, aber der Eindruck täuschte. Viele Alben waren schwarze Magier und Analina bezweifelte, dass Gwenda ausgerechnet die unbegabtesten Exemplare auf zwei Nachtmahre setzen würde.

Die beiden vorderen der insgesamt sechs Alben hoben krallenartig gekrümmte Finger und Ana machte sich bereit.

»Schilde!«

Lars' Stimme fuhr glasklar durch die Luft. Sofort riss der Drachenreiter direkt vor Ana, der auf der Position des Magiers saß, die Arme hoch und ein türkisfarbener Schild entfaltete sich aus dem Nichts zwischen ihnen und den Nachtmahren. Auch Lars selbst reagierte und über die Barriere aus türkisfarbenem Licht legte sich ein zweiter Schild in silbrigem Saphirblau. In derselben Sekunde formten die Alben ihren ersten Angriff. Etwas schoss auf sie zu, aber es war kein Licht. Im Gegenteil. Für einen verrückten Moment hatte Ana das Gefühl, die Alben hätten ein Stück schwarzen Nachthimmel heraufbeschworen und zu Kugeln gerollt, die sie ihnen nun entgegenschleuderten. Wabernde Schatten sirrten durch die Luft, so dunkel, dass Analina sich bei ihrem Anblick merkwürdig blind vorkam. Lars stieß einen Befehl aus, den sie nicht verstand, und dann trafen die Schattenkugeln auf die nubischen Schilde und zerbarsten zu Lichtfunken und Dunkelheit. Der Silberdrache brüllte, als es ihm nicht gelang, allen Fetzen der Schatten auszuweichen, aber bis auf einen Hauch von Kälte spürte Analina nichts.

»Angriff!«

Ana konnte kaum sehen, was passierte. Die Wirkung des Occultators war ihr inzwischen nur zu gut bekannt, doch das konnte das schreckliche Gefühl des Schwindels und der Übelkeit nicht lindern. Mit zusammengekniffenen Augen duckte sie sich hinter den Rückenstachel, umklammerte Islas Hand und versuchte, einen Blick nach vorne zu erhaschen. Blitze zerrissen die düsteren Gewitterwolken: die magischen Angriffe der nubischen Drachenreiter. Der rasche Wechsel von gleißender Helligkeit und tiefstem Schatten ließ Anas Augen tränen, und als der Silberdrache sich in die Höhe schwang, um einer Attacke zu entgegen, verlor sie völlig die Orientierung. Sie wurde hart gegen den Hüftgurt gedrückt, hörte Isla hinter sich keuchen und schaffte es gerade noch, den Occultator festzuhalten, bevor er gegen ihre Schläfe schlug. Etwas Silbernes schoss vor ihr durch die Luft, eine Lanze vielleicht, und dann hob sich eine Silhouette von den Wolkenschleiern ab und die Luft schien Ana in den Lungen zu gefrieren.

Einem der Nachtmahre war es gelungen, die magischen Angriffe zu umgehen. Während der Silberdrache damit beschäftigt war, seinen zweiten Gegner auf Abstand zu halten, stieß der schuppige Hals des ersten zielsicher in ihre Richtung. Die beiden nubischen Reiter, die mit Lanzen ausgestattet waren, fuhren herum und versuchten, ihn abzuwehren, doch mit einem ohrenbetäubenden Kreischen wich der Nachtmahr ihnen aus und attackierte die Flanke des Silbernen. Bevor Ana Zeit hatte, auch nur einen Finger zu rühren, hatte sich der nubische Magier alarmiert umgedreht und der türkisfarbene Schild verschwand. Er hatte die Hände noch nicht wieder erhoben, als er seinen Fehler begriff.

»Vorsicht!«

Durch den Kampflärm hörte Ana ihren Schrei nicht einmal selbst, aber es war sowieso zu spät. Der Magier hatte sich auf den Kopf des Nachtmahrs konzentriert, ohne die Besatzung zu beachten, und der Angriff der Alben traf ihn direkt in die Brust. Er sackte in seinem Sattel zusammen, und während die Lanzenführer den Drachen verteidigten, war Lars von hinten vollkommen ungeschützt.

Ana sah es sofort, aber das war nicht entscheidend.

Entscheidend war, dass auch die Alben es sahen. Sie reagierten, bevor Lars die Gefahr auch nur bemerkte, und Ana reagierte auch.

»Nein!«

Sie wusste nicht, was sie tat. Sie wusste überhaupt nichts, dachte nicht nach. Da war nur ein Gefühl schrecklicher Angst, und als der erste Alb seine Schattenkugel formte und die gekrümmten Finger hob, packte Analina Islas Hand mit aller Kraft und riss ihren anderen Arm hoch. Hitze wallte in ihr auf, so intensiv, dass sie kaum zu ertragen war. Sie hörte Islas scharfen Atem hinter sich, spürte, wie brodelnde Magie durch ihre verschränkten Finger schoss, und konzentrierte sich mit aller Macht auf ihr Ziel. Der Strahl, der aus ihrer Handfläche hervorbrach, fauchte wie Drachenfeuer. Es war ihre eigene, himmelblaue Magie, aber die ungeheure Stärke kam ihr fremd vor und ließ ihre Haut brennen. Lars fuhr herum, die Augen geweitet, und dann traf der Strahl sein Ziel und der vordere Alb wurde aus dem Sattel geschleudert, bevor er seinen eigenen Angriff losschicken konnte.

ANA!

Als sie begriff, was sie getan hatte, war es zu spät. Ihr Strahl hatte Lars vor dem Alb geschützt, aber er hatte sie auch verraten.

»Rückzug!«, brüllte Lars und im selben Moment setzte der silberne Drache zum Sturzflug an, bereit zur Flucht. Die Lanzenführer stießen noch einmal zu, um ihnen den Weg freizuhalten, Wolken verdichteten sich um sie herum und Ana hoffte, flehte …

Die Kralle schoss aus dem Nichts auf sie herab. Isla schrie auf und Ana sah veilchenblaue Funken blitzen. Sie spürte einen Ruck und Islas Hand verschwand aus ihrer.

Isla!

Sie wollte sich umdrehen, wollte helfen, aber aus den Augenwinkeln nahm sie noch eine Bewegung wahr, und dann traf sie etwas so heftig in die Seite, dass der Gurt an ihrer Hüfte zerriss. Instinktiv griff sie nach dem Rückenstachel, packte ihn, rutschte ab. Für einen schrecklichen Augenblick schien sie zu schweben, merkwürdig losgelöst von all dem Wind, den Blitzen und Schreien um sie herum. Dann schoss der Silberne vorwärts und Anas Finger griffen ins Nichts.

Sie fiel.

Da war Luft um sie herum, nur Luft und Schatten. Ein Blitz, heller als alle zuvor …

Und dann, schließlich: Dunkelheit.

Saphiron fluchte so laut, dass er selbst erschrak. Hastig sah er sich um, aber natürlich hatte ihn niemand gehört. Der Waldweg war verlassen – so verlassen, dass Saphiron gleich noch einen Fluch unterdrückte. Er hatte *gewusst*, dass das eine schlechte Idee war. Wie bei allen Göttern hatte Isla denken können, dass er es allein bis nach Eichenhall schaffte? Schon auf der kurzen Strecke am Meer entlang war er nur knapp einem sehr unangenehmen Tod entgangen, als er von den Klippen gerutscht und fünf Meter tief in eisiges Meerwasser gestürzt war. Dass da überhaupt Wasser gewesen war, hatte ihm natürlich das Leben gerettet. Ein paar Schritte weiter und er wäre direkt auf scharfkantigen Felsen gelandet. Saphiron schauderte. Als er den Strand dann endlich hinter sich gelassen hatte, war von Narena, Qalim und Hannibal keine Spur mehr zu sehen gewesen, und so hatte er sich nur nach den wenigen Informationen von Isla richten können. Einmal hatte er tatsächlich einen Bauern nach dem Weg gefragt, aber die einzige Antwort war eine nachlässige Handbewegung in die Richtung gewesen, in der Ylignus seiner Meinung nach lag. Saphiron warf noch einen Blick über die Schulter. Er hatte das Dorf am Morgen erreicht, nachdem er eine ganze Nacht damit verbracht hatte, einem Weg zu folgen, der sich bei Tageslicht als Rundgang um ein Sacchabeerenfeld herausgestellt hatte. Weil es ihm zu riskant vorgekommen war, in seinem inzwischen aufsehenerregend ungepflegten Zustand nach ihrem nächsten Führer zu fragen, hatte er das Dorf umrundet, bis er einen bewaldeten Hügel erreicht hatte. Isla zufolge sollte der Weg nach Eichenhall nicht schwer zu finden sein, also hatte er sich allein zwischen die Bäume gewagt.

Es war eine seiner schlechteren Ideen gewesen.

Saphiron kam es vor, als irrte er nun schon seit Stunden zwischen den scheinheilig schimmernden Goldeichen herum, ohne auch nur in die Nähe eines Anwesens zu kommen. Als er auf den Waldweg gestoßen war, hatte ihm das kurzfristig Hoffnung gemacht, aber hinter jeder Kurve tauchte nur ein weiteres Stück des Pfades auf, der einfach nicht enden wollte. Er hatte genug. Er war erschöpft, er war hungrig, und wann immer er versuchte, sich sein Ziel vor Augen zu halten, sah er stattdessen das lachende Gesicht seiner Schwester vor sich, als hätte sich selbst sein Gedächtnis gegen ihn verschworen. Dass er jetzt nicht nur Türkis, sondern auch Analina vermisste, machte es noch schlimmer.

Um seinem Ärger Luft zu machen, stieß er einen Laut aus, eine wilde Mischung aus Knurren, Seufzen und einem frustrierten Schrei. Das Geräusch hallte in seinen Ohren wider, bevor es vom dichten Eichenlaub verschluckt wurde, und in der Nähe stoben zwei winzige Vögel auf. Saphiron biss die Zähne zusammen und sah sich schuldbewusst um. Er verhielt sich leichtsinnig, das wusste er. Es war nicht ungefährlich, Aufmerksamkeit auf sich zu lenken, schon gar nicht allein in einer unbekannten Umgebung. Wenn Qalim hier wäre, würde er …

»Junge!«

Saphiron erstarrte. Das war nicht möglich. Es konnte nicht möglich sein. Er konnte doch nicht wirklich diese Stimme gehört haben, so nah, als müsste er sich nur umdrehen …

Saphiron drehte sich um.

»Falls du jemals überlegen solltest, Langstreckenbote zu werden – schlag dir das nur gleich wieder aus dem Kopf. Du bist miserabel. Miserabel! Ist dir klar, dass ich nur den Arm ausstrecken müsste, um dich zu erledigen?« Qalim schnaubte ungehalten. Er stand tatsächlich nur zwei Schritte hinter Saphiron auf dem Waldweg, die buschigen Brauen gefährlich zusammengezogen, und starrte ihn aus glühenden Gnomenaugen an.

Vollkommen überrumpelt suchte Saphiron nach Worten. »Was … was bei Bulbur und Biba machst du hier?«

»Was ich hier mache?«, wiederholte Qalim mit lauter werdender Stimme. »Was *ich* hier mache? *Ich* befolge die Befehle der Königin! Ich bin genau, wo ich sein sollte, weil ich getan habe, was ich tun sollte! *Bringt die Prinzessin nach Palestra*, das war der Plan. Es war ein guter Plan! Ein simpler Plan. Simpel zu befolgen. Was genau war es also, das dich daran gehindert hat, deine verfluchte Pflicht zu tun und dich daran zu halten?«

»Ich …« Saphiron schluckte. »Ich w…wollte allein zurück, wirklich. Aber Analina …«

»Analina!«, donnerte Qalim. »Der habe ich auch noch das eine oder andere zu sagen, darauf kannst du Gift nehmen. Wo steckt sie?«

Saphirons Magen verkrampfte sich. »Sie …« Er räusperte sich schwach. »Sie ist … also … nicht hier.«

Der Gnom starrte ihn an. »Was hast du gesagt?«

»Sie … hat mich zurückgeschickt …« Endlich fiel ihm wieder ein, wieso er diesen Weg überhaupt auf sich genommen hatte. »Ich soll Verstärkung holen! Türkis … sie ist vielleicht gar nicht tot, Qalim. Wir haben Spuren von Spähern gefunden und wenn die nach Norden ziehen und sie ins Sumpfgebiet bringen …«

Er verstummte unter Qalims loderndem Blick.

»Junge«, sagte der Gnom sehr langsam und sehr deutlich, »wo ist die Prinzessin?«

Saphiron zwang sich, den orangeroten Kohleaugen nicht auszuweichen. »Ich weiß es nicht«, gab er fast lautlos zurück.

Für einen Moment herrschte Stille, in der Saphiron sich vage fragte, ob Qalim ihn vielleicht angreifen würde. Doch dann packte er ihn nur am Arm und zog ihn ohne Erklärung vorwärts.

»Was …«

»Komm«, knurrte Qalim. »Eichenhall ist nicht mehr weit. Ich würde dir empfehlen, die Zeit zum Denken zu nutzen.«

»Zum …«

»Du wirst eine Erklärung abliefern müssen. Und zu deinem eigenen Wohl hoffe ich, dass es eine gute Erklärung ist. Eine *verdammt* gute.«

Saphiron dachte an den Tag vor ihrem Aufbruch, als Analina sich mit der Königin gestritten hatte. Die Erinnerung an den eisigen Ausdruck in Lyndas hellblauen Augen ließ ihn schaudern. Mit Mühe verdrängte er das Bild aus seinem Kopf und begann angestrengt zu denken.

Sie erreichten Eichenhall zu schnell. Tatsächlich hatte Saphiron das Gefühl, nicht viel mehr als zehn Schritte zurückgelegt zu haben, als die Bäume sich lichteten und den Blick auf ein herrschaftliches Anwesen freigaben. Es war schwer zu sagen, ob er vor einem sehr großen Haus oder einem sehr kleinen Schloss stand, aber eines war klar: Übersehen konnte man es nicht. Wenn er seine Energie statt in Flüche ins Laufen gesteckt hätte, wäre er vermutlich sogar schnell genug angekommen, um Qalims Standpauke zu entgehen. Dann dachte Saphiron wieder daran, was ihm bevorstand, und kam zu dem Schluss, dass er lieber zehnmal unter die Augen des Gnomen treten wollte als einmal unter die der Königin.

Schweigend legten sie die letzten Meter über eine unbebaute Wiese zurück, auf ein breites Tor zu, das von zwei uralt wirkenden Eichen flankiert wurde. Als sie den Steinbogen passiert hatten und Saphirons müde Füße Pflastersteine spürten, wagte er einen schnellen Blick in Qalims Richtung.

»Was … ist das hier für ein Ort?«

»Eichenhall«, gab Qalim kurz angebunden zurück.

Saphiron verdrehte die Augen. »Das weiß ich. Ich meinte, wer …«

»Der Familie von Eichenhall gehört das meiste Land im Umkreis von Ylignus. Sie sind über ein paar Ecken mit dem

Grafen von Lartencia verwandt. Angesehene Leute. Ronar, der Sohn, ist unser nächster Führer. Zumindest war das der *Plan*.«

Saphiron ignorierte den Seitenhieb. »Und seid ihr schon lange hier?«

»Ein paar Tage.« Der Gnom stieß die Tür auf und schob ihn umstandslos über die Schwelle. »Schau, wen ich gefunden habe!«

Saphiron hatte kaum Zeit, sich umzusehen. Er bekam einen kurzen Eindruck von Wärme und Tischen und Holz, und dann sprang jemand auf und presste ihn so fest an sich, dass er ächzte.

»Der Kleine! Bei den Glasgeistern, und es geht ihm gut. Es geht dir doch gut?«

»G...großartig«, brachte Saphiron angestrengt hervor. »Noch.«

Er wurde losgelassen und sah sich nun dem kritischen Blick Hannibals ausgesetzt.

»Hallo.« Er lächelte schwach. »Für einen Schneeriesen bist du ziemlich anhänglich.«

Hannibal schnaubte. »Das liegt nicht an mir! Ihr Kleinen treibt mich in den Wahnsinn, das sage ich dir. Kaum lässt man euch für eine Sekunde aus den Augen, schon lauft ihr einem davon.«

Saphiron dachte an Türkis und seufzte. »Wem sagst du das.« Er sah sich um. »Wo ist Narena?«

Sie waren direkt in dem Raum gelandet, dem das Anwesen offensichtlich seinen Namen verdankte. Die mit schimmerndem Goldeichenholz getäfelte Halle bot mit dem langen Tisch und den breiten Bänken genug Platz für ein Fest der ausgelassenen Sorte – oder für einen ausgewachsenen Schneeriesen. Weil Hannibal offenbar seine Drachenschuppe abgenommen hatte und seine Schultern fast Saphirons gesamtes Blickfeld ausfüllten, brauchte er einen Augenblick, um ganz sicher zu sein.

Dann jedoch gab es keinen Zweifel mehr: Bis auf ihn, Hannibal und Qalim war die Halle leer.

»Unterwegs«, gab Qalim an Hannibals Stelle zurück. »Die letzten Tage waren immer zwei von uns draußen, um nach euch Ausschau zu halten, und einer war hier. Hast du den Jungen gesehen?«

Es dauerte eine Sekunde, bis Saphiron begriff, dass diesmal Ronar von Eichenhall gemeint war.

»Oben«, gab Hannibal zurück. »Wieso, was ist los? Wo stecken die Mädchen?«

Der Gnom warf Saphiron einen ungehaltenen Blick zu. »Tja, das ist die große Frage. Wartet hier«, fügte er knapp hinzu, »ich gehe ihn holen. Leg dir schon mal deine Worte zurecht, Junge. Gestammel kostet Zeit und die haben wir nicht.«

Er drückte Saphiron mit einer knorrigen Hand auf die nächste Bank, drehte sich um und polterte zurück Richtung Tür. Die war schon fast wieder hinter ihm zugefallen, als er noch einmal innehielt.

»Gut, dich zu sehen, Saphiron. Wirklich gut.«

»Oh … gleichfalls.«

Dickes Eichenholz verschluckte Qalims ungeduldiges Knurren.

VERBINDUNGEN

Entgegen Qalims Behauptung war Ronar von Eichenhall kein Junge mehr, zumindest nicht nach Saphirons Verständnis. Als die Türen wieder aufschwangen und der Gnom zurückkam, begleitete ihn ein dunkelhaariger Mann, der ein paar Jahre älter sein musste als Saphiron selbst. Überhaupt wirkte er ganz anders, als Saphiron ihn sich vorgestellt hatte. Die großzügige Halle hatte ihn an Samtwesten, Siegelringe und schimmernde Stiefelspitzen denken lassen, aber tatsächlich waren die Ärmel von Ronars Hemd nachlässig hochgerollt und an seinen Stiefeln klebten Erde und Staub.

»Da bist du ja. Saphiron, richtig?« Er streckte ungehemmt eine Hand aus und drückte Saphirons so fest, dass er zusammenzuckte. »Gut, dich zu sehen. Willkommen auf Eichenhall.«

»Danke.« Saphiron räusperte sich, doch bevor er seine sorgfältig ausformulierte Erklärung vortragen konnte, nickte Ronar nur und trat neben ihn an den langen Tisch.

»Qalim hat mir schon gesagt, dass ihr getrennt wurdet.« Er fügte keine Vorwürfe hinzu, was Saphiron ihm hoch anrechnete. Stattdessen legte er ein Bündel auf die Eichenholzplatte, schlug den Stoff auseinander und enthüllte eine trübe Glaskugel von der Größe einer Faust. Mit fragend erhobenen Brauen sah er auf. »Seid Ihr sicher, dass ich derjenige sein sollte, der diese Nachricht schickt? Ich habe das erst einmal gemacht und das ist eine Weile her …«

»Keine Zeit für Schüchternheit, Junge«, fuhr Qalim Ronar an, »so schwer kann das nicht sein. Wir werden nicht auf Narena warten, damit sie uns zeigt, wie man eine verdammte Kugel berührt.«

Ronar seufzte und nickte. »Na schön. Ich versuche, die Verbindung herzustellen, und dann kann Saphiron die Geschichte persönlich erzählen.«

Er legte eine Hand auf die Kugel und runzelte die Stirn. Kurz passierte überhaupt nichts. Dann flammte ein Licht in ihrem Inneren auf, flackerte und begann schließlich rhythmisch zu pulsieren.

Ronar zog die Hand zurück. »In Ordnung. Wenn nichts schiefgegangen ist, sollte jetzt …«

In einem schwachen Blitz erschien etwas über der Kugel, das wie das leicht durchsichtige Bild eines Gesichts aussah. Es war nicht das Gesicht der Königin, aber als ein feines Beben durch die Projektion lief und die Züge schärfer wurden, erkannte Saphiron Parl Marsiy, den königlichen Berater, von dem Türkis so begeistert gewesen war.

»Ronar, guten Morgen«, sagte Parl mit hörbarer Erleichterung. »Gut, dass Ihr Euch meldet. Ich hatte schon begonnen, mir Sorgen zu machen. Also haben sie Eichenhall erreicht?«

»Guten Morgen. Die Prinzessin ist immer noch verschwunden, aber Saphiron …«

»Die … *wie bitte*?«

Ronar verstummte. Parl Marsiys Miene war starr geworden, und selbst über die Projektion glaubte Saphiron zu erkennen, dass er erbleichte. Saphiron sah von ihm zu Ronar, dem ebenfalls die Farbe aus dem Gesicht wich, und versuchte zu begreifen, was sie offensichtlich schon verstanden hatten.

Er räusperte sich nervös. »Was …«

Ronar schien ihn nicht zu hören. »Seid Ihr … nicht benachrichtigt worden?«, fragte er schwach. »Die Prinzessin hat sich in Muschelsand von der Gruppe getrennt, um mit Saphiron und der letzten Führerin nach der Kleinen zu suchen. Der Junge ist gerade angekommen, aber – bei allen Göttern, Ihr solltet längst Bescheid wissen! Wir haben … Nachrichten geschickt … ich verstehe nicht …«

Parl schüttelte den Kopf. Er wirkte wie betäubt. »Wir haben seit Muschelsand keine Nachricht mehr bekommen. Nicht, seit Türkis …« Er hielt inne. »Wer?«, fragte er dann, plötzlich schärfer. »Wer sollte uns benachrichtigen?«

Saphiron hörte, wie Qalim hinter ihm leise aufkeuchte. Und dann, noch bevor Ronar den Namen nennen konnte, wurde es ihm klar.

Da war Wärme.

Analina spürte Schmerz, und Kälte, und Angst, ohne genau zu wissen weshalb. Aber da war auch Wärme, irgendwo, und das half. Sie war sich nicht sicher, wieso – konnte nicht einmal genau sagen, wogegen –, aber als alles nach und nach zurückkehrte und der Schmerz stärker wurde, blieb die Wärme, und das machte ihn erträglich.

»Ana?«

Eine sanfte Stimme. Was ungewohnt war, aber nicht fremd.

»Analina? Kannst du mich hören?«

Da war auch Licht. Es war gedämpft, grünlich, wie hinter dichtem Laub verborgen. Ana kannte das Licht.

Sie versuchte zu sprechen. Es tat weh, aber es ging. »Narena …?«

Eine Hand. Eine Hand auf ihrem Arm, und schließlich begriff sie, dass daher die Wärme kam.

»Ich bin hier. Kannst du versuchen, mich anzusehen?«

Analina war sich nicht sicher. Es kam ihr unmöglich vor, sich zu bewegen, aber dann schaffte sie ein Blinzeln und schließlich, nach ein paar trüben Sekunden, war da ein Bild.

»Narena.«

Sie war es wirklich. Narenas Gesicht schwebte so nah über ihr, dass Ana ihr Spiegelbild in den riesigen Katzenaugen erkennen konnte. Als die Schattenspäherin sah, dass sie ihren Blick erwiderte, zog sie sich ein wenig zurück.

»Da bist du ja wieder. Wie fühlst du dich?«

Ana überlegte. Ihr ganzer Körper fühlte sich an, als hätte sich ein ausgewachsener Schneeriese versehentlich auf sie gesetzt, und ihre Zunge war rau und trocken, aber immer noch floss kribbelnde Wärme durch ihre Glieder und vertrieb nach und nach den Schmerz. »B…besser«, brachte sie hervor. »Langsam.«

»Gut, dann höre ich jetzt auf. Bereit?« Narena zog ihre Hand zurück und das Wärmegefühl erstarb. Ana zuckte unwillkürlich zusammen, aber der Schmerz wurde nicht mehr stärker, und nach ein paar Sekunden begriff sie, weshalb.

»Hast du mich geheilt?«

»So gut ich konnte. Deine Knochen und Organe sollten in Ordnung sein, aber wahrscheinlich fühlst du dich noch wund und überlastet.« Jetzt erst fiel Analina auf, wie müde sie klang. »Das muss ein ziemlicher Sturz gewesen sein.«

»I…ich weiß nicht …« Ana kam ihre Erinnerung merkwürdig verschwommen vor. Da war eine Muschel gewesen … Türkis' Spur … sie waren ihr gefolgt … und dann …

»Lars!« Sie fuhr hoch und unterdrückte ein Stöhnen, als ihre Rippen schmerzhaft protestierten. »Der … der nubische Prinz hat uns gefunden. Wir wollten Türkis retten, aber dann waren da Nachtmahre und wir haben gekämpft und …« Sie rang nach Luft, als es ihr einfiel. »Wir sind gefallen, wir … Isla …«

Hektisch sah sie sich um. Sie lag auf einem Deckenlager in einer kleinen Höhle, die sie nicht wiedererkannte. Eine Feuerstelle spendete warmes Licht und da, auf einer zweiten Decke, direkt an der Felswand, lag noch jemand.

»Isla!«

Ana wollte aufstehen, aber Narena hielt sie zurück. »Bleib liegen, du bist nicht gesund.«

»Aber …« Analina schaffte es nicht, ihren Blick von Islas bleichem Gesicht abzuwenden. Sie hatte die Augen geschlossen, ihre Brust hob und senkte sich nur schwach, und da war noch etwas. Etwas, das falsch war.

»Sie … sie ist gefesselt?«

Auch Narena sah zu Isla hinüber. »Ja.«

»Aber …«

»Wir wurden verraten, Analina.« Narenas Stimme war ruhig. »Diese letzten Angriffe konnten kein Zufall mehr sein. Jemand hat sie geplant.«

»Aber Isla würde nie …«

»Sie ist die Unbekannte«, wandte Narena leise ein. »Sie ist die Einzige, die niemand von uns kennt.«

Anas Kopf dröhnte. Mühsam versuchte sie, einen klaren Gedanken zu fassen. »Wo … wo sind wir?«, brachte sie schließlich hervor. »Was ist passiert? Wie hast du uns gefunden und … wo ist Lars?«

Narena blinzelte. »Das sind viele Fragen.«

Analina starrte sie an. »Natürlich sind es viele Fragen! Ich sollte eigentlich *tot* sein, bei allen Göttern! Kann ich also bitte einfach ein paar Antworten bekommen?«

Einen Moment lang wirkte Narena merkwürdig abgelenkt. Prüfend wanderte ihr Blick über Anas Gesicht, als müsste sie sich erinnern, worüber sie überhaupt gesprochen hatten. Schließlich blinzelte sie erneut und nickte.

»Ja«, gab sie zurück. »Keine Sorge. Du bekommst Antworten.«

Ana runzelte die Stirn. »Gut. Danke.«

Aber eine unbestimmte Sorge hatte sich schon in ihren Gedanken festgesetzt und ließ sie nicht mehr los.

Nachdem er das Gespräch beendet hatte, blieb Parl für einen Augenblick reglos sitzen und starrte auf die Stelle, wo sich vor einer Sekunde noch Saphirons Gesicht abgezeichnet hatte. Dann wurde ihm klar, dass er keine Zeit zu verlieren hatte. Er sprang auf, griff mit tauben Fingern nach der Verbindungskugel und machte sich auf den Weg zur Königin.

»Ja?«

Er platzte in der Sekunde über die Schwelle, als er ihre Antwort hörte. Lynda, die an ihrem Schreibtisch gesessen hatte, sprang auf und fuhr herum, die Arme abwehrend erhoben. »Was ... *Parl*, was bei Glaia ...«

Dann blieb ihr Blick an seinem Gesicht hängen und ihre Lippen wurden weiß. Sehr langsam ließ sie die Hände sinken.

»Parl«, wiederholte sie kaum hörbar, »was ist passiert?«

Es kostete ihn all seine Willenskraft, ihr weiter in die Augen zu sehen. »Es kam gerade eine Nachricht von Eichenhall. Analina wurde von ihrer Gruppe getrennt. Sie ist in Gefahr.«

Lynda verzog keine Miene, aber ihre rechte Hand tastete nach der Lehne ihres Stuhls und klammerte sich daran fest.

»Details«, sagte sie tonlos. »Jetzt.«

Er gehorchte.

Als er seine Zusammenfassung beendet hatte, war er sich nicht sicher, ob sie ihm überhaupt zugehört hatte. Da war ein Ausdruck in ihre Augen getreten, der ihm fremd war und gleichzeitig schrecklich bekannt – auf eine rohe, nur mühsam unter neuen Jahren begrabene Art und Weise. Aber dann blinzelte sie und er konnte sehen, dass sie es begriffen hatte, vielleicht sogar besser als er. Alles, was er gesagt hatte – *Türkis – Analina – die Nachrichten –*, wirbelte gleichzeitig über ihre Züge und er konnte beobachten, wie ihre Gedanken Fahrt aufnahmen, während sie sprach: »Wir brauchen alle Leute zwischen Muschelsand und Eichenhall, die wir erreichen können. Es gibt Eliteabsolventen der Akademien in der Umgebung, die ich kontaktieren kann. Die Hochmagier sind vollständig mit Kugeln versorgt, aber ich weiß nicht, ob jemand in der Nähe ist – egal, einen Versuch ist es wert. Ronar soll alle verfügbaren Kämpfer losschicken, aber jemand muss auf Eichenhall bleiben, nur für den Fall. Analina kann noch nicht weit sein, wenn sie zu Fuß unterwegs ist. Türkis ist das zweite Problem, wenn sie wirklich gefangen wurde, darf Gwenda sie nicht in die Finger bekommen. Obwohl«, Lynda lachte kurz auf und Parl hörte einen gut verborgenen Anflug von Panik in ihrer Stimme, »offensichtlich hat sie sowieso alle Informationen, die sie braucht. Wie auch immer, du kümmerst dich um die Nachrichten und ich …« Ein Lichtblitz ließ sie innehalten. »Wer ist das?«

Erst ihre Frage erinnerte Parl daran, dass er immer noch die Verbindungskugel umklammert hielt. Rasch senkte er den Blick und konzentrierte sich darauf, den telepathischen Ruf zu interpretieren.

»Wolkenfestung«, stellte er überrascht fest. Seit er seine Stelle am Hof angetreten hatte, war die Kommunikation mit Nuben ausschließlich per Brief erfolgt. Zumindest hatte er das gedacht.

Lynda stieß einen erstickten Laut der Frustration aus. »Oh, natürlich. Natürlich *jetzt.*«

»Soll ich …«

»Nein, nicht nötig. Danke.« Sie nahm ihm die Kugel ab und war mit zwei langen Schritten wieder bei ihrem Schreibtisch, wo sie sie ablegte und mit einer flüchtigen Fingerbewegung die Verbindung herstellte. Flackernd erschien das Gesicht des Regenkönigs vor ihr in der Luft.

»Ah, die Königin persönlich. Ich fühle mich geehrt.«

Parl war dem Herrscher von Nuben nie zuvor begegnet, aber er war sich ziemlich sicher, einen Hauch von Spott in seiner Stimme wahrzunehmen.

Lynda schien es nicht zu bemerken oder vielleicht war es ihr auch einfach egal. »Lothian«, gab sie knapp zurück. »Was willst du?«

»Ist das deine persönliche Interpretation von *Frieden*, Lynda? Ich bin ... nun, nicht überrascht, aber ...«

»Lothian von Wolkental, ob du es glaubst oder nicht, das hier ist nicht der richtige Moment für deinen zweifelhaften Humor! Sag, was du zu sagen hast, oder halte den Mund, aber verschone mich um Glaias willen mit deinen Scherzen, ich flehe dich an.«

Der Regenkönig hob die Brauen. »Du flehst also mich an und im selben Atemzug die Göttin des Lichts? Kommt dir das nicht ein wenig seltsam vor?«

»Du hast noch drei Sekunden für einen hilfreichen Beitrag.« Lyndas Hand schwebte über der matt leuchtenden Kugel, bereit, die Verbindung zu unterbrechen.

Lothians Miene wurde ernst. »Ich habe gehört, du vermisst ein Kind?«

Lynda zuckte zurück. »Wie bitte?«

»Wir haben einen Nachtmahr auf dem Weg ins Sumpfgebiet abgefangen. Die Späher hatten ein Mädchen dabei. Klein, vorlaut, zu jung, um allein unterwegs zu sein? Hört auf den Namen Türkis. Sie sagt, du hättest sie geschickt?«

Parl sah, wie Lyndas Schultern nach unten sanken. »Du hast ... Türkis gefunden? Wo?«

»An der Grenze zwischen Lartencia und dem Wolkental. Und – denn natürlich wäre das deine nächste Frage gewesen – ja, es geht ihr gut. Sie schläft«, fügte Lothian mit einer Spur Schärfe in der Stimme hinzu. »Aber wirklich, Lynda, ein neunjähriges Kind?«

Lynda ignorierte ihn. »Sie war allein? Ich meine, die einzige Gefangene?«

Lothian runzelte die Stirn. »Mutterseelenallein, ja. Wieso?«

Sie antwortete nicht. Parl konnte nur ihren Hinterkopf sehen, aber ihre Miene schien dem Regenkönig etwas mitzuteilen. Seine Augen glitten rasch über ihr Gesicht, und als er erneut sprach, klang er noch ernster als zuvor: »Lynda, wieso? Ist noch jemand verschwunden?«

Ein tiefer Atemzug hob ihre Schultern wieder an. Sie räusperte sich, und als sie schließlich antwortete, war ihre Stimme fest: »Analina. Analina ist verschwunden.«

Für einen Moment sagte niemand ein Wort. Dann stieß Lothian hervor: »Ist das dein Ernst? Und das erwähnst du nebenbei, als wäre es …«

»Ich habe die Nachricht selbst gerade erst bekommen!«, fuhr Lynda ihn an und ihre Fingerknöchel an den Stuhllehnen wurden weiß. »Hör mir zu, ich brauche deine Vorwürfe nicht, nicht jetzt. Ich brauche deine Hilfe. Es gibt eine Schwachstelle bei den Begleitern, die ich nicht gesehen habe. Analina ist irgendwo da draußen, und wenn wir sie nicht aufspüren, tut es Gwenda! Du musst Patrouillen schicken, die das Gebiet zwischen Muschelsand und Lartencia überfliegen, hast du verstanden?«

Lothian runzelte die Stirn. »Lars war in der Ecke unterwegs, er sollte bald zurück sein …«

»Das können wir nicht abwarten. Wir haben keine *Zeit*, Lothian! Schick alle, die du hast, flieg meinetwegen selbst los, aber finde sie oder …«

»Schon gut.« Ein Beben lief durch die Projektion, als der Regenkönig sich bewegte. »Ich breche sofort auf und nehme die Kugel mit. Melde dich, wenn du mehr weißt.« Er stockte, für eine Sekunde nur. »Ich werde sie finden, Lyn. Ich bin sicher …«

»Hör auf zu lügen und geh!«

Lothians Gesicht flackerte noch einmal, dann erstarb die Verbindung und er war weg.

Stille trat ein.

Parl wartete ein paar Sekunden, dann räusperte er sich. Langsam stand Lynda auf und drehte sich zu ihm um.

»Ich habe den Regenkönig informiert«, sagte sie tonlos.

»Ja. Das … habe ich gehört.«

Ihre Blicke trafen sich.

»Wir kennen uns noch aus der Schule«, fügte sie hinzu.

Parl sagte nichts dazu. »Darf ich?«

Selbst in seinen Ohren klang seine Stimme hölzern. Er nickte in Richtung der Verbindungskugel und Lynda zuckte leicht zusammen, als sie begriff.

»Ja. Ja, natürlich, ich … du solltest …«

»Ich kontaktiere alle verfügbaren Leute in Lartencia«, nahm er den Faden wieder auf, »Eichenhall zuerst. Saphiron sollte wissen, dass Türkis in Sicherheit ist. Soll ich auch die übrigen Hochmagier informieren oder wollt Ihr das persönlich tun?«

Lynda schloss die Augen, offensichtlich auf der Suche nach ihrer Fassung. »Nein, übernimm du das. Ich muss versuchen, Narena zu erreichen.«

»Ihr müsst …« Parl starrte sie an. »Wie bitte? Ist das Euer Ernst?«

Ungehalten riss Lynda die Augen wieder auf. »Sehe ich so aus, als wäre ich besonders zu Scherzen aufgelegt, oder gehört es neuerdings einfach zum guten Ton, meine Entscheidungen infrage zu stellen?«

»Weder noch, aber diese Verbindung war schon vorher gefährlich und unter diesen Umständen erst recht! Ist Euch nicht klar, was Ihr aufs Spiel setzt? Ihr …«

»Ob es mir *klar* ist?« Lyndas Stimme war kaum mehr als ein Flüstern, aber Parl verstummte abrupt und sie fuhr mit bebender Stimme fort: »Du denkst, es ist mir nicht klar, was auf dem Spiel steht? Oh, es ist mir klar. Sei dir sicher, dass es mir klar ist. Was ist mit dir? Ist dir klar, dass das Leben meiner Tochter in Gefahr ist?«

»Natürlich ist es das«, gab Parl ernst zurück. »Aber genau deshalb lauft Ihr Gefahr, überstürzte Entscheidungen zu treffen. Ihr habt Angst und das ist völlig verständlich, aber das darf Euch nicht daran hindern …«

»Das reicht!« Lynda machte einen schnellen Schritt auf ihn zu und ihre Augen blitzten gefährlich auf, als sie mit schneidender Kälte in der Stimme fortfuhr: »Ihr seid ein hervorragender Berater und ich schätze Eure Meinung, aber wenn ich sie hören will, dann *frage* ich! War das deutlich genug?«

Parls Gesicht fühlte sich auf einmal merkwürdig erfroren an. »Ja, Euer Majestät. Mehr als deutlich. Ich bitte um Verzeihung, Euer Majestät.«

Als sie die Distanz in seinen Worten hörte, wich der Zorn in Lyndas Blick etwas anderem. »Es tut mir leid«, sagte sie leise. »Das war zu hart. Ich hätte es besser wissen sollen als …« Sie schüttelte schwach den Kopf. »Ich weiß, dass Narena Euch … viel bedeutet …«

»Narena«, wiederholte Parl.

Ihre Lippen zuckten, aber sie fügte nichts hinzu.

»Du hast recht«, sagte er langsam. »Du solltest es besser wissen.«

Sie sagte kein Wort. Nach einem Moment der Stille streckte Parl die Hände aus und nahm ihr die Verbindungskugel ab. Ihre Finger waren eiskalt.

»Ich benachrichtige Eichenhall«, sagte er sachlich. »Wollt Ihr allein versuchen, zu ihr durchzukommen, oder soll ich bleiben?«

Lynda schwieg eine Sekunde.

»Bleib hier«, sagte sie dann, »bitte.«

»Wie Ihr wünscht, Euer Majestät.«

Parl wandte sich ab, um die Verbindungskugel auf Augenhöhe im Regal zu platzieren. Hinter ihm ließ sich Lynda wieder auf ihren Schreibtischstuhl sinken und machte sich bereit.

AUS DEM SCHATTEN

»Seit wir Eichenhall erreicht haben, sind wir Tag und Nacht auf der Suche nach euch. Einer ist dort geblieben, falls ihr auftaucht, und Qalim und ich sind abwechselnd losgeritten. Ronar, unser Führer, hat uns Pferde überlassen. Ich war eigentlich unterwegs nach Westen, als dieses Gewitter wie aus dem Nichts aufgetaucht ist. Ich dachte, vielleicht haben die Drachenreiter des Regenkönigs etwas gesehen, also bin ich den Wolken hinterhergeritten. Dann war es auf einmal ein richtiges Unwetter, ich habe Lärm gehört, Brüllen. Ich konnte nicht viel sehen, aber es klang nach einem Kampf. Ich bin schneller geritten und dann ist etwas gefallen. Da war ein Licht – ich dachte erst, sie hätten jemanden in Brand gesetzt. Aber als ich die Stelle erreicht habe, war das Unwetter weg, die Kämpfer auch. Und Isla und du habt auf dem Boden gelegen, bewusstlos. Also habe ich euch versorgt und einen Unterschlupf in der Nähe gesucht, damit du geschützt aufwachen konntest.«

Ana schauderte, als Narena verstummte. »Aber wir waren so hoch. Der Sturz hätte uns umbringen müssen.«

»Ich nehme an, das hast du verhindert«, gab die Schattenspäherin nüchtern zurück.

»Aber wie …«

»Dieses Licht, Analina, das war kein Feuer. Ihr habt nicht gebrannt. Es war *Magie*. Sehr, sehr mächtige Magie, heller als alles, was ich je zuvor gesehen habe. Sie ist hervorgebrochen, um dich und Isla zu retten. Um die Mondprinzessin zu retten.«

Ana starrte sie an. »Du meinst … du meinst, es war *Mond*magie? Aber ich habe es nie geschafft, sie zu wecken!«

»Vielleicht musstest du das gar nicht. Vergiss nicht, du trägst nicht nur die Fähigkeiten, sondern auch die Seele eines Mondvogels in dir. Sie hat dein Leben in Gefahr gesehen und wollte dich schützen.«

»Also war es nicht *ich*.«

»Es war ein Teil von dir.« Als Narena Analinas skeptisches Gesicht sah, griff sie in die Tasche ihrer Kutte und fügte leise hinzu: »Brauchst du einen Beweis dafür, wie mächtig du sein kannst? Hier. Die hattet ihr noch um, als ich euch gefunden habe.«

Ana senkte den Blick. Erst dachte sie, Narena hielte ihr einfach zwei Klumpen geschmolzenes Silber entgegen. Dann entdeckte sie farblose Kristallsplitter und etwas, das wie die Überreste einer Kette aussah. Sie keuchte auf. »Das sind unsere Occultatoren!«

»Das waren sie. Wie es aussieht, war die Energie zu viel für sie. Glück für uns. Wenn sie nach dem Sturz noch funktioniert hätten, hätte ich euch vielleicht nie gefunden.«

Analina schluckte. »Und … und jetzt?«

»Ich habe schon Bescheid gegeben, dass ich euch gefunden habe. Hilfe ist unterwegs.« Narena stand auf und trat auf den Höhleneingang zu, um hinauszusehen. »Sie sollten nicht mehr lange brauchen.«

»Wer …« Ana wurde von einem leisen Röcheln Islas abgelenkt. Immer noch machte sie keine Anstalten aufzuwachen, und der Anblick der Stoffstreifen um ihre Hand- und Fußgelenke jagte Analina unangenehme Schauer über den Rücken.

»Es war nicht Isla«, murmelte sie mehr zu sich selbst als zu Narena. »Sie kann uns nicht verraten haben. Das würde sie nicht tun.«

»Wer dann?« Narena drehte sich um und sah sie stirnrunzelnd an. »Wer soll es dann gewesen sein, Analina? Hannibal? Qalim? Ich?«

Ana schüttelte hilflos den Kopf. »Nein, natürlich nicht! Keiner von euch würde das tun …«

»Nun, jemand hat es getan. Es hätte mir schon in Muschelsand klarwerden müssen. Aber diese Verbindung, sie hat mich …« Narena hielt inne, seufzte und schloss: »… abgelenkt.« Sie klang erschöpft und nun, da Tageslicht durch den Höhleneingang auf ihr Gesicht fiel, sah sie auch so aus. Ihre olivfarbene Haut hatte einen gräulichen Ton angenommen, ihre Augen wirkten gerötet, und sie blinzelte so häufig, als wären die Höhlenwände in sehr grellen Farben bemalt.

Analina räusperte sich vorsichtig. »Geht es dir … gut?«

»Gut?«, wiederholte die Schattenspäherin mit einem schwachen Lächeln. »Nein.«

»Ist es immer noch die Verbindung mit Lynda? Aber ich dachte, auf Eichenhall sollte es eine Kugel geben …?«

Narena antwortete nicht.

Nervös sah Ana zurück zu Islas regloser Gestalt. Ein dunkler Fleck an ihrer Schläfe ließ sie zusammenzucken. »Rena, sie blutet.«

»Eine oberflächliche Wunde. Nichts Lebensbedrohliches.«

»Bist du sicher?« Als die Schattenspäherin schwieg, versuchte Ana es noch mal: »Hör zu, vielleicht sollten wir sie trotzdem wecken. Ich weiß, du traust ihr nicht, aber ich tue es. Sie ist meine Freundin, und außerdem macht sie mich … *stärker.* Uns beide. Ich habe dir von den Träumen erzählt, aber da ist auch etwas mit unserer Magie. Wenn wir zusammen kämpfen, setzt das irgendetwas frei, eine Kraft … Wir stehen auf derselben Seite, das weiß ich.«

Narenas Schultern zuckten. Sie schloss die Augen und sagte tonlos: »Ich kann ihr nicht helfen.«

»Aber …«

»Ich *kann* nicht, Analina. Deine Heilung war alles, was ich geschafft habe, meine Magie ist erschöpft. Wenn du Isla wecken willst, bist du auf dich gestellt.«

Analina starrte sie an. »Aber ich weiß nicht, wie!«

Narena sagte nichts.

»Rena!«

Ihre Lider flatterten, aber sie hoben sich nicht. »*Ich* kann dir helfen.«

»Was? Aber du hast doch gerade …« Ana unterbrach sich. Plötzlich raste ihr Herz wie auf der Flucht vor einer ganzen Armee. »Lynda?«

Narena schlug die Augen auf. Sie waren klar und blau wie frisches Eis.

»Los«, sagte sie, und selbst ihre Stimme schien kälter geworden zu sein. »Wir haben nicht viel Zeit. Sehen wir mal, was du kannst.«

Narenas Körper bewegte sich vorwärts, aufrecht, wie von Drähten gehalten. Mit trockenem Mund rappelte Analina sich auf, ignorierte ihre schmerzenden Rippen und krabbelte auf Isla zu. »Lynda …«

Die blauen Augen sahen nicht von Islas Gesicht auf.

»Lynda«, wiederholte Ana, »es tut mir leid. Ich wollte nicht weglaufen, wirklich nicht. Und … und ich wollte nach meinem Geburtstag nicht einfach so aufbrechen. Ich war nur so wütend und ich hatte Angst, aber …«

»Sie blutet.« In Narenas Stimme lag keine Spur von Erschöpfung mehr.

Analina senkte den Blick auf Islas blutverschmierten Haaransatz. »Du … ich meine, Narena hat gesagt, es ist nur oberflächlich.«

Narenas Fingerspitzen streiften wie beiläufig Islas Haut. »Sie hat recht. Sie ist stabil. Eine Heilung wird nicht nötig sein.«

Analina versuchte, sich nicht von ihrem unbeteiligten Tonfall irritieren zu lassen. Das war nicht der Moment, um Streit mit ihrer Mutter anzufangen. »Lynda, sie ist keine Verräterin, sie kann einfach keine sein. Können wir ihr nicht wenigstens die Fesseln abnehmen?«

»Bist du bewaffnet?«

Ana zuckte zurück. »Was?«

»Hast du eine Waffe? Ein Messer oder einen Dolch? Für die Fesseln.«

Ohne aufzusehen, streckte die Schattenspäherin eine Hand aus. Immer noch kniend zog Analina ihr Messer aus der Scheide an ihrem Stiefel und legte es in Narenas gebräunte Handfläche. »Aber hat Rena nicht auch eines?«

»Oh, vermutlich. Aber darum geht es nicht. Es geht darum, dass du keines mehr hast.«

Da waren Hinweise gewesen. Das Funkeln in ihren Augen, die Wortwahl, der Ton – lauter Dinge, die Ana hätte bemerken können. Aber selbst, als es offensichtlich wurde, wehrte sich ihr Körper eine Sekunde zu lang gegen die Erkenntnis, und als sie reagieren wollte, war es schon zu spät.

Narenas Finger führten das Messer so spielerisch, als wäre es ein Pinsel. Bevor Analina ihre Starre abschütteln konnte, spürte sie die kalte Schneide an ihrem Hals, die sanft die Linie ihrer Schlagader nachmalte.

»Analina«, wisperte die Stimme, und spätestens daran hätte Ana es erkannt. Ihre Mutter hätte ihren Namen nie auf diese

Weise ausgesprochen – langsam, genüsslich, wie einen besonders rüden Fluch. »Sieh mich an.«

Sie hob den Kopf.

Eisiges Blau lähmte ihre Gedanken.

»Ach ja. Ich hatte gedacht, du seist hübscher. War meine Schwester enttäuscht?« Helles Lachen sprudelte durch die Luft, bevor es abrupt erstarb. Der Druck der Klinge an Anas Hals verstärkte sich leicht. »Ich habe es normalerweise nicht nötig, mich vorzustellen, aber um Verwechslungen in Zukunft zu vermeiden – mein Name ist Gwenda Melania und im Gegensatz zu deiner oft überschätzten Mutter bin ich in der Lage, eine telepathische Verbindung nicht nur aufzubauen, sondern auch vor Eindringlingen zu schützen. Soll heißen, dass deine Schattenspäherfreundin von jetzt an ausschließlich tut, was *ich* will.« Sie wartete keine Reaktion ab, sondern fuhr fort: »Genug getrödelt. Wir haben nicht viel Zeit.«

Analina schaffte ein Krächzen. »Zeit … wofür?«

»Nun, das kommt darauf an. Natürlich könnte ich dich töten …«

Das Messer auf ihrer Haut machte es Ana schwer, zu widersprechen.

»Aber nur ein Dummkopf zerstört, was er nicht kennt. Nein. Ich habe es dir gesagt, Mondmädchen: Ich will sehen, was du kannst.«

Ein Lächeln glitt über Narenas Züge, das so fremd war wie ihr Blick.

»Was ich …«

»Steh auf.«

Analina gehorchte widerstrebend. Wirre Gedanken taumelten durch ihren Kopf, einer nutzloser als der andere. Gwenda war hier. Nein, sie war nicht hier. *Narena* war hier und Gwendas

Bewusstsein steuerte ihren Körper. Und sie war erschöpft und Isla war bewusstlos und Hilfe …

Sie stockte. Hilfe war unterwegs. Narena hatte das gesagt. Wenn sie nur lange genug durchhielt, würde jemand kommen, um ihr zu helfen.

Narenas linke Hand zwischen ihren Schulterblättern schob sie vorwärts. Die rechte hielt immer noch das Messer an ihren Hals und zwang Ana dazu, sich langsam und vorsichtig zu bewegen. Schließlich hatte sie den Höhlenausgang erreicht und blieb stehen.

Narenas Pferd stand ganz in der Nähe am Rand eines Wäldchens und graste friedlich. Der Anblick kam Analina so unwirklich vor, dass er sie für einen Moment ablenkte. Dann jedoch nahm sie eine Bewegung am Horizont wahr, und als sie den Kopf hob, erkannte sie drei dunkle Schatten am blassblauen Himmel. Sie näherten sich zielstrebig und Ana wartete verzweifelt auf ein Zeichen, eine Wolke, irgendetwas. Ein leises Lachen ertönte an ihrem Ohr und zerstörte ihre Hoffnung.

»Ah«, sagte Gwenda unbeschwert, »da kommt die Verstärkung. Du solltest dich geehrt fühlen, es sind meine letzten. Aber keine Sorge, es wird neue geben. Nachtmahre vermehren sich schnell.«

Die Schatten kamen näher. Der Himmel blieb wolkenlos.

»So«, fuhr Gwenda fort, als würde es allmählich Zeit, Tatsachen zu schaffen. »Ich hoffe, das reicht dir als Anreiz. Wenn sie hier sind, werden sie dich töten. Wenn du versuchst zu fliehen, werde ich dich töten. Der verwirrte Geist dieser Schattenspäherin mag nutzlos sein, aber ihr Körper ist stark und ich bin sehr, sehr viel schneller als du. Du hättest keine Chance. Also bleibt dir nur noch eine Möglichkeit: Du musst versuchen, dich mit Magie zu befreien. Ich würde vorschlagen, du beginnst jetzt.«

Sie zwang sie so schnell zurück in die Knie, dass Ana nicht wusste, wie ihr geschah. Ein stechender Schmerz zuckte durch ihren Hals, und ohne nachzudenken, riss sie die Hände hoch. Himmelblaue Funken stoben auf, doch Narenas gebräunte Finger glitten fast beiläufig durch die Luft und der Angriff verpuffte im Nichts. Analina war sich nicht sicher, ob sie der Schattenspäherin unter anderen Bedingungen so deutlich unterlegen gewesen wäre, aber ihr ganzer Körper fühlte sich wund und kraftlos an und die eisige Panik in ihrem Bauch machte alles nicht gerade leichter.

»So wird das aber nichts.«

Der brennende Schmerz an ihrem Hals wurde intensiver und Ana ballte die Hände zu Fäusten, presste die Lippen zusammen und rang verzweifelt um Konzentration. Himmelblaues Licht flammte auf, stärker diesmal, doch in der nächsten Sekunde traf sie ein Angriff so heftig in den Rücken, dass sie vorwärtsflog und hart auf dem Boden aufschlug. Als sie sich keuchend aufrappelte, stand Narena längst wieder vor ihr, Reste waldgrüner Funken an den Fingerspitzen. Der Blick aus den eisblauen Augen war scharf und gnadenlos.

»Du stirbst«, stellte Gwenda ungerührt fest. »Wenn du so weitermachst, werde ich die Nachtmahre gar nicht brauchen.«

»Ich … kann es nicht!«, stieß Analina hervor, erleichtert, dass sie wütend klang und nicht ängstlich. »Ich konnte meine Mondmagie noch nie benutzen, es geht nicht. Und wenn du tausend Nachtmahre rufst, es wird nicht funktionieren!«

Narenas Gesicht blieb reglos.

»Unsinn«, gab Gwenda knapp zurück, »du brauchst nur den richtigen Anreiz, das ist alles. Du hast es geschafft, als du fast gestorben wärst, also wirst du es wieder schaffen. Jetzt.«

Grünes Licht schlug ihr entgegen wie eine brennende Faust. Ana riss die Arme vor ihr Gesicht und ein blauer Schild fing einen Teil des Angriffs ab, doch zahllose Funken trafen ihre Haut und ließen sie aufschreien.

»Du … bist verrückt«, keuchte sie atemlos. »Ich habe es dir gesagt, es geht nicht! Wieso … tötest du mich nicht einfach? Das willst du doch sowieso.«

Gwendas Augen blitzten auf. »Hältst du mich wirklich für dumm genug, die mächtigste Waffe wegzuwerfen, die diese Welt zu bieten hat? Mondmagie ist ein *Geschenk*. Das größte Geschenk seit Jahrhunderten, und ich will es haben.«

Ana blinzelte. »Macht ist nie nur ein Geschenk«, gab sie leise zurück.

Für den Bruchteil einer Sekunde wirkte Gwenda irritiert. Dann zuckte ein Lächeln über Narenas schmale Lippen. »Wo hast du das denn aufgeschnappt? Lass mich raten, meine Schwester hat sich an Erziehung versucht. Schade, dass sie dir nicht auch beigebracht hat, wie man am Leben bleibt. Man sollte doch meinen, inzwischen wäre sie in dieser Hinsicht erfahren genug, oder?«

Analina hatte keine Ahnung, was das heißen sollte. »Ich lebe.«

»Ja«, sagte Gwenda lauernd. »Du lebst. Aber …«

Etwas passierte in Narenas Gesicht. Es war ein Flackern, ein Zucken, kaum länger als ein Herzschlag. Aber Ana sah es und sie sah die winzige Spur von Bernstein, bevor sie wieder verschwand.

»Rena!«, stieß sie hervor, »Rena, du musst sie verdrängen. Du musst zurückkommen, hörst du? Rena!«

Ein Ruck fuhr durch Narenas Schultern und im nächsten Moment starrte Gwenda wieder kalt auf sie hinunter. »Hör auf zu schreien«, befahl sie. »Sie kommt nicht zurück. Niemand kommt. Nicht, bevor …«

Wieder ein Zucken. Ihre Lider flatterten, aber obwohl sich

ihre Pupillen weiteten, blieben ihre Augen blau. Ein Zittern lief durch ihre Lippen und dann öffnete sie den Mund und sprach: »Analina. Analina, du musst …«

Anas Herz raste. »Lynda?«

»Analina, *lauf*…«

Ein wütendes Zischen verschluckte den Rest des Satzes. Gwenda war zurück und Narenas Hände bebten vor Wut. »Das reicht«, knurrte sie und machte einen Schritt auf Ana zu. »Du hättest dich verabschieden sollen«, fügte sie mit ruhiger werdender Stimme hinzu. »Das dürfte die letzte Gelegenheit gewesen sein, mit deiner Mutter zu sprechen.«

Hinter Analina ertönte das Kreischen eines Nachtmahrs. Sie drehte sich nicht um, aber es klang nah.

»Lynda«, sagte sie leise. Wartete.

Gwenda schnaubte. »Ich habe doch gesagt, sie wird nicht …«

Sie verstummte mitten im Satz und Ana verlor keine Zeit. Noch bevor sie das Zittern der Lider sah, bevor sie Bernstein sehen konnte oder den veränderten Ausdruck in den strahlend blauen Augen, nahm sie all ihren Mut zusammen und sprang auf. Sie lief, wie ihre Mutter es gesagt hatte, aber sie lief nicht davon. Stattdessen stürzte sie vorwärts, schnappte sich das Messer aus Narenas Fingern und stolperte zurück in die Höhle. Sie hörte einen Schrei hinter sich und wusste, dass Gwenda zurück war, aber sie ignorierte die Angst. Fieberhaft ließ sie sich auf die Knie fallen, packte das Messer fester und begann zu schneiden. Sie riss, zerrte und flehte, und dann gab es einen Ruck und Islas Hände waren frei. Ohne wirklich zu wissen, was sie tat, umklammerte sie ihre Finger und in einer aufflammenden Hitzewelle fuhr Isla hoch.

»Was …«

»Gwenda«, stieß Analina hervor. »Sie kontrolliert Narenas Körper. Sie kommt.«

»Aber …«

»*Jetzt.*«

Narenas vertraute Silhouette erschien im Höhleneingang. Ana wirbelte herum, ohne Islas Hand loszulassen, und erneut begann sich brodelnde Wärme in ihr auszubreiten. Narenas Finger zuckten und Analina reagierte. Als der waldgrüne Strahl auf sie zuschoss, brach ein gleißend blauer Schild vor ihr und Isla aus dem Nichts hervor, hell wie der Sommerhimmel, aber von veilchenfarbenen Funken durchwebt. Gwendas Angriff traf ihn mit voller Wucht und Isla keuchte, aber der Schild hielt.

»Ah.« Narena blieb stehen. Gwendas durchdringender Blick wanderte über Analina, dann über Isla. »Das ist interessant. Sehr interessant. Sie macht dich stärker, hattest du gesagt?«

Ana antwortete nicht. Der Schild schützte sie für den Augenblick, aber sie konnte spüren, wie Islas Finger zuckten.

Fesseln, dachte sie.

Etwas bewegte sich an ihrer Seite und sie hoffte, dass Isla verstanden hatte.

»Nun, das ändert die Situation.« Gwendas Augen blieben an Isla hängen. »Du. Du bist im Weg.«

»Nicht!«

Ana sprang auf und riss Isla mit sich. Sie landete auf den Füßen, das Messer in der Hand, und ihre zerschnittenen Fußfesseln fielen zu Boden. Gwendas nächster Angriff schlug dort ein, wo sie eben noch gelegen hatte, und brannte ein kreisrundes Loch von der Größe einer Faust in die Wolldecke. Isla stieß einen wütenden Schrei aus und hob das Messer, doch Analina grub die Nägel in ihren Handrücken.

Kein Messer!

Ana, was bei …

Du würdest Narena töten.

Wieder schoss waldgrünes Licht auf sie zu und mit einem unterdrückten Fluch ließ Isla das Messer fallen und hob abwehrend die Hand. Ein veilchenblauer Schild entfaltete sich gerade, als Anas Verteidigung einbrach, und wehrte den Magiestrahl ab.

Und dass Narena scheinbar kein Problem hat, uns zu töten, ist egal?

Analina fuhr funkensprühend mit der Hand durch die Luft und schaffte es, die Gestalt der Schattenspäherin ein paar Schritte zurückweichen zu lassen.

Es ist nicht Narena, es ist nur ihr Körper. Sie trägt keine Schuld.

Isla schnaubte. *Welch ein Trost! Dann hast du sicher einen besseren Plan?*

Ihr Schild flackerte. Gwenda nutzte die Schwachstelle sofort und ihre nächste Attacke warf sie beide rückwärts gegen die Höhlenwand. Islas Finger wurden ihr entrissen, aber zu ihrer Überraschung spürte Analina, dass es nach wie vor in ihr brodelte. Da war Licht, das sich am Rand ihres Bewusstseins ausbreitete, heiß und hell und stärker als die himmelblaue Magie, die sie kannte. Sie sah eine Bewegung vor sich und reagierte. Mit einer scharfen Fingerbewegung warf sie Gwendas nächsten Angriff zurück und die blauen Funken, die diesmal aufstoben, erhellten die ganze Höhle. Isla zog einen Schild hoch, schneller, als sie es allein geschafft hätte, und in der winzigen Pause, die folgte, begegnete Ana noch einmal Gwendas Blick.

Sie wirkte milde überrascht.

Mit zusammengebissenen Zähnen tastete Analina noch einmal nach Islas Geist. *Isla?*

Ja. Sie klang angespannt, aber entschlossen. Wieder traf ein grüner Strahl auf ihren Schild, aber er hielt und Ana fuhr rasch fort: *Nachtmahre kommen, wir haben nicht viel Zeit. Draußen ist ein Pferd, damit kannst du fliehen …*

Warte, fiel Isla sofort ein. Was ist mit dir?

Ich muss Narena hier rauskriegen. Wenn ich warte, bis die Späher da sind, lässt Gwenda sie vielleicht in Ruhe.

Islas Angst durchzuckte Analinas Bewusstsein. Was? Aber du kannst nicht …

Das Kreischen eines Nachtmahrs gellte durch die Luft. Er war nah, viel zu nah. Ohne noch eine Sekunde zu verlieren, packte Ana Islas Ärmel. »Los!«

Sie stürzten vorwärts. Narenas Züge verzerrten sich und Analina glaubte ein Flackern in Gwendas Augen zu sehen, das ihr Hoffnung machte. Dennoch schlug ihr der grüne Blitz so gnadenlos entgegen, dass sie ihn nur mit Mühe abwehren konnte. Funken stoben ihr ins Gesicht und fraßen sich wie winzige Käfer in ihre Haut. Ana unterdrückte einen Schmerzensschrei, zog Isla weiter. Da war Licht, zu viel Licht. Grünes Licht, das sie angriff, blaues Licht, das sie schützte, und dann, in ihr, war noch mehr. Es zuckte in ihren Fingerspitzen, ihrem Geist, kochte und brodelte und lenkte sie ab. Geblendet kniff Ana die Augen zusammen und rannte weiter, während es himmelblau und weiß hinter ihren Lidern loderte und sie von innen heraus zu verbrennen schien. Praktisch blind schlug sie um sich, schickte gleißend helle Strahlen los und dann wehte ihr kühle Luft entgegen und sie riss die Augen auf.

Sie waren draußen. Ana fuhr herum, Isla an ihrer Seite, und sah Narena mit erhobenen Armen vor der Höhle stehen. Ihre Zähne waren gefletscht wie bei einem Tier, aber die hasserfüllten Eisaugen waren nicht auf sie gerichtet. Sie starrte geradewegs in den Himmel, und obwohl ihre Wimpern flatterten, verschwand der wütende Ausdruck nicht aus ihrem Gesicht.

Wieder ertönte ein Kreischen. Dunkle Schatten schoben sich über den Boden. Ein Brüllen ließ Anas Zwerchfell beben. Dann atmete sie ein und die Luft schmeckte feucht.

Langsam hob sie den Blick.

Die Nachtmahre waren direkt über ihnen, und sturmgraue Gewitterwolken zogen sich um sie zusammen.

DER WAHRE KAMPF

»*Er.*«

Es war ein einziges Wort, aber Gwenda spie es aus wie Gift. Donner grollte und aus den dichten Wolken schoss ein Drache hervor, silbergrau wie der des nubischen Prinzen, aber größer. Analina sah Lanzen aufblitzen und dann tauchte einer der Nachtmahre über ihm auf und Dunstschleier hüllten den Kampf wieder ein.

Der Regenkönig war gekommen und er würde ihnen helfen.

»Ana!«

Islas Ruf riss ihre Aufmerksamkeit vom Himmel los. Narena hatte sich in Bewegung gesetzt. Ihre Schritte wirkten merkwürdig grob und sie lehnte sich nach vorn, als würde starker Gegenwind sie zurückhalten, aber Gwendas eisiger Blick war ungebrochen. »Du«, keuchte sie, und es war offensichtlich, dass sie mit etwas rang, »bleib, wo du bist.«

Analina gehorchte, ohne zu wissen, weshalb.

»Dir liegt etwas an der Schattenspäherin, nicht wahr?«

Es war verstörend, diese Worte aus Narenas Mund zu hören. Ana biss die Zähne zusammen und antwortete nicht.

Gwenda lachte auf, und obwohl sie atemlos klang, funkelte Entschlossenheit in ihren Augen. »Wie viel Wert legst du auf einen intakten Geist, Mondmädchen? Ich meine, würde dir eine leere Hülle genügen?«

»Was …«

»Wir zerstören sie«, wisperte Gwenda. »Deine Mutter kämpft darum, die Kontrolle zu übernehmen. Das hält mich auf, aber es schwächt nicht nur mich. Ich frage mich, wie lange deine Waldelfenfreundin diesen Krieg in ihrem Kopf noch aushält. Was denkst du? Eine Minute? Zwei?«

Narena erbebte und fiel auf die Knie.

»Nicht!« Ana stürzte vor, hielt inne. Verzweifelt warf sie einen Blick nach oben, wo zwischen Wolkenbergen und Lichtblitzen kaum mehr als Schatten zu erkennen waren. Dann sah sie zurück zu Narena, die nun am ganzen Körper zitterte. »Hör auf. Hör auf, ich … komme mit, ich … bitte …«

»Oh, *mich* musst du nicht überzeugen. Mir liegt nichts am Tod dieser Schattenspäherin. Ich bin hier nur zu Gast.«

Analina ballte die Hände zu Fäusten. »Lynda«, stieß sie hervor. »Lynda, hör auf. Du bringst sie um! *Bitte*, hör auf …«

Narenas Kopf wurde zurückgeworfen und der Schrei, der ihr entfuhr, war schrecklicher als alles, was Ana je gehört hatte.

»Lynda!«, brüllte sie. »Sie stirbt! Hör auf!«

Gwenda lachte. Es war ein kraftloses Geräusch und doch jagte es Ana genauso viel Angst ein wie der Schrei. Langsam richtete sich die Schattenspäherin auf und starrte sie aus Gwendas Augen an.

»Sie wird nicht aufhören«, zischte sie. »Das hat sie nie. Sie muss ein Opfer bringen und sie hat sich entschieden. Solange ein letzter Rest Bewusstsein in diesem Körper steckt, werden wir nicht aufhören zu kämpfen.«

Etwas regte sich in Analinas Geist. Es war kein richtiger Gedanke, kaum mehr als eine Ahnung, schwer zu fassen. Aber dann packte Isla ihr Handgelenk und die Erinnerung wurde klar. *Weißt du, ich verschwinde nie ganz …* Das hatte Narena zu ihr gesagt, damals, vor einer halben Ewigkeit auf dem Weg ans

Meer. Ihr Bewusstsein war immer da, auch wenn Lynda nach außen trat. Was bedeutete …

Analina sprang vor, so plötzlich, dass sie selbst Gwenda überraschte. In letzter Sekunde schaffte sie es, einen waldgrünen Schild hochzuziehen und ihren Angriff abzuwehren.

»Ana«, stieß Isla fassungslos hervor. »Was bei allen Göttern wird das?«

Bewusstlos, dachte sie eindringlich. *Sie muss das Bewusstsein verlieren!*

Gwendas Augen weiteten sich, als sie begriff. Blitzschnell war sie zurück auf den Füßen, taumelte, fing sich. »Das wirst du nicht schaffen, Mondbalg. Du hast nicht den Hauch einer Chance!«

Ana hielt sich nicht mit Worten auf. Sie packte Islas Hand, konzentrierte sich und griff erneut an. Ein Funkenwirbel nach dem anderen schoss auf Narenas Gestalt zu und sie wehrte sie ab, alle, mit fliegenden Händen und wutsprühendem Blick. Ihre Magie war nicht stärker als sonst, aber ihre Reaktionen waren so schnell, dass Analina ihnen kaum folgen konnte. Gwenda kämpfte mit kaum sichtbar zuckenden Fingern und hielt damit Ana und Isla gleichzeitig in Schach, offensichtlich ohne größere Mühe.

»Weiter«, keuchte Analina, als sie ein blendend grüner Strahl um Haaresbreite verfehlte und Isla aufschrie. »Wir haben … keine Zeit … sie muss …«

In der Ferne erklang ein Wiehern.

Obwohl Anas Knie vor Angst und Anspannung schlotterten, warf sie einen raschen Blick zur Seite. Der Schimmel, mit dem Narena ausgeritten war, stand immer noch am Waldrand und tänzelte unruhig auf der Stelle. Analina sah zurück zu Gwenda, die wie erstarrt war. Das Zittern in Anas Beinen wurde stärker, und als sie einen Schritt nach vorne machte, schien die Erde unter ihren Füßen zu federn. Sie begegnete Gwendas Blick und die Erkenntnis traf sie beide in exakt derselben Sekunde. Ihre Reaktionen allerdings waren alles andere als zeitgleich. Noch bevor Ana einen Finger rühren konnte, hatte Gwenda einen Schrei ausgestoßen, so laut, dass er an ihren Trommelfellen zerrte. Der harsche Ton deutete auf einen Befehl hin, aber die Worte verstand Analina nicht. Sie erkannte nicht einmal die Sprache, deren harter Rhythmus sie an Trommeln und Feuer denken ließ, doch die Bedeutung klärte sich von selbst. Ein Kreischen ertönte und Wind schlug ihr entgegen, als sich einer der Nachtmahre aus dem Durcheinander aus Sturmwolken, Flügelschlägen und Waffengeklirr am Himmel löste. Isla warf sich gegen Ana und gemeinsam gingen sie zu Boden. Über ihnen rauschte es, der Gestank nach verbranntem Fleisch und Schwefel wurde so stark, dass Ana würgen musste. Jeden Moment rechnete sie damit, von messerscharfen Krallen gepackt und in die Luft gerissen zu werden. Blut rauschte in ihren Ohren und der Boden bebte, aber dann hörte sie schrilles Wiehern ganz in der Nähe, und als sie den Kopf hob, hatte der Nachtmahr seine Schwefelaugen auf das Dickicht zu ihrer Linken gerichtet, wo Narenas Pferd sich aufbäumte und die Flucht ergriff. Mit wehender Mähne galoppierte der Schimmel davon, doch das Wiehern wurde nicht leiser.

»Ana«, stieß Isla hervor, packte sie mit zitternden Fingern und zog sie zurück auf die Beine. »Ana, das sind …«

Ihre Worte wurden vom Lärm donnernder Hufe verschluckt. Reiter brachen zwischen den Stämmen des Laubwaldes hervor, drei, dann fünf, dann mehr. Analina wollte sie zählen, aber die ersten Pferde stürzten direkt auf den heftig mit den Flügeln schlagenden Nachtmahr zu, und als sie schneeweißes Haar sah und dann orangerote Gnomenaugen, vertrieb unbändige Erleichterung ihre Todesangst.

»Qalim!«, schrie sie. »Hannibal!«

Sie hörten sie nicht, natürlich nicht. Der Nachtmahr ragte über ihnen auf wie ein fleischgewordener Albtraum, und als keine Reiter mehr nachkamen und die Pferde sich vor ihrem Gegner aufbäumten, wirkte die Drohgebärde beinahe lächerlich. Anas Blick schoss über die Männer, die sich mit Schwertern und Armbrüsten zwischen sie und die Zähne und Krallen einer Bestie gestellt hatten, und ihr Magen verkrampfte sich. Hannibal war zu Boden gesprungen, hatte die Drachenschuppe abgeworfen und richtete sich nun zu seiner vollen Größe auf, aber allein der giftig gelbe Blick des Nachtmahrs schien ihn wieder schrumpfen zu lassen. Im Gegensatz zu dem Schneeriesen war Qalim zwischen all den Schilden und Helmen kaum auszumachen. Analina suchte verzweifelt nach einer Spur von ihm. Schwerter blitzten und Männer schrien und dann begegnete sie einem Blick. Es war nur eine Sekunde, nicht mehr als ein Wimpernschlag, aber der vertraute Ausdruck und die blassblaue Haut waren unverkennbar.

»Saph«, würgte sie hervor. Und dann, lauter: »Saphiron!«

Aber der schuppige Körper des Nachtmahrs versperrte ihr die Sicht. Er schnappte nach den Pferden und den Männern und bei jedem splitternden Schild flehte Analina stumm, dass es nicht Saphirons gewesen war und nicht Qalims. Wieder sah sie auf, als müsste der Himmel selbst ihr jeden Moment zu Hilfe kommen, aber die silbernen Drachen des Regenkönigs schlugen sich immer noch mit ihren beiden verbliebenen Gegnern herum und schienen die Lage am Boden völlig zu ignorieren. Kurz wallte der unsinnige Impuls in ihr auf, sich dem Nachtmahr selbst entgegenzustürzen. Dann brachte sie ein Rippenstoß schmerzhaft zurück in die Realität. Sie fuhr herum und sah gerade noch, wie Islas letzter Angriff sein Ziel verfehlte. Dunkelblaue Funken stoben einen knappen Meter vor Narenas gekrümmter Gestalt auf, und Analina erinnerte sich schlagartig daran, was sie tun musste. Mühsam riss sie sich von Reitern und Nachtmahr los und machte einen wackligen Schritt nach vorne. Der Lärm in ihrem Rücken schien anzuschwellen und Funken tanzten am Rand ihres Sichtfeldes, als würde selbst ihre Magie in Panik geraten.

»Gwenda«, versuchte sie es noch einmal, während das Flackern vor ihren Augen stärker wurde, »hör auf. Die Lage ist …«

Ein Blick in Narenas Gesicht ließ sie verstummen. Über ihr blitzte und donnerte es und hinter sich hörte sie immer noch Kreischen und Wiehern, aber von einer Sekunde auf die andere rückte all das in den Hintergrund und sie war wieder Zeugin des wahren Kampfs. Er wurde nicht über ihr ausgetragen oder hinter ihr. Er wurde nicht einmal *von* ihr ausgetragen. Nein, der wahre Kampf tobte direkt vor ihr, und auf einmal war es schrecklich offensichtlich, dass Narena ihn verlor. Die Züge der Schattenspäherin bebten nun unkontrolliert. Ein grün schimmernder Schild schützte sie vor Attacken von außen, aber das spielte keine Rolle, weil ihr Geist von innen heraus zerbrach. Analina hatte keine Ahnung, welche Schlachten Lynda und Gwenda im Bewusstsein der Waldelfe schlugen, aber worum es auch ging, sie waren so gut wie vorbei. Narenas Atem ging immer schwerer und selbst in Gwendas eisigen Augen stand jetzt beinahe etwas wie Schmerz. Ihre Lippen zuckten krampfartig, als sie gezwungen wurden, ihre letzten Worte zu formen.

»Du verlierst sie«, krächzte die Herrin der Sümpfe. »Sie kann kaum noch denken. Deine Schattenspäherin stirbt und du kannst nichts dagegen tun. Sag mir, Mondmädchen … wie fühlt sich das an?«

Analina konnte nicht antworten.

Sie konnte sich auch nicht bewegen, nicht mehr. Lichter

tanzten jetzt in ihrem Kopf und ihre Gedanken fingen Feuer. Alles schien zu schmelzen, ihre Hoffnung, ihr Mut, als sich Narenas Finger Halt suchend in der Luft verkrampften und dann erschlafften. Isla setzte neben ihr zu einem letzten, verzweifelten Schlag an, aber die veilchenblauen Funken prallten wirkungslos an Narenas Schild ab.

Sie hatte nur noch Sekunden, bis Narena endgültig Opfer eines Krieges sein würde, den sie nie geführt hatte. Ana rang nach Luft und spürte, wie die Vorstellung in ihr zu wüten begann. Die Hitze in ihrem Kopf breitete sich jetzt unaufhaltsam aus. Es war, als hätte man ihr Herz durch einen wild gewordenen Feuerwerkskörper ersetzt. Er hüpfte und tobte in ihrer Brust und versprühte gleißend helle Funken. Das Gefühl wurde stärker und stärker, und weil Analina es nicht verstand, bekam sie Angst. Halt suchend umklammerte sie Islas Hand und die Hitze wurde unerträglich. Neue Blitze zuckten vor ihren Augen auf. Licht, da war Licht. Es war in ihren Armen, ihren Beinen, ihrem Bauch, schoss durch ihre Adern und setzte sie in Brand. Sie würde explodieren, jeden Moment musste es so weit sein. Analina kniff die Lider zusammen, kämpfte um jeden Atemzug, und dann bündelte sich die Hitze in einem Punkt. Als sie das Glühen auf der Haut spürte, traf es sie wie ein Schlag. Atemlos riss sie die Augen auf, und obwohl das Licht ihren ganzen Körper füllte, spürte sie immer noch diesen einen Punkt. Etwas brannte auf ihrer Brust, und noch bevor sie den Kopf senkte, wusste sie, was sie sehen würde: Ihr Mondsichelanhänger hatte zu glühen begonnen, so hell, dass die Strahlen sie sogar durch den Stoff ihrer Bluse blendeten.

Langsam hob sie den Blick. Narena war wieder auf die Knie gefallen und Gwendas Augen starrten ihr fassungslos entgegen.

»Du hattest recht.« Anas Lippen waren heiß und spröde, aber

sie schaffte es, zu flüstern. »Ich brauche nur den richtigen Anreiz.«

Sie deutete nach vorn.

Wärme schoss durch ihre Schulter, ihren Arm, ihre Hand. Funken blitzten auf und dann brach Magie aus ihren Fingerspitzen hervor, so hell, dass es wehtat. Sie war weiß, nicht himmelblau, und obwohl Analina sie nie zuvor gesehen hatte, war sie ihr nicht fremd. Ihr erster Angriff ging ins Leere, aber sie ließ sich nicht beirren. Entschlossen richtete sie ihre Hand erneut aus, und noch während der Strahl durch die Luft fuhr, erkannte Gwenda, dass es vorbei war. Narenas Lider flatterten, Bernstein blitzte auf und im nächsten Moment traf sie das Licht direkt in die Brust. Langes, dunkelgrünes Haar verdeckte ihr Gesicht, als sie zurückgeworfen wurde und hart auf dem Boden aufschlug. Sie stand nicht mehr auf.

»Rena …«

Analina taumelte vorwärts. Immer noch brannte Hitze in ihren Fingerspitzen und irgendwo neben sich hörte sie Islas keuchenden Atem. Sie streckte eine Hand nach Narena aus, ohne zu wissen, was sie überhaupt vorhatte, aber ein heiseres Kreischen ließ sie heftig zusammenzucken. Ana fuhr herum und verlor beinahe das Gleichgewicht, als sie gegen Isla prallte.

Der Nachtmahr hatte von den Reitern abgelassen und wandte seinen Kopf drohend in ihre Richtung. Suchend schoss sein Schwefelblick über die kleinen Gestalten vor ihm, bevor er an ihr hängen blieb.

Leise zischend setzte er sich in Bewegung. Sein Schatten kroch ihm voran auf Ana zu und auf einmal war sie schrecklich müde. Abwehrend hob sie die Hände, aber sie war nicht schnell genug. Bevor sie auch nur den Gedanken an einen Schild oder Angriff formen konnte, war jemand an ihr vorbeigestürzt, und nach einer wirren Sekunde erkannte sie Isla. Mit einem Aufschrei sprang sie ihrem Feind entgegen, fuhr mit beiden Armen durch die Luft und der veilchenblaue Strahl traf die schuppige Schnauze so schwungvoll, dass der Nachtmahr tatsächlich zurückzuckte. Weitere Schreie ertönten, dann Hufgetrappel, und eine Handvoll Reiter warf sich dem Ungeheuer erneut in den Weg. Ana sah Saphirons Locken, Qalims gedrungene Gestalt und dann war auch Hannibal da und schlug mit der Wut eines verletzten Drachenbullen um sich. Keiner von ihnen hatte auch nur eine Sekunde gezögert, sich zwischen sie und die Zähne dieses Albtraums zu stellen, und dieser Gedanke genügte, um die Erschöpfung noch einmal zu vertreiben. Analina biss die Zähne zusammen, konzentrierte sich auf das Brennen in ihren Fingern, und der Schild, den sie heraufbeschwor, ließ sie geblendet aufschreien. Strahlend weißes Licht schoss dem Nachtmahr entgegen, hüllte ihre Freunde ein und bedrohte ihren Feind. Der Nachtmahr zischte, warf den Kopf zurück, flatterte ungelenk mit den Flügeln. Wutschnaubend versuchte er, gegen die blendende Helligkeit anzukommen, aber der Schild ließ ihn wieder und wieder zurückzucken, und schließlich gab er auf.

Mit einem Laut, der Ana Eiswasser über den Nacken laufen ließ, fuhr er herum und ergriff die Flucht. Schon war er unter den Gewitterwolken hindurchgetaucht, schwang sich über die Baumwipfel und raste weiter, ohne sich um seine Artgenossen zu kümmern. Als Analina den Schild zurückrief und ihre Sicht auf den Himmel frei wurde, erkannte sie den Grund dafür: Auch dieser Kampf schien entschieden zu sein. Die bedrohlich aufgetürmten Wolkenberge hatten sich gerade so weit gelichtet, dass sie den zweiten Nachtmahr schemenhaft erkennen konnte. Kreischend und mit deutlicher Schlagseite warf er sich herum. Das letzte Ungeheuer folgte und zu dritt schossen sie davon, nach Norden, wie Ana annahm – in die wartenden Arme ihrer vertriebenen Herrin.

In einem plötzlichen Anflug von Wut hob sie noch einmal die kribbelnden Finger, nur, um sie im nächsten Moment wieder sinken zu lassen. Immer noch tanzte weißes Licht durch ihren Geist, das ihr grenzenlose Macht vorgaukelte, aber gleichzeitig konnte sie sich vor Erschöpfung kaum noch auf den Beinen halten. Macht war nie nur ein Geschenk – und in diesem Fall zwang sie der Preis in die Knie.

Die Gewitterwolken lösten sich jetzt schneller auf. Die drei nubischen Drachen flogen eine kurze Schleife, wie um die Lage am Boden zu überprüfen, bevor sie zur Verfolgung der Nachtmahre abdrehten. Analina unternahm einen schwächlichen Versuch, zurück auf die Beine zu kommen, doch schon stürzte jemand auf sie zu und umarmte sie so fest, dass sie ächzte.

»Du warst … der Wahnsinn! Du bist … du hast einfach … und dann …«

»Isla«, brachte sie heiser hervor.

Isla ließ sie los und ihre aufgerissenen Augen erschienen direkt vor ihr. »Was ist los? Geht es dir gut? Bist du verletzt? Hast du …«

»Prinzessin!«

Die Erde erbebte, als Hannibal sich in seiner Riesengröße neben ihr auf die Knie fallen ließ. Ein großer Riss lief durch sein Wams und blassrosa Blut tröpfelte von seiner Brust, aber es schien ihm weder aufzufallen noch etwas auszumachen. Mit zitternden Händen berührte er sie an der Schulter, so vorsichtig, als könnte er sie mit einem kräftigen Finger zerquetschen. Angesichts seiner gewaltigen Muskeln kam Analina dieser Gedanke nicht einmal besonders abwegig vor. Sie sah auf und stellte mit Entsetzen fest, dass seine Augen verdächtig schimmerten.

»Eine Sekunde«, schniefte er. »*Eine* Sekunde lässt man dich aus den Augen, und schon denkst du, du müsstest weglaufen und es mit einer Horde Nachmahre aufnehmen.«

Sie lachte schwach auf. »Klar. Nur Verrückte legen sich mit diesen Biestern an, richtig?«

»Richtig.«

Es war nicht Hannibal, der gesprochen hatte. Diese Stimme war leiser und ein Zittern lag darin, das ein Kichern sein konnte oder ein Schluchzen. Saphiron stolperte hinter dem Schneeriesen hervor, wischte sich halb geronnenes Blut von der Nase und sackte neben ihr und Isla ins Gras.

»Hey«, brachte er hervor.

»Hey«, sagte Isla.

Ana wollte auch sprechen, aber ihr Hals war wie zugeschnürt. Sie öffnete den Mund, schaffte ein Krächzen und dann, schließlich, ein Wort: »Saph.«

»Lia …«

Der Spitzname ließ sie zusammenzucken und ihr Hals wurde freier. »Saph«, wiederholte sie, »ich wollte … Türkis ist … wir haben sie nicht gefunden. Wir haben … es versucht, ich wollte … ich wollte nie …«

Saphiron erstickte ihre schwachen Erklärungsversuche in einer Umarmung. Er roch nach Angst und Schweiß und fühlte sich auch so an, aber gleichzeitig war da dieser besondere Geruch nach Erde und Zuhause und *Saph,* und als Ana ihr Gesicht gegen seine Schulter drückte, löste sich der Knoten in ihrem Hals ein bisschen mehr.

»Saphiron«, wisperte sie, »ich wollte sie finden, wirklich, es tut mir so leid …«

»Lia.« Er löste sich von ihr und schob ungeschickt eine Haarsträhne aus dem Weg, um sie anzusehen. »Sie haben sie gefunden. Türkis. Sie ist auf der Wolkenfestung, es geht ihr gut.«

Analina starrte ihn an, während sie versuchte, seine Worte zu verstehen. »Sie … sie ist …«

»Sicher. Gesund.«

»Sie ist nicht …«

»Nein. Sie lebt. Es geht ihr gut.« Saphirons Lächeln war beinahe schuldbewusst. »Hätten wir uns mal lieber an den Plan gehalten, was?«

Ana stieß ein nervöses Lachen aus. »Aber woher weißt du …«

»Der Berater der Königin … er hat Ronar von Eichenhall kontaktiert, sobald sie es erfahren haben. Keine Ahnung, es ging so schnell. Wir haben es erfahren und mussten sofort los, weil wir dich finden mussten, bevor Narena …«

»Narena.« Sie richtete sich so schnell auf, dass sie sich ihren Kopf an Saphirons Kinn stieß. Er wich mit einem unterdrückten Fluch zurück und rieb sich den Kiefer, aber Ana spürte den Schmerz kaum. Taumelnd kam sie auf die Beine, suchte kurz Halt an Islas Schulter und drehte sich dann in Richtung der Höhle.

»Prinzessin«, versuchte Hannibal sie aufzuhalten, »vielleicht solltest du … warten, bis jemand überprüft hat …«

Sie ignorierte ihn. Mit zusammengebissenen Zähnen stolperte sie vorwärts, auf die kleine Gruppe vor dem Höhleneingang zu. Als sie nur noch ein paar Schritte entfernt war, erkannte sie Qalim, der auf der Erde kniete und ihr die Sicht auf Narena fast vollständig versperrte. Bevor sie etwas sagen konnte, drehte sich der zweite Mann um. Sie kannte ihn nicht, aber das goldene Eichenblatt auf seiner Brust gab ihr einen Hinweis.

»Ihr seid …«

»Euer Hoheit«, fiel er ihr ins Wort und bemerkte offensichtlich im selben Moment, was er getan hatte. »Verzeihung«, fügte er hastig hinzu.

Sie schüttelte abwehrend den Kopf. »Ronar? Ronar von Eichenhall?«

Der Fremde wirkte überrascht. »Ja.«

»Wie geht es ihr?«

Ronars Miene verdüsterte sich. Er wich ihrem Blick nicht aus, aber das Grau seiner Augen schien eine Spur dunkler zu werden, und das war beunruhigend genug. Ana brachte keinen Ton hervor, und doch schien er zu verstehen, denn nach einer stummen Sekunde trat er wortlos zur Seite und gab die Sicht auf Qalims gebeugten Rücken frei.

Sehr langsam trat Analina näher. »Qalim«, wisperte sie. »Qalim, was … ist mit ihr?«

Ein Zittern lief durch die Schultern des Gnomen. Ana streckte vorsichtig eine Hand nach ihm aus und schließlich drehte er den Kopf und sah auf.

Seine Kohlenaugen waren groß und hilflos.

»Sie wacht nicht auf.« Qalims Stimme war tief und rau wie immer und gleichzeitig so anders, dass es Ana wehtat. »Wieso wacht sie denn nicht auf?«

Analina senkte den Blick. Jemand hatte Narena das Haar aus der Stirn gestrichen und nach dem Krieg, der sich in ihren Zügen abgezeichnet hatte, wirkte ihr regloses Gesicht fast friedlich. Ihre Wimpern zeichneten sanfte Schatten auf ihre Wangenknochen, als hätte sie zu lange nicht geschlafen.

»Narena«, flüsterte Ana. »Narena, hörst du mich?«

Die Lider der Waldelfe blieben geschlossen.

»Du musst sie aufwecken.«

Qalims heisere Stimme ließ Ana zusammenzucken.

»I…ich weiß nicht, wie …«

»Du musst es versuchen!«

Er war lauter geworden. Zögernd streckte Analina eine Hand aus, hielt inne.

»Qalim, ich *kann* nicht. Ich habe keine Ahnung, was ich tue, ich …«

»Dann suchen wir jemanden, der Ahnung hat!«

Sie stieß ein kurzes, panisches Lachen aus. »Aber das wäre Narena! Ich muss … wir brauchen …« Ana sah sich verzweifelt um. »Wo sind die Nubier, bei allen Göttern? Gibt es hier keinen einzigen ausgebildeten Magier mehr?«

»Sie sind den Nachtmahren gefolgt«, erinnerte sie Ronar leise.

»Und was ist mit Euren Reitern …«

»Schwertkämpfer. Keine Magier und schon gar keine Heiler.«

Analina starrte ihn an, während die Erkenntnis sich quälend langsam in ihre Eingeweide grub. »Das heißt, wir sind … allein? Wir können nichts tun?«

Ronar schwieg.

»Aber …« Ihre Stimme klang plötzlich sehr schwach. Wieder hob sie die bebenden Finger, voller Angst davor, was sie entdecken könnte, sobald sie Narena berührte. »Aber ich habe sie vertrieben. Gwenda, ich habe sie … verjagt. Das darf nicht …« Ihre Augen begannen zu brennen, dann ihre Kehle. »Nein«, flüsterte sie. »Nein. Sie hat gekämpft. Sie hat durchgehalten. Sie kann nicht einfach … *weg* sein …«

Das Brennen breitete sich aus. Es kroch über ihre Wangen, ihren Hals, ihre Brust. Dort schwoll es an, bis sie kaum noch atmen konnte, und als sie nach Luft rang, waren da Flecken vor ihren Augen. Ana blinzelte, aber es waren keine Tränen. Es waren Funken.

Als das Brennen ihre Fingerspitzen erreichte, handelte sie instinktiv. Mit bebenden Lippen streckte sie eine Hand aus.

»Rena …«

Ein einzelner weißer Funke versank in Narenas Stirn.

Zeit verging.

Und dann bebten Narenas Lider, und als sie die Augen aufschlug, waren sie katzengelb. Ihr Blick war verschwommen, aber nach ein paar Sekunden wurde er klarer, wanderte unruhig umher und blieb an Analina hängen.

»Ah.« Die schmalen Lippen der Waldelfe verzogen sich zu einem schwachen Lächeln. »Da hat wohl jemand ... seine Mondmagie ... entdeckt.«

Analina wusste nicht, ob sie lachen oder weinen sollte. »Du ... du bist wach!«

»Sieht so aus.«

»Aber ich dachte, du wärst weg ...«

Ächzend griff Narena nach Qalims Arm, um sich aufzurichten. Der Gnom sah wieder so grimmig aus wie immer, aber Analina glaubte zu erkennen, dass seine Finger zitterten. »War ich auch. Fast. Offensichtlich zahlt es sich aus, eine Mondprinzessin in der Nähe zu haben.«

Narenas Ton war ruhig, fast unbeschwert, doch Ana sah die Schrecken der letzten Stunden noch überdeutlich in ihren Zügen.

»Aber ...«

»Analina.«

Sie verstummte und Narena fuhr unter mühsam verborgener Anstrengung fort: »Du hast Gwenda heute bewiesen, dass sie falschlag. Sie dachte, deine Mondmagie würde zum Vorschein kommen, sobald dein Leben bedroht ist.«

»Aber sie *ist* zum Vorschein gekommen.«

»Ich weiß«, gab Narena mit einem kleinen Lächeln zurück, und Ana fragte sich unwillkürlich, ob sie das neue Licht in ihrer Aura sah. »Aber nicht, weil du Angst um dein Leben hattest.«

Ana schluckte. »Ich verstehe nicht ...«

»Doch, tust du.« Die Schattenspäherin musterte sie nachdenklich. »Das ist eine hervorstechende Eigenschaft der Mondvögel, weißt du ... Unfähigkeit, andere leiden zu sehen. Der Wunsch zu heilen liegt in deiner Natur.«

»Ich wusste nicht mal, was ich tue.«

Narena hob die Schultern. »Du wusstest, was du *willst*. Den Rest wirst du lernen.«

Verlegen senkte Analina den Blick. »*Niemand* kann andere leiden sehen.«

»Gwenda konnte es.«

Sie sah auf. Narena lächelte nicht mehr.

»Ja«, antwortete sie leise. »Gwenda konnte es.« Kurz zögerte sie. »Bist du jetzt … allein? Ich meine …«

»Die Verbindung ist getrennt. Wahrscheinlich könnte ich sie neu aufbauen, aber …«

»Das wirst du sicher nicht!«

Narena schüttelte belustigt den Kopf. »Nein. Nicht, bevor wir sehr genau wissen, wie wir uns gegen Eindringlinge schützen können.«

»Guter Plan.« Ana hielt inne. »Wo wir gerade von Plänen sprechen …«

Sie sah auf und Narena folgte ihrem Blick. Am Horizont näherten sich die Silhouetten der Silberdrachen, die den Nachtmahren gefolgt waren. Sie sahen ausgesprochen siegreich aus.

»Ah. Ich sehe, du hast dir neue Verbündete gesucht.«

»Etwas in der Art«, murmelte Analina. Nun, da die Anspannung langsam von ihr abfiel, wurde ihr wieder bewusst, wie erschöpft sie war. »Der … der nubische Prinz steht auf unserer Seite«, begann sie langsam. »Der Regenkönig auch. Das waren Gwendas letzte Nachtmahre, das heißt, der Luftweg ist für eine Weile frei. Rein theoretisch: Wie lange braucht ein Drache von der Wolkenfestung nach Palestra?«

Qalim und Ronar setzten gleichzeitig an zu protestieren. »Der Plan …«

»Vergesst den Plan«, sagte Narena müde. »Pläne können geändert werden.«

Analina strahlte.

»Nach *Absprache*«, setzte die Schattenspäherin scharf hinzu.

»Klar.«

Ana ließ sich von Ronar wieder auf die Beine helfen und beobachtete, wie Narena ihr auf Qalim gestützt folgte. Sie wankte kurz, aber ihre Beine gaben nicht nach.

»Also?«, fragte sie leise, als Narena nichts sagte. »Wie lange?«

Narena tauschte einen Blick mit Qalim, der ein unwilliges Knurren ausstieß. »Keine Woche«, antwortete er widerstrebend. »Drei Tage, vielleicht vier. Rein theoretisch.«

Einer der nubischen Drachen hatte zum Sinkflug angesetzt. Seine Schnauze blitzte im Sonnenlicht auf, als er sie sanft in ihre Richtung neigte. Analina sah zurück zu Narena und die gab mit einem Seufzen nach.

»Schön. Wenn ich nicht diejenige sein muss, die die Königin darüber informiert.«

Ana lächelte schwach. »Einverstanden. Dann organisiere ich uns mal einen Flug ins Wolkental.«

Diesmal widersprach niemand.

Lyndas Lider hoben sich und mit ihnen die Last von seinem Brustkorb.

Die ganze Zeit über hatte Parl vor Angst kaum atmen können, aber es war der Schrei gewesen, der ihn davon überzeugt hatte, dass sie starb. In seinem ganzen Leben hatte ihm erst ein einziges Mal etwas so das Herz zerrissen wie der Schmerzenslaut, den Lynda ausgestoßen hatte. Er hatte versucht, sie zu wecken, natürlich hatte er das. Kein Befehl der Welt hätte ihn daran hindern können, aber es war ihm nicht gelungen. Lynda hatte nicht reagiert, und so war ihm nichts anderes übrig geblieben, als zu warten und zu hoffen und nach Göttern zu rufen, an die er seit Jahren kein Wort mehr gerichtet hatte. Als sie sich schließlich rührte, war er unfähig zu sprechen. Lyndas Blick glitt ziellos durch den Raum, blieb an seinem Gesicht hängen und der Ausdruck in ihren Augen veränderte sich.

»Ich weiß nicht«, beantwortete sie die Frage, die er nicht stellen konnte. »Ich komme nicht mehr durch. Lothian war da. Sie … haben gekämpft.«

Ihre Stimme klang heiser. Parl reichte ihr Wasser und dann schwiegen sie. Lange. Als die Verbindungskugel im Regal zu leuchten begann, waren sie gleichzeitig auf den Beinen, aber Lynda hielt inne und nach einer Sekunde trat Parl vor und streckte die Hand aus.

»Regenkönig«, sagte er. »Soll ich …?«

Sie nickte. Parl nahm den Ruf an, und als das flackernde Gesicht des nubischen Herrschers vor ihm erschien, trat Lynda leise an seine Seite. Lothian bedachte ihn mit einem flüchtigen Blick, dann wandte er sich an Lynda. Parl hörte, wie ihr Atem aussetzte.

»Sie leben«, sagte Lothian. »Alle. Wir nehmen sie mit.«

Lynda holte tief und bebend Luft. Kurz war Parl sich sicher, dass sie etwas sagen wollte, aber dann nickte sie nur und wandte sich ab. Ohne ein einziges Wort trat sie aus der Reichweite der Kugel, stürzte auf die Tür zu und verschwand.

Parl räusperte sich und Lothians Aufmerksamkeit kehrte zu ihm zurück.

»Ich muss …«

Der Regenkönig lächelte, aber sein Blick blieb ernst. »Viel Erfolg.«

Bevor Parl antworten konnte, verschwand auch Lothian, und das Flackern der Kugel erstarb.

Parl stand auf und verließ den Raum, um Lynda zu suchen.

WIEDER VEREINT

Im Nachhinein war Analina sich nicht mehr sicher, an welchem Punkt sie endgültig von ihrer Erschöpfung überwältigt worden war. Sie erinnerte sich an einen merkwürdigen Moment der Stille, als Lars von seinem Drachen gesprungen und ihr entgegengekommen war, an seine erstaunlich schnelle Zustimmung und daran, dass sie sich zusammen mit Isla auf einen der unbequemen Ersatzsattel gequetscht hatte. Danach waren da nur noch verschwommene Eindrücke – Wind – Wolken – ein näher kommendes Tal –, und schließlich, endlich, Schlaf. Sie wusste nicht, was danach passiert war. Da waren Stimmen gewesen, Hände und der Geschmack von Nebel und Wald. Als die Wolken in ihrem Kopf sich schließlich zu lüften begannen, war das Rauschen der Drachenschwingen verstummt.

»Hey.«

Jemand sprach. Alles um sie herum war warm und weich und so dumpf, als hätte sie ihren Occultator um, aber dann spürte Ana eine Bewegung an ihrer Seite und die Stimme wurde klarer.

»Hey, Lia. Wir sind auf der Wolkenfestung. Alles ist gut. Bist du wach?«

Wach. Sie war wach. Sie musste antworten.

»Hmm …«

Mit aller Kraft, die sie aufbringen konnte, zwang sie ihre schweren Lider auseinander und öffnete die Augen.

»Du bist wach!«

Die Stimme war nicht fremd und sie war auch nicht mehr leise. Schmerz schoss durch ihre Schläfen und ließ sie gedämpft aufstöhnen. »Saph …«

»Tut dir was weh?«

Analina blinzelte. Es war hell, zu hell, aber direkt neben sich erahnte sie einen vertrauten Schatten. »Mein … Kopf … was …«

Jemand bewegte sich. Eine Hand berührte ihre Schläfe, blaues Licht flutete ihren Geist und vertrieb den Schmerz.

»Besser?«

Ihre Umgebung wurde klarer. Sie lag in einem Bett. Es war ein großes Bett voll weicher Kissen und warmer Decken, die man sorgsam über sie gebreitet hatte. Saphiron saß an der Kante und beobachtete sie angespannt, aber er war es nicht gewesen, der sie geheilt hatte. Sie sah blonde Haare schimmern und war für eine Sekunde irritiert, bevor sie das Gesicht erkannte. Lars von Wolkental zog seine Hand zurück und schenkte ihr ein Lächeln.

»Na?«

Analina räusperte sich, unsicher, ob ihre raue Kehle einen Ton hervorbringen würde. »Ja«, schaffte sie heiser, »viel besser. Danke.«

»Hier.« Saphiron reichte ihr ein Wasserglas und sie trank gierig, bis das Brennen in ihrem Hals nachließ.

»Danke«, wiederholte sie. Ihr Blick wanderte durch den Raum, in dem sie sich befand. Es war ein schöner Raum, ein Turmzimmer, wie es aussah. Die schimmernden Steinwände waren teilweise von Teppichen geschmückt, die blaue und silberne Wolkenformationen zeigten. Ein kleines Kaminfeuer spendete warmes Licht, und als sie den Kopf hob, sah sie, dass die gewölbte Decke über ihr mit Sternbildern bemalt war.

»Mein altes Kinderzimmer«, informierte sie der nubische Prinz, der ihren Augen gefolgt war. »Wir dachten, das könnte dir gefallen.«

Analina nickte. Nur nach und nach begann sich ihr Kopf wieder mit Gedanken zu füllen, die man aussprechen konnte, und schließlich sagte sie: »Die ... anderen. Wo sind sie?«

»Isla schläft noch. Ihr beiden habt euch ziemlich verausgabt, wie es aussieht. Der Rest dürfte sich schon auf die Rückreise vorbereiten.« Lars lächelte schief.

»Rückreise?«, wiederholte Ana verdutzt.

»Sie haben ihre Aufgabe erfüllt. Das letzte Stück nach Palestra fliegst du mit unseren Leuten, das ist mehr als genug Geleitschutz. Deine Freunde kehren von hier aus nach Hause zurück.«

»Oh.« Ana blinzelte und sah zu Saphiron. »Du auch?«

Er hob verlegen die Schultern. »Na ja, irgendwie schon. Ich meine ... ich muss doch Türkis zurückbringen ...«

»Türkis!«, stieß sie hervor. »Sie ist wirklich hier? Es geht ihr gut? Kann ich sie sehen? Hast du ...«

»Es geht ihr gut«, fiel ihr Lars belustigt ins Wort. »Und natürlich kannst du sie sehen. Dein Freund hier kann es auch kaum erwarten, aber er wollte nicht gehen, bevor du aufwachst.«

Saphirons Wangen wurden eine Spur dunkler. »Ich dachte eben, Lia will dabei sein, wenn meine Schwester die Standpauke ihres Lebens bekommt.«

Analina nickte nachdrücklich. »Will ich. Ich will sie halten.«

Lars grinste. »Dann solltet ihr zusehen, dass eure Schattenspäherin euch nicht zuvorkommt. Die armen Heiler, die sie versorgen wollten, mussten sich schon ziemlich was anhören.«

»Was ist mit ihr?«, hakte Ana hastig nach. »Ist sie … in Ordnung?«

Das Lächeln verschwand aus Lars' Gesicht. »Tja, so in Ordnung, wie man erwarten kann. Aber sie ist wach und auf den Beinen. Das hat sie dir zu verdanken.«

»Ich …« Sie räusperte sich verlegen. »Ich habe fast gar nichts gemacht. Das war nur ein Funke …«

»Es war der Funke, der sie zurückgeholt hat. Wenn du nicht gleich reagiert hättest, wäre sie vielleicht nie mehr aufgewacht. Ich glaube nicht, dass jemand von uns geschafft hätte, was du geschafft hast.« Als er ihren skeptischen Gesichtsausdruck sah, fügte er sanft hinzu: »Du hast sie gerufen. Du hast sie *erreicht*. Nach all dem, was in ihrem Kopf gewütet hat, ist das bemerkenswert.«

Ana dachte an den Schmerz in Narenas Gesichtszügen. Den Schrei, den sie ausgestoßen hatte, als Lynda den Kampf nicht aufgegeben hatte. Auf einmal war ihr schlecht. »Wir hätten es früher merken sollen«, flüsterte sie. »Sie hat mir gesagt, dass die Verbindung sie schwächt. Wir hätten erkennen müssen, dass sie dadurch angreifbar wird. Die ganze Zeit dachte sie, dass sie Lyndas Gedanken nicht mehr loswird … und dabei hatte Gwenda längst angefangen, die Kontrolle zu übernehmen.«

Lars schüttelte den Kopf. »Es ist nicht deine Schuld, dass das passieren konnte. Wenn jemand es hätte besser wissen müssen, dann …« Er unterbrach sich.

Analina runzelte die Stirn. »Lynda?«

Er gab keine Antwort, aber seine Miene sagte genug.

»Diese Verbindung war für sie genauso neu wie für Narena. Sie konnte doch nicht wissen …«

»Aber sie hätte es ahnen können. Ahnen *müssen*, dass Gwenda einen Weg finden würde. Das ist wieder typisch. Sie verlässt sich zu sehr auf ihre eigene Überlegenheit, um auch nur in Erwägung zu ziehen …« Er hielt inne und seufzte. »Egal. Es ist eben passiert.«

Unwillkürlich tauschte Ana einen Blick mit Saphiron. Es war nicht das erste Mal, dass Lars von Lynda sprach wie von einer engen Bekannten, und das schien Saphiron auch aufzufallen, denn er wirkte vollkommen verwirrt. Ein Gedanke begann sich in Anas Hinterkopf zu formen, aber bevor sie ihn aussprechen konnte, schlug Lars die Hände zusammen und fragte: »So, fühlst du dich gut genug, um aufzustehen? Das Kleid da sollte dir passen. Probier es einfach an, und wenn du fertig bist, bringe ich dich in den Sonnensaal. Es gibt da jemanden, der dich kennenlernen möchte. Euch beide«, fügte er mit einem Blick auf Saphiron hinzu. »Mein Vater erwartet uns.«

Analina nickte und die beiden standen auf und ließen sie mit einer Waschschüssel und dem leuchtend gelben Kleid allein. Es war altmodisch, abgetragen und ein wenig zu groß, aber im Gegensatz zu ihr war es sauber. Als Ana sich endlich den Staub von der Haut geschrubbt und den Kampf mit ihren hoffnungslos verknoteten Haaren gewonnen hatte, war das Seifenwasser grau und ihr Gesicht vor Anstrengung gerötet.

Saphiron lachte laut auf, sobald sie vor die Tür trat. »Du bist ja ganz rosa!«

»Kommt vom Waschen. Kannst du nicht wissen.«

Er schnitt eine Grimasse. »Nein, weil ich nicht *rosa* werde, sondern blau. Viel weniger albern.«

Lars räusperte sich. »Na, immerhin ist er selbstbewusst. Bereit?«, fügte er mit einem Blick auf Analina hinzu.

Sie nickte.

»Gut. Dann kommt mal mit.«

Es brauchte keine drei Schritte und Ana war von der Wolkenfestung verzaubert. Zwar hatte die Burg des Regenkönigs keine Edelsteinfußböden und Marmorhallen zu bieten wie Funkelstein, aber sie war schön auf eine warme, einfache Art, die einen sofort willkommen hieß. Dicke Mauern und lodernde Feuerstellen sorgten trotz des Nieselregens vor den Fenstern für Gemütlichkeit und hin und wieder erhaschte Analina im Vorbeigehen einen Blick auf bepflanzte Innenhöfe, die bei Sonnenschein wunderbare Rückzugsorte sein mussten.

Saphiron wirkte nicht ganz so begeistert wie sie. »Ist das Wetter hier immer so schlecht?«

Lars warf ihm einen amüsierten Blick zu. »Was denkst du, woher das Wolkental seinen Namen hat? Hier stört sich niemand an ein bisschen Regen.«

»Dann hat wohl noch keiner versucht, einen ordentlichen Rosengarten anzulegen«, gab Saphiron unbeeindruckt zurück. »Staunässe, bah.« Er schüttelte sich.

»Gärtner«, murmelte Ana.

Lars' Mundwinkel zuckten. »Verstehe.«

Als sie schließlich vor einer schlichten Doppeltür stehen blieben, gaben nur die goldenen Knäufe einen Hinweis darauf, was dahinter auf sie warten könnte. Das und die lauten Stimmen, die klar und deutlich durch das dunkle Holz drangen.

»... von niemandem Worte in den Mund legen, aber ich überbringe ihre Botschaften und diese war unmissverständlich!«

Das war eindeutig Narena und sie klang wütend. Ana warf Saphiron einen verdutzten Blick zu und er hob ratlos die Schultern.

»Hört das denn nie auf?«, murmelte Lars. »Vielleicht sollten wir ...«

Doch die hitzige Antwort eines Mannes übertönte seine Worte. »Wenn Lynda mir etwas zu sagen hat, dann soll sie es selbst tun! Das ist doch lächerlich. Früher oder später wird sie es sowieso herausfinden. Bei allen Göttern, sie muss doch nur die Augen aufmachen und …«

»Oh, bei Hion«, stieß Lars gedämpft hervor, hob eine Hand und klopfte dreimal hart gegen die Tür. Der aufgebrachte Sprecher verstummte sofort.

»Ja?«

»Wir sind da«, rief Lars zurück, und Ana war sich fast sicher, einen trockenen Unterton wahrzunehmen.

Kurz herrschte Stille. Dann tanzten mitternachtsblaue Funken um die goldenen Griffe und mit einem leisen Klicken schwangen die Türen auf.

Was Analina als Erstes wahrnahm, war Sonnenlicht. Vermutlich hätte ihr der Name *Sonnensaal* einen Hinweis geben sollen, aber nach all den regenbedeckten Fensterscheiben war sie doch irritiert. Die unerwartete Helligkeit ließ sie blinzeln, und bevor sie Gelegenheit hatte, sich umzusehen, ertönte noch einmal die Männerstimme: »Das Mädchen, das einen Nachtmahr vertreiben kann. Ich muss sagen, du hast mich beeindruckt. Willkommen auf der Wolkenfestung.«

Der Regenkönig war mit ein wenig Abstand vor ihr stehen geblieben, damit sie sich nicht den Hals verrenken musste, um ihn anzusehen. Instinktiv machte Ana einen Schritt nach vorn und fragte sich im selben Moment, ob sie nicht eigentlich knien müsste. So Furcht einflößend der Nachtmahr auch gewesen war, er hatte wenigstens keine Ahnung von Hofprotokoll gehabt. Plötzlich eingeschüchtert neigte sie den Kopf und hoffte, dass das genügte.

»Bitte.« Nicht mal ein Hauch von Ärger lag in seiner Stimme. »Sieh mich ruhig an.«

Sie hob den Blick.

Lothian von Wolkental war anders, als sie erwartet hatte. Sie hatte sich nie viele Gedanken darüber gemacht, wie Regenten auszusehen hatten, aber da war nun einmal Lynda, und nachdem sie Lars begegnet war, hatte Ana sich seinen Vater als eine ältere Version des nubischen Prinzen vorgestellt: kühl, blauäugig, mit Zügen wie aus Marmor gemeißelt. Tatsächlich jedoch war nichts am Herrscher von Nuben kühl oder steinern. Stattdessen ging eine Wärme von ihm aus, die die silbernen Fäden in seinem dunklen Haar ebenso mühelos überstrahlte wie die feinen Linien um seinen Mund. Für einen Moment wusste Analina nicht, woher das Strahlen kam oder das Glühen in ihrem Bauch. Dann begegneten sich ihre Blicke, und auf einmal war es ihr klar. Die Augen des Regenkönigs waren Ana vertraut wie ihre eigenen, und das war nicht alles. Sie waren auch so groß wie ihre eigenen, braun wie ihre eigenen und all das Sonnenlicht um sie herum ließ Goldflecken in ihnen aufblitzen wie in ihren eigenen.

Analina blinzelte, und als sie noch einmal hinsah, erkannte sie auch das Lächeln. *Ihr* Lächeln.

Die Worte, die nicht für ihre Ohren bestimmt gewesen waren, hallten auf einmal zehnfach verstärkt in ihnen nach. *Sie muss doch nur die Augen aufmachen ...* Sie war so blind gewesen. Als sie jetzt herumfuhr und Lars ansah – blond, blass, ein Gesicht wie eine Götterstatue –, konnte sie nicht fassen, dass sie es jetzt erst begriff.

»Oh«, flüsterte sie.

Lars lächelte schwach.

»Analina Nelia von Funkelstein«, sagte der Regenkönig feierlich, und als sie sich wieder an ihn wandte, schien er kaum merklich zu zwinkern. »Ich habe lange darauf gewartet, dich kennenzulernen. Ich bin ...«

»Ich weiß, wer Ihr seid«, fiel Ana ihm leise ins Wort.

Der Mann, der ihr Vater war, lächelte. »Gut. Dann können wir die Formalitäten ja überspringen. Lothian genügt.« Er streckte ihr eine kräftige Hand entgegen.

»Analina.«

Sie griff zu. Im Gegensatz zu seiner warmen Haut fühlten sich ihre Finger eisig kalt an, und für einen Moment glaubte sie, die Spur einer Erinnerung in seinen Augen aufblitzen zu sehen. Lothians Blick wanderte prüfend über ihr Gesicht und Ana hielt ihm stand. Nach einer Sekunde ließ er sie los und sein Lächeln wurde breiter.

»Ah ja. Du bist deiner Mutter in der Tat sehr ähnlich.«

»Wer hat das gesagt?«

Die Worte klangen angriffslustiger, als sie beabsichtigt hatte, und aus irgendeinem Grund schien das Lothian noch mehr zu amüsieren. »Das muss mir niemand sagen. Ich kann es sehen.«

Analina wusste nicht, was sie darauf erwidern sollte, also sagte sie nichts. Inzwischen hatten sich ihre Augen so weit an die Helligkeit gewöhnt, dass sie ihre Umgebung richtig erkennen konnte, und als sie sich umsah, verschlug es ihr für einen Moment den Atem. Auf den ersten Blick war sie vollkommen überzeugt, unwissentlich ins Freie geraten zu sein. Da waren blühende Bäume, sanft geneigte Sträucher und sogar das sonnenbeschienene Ufer eines Sees. Dann allerdings bemerkte sie die Windstille, und ihr wurde klar, dass sie es in Wahrheit mit täuschend echten Wandmalereien zu tun hatte. Der ganze Saal war auf diese Weise geschmückt, und weil die Bilder sich auch über die Decke zogen, hatte man das Gefühl, unter freiem Himmel zu stehen. Instinktiv suchte Analina nach der Quelle des Sonnenlichts, aber es schien keine zu geben. Der Saal hatte offenbar keine Fenster, und überhaupt hatte sie ja auf dem Hinweg gesehen, dass es regnete. Die Wärme auf ihrem Gesicht konnte sie sich allerdings nicht einbilden, und als sie fragend zu Lothian sah, funkelten seine Augen verschmitzt.

»Es hat seine Vorteile, Regenkönig zu sein«, sagte er gut gelaunt. »Wenn es mir draußen zu nass wird, komme ich hierher und bringe mir ein bisschen Sonnenschein mit.«

»Könntest du nicht einfach draußen die Sonne scheinen lassen?«

Lothian hob die Brauen. »Könnte ich, aber wie sähe das denn aus? Wir haben hier immerhin einen Ruf zu verlieren.«

»Schlechtestes Wetter des letzten Jahrzehnts?«, murmelte Saphiron.

Der Regenkönig nickte ernst. »Oh ja. Und abgesehen davon ist es nicht einfach, das Wetter großflächig zu verändern. Kleinere Spezialeffekte sind deutlich bequemer.« Mit einem höflichen Lächeln wandte er sich zur Seite. »Ja, bitte?«

Analina hatte das Räuspern kaum gehört und zuckte zusammen, als sich eine Gestalt direkt neben ihnen bewegte. Mit ihrem grünen Haar und der schlichten braunen Kleidung hatte Narena sich so gut in das Bild des sonnigen Waldes eingefügt, dass Ana sie nicht bemerkt hatte. Jetzt verließ die Schattenspäherin ihren Beobachterposten und erwiderte Lothians Lächeln nicht weniger höflich, wenn auch mit sichtlicher Distanz.

»Darf ich?«

Ohne seine Antwort abzuwarten, wandte sie sich an Analina. »Schön, dass du wach bist. Ich habe heute Morgen mit der Königin gesprochen – über die Verbindungskugel«, fügte sie sanft hinzu, als Ana protestieren wollte. »Sie ist einverstanden, dass du den Rest des Weges mit den nubischen Drachenreitern zurücklegst, solange wir keine Zeit verlieren. Gwenda ist geschwächt, aber sie wird bald zum nächsten Schlag bereit sein. Wenn es so weit ist, solltest du sicher an der Akademie des Meeres angekommen sein.«

Analina nickte. »Wann geht es los?«

»Sobald du bereit bist.«

»Heute noch?«

»Im besten Fall.«

Kurz herrschte Stille.

»Sie ist erreichbar, falls du Fragen hast«, setzte Narena nach.

Ana unterdrückte ein Schnauben. »Ja, das … kann ich mir vorstellen. Ich habe ja auch bisher immer Antworten bekommen. Zum Beispiel auf die Frage, *wieso eine Reise durch Nuben nicht zur Debatte steht.*«

Narena warf dem Regenkönig einen schnellen Seitenblick zu. »Analina …«

»Schon gut.« Sie räusperte sich, um den Kloß in ihrem Hals loszuwerden. Es funktionierte nicht. »Keine Fragen.«

Lyndas Gesicht tauchte vor ihrem geistigen Auge auf, dann Lothians, dann Lars'. Hier war die Antwort auf die eine Frage, die sie nie zu stellen gewagt hatte. Lynda hatte nie auch nur ein Wort über Anas Vater verloren und trotzdem fühlte sie sich schrecklich belogen.

Narena sagte nichts mehr. Ana spürte, wie Lars sich hinter ihr bewegte, und Lothian öffnete den Mund, aber im selben Moment klopfte es noch einmal und so beschränkte er sich auf ein: »Ja?«

Die Türen schwangen auf und etwas schoss über die Schwelle, so schnell, dass Analina es nicht erkennen konnte. Dann wurde Saphiron zurückgeworfen und ein dunkelblauer Lockenkopf donnerte gegen seine Brust.

»Du verfluchter Dreihornschädel!«, kreischte eine helle Stimme. »Die Gruppe verlassen, *heimlich*? Das ist das Dümmste … das *Dümmste*, was mir jemals eingefallen wäre und du …«

Hellblaue Fäuste begannen durch die Luft zu fliegen und Ana sprang vor.

»Türkis!«

Ein Schlag verfehlte nur knapp ihre Nase und ein zweiter ließ scharfen Schmerz durch ihre Seite schießen, bevor sie es schaffte, die Arme um Türkis' mageren Oberkörper zu schlingen. Türkis sträubte sich, aber dann griff Saphiron nach ihren Handgelenken und ihr Widerstand erstarb.

»Dreihornschädel?«, wiederholte er empört. »Hast du mal überlegt, dass wir das machen mussten, weil *du* die Gruppe verlassen hast? Heimlich?«

Türkis starrte ihn an. »Ich … ich musste Vater versprechen, ihm die Muschel mitzubringen …«

Saphiron schnaubte. »Denkst du, ich musste nichts versprechen? Es ging doch nicht um die blöde Muschel, Dummkopf!«

»Nenn mich nicht …«

Der Rest des Satzes wurde erstickt, als Saphiron sie so fest umarmte, als wollte er sie zerquetschen. Erst, als sie dramatisch zu röcheln begann, lockerte er seinen Griff und Türkis nutzte prompt die Gelegenheit und kämpfte sich frei.

»Ist ja gut!« Sie rieb sich die Rippen und drehte sich nach Ana um. »Lia! Hast du wirklich einen *Nachtmahr* vertrieben? Ich habe gehört, wie die Drachenreiter geredet haben, war das Mondmagie? Hast du Narena geheilt? War sie …«

Wieder wurde sie abgewürgt. Ana zog sie an sich und hielt sie fest, ohne auf Türkis' lautstarken Protest zu achten. Die Standpauke fiel ihr erst wieder ein, als sie die Umarmung löste und Lars' hochgezogene Brauen sah.

»Ähm.« Sie räusperte sich. »Türkis Spinella, hast du den Verstand verloren? Wir dachten, du bist tot! Hast du eine Ahnung, wie furchtbar das war? Bei Glaia, wenn dein Vater dir bei deiner Rückkehr nicht mindestens hundert Stunden Rosendüngen aufhalst, dann werde ich *befehlen* …« Sie stockte. Türkis wirkte auf einmal so untypisch schuldbewusst. »Was ist?«

»Na ja …« Türkis' Blick flackerte über ihre Schulter, in Lothians Richtung. »Wegen der Rückkehr …«

Ana runzelte die Stirn. »Ja?«

»Also, es gab da eine Planänderung.«

»Mehrere eigentlich«, ergänzte jemand. Als Analina sich umdrehte, trat Isla über die Schwelle, gefolgt von Qalim, Ronar und Hannibal.

»Wir gehen nicht zurück«, sagte Isla entschlossen.

Saphiron stöhnte leise auf.

EIN NEUER AUFBRUCH

»Nicht … zurück«, wiederholte Analina verwirrt. »Was soll das heißen? Keiner von euch?«

»Na ja, ich schon«, sagte Hannibal. »Die Königin braucht Leute unter den Schneeriesen. Unser Graf ist auf eurer Seite, aber viele von uns wissen nicht genug über die Angelegenheiten der Kleinen. Ich kann dich mitnehmen, wenn du willst«, fügte er mit einem Seitenblick auf Saphiron hinzu, der genauso ratlos aussah, wie Ana sich fühlte.

»Und ihr?«, hakte sie nach. »Was habt ihr vor?«

Qalim sah kurz zu Narena, bevor er antwortete: »Wir bleiben in der Gegend. Wie es aussieht, ist Gwenda hier aktiver, als wir angenommen hatten. Sie hat das … nun, das *Schweigen* zwischen Arden und Nuben genutzt, um unbemerkt von deiner Mutter auch über Ardens Grenzen hinweg Angst zu verbreiten … und vermutlich Verbündete zu gewinnen. Wir haben vor, eine Art Botendienst aufzubauen, um Arden und Nuben einander anzunähern und es Gwenda schwerer zu machen, verdeckt zu handeln. Wenn wir sie jetzt nicht aufhalten, wird ein offener Krieg bald nicht mehr zu verhindern sein.«

»Die Nähe zur Akademie wird uns helfen«, ergänzte Narena. »Wir müssen uns auf die Suche nach den richtigen Leuten machen, bevor Gwenda sie findet. In Palestra leben Akademiker und Eliteabsolventen, die uns hoffentlich unterstützen werden.«

Ronar von Eichenhall nickte. »Ich habe vor, ein paar Familien in Lartencia und Turmland zu besuchen. Wir müssen herausfinden, ob Gwenda schon begonnen hat, Kontakt zum Volk aufzunehmen. Es gibt nichts Gefährlicheres als Feinde in den eigenen Reihen.«

Ana begegnete Narenas Blick und schluckte.

»Die Verbindung ist getrennt«, sagte die Schattenspäherin leise. »Das alles konnte nur passieren, weil weder Lynda noch ich damit gerechnet haben, dass Gwenda sie entdecken und nutzen könnte. Jetzt kenne ich die Gefahr und weiß, wogegen ich mich wehren muss. Solange ich die Tür nicht öffne, kann Gwenda nicht mehr herein.«

»Und wenn sie sie … aufbricht?«

Narena lächelte grimmig. »Das werde ich verhindern. Weißt du, ich bin als Magierin gar nicht mal so schlecht.«

»Gwenda auch nicht«, flüsterte Ana. Sie wollte nicht ängstlich klingen, aber die Erinnerung an Narenas Schmerzensschrei ließ sich nicht einfach so verscheuchen.

Die Miene der Waldelfe wurde sanfter. »Nein«, stimmte sie ruhig zu. »Aber sie ist auch nicht allmächtig. Solange wir uns wehren, wird sie die Kontrolle nicht unbemerkt übernehmen können. Das gilt in jeder Hinsicht.«

Narena sah immer noch erschöpft aus, aber als Analina die Entschlossenheit in ihren Augen sah, glaubte sie ihr. »Und wir wehren uns.«

Narena lächelte erneut. »Ja.«

Bevor sie noch etwas sagen konnte, räusperte sich Saphiron. Er wirkte leicht verstört. »Das ist ja alles schön und gut, aber was ist mit uns? Wir sind nicht … ich meine, Türkis und Isla sind Kinder und ich …«

»Du bist ein Jahr älter als ich«, warf Isla empört ein. »*Ein* Jahr!«

»Ich finde ja nur …«

»Isla und Türkis werden nicht für uns arbeiten«, fiel Qalim ihm knapp ins Wort, »und dich werden wir auch nicht zwingen.«

»Gut«, gab Saphiron entschieden zurück. »Das habe ich nämlich auch nicht vor. Ich habe versprochen, meine Schwester nach Hause zu bringen, und das werde ich tun.«

»Wirst du nicht«, platzte Türkis heraus.

Saphiron starrte sie an. »Was? Klar werde ich das. Vater hat gesagt …«

»Der Regenkönig hat mit der Königin gesprochen und dann hat sie mit Vater gesprochen und dann Vater mit mir. Ich habe nämlich ein *Angebot* bekommen«, erklärte sie überlegen.

»Ein Angebot«, wiederholte Saphiron. »Wer bei Bulbur würde auf die Idee kommen, dir irgendein Angebot zu machen?«

Lothian räusperte sich gedämpft. »Das war dann wohl ich.«

Saphiron fuhr herum und der Regenkönig setzte freundlich nach: »Wie du vielleicht gemerkt hast, ist deine Schwester außergewöhnlich talentiert. Du weißt, dass sie eine Singende ist, nicht wahr? Nun, mit der richtigen Ausbildung könnte sie das in ein paar Jahren zu einer der mächtigsten Magierinnen aller Zeiten machen. Sie ist natürlich noch zu jung für die Akademien, aber wir verfügen über ganz hervorragende Hoflehrer …«

»Er hat gesagt, ich darf auf *Drachen* reiten!«, fiel Türkis mit leuchtenden Augen ein. »Drachen, hörst du? Ich könnte zur Flottenmagierin ausgebildet werden und hier gibt es Wachlöwen, und bei Biba, hast du die Gärten gesehen?«

Saphiron wirkte wie betäubt. »Bei … bei dem Regen wächst hier doch keine einzige Rose …«

Türkis hob kämpferisch das Kinn. »Das werden wir ja sehen.«

»Türkis«, sagte Ana zögernd, »bist du ganz sicher, dass du das machen willst? Als ich dich gefragt habe, ob du mal an die Akademie willst, warst du nicht begeistert.«

»Nicht so wie du, meinst du?«

Analina schnitt eine Grimasse. »Na ja, ich wurde auch nicht wirklich *gefragt* …«

Kritisch zog Türkis die Brauen zusammen. »Schön, und wenn ich dich jetzt fragen würde – würdest du zurückgehen, einfach so? Nach allem, was passiert ist?«

Ana musste nicht einmal überlegen. »Nein.«

»Siehst du.« Türkis zuckte die Schultern. »Außerdem will ich nicht an die Akademie, ich will Drachen reiten. Und die nubischen Drachenreiter sind besser als die ardischen.«

»Sind sie nicht!«, widersprach Ana prompt.

»Sind sie doch.« Lars grinste. »Zum Beispiel, weil wir unsere Talente nicht in Blumenbeeten verkümmern lassen.«

Saphiron warf ihm einen vernichtenden Blick zu. »Ja, das sieht man an den Beeten.«

»Du darfst natürlich bei deiner Schwester bleiben, wenn du möchtest«, sagte Lothian ernst. »Wie du siehst, könnten wir einen talentierten Gärtner gebrauchen.«

Saphirons Wangen wurden eine Spur dunkler. »Ich … ich weiß nicht …« Verzweifelt wandte er sich an Isla. »Was ist mit dir? Musst du nicht zurück nach Gringol?«

Zu Anas Überraschung schien sich Isla auf einmal unwohl zu fühlen. Ihre Augen flackerten zu Narena, bevor sie tief Luft holte und Anas Blick begegnete. »Nein. Ich habe auch so eine Art … Angebot bekommen.«

Analina runzelte die Stirn. »Sag nicht, du willst auch zu den Drachenreitern.«

Isla lächelte unsicher. »Nicht … also, nicht direkt.«

Zögernd griff sie in ihre Tasche und zog einen Brief hervor.

Obwohl Ana die Schrift aus der Entfernung nicht lesen konnte, erkannte sie das Siegel und die Purpurtinte sofort. Ihr Mund klappte auf.

»Aber das ist …«

»Ein Brief von den Akademien. Ich habe einen Platz bekommen.« Nervös wartete Isla auf ihre Reaktion.

Analina suchte nach Worten. »Wie … ich meine …«

»Das war Ylvas Bedingung«, erklärte Isla verlegen. »Du weißt schon, für unsere Hilfe. Wenn ich euch über Muschelsand führe, dann darf ich danach an die Akademie. Darum ging es in diesen Gesprächen zwischen Ylva und Rena und deshalb sollte ich Magieunterricht bekommen …«

»Also hast du uns deswegen geholfen?«, fiel Ana ihr ins Wort. Sie hatte versucht, ganz normal zu klingen, aber auf einmal kam ihr ihre Stimme merkwürdig sperrig vor. »Du bist nur mitgekommen, um Türkis zu suchen, weil du Angst um deinen Platz hattest?«

»Was? Nein, ich …«

»Du hast gesagt, wir sind Freunde!«

Isla verzog unglücklich das Gesicht. »Sind wir doch auch …«

»Und wieso hast du dann nichts gesagt?« Langsam wurde Analina klar, was sie so wütend machte. »Du hast *nichts* gesagt, die ganze Zeit über! Weißt du eigentlich, wie oft es mir so geht? Ständig wird mir etwas vor die Nase gesetzt, das offensichtlich alle irgendwie wussten, nur ich nicht. Und ich bin es ja gewohnt, dass meine Mutter das macht, aber ich hatte eigentlich gedacht, wenigstens meine *Freunde* würden mir vertrauen …«

»Jetzt hör schon auf!«, stieß Isla plötzlich hervor und sie klang so zornig, dass Ana sofort verstummte. Mit blitzenden Augen fuhr sie fort: »Hast du dir vielleicht mal eine Sekunde lang überlegt, dass es nicht nur dir so geht? Ich habe *drei Tage* vor eurer Ankunft erfahren, wer ihr seid und wohin es geht.

Das mit meinem Platz an der Akademie haben sie mir erst in Muschelsand erzählt. Den Brief habe ich eben erst bekommen, weil sie ihn nach Eichenhall geschickt haben. Du bist nicht die Einzige, für die das hier alles ein bisschen überraschend kommt, kapiert? Ich meine, schau dich mal um! Schau Türkis an! Beschwert sie sich vielleicht, dass sie niemand vorgewarnt hat, bevor sie die Chance ihres Lebens bekommt? Meine Güte, reiß dich zusammen. Du hast so viele Möglichkeiten, von denen andere träumen würden. Du hast Freunde, die ihr Zuhause verlassen und ihr Leben riskieren, um bei dir zu sein. Findest du es wirklich angemessen, jetzt hier zu stehen und dir leidzutun, weil dir angeblich niemand vertraut?«

Inmitten der bleiernen Stille, die auf ihre Worte folgte, ertönte plötzlich ein leises Glucksen. Als Ana herumfuhr, machte sich Lars keine Mühe, sein Lachen zu verbergen.

»Und ich dachte schon, sie hätte ein großes Mundwerk, als sie mich Sumpfleiche genannt hat«, stellte er fest. »Kleine, für mich sieht das sehr danach aus, als hättest du Freunde, die dir die Wahrheit sagen.« Seine hellblauen Augen funkelten.

»Ja«, sagte Ana leise, »Freunde.« Sie drehte sich wieder zu Isla um und holte tief Luft. »Tut mir leid. Du hast recht, ich bin …«

»Eine Prinzessin?«, schlug Isla vor.

»Ja. Irgendwie schon.« Sie schnitt eine Grimasse. »Ich arbeite dran.«

»Schon in Ordnung. Dafür hast du die besseren Tischmanieren.« Isla lächelte entschlossen. »Damit kann uns an der Akademie dann auch nichts mehr passieren.«

Ana blinzelte. »Die Akademie. Wir beide … an der Akademie?«

Isla zuckte die Schultern. »Ja. Verrückt, oder?«

»Nein«, widersprach Analina, »nicht verrückt.« Auf einmal

war da ein Kribbeln in ihrem Bauch, und nach einer Sekunde der Verwirrung begriff sie, was es war: Vorfreude. »Gar nicht verrückt. Es wird uns gefallen. Wir werden …« Sie zögerte. Lächelte. »Frei sein.«

»Frei?«, wiederholte Isla verdutzt. »Aber man muss lernen, oder nicht?«

Lars lachte auf. »Worauf du dich verlassen kannst.«

Lothian räusperte sich. »Nun, vielleicht sollten wir dann daran denken, euch ans Ziel zu bringen. Zehn unserer besten Drachenreiter sind zum Abflug bereit. Ich würde euch ja persönlich bis nach Palestra begleiten, aber wie mir freundlicherweise mitgeteilt wurde«, er bedachte Narena mit einem kurzen Seitenblick, »hat Lynda diesen Vorschlag abgelehnt.«

Ana wandte sich wieder an Lothian, und plötzlich flatterte ihr Herz wie ein besonders nervöses Koboldkind. »Dann … holen wir unsere Sachen und … brechen auf?«

»Sobald ihr bereit seid.« Der Regenkönig lächelte, aber da war auch etwas anderes, und als Ana seinem Blick begegnete, hatte sich ein Schimmer über die Goldflecken in seinen Augen gelegt. »Ihr fliegt vom oberen Burghof ab. Nehmt euch die Zeit, die ihr zum Packen braucht, und dann kommen wir, um euch zu verabschieden.«

»Ihr … alle?«

»Natürlich. Ohne einen ordentlichen Abschied lässt man kein Mädchen gehen, das Nachtmahre verjagen kann. Und auch keines, das meinen Sohn als Sumpfleiche beschimpft«, fügte er mit einem Zwinkern in Islas Richtung hinzu.

Ana war sich nicht ganz sicher, aber vielleicht wurde Isla bei diesen Worten tatsächlich ein bisschen rot.

Als sie mit ihrer Tasche in der einen und einem Proviantbeutel in der anderen Hand den kühlen Burghof betrat, fühlte Analina sich unwillkürlich an ihren Aufbruch von Funkelstein erinnert. Langsam stieg sie die flachen Stufen nach unten und blieb auf grauen Pflastersteinen stehen, die vor Nässe glänzten. Die Luft schmeckte feucht, aber es regnete nicht mehr. Ana hob den Kopf und stellte fest, dass sich einzelne Sonnenstrahlen ihren Weg durch die Wolkendecke zu ertasten begannen.

Sie spürte eine Bewegung neben sich und Isla trat an ihre Seite.

»Sieh mal, wir haben Glück mit dem Wetter.« Mit zusammengekniffenen Augen blinzelte Isla in den heller werdenden Himmel.

»Ja …« Analina sah sich um und entdeckte Lothian, der ganz in der Nähe an der Burgmauer lehnte. Auch er schien wie beiläufig die vorbeiziehenden Wolken zu beobachten, die mit jeder Sekunde weniger wurden. Schließlich wandte er sich ab und blickte zu ihnen.

»Ah, da seid ihr ja.« Schwungvoll stieß er sich von der Mauer ab und kam mit großen Schritten auf sie zu. »Alles in Ordnung?«

Sie nickten. Analina wollte etwas sagen, aber ihr Hals fühlte sich auf einmal unangenehm eng an. Nach einem Moment griff Isla nach ihrer Tasche und sagte, eine Spur zu unschuldig: »Ich kann das ja schon mal zum Drachen bringen. Komm einfach nach.«

Bevor einer von ihnen antworten konnte, war sie verschwunden, und Ana war mit Lothian allein. Sie starrte ihn an und er starrte zurück. Dann räusperte er sich und lächelte. »Ich hatte gehofft, dich unter vier Augen sprechen zu können.«

Ana sah zu ihm hoch, und auf einmal wusste sie, dass sie nicht gehen konnte, ohne sicher zu sein. Sie musste die Frage stellen, die auf ihrer Zunge brannte, und sie musste eine Antwort bekommen, eine richtige Antwort.

»Ich muss …«

»Ich wollte …«

Sie hatten gleichzeitig angefangen und hielten gleichzeitig inne. Analina zögerte, aber ihr Mut begann schon wieder zu verfliegen, und schließlich setzte Lothian erneut an, leiser diesmal: »Ich wollte dir etwas geben. Einen Brief.«

Sie blinzelte. »Oh. Und …«

»Nicht hier. Ich habe dafür gesorgt, dass sie ihn in deine Tasche schmuggeln. Lies ihn in Ruhe, wenn du angekommen bist. Er wird dir helfen, zu … verstehen.«

Ihre Blicke trafen sich erneut und diesmal konnte Ana ganz deutlich die goldenen Flecken erkennen, die im Braun seiner Iris schwammen.

Sie *musste* fragen. »Bist … bist du …«

Sie brachte das Wort *Vater* nicht über die Lippen, aber das machte nichts. Er nickte.

»Und ist Lars …?«

»Ja.«

Analina holte tief Luft. »Gut«, flüsterte sie.

Die Fältchen um Lothians Augen wurden ein wenig tiefer. »Findest du?«

»Ja.« Sie lächelte.

»Gut.« Er lächelte zurück, dann wurde er ernst. »Ich habe eine Bitte.«

Ana starrte ihn an. »Ja?«

»Wenn du die Akademie erreicht hast, such dir eine Verbindungskugel und sprich mit deiner Mutter. Worüber, überlasse ich dir, aber sprich mit ihr. Bitte. Es wurde schon zu viel geschwiegen für meinen Geschmack.«

»Ich habe *versucht* …«

»Ich weiß. Versuch es weiter.« Er sah ihre empörte Miene und fügte mit einem kleinen Zwinkern hinzu: »Sieh es als Herausforderung. Wenn es leicht wäre, könnte es jeder.«

Analina seufzte. »Na gut. Viel schlimmer als der Nachtmahr kann es nicht werden.«

»Das ist die richtige Einstellung.« Lothian drückte kurz ihre Schulter, dann trat er einen Schritt zurück und fügte hinzu: »Vielleicht solltest du dich von deinen Freunden verabschieden, solange die Sonne scheint. Ich bin nicht sicher, wie lange dieses Wetter noch hält.«

Sie nickte. »Auf Wiedersehen. Und danke für die … Rettung.«

»Es war mir eine Ehre.« Seine Augen funkelten. »Auf Wiedersehen, Analina von Arden. Du bist hier jederzeit willkommen.«

Bevor ihr Hals wieder enger werden konnte, drehte sie sich schnell um und trat auf den Melindenbaum zu, unter dem ihre Freunde warteten.

Sie erreichte ihre Begleiter gleichzeitig mit Isla, und weil sie nicht wusste, wo sie anfangen sollte, wandte sie sich zuerst an Ronar von Eichenhall.

»Also … danke für Eure Unterstützung. Euer Einsatz gegen die Nachtmahre war beeindruckend.«

Ronar lächelte schief. »Nicht ganz so beeindruckend wie Eurer, fürchte ich. So etwas habe ich noch nie gesehen.«

»Ich auch nicht«, gab Ana zu, und weil das viel selbstgefälliger klang, als sie geplant hatte, schob sie rasch hinterher: »Ich meine, ich habe meine Mondmagie gerade erst entdeckt.«

»Verstehe.« Er klang amüsiert. Zu amüsiert für ihren Geschmack. »Nun, es war eine Ehre, Eure Bekanntschaft zu machen. Ich hätte Euch gerne bis nach Palestra begleitet, aber bei den nubischen Drachenreitern seid Ihr in den besten Händen. Passt auf Euch auf und viel Spaß an der Akademie.«

»Euch auch. Also, Ihr auch. Passt … auf Euch auf«, brachte Analina hervor und wurde mit jeder Silbe verlegener. Wieso war es auf einmal so schwer, einen annähernd normalen Satz zu formulieren? »Kommt sicher nach Lartencia.«

Mit brennenden Wangen wandte sie sich ab und stieß um ein Haar mit Qalim zusammen.

»Hoppla«, sagte der Gnom. Vielleicht täuschte sie sich, aber seine Stimme klang etwas belegt. »Dann ist es jetzt wohl so weit.«

Ana nickte. »Danke. Für ... alles. Du warst ...« Sie schluckte. »Ich werde dich vermissen.«

»Schon gut«, sagte er heiser. »Kein Grund, sentimental zu werden.«

Sie lächelte. »Lass von dir hören, ja? Sobald du eine landesweite Bewegung gegen Gwenda gegründet hast, meine ich.«

»Worauf du dich verlassen kannst. Und du ...« Er drückte kurz ihren Arm irgendwo auf der Höhe ihres Ellenbogens. »Bleib am Leben.«

»Ich versuch's.«

Hannibal hatte Tränen in den Augen, als er sie fest in die Arme schloss. »Weißt du, ich hätte es noch eine Weile mit dir ausgehalten«, seufzte er. »Wirklich. Es hätte mich nicht gestört.«

»Danke, Hannibal. Das ist lieb von dir.« Sie gab ihm einen Kuss auf die weiße Wange und er ließ sie mit einem unterdrückten Schniefen los.

Narena wirkte so ernst wie immer, aber als Ana vor ihr stehen blieb, lächelte sie. »Da wären wir also. Bist du bereit?«

Analina zögerte. »Ich weiß nicht. Ich glaube schon.«

Narenas Lächeln wurde ein bisschen breiter. »Ich glaube auch. Die Akademie des Meeres ... ich bin ein bisschen neidisch.«

»Warst du nicht auch da?«

Die Schattenspäherin schüttelte den Kopf. »Ich bin nie zur

Schule gegangen. Bis ich so alt war wie du, haben mich zwei ältere Seher ausgebildet. Ich bin mit ihnen durch das ganze Land gezogen, immer auf der Suche nach Arbeit. Es war …« Narena seufzte leise. »Es war nicht, was man sich unter Kindheit vorstellt. Aber dann kam dieser Auftrag, der alles geändert hat. Es ging um eine Frau, die sich sicher war, ein Kind zu erwarten.«

Es dauerte einen Augenblick, bis Analina die Zusammenhänge verstand. »Du meinst … meine Mutter?«

Narena lächelte. »Hat man dir das nie gesagt? Ich war diejenige, die deiner Mutter als Erste mitteilte, dass sie eine Mondprinzessin zur Tochter haben sollte. Und sie war diejenige, die mir ein Zuhause gegeben hat. Sie hat mir die Stelle am Hof noch in derselben Nacht angeboten.«

Ana starrte sie an. »Einfach so?«

»Sie wird ihre Gründe gehabt haben. Für mich war es das zweite große Wunder dieses Abends.« Bevor Analina etwas darauf antworten konnte, setzte Narena nach: »Das hier sollte ich dir übrigens an der Akademie geben. Mach ihn auf, wenn du angekommen bist.« Der Brief, den Narena ihr unter die Nase hielt, wirkte leicht mitgenommen, aber das Siegel war unversehrt: Ein Kristall, über dem eine Krone schwebte. Das Wappen Funkelsteins.

»Keine Sorge«, fügte Narena hinzu, als sie Anas Gesicht sah. »Es hat nichts mit irgendwelchen Reisen zu tun. Zumindest nicht, soweit ich weiß.«

Analina nahm den Brief entgegen, und für einen Moment glaubte sie, einen leichten Rosenduft wahrzunehmen. »Der ist von meiner Mutter.«

Narena nickte. »Verlier ihn nicht. Ich weiß nicht, worum es geht, aber er schien ihr wichtig zu sein.«

Ana starrte den Brief an. »Danke.« Sie steckte ihn ein und hob den Kopf. Plötzlich schien sich etwas unangenehm Zähes in ihrem Magen ausgebreitet zu haben. »Du ... könntest mitkommen«, sagte sie zögernd. »Bis zur Akademie. Ich meine, wenn du sie sehen willst ...«

Narena schüttelte leicht den Kopf. »Ich fürchte, das wäre keine gute Idee.«

»Wieso?«, hakte Ana überrascht nach.

Sie war sich nicht sicher, aber sie glaubte, Narenas Katzenaugen für einen Moment in Lothians Richtung wandern zu sehen. »Nur ein Gefühl.«

»Wessen Gefühl?«

Narena lächelte kurz, antwortete aber nicht. »Hör zu«, sagte sie stattdessen, »was deine Träume angeht ...«

»Die vom Ertrinken?«

»Nein«, gab Narena nach einer kleinen Pause zurück. »Nicht die. Die von Isla. Sind sie wiedergekommen?«

Analina starrte sie verdutzt an. »Nein. Sollten sie?«

Narena überging die Frage. »Sei vorsichtig«, sagte sie nur. »Wenn sie wiederkommen ... wenn vielleicht ... noch jemand auftaucht ... gib Bescheid.«

»Wer sollte denn noch auftauchen?«

Für einen Moment zögerte Narena sichtlich. »Jemand Drittes«, sagte sie dann.

»Aber ...«

»Melde dich einfach. Wir werden für Kommunikationswege sorgen.« Narena begegnete ihrem Blick und fügte hinzu: »Für sichere Kommunikationswege.«

Analina kämpfte mit sich, aber schließlich widerstand sie dem Impuls, noch einmal nachzuhaken. »Ist gut. Danke.« Zu ihrer Überraschung trat die Schattenspäherin vor und zog sie in eine Umarmung.

»Ich danke dir, Analina. Pass auf dich auf. Und vergiss nie, wofür du kämpfst.«

»Werde ich nicht.«

Narena küsste sie kurz auf die Stirn, dann trat sie zurück und gab den Blick auf Saphiron und Türkis frei. Angestrengt blinzelnd trat Ana auf ihre beiden ältesten Freunde zu.

»Ich …« Sie räusperte sich. »Ich muss dann wohl los.« Ihr Blick flackerte zu Saphiron. »Weißt du schon, was du jetzt vorhast? Bleibst du hier oder …«

»Nein, ich glaube nicht.« Saphiron seufzte und gab seiner Schwester einen sanften Stoß in die Seite. »Das hier ist ihr Platz, nicht meiner. Ich habe mit Qalim und Ronar gesprochen. Vielleicht gehe ich mit nach Lartencia. Versuche, ihnen bei diesem Botendienst zu helfen. Obwohl Qalim mich natürlich für völlig nutzlos hält.« Er verdrehte die Augen und brachte Ana gegen ihren Willen zum Lachen.

»Du bist nicht *völlig* nutzlos.«

»Danke.«

»Du bist gut mit Blumen.« Sie grinste.

»Das war jetzt natürlich nötig«, grummelte er. »Hör mal, Rena meinte, eure Occultatoren sind kaputtgegangen. Ich dachte … also, wenn du willst, kannst du meinen haben. Ronar hat jetzt den von Hannibal, also …«

Ana schüttelte den Kopf. »Behalte ihn. Es klingt, als könntest du ihn dringender brauchen. Oh, und wo wir gerade dabei sind …« Sie wandte sich an Türkis. »Ich wollte dir deine Muschel geben, aber sie ist bei meinem Sturz kaputtgegangen. Also dachte ich, ich gebe dir stattdessen das hier.«

Sie hob die Hände und zog eine feine Kette aus ihrem Kragen. »Es ist keine Muschel, aber, na ja, es schillert. Vielleicht nicht ganz so praktisch wie ein Occultator …«

Türkis' Augen leuchteten auf, als sie den silbergefassten Perlmuttanhänger erkannte. »Der ist für mich? Bist du sicher?«

»Klar.«

Türkis strahlte. »Danke, Lia. Wenn ich mal zurück auf Funkelstein bin, zeige ich ihn Vater.«

»Grüß ihn von mir.«

Ana drückte sie an sich, dann wandte sie sich wieder an Saphiron.

Er schluckte hart. »Also dann …«

»Also dann. Bis … bald«, flüsterte sie. Doch plötzlich wurde ihr bewusst, wie viel Zeit vergehen konnte, bis sie sich wiedersahen. Saphiron schien mit ähnlichen Gedanken zu kämpfen. Seine Wangen färbten sich dunkelblau, und dann, völlig unvermittelt, beugte er sich vor und gab ihr einen flüchtigen Kuss. Sie war sich nicht ganz sicher, worauf er gezielt hatte, aber zumindest traf er ihren Mundwinkel. Bevor Ana irgendwie reagieren konnte, sprang er zurück und lief sogar noch dunkler an.

Ana starrte ihn an. Saphiron starrte auf seine Füße.

»Also … tschüss«, brachte sie hervor.

»Tschüss«, murmelte er seinen Schuhspitzen zu.

Türkis kicherte. »Jetzt geh schon, bevor er im Boden versinkt.«

Analina holte tief Luft, dann drehte sie sich um und ging. Isla erwartete sie mit dem breitesten Grinsen, das sie jemals gesehen hatte.

»Sei still«, kam Ana ihr zuvor.

»Ich wollte nur …«

»Lass es.« Ihr ganzes Gesicht brannte. »Wo ist Lars?«

Mit zuckenden Mundwinkeln nickte Isla in Richtung des wartenden Silberdrachen. Unter den vielen Reitern in nubischer Rüstung sprang er nicht gleich ins Auge, aber schließlich erkannte sie ihn ganz vorne am Kopf des Tiers. Er grinste genauso offen wie Isla.

»Natürlich. *Natürlich* musste er das sehen.« Am liebsten wäre

Analina auf der Stelle im Boden versunken, aber die sofortige Abreise per Drache kam ihr wie eine angemessene Alternative vor. Sie räusperte sich und suchte Islas Blick. »Dann los?«

Isla hörte auf zu grinsen. »Los«, gab sie leise zurück.

Gemeinsam überquerten sie den Hof, um ihre Plätze auf dem breiten Silberrücken einzunehmen. Der Himmel war jetzt fast wolkenfrei. Sonne tanzte über die halb getrockneten Pflastersteine und eine leichte Brise zerzauste Anas Haar. Sie zurrte ihren Hüftgurt fest und spürte, wie Isla hinter ihr dasselbe tat.

»Bereit?«, ertönte Lars' Stimme von vorne.

Sie warf einen letzten Blick zurück. Ihre Begleiter waren unter dem Melindenbaum hervorgetreten und ein paar Schritte hinter ihnen stand der Regenkönig und sah lächelnd zu ihr auf.

Analina hob den Kopf. »Bereit!«

Ein Ruck ging durch den mächtigen Drachenkörper und dann waren sie in der Luft. Haare peitschten ihr ins Gesicht, ihre oder Islas, das war schwer zu sagen. Die Burg wurde kleiner, der Wald, das umliegende Tal. Und – aber das musste sie sich natürlich einbilden – als Ana nach vorne sah und tief einatmete, glaubte sie, einen leichten Salzfilm auf ihren Lippen zu spüren. Es war, als könnte sie die Küste schon schmecken, und eigentlich war es nicht wichtig, ob es nun ihre Einbildung war oder nicht.

Sie war bereit.

Die Akademie des Meeres erwartete sie.

EPILOG

Es ist dunkel. Ana steht in einem Raum, um sie herum ist nur Schatten. Sie weiß nicht, wo sie ist. Nur, dass es dunkel ist.

Da sind Augen. Sie sind blau, hellblau, und sie sehen sie an. Ana kennt diese Augen und doch wieder nicht. Sie will mehr sehen, ein Gesicht, aber da ist nur Dunkelheit und Schatten und mehr erkennt sie nicht.

Wer bist du?

Keine Antwort.

Wo sind wir?

Schweigen.

Was machst du hier?

Ein Flackern. Warten.

Worauf?

Kein Gesicht, aber die Ahnung eines Lächelns. Auf euch.

Wer …

Eine Erkenntnis, ein Seitenblick, ein Blitz. Ein Name.

»Isla!«

Analina fuhr hoch, heftig atmend, die Hände verkrampft. Kalter Gegenwind ließ ihre Hände und Wangen brennen, und erst nach ein paar Sekunden erkannte sie, wo sie war. Keuchend drehte sie sich im Sattel um und begegnete Islas aufgerissenen Augen.

»Hast du … hattest du gerade auch diesen …« Ana verstummte. »Was ist?«

Isla schien sie kaum zu hören. »Schau dir das an«, flüsterte sie andächtig.

Immer noch atemlos folgte Analina ihrem Blick.

»Bei allen Göttern …«

Sie hatten die Küste von Palestra erreicht.

Ana sah den Horizont. Sie sah die Klippen, den Himmel, das Meer. Und dazwischen, golden schimmernd in der gerade aufgehenden Morgensonne: die Akademie des Meeres.

Sie waren angekommen.

Sie hatten es geschafft.

DANKSAGUNG

Als ich vor fast zwölf Jahren meinen roten Gelstift zückte, um die Königin von Funkelstein in ihrem Thronsaal auf und ab gehen zu lassen, wollte ich ein Buch schreiben. Ich war zehn und zweifelte keine Sekunde an meinem Erfolg. Im Nachhinein kommt mir das optimistisch vor, aber jetzt gibt es dieses Buch, und dass es dazu kommen konnte, verdanke ich wunderbaren Menschen.

Zuerst einmal den Mitarbeitern des Piper Verlags, die »Luna« in der rohsten aller Rohfassungen gelesen und trotzdem etwas gefunden haben, das ihnen gefiel.

Besonders danken möchte ich meinen Lektorinnen Sabrina Weller und Regina Jooß, die mir dabei geholfen haben, dieser Rohfassung deutlich mehr als nur den letzten Schliff zu geben. Danke, dass »Luna« zu dem werden konnte, was es jetzt ist!

Ohne die Unterstützung meiner Familie und Freunde wäre ich nicht bis hier gekommen. Deshalb danke ich meiner Mutter für zahllose Päckchen mit Kaffeenachschub, meinem Vater für seinen unerschütterlichen Glauben daran, dass ich eines Tages auch noch etwas »Richtiges« schreiben werde, und meinem Bruder für eine Kindheit voller Abenteuer, auf denen ich nie allein war.

Danke an meine begeisterte Testleserin/Managerin Anna-Katharina, die mein Leben nach wie vor besser im Griff hat als ich, an meine persönliche Namens- und Plotberaterin Franny und an all die fantastischen Freunde und Leser, die Analina und mich auf unserer Reise begleitet haben. Danke an alle, die für mich am Wegrand bereitstanden.

Und danke an das Mädchen, das vor langer Zeit einen leuchtend roten Stift gefunden und beschlossen hat, damit ein Buch zu schreiben.

Nygerarx
HYIANDA
GWENDA
Sumpfgebiet
(ehemaliges Valden)
Schwarzlande
Blaue Berge
Funkelstein
Ebenen
von Arden
Wolkenfestung
Palestra
Die Akademie des Meeres
Ardenwald
Schildstätt
Ebenen von Arden
Drachenspiegel
Wolkental
Sunkwald
Elezír
Sitz des Rates
Regenbogental
Turmland
Portale zum Tunnellabyrinth
Ylvas Haus
Gringol
Wieswalden
Lartencia
NUBEN
Nusswies
Muschelsand
Yasmaël